Raphaël Enthoven est professeur de philosophie sur toutes les estrades qu'on lui prête, de la salle de classe aux studios. Son premier essai s'appelle *Un jeu d'enfant : La philosophie* (2007). Les quatre ouvrages suivants *L'Endroit du décor* (2009), *Le Philosophe de service et autres textes* (2011), *Matière première* (2013) et *Little Brother* sont publiés aux Éditions Gallimard. Ses *Morales provisoires* et *Nouvelles morales provisoires* paraissent aux Éditions de l'Observatoire en 2017 et 2018. Il est également l'auteur d'*Anagrammes pour lire dans les pensées* avec Jacques Perry-Salkow (Éditions Actes Sud et Points), d'une étude sur le *Snobisme*, avec Adèle Van Reeth (Plon), du *Dictionnaire amoureux de Marcel Proust*, avec Jean-Paul Enthoven (Éditions Plon-Grasset), et d'une première pièce de théâtre, *L'École des Dames* (2021). *Le Temps gagné* est son premier roman.

Raphaël Enthoven

LE TEMPS GAGNÉ

Préface inédite

Éditions de l'Observatoire

ISBN 978-2-7578-8762-2

Préface

Le pari était que ce roman survécût aux circonstances de sa publication.

Désormais, c'est dans la poche.

J'aurais pu passer ma vie entière à ne pas l'écrire.

La pudeur se prend volontiers pour la vérité. À taire son chagrin, on se persuade aisément qu'il est indicible. J'aurais pu garder tout ça pour moi. Vivre avec une tonne dans le cœur.

J'aurais pu ne rien en faire, choisir les concepts et la tranquillité, distiller ma peine en essais bien sentis. Et puis mourir, avec (ou sans) les honneurs. Avant d'avoir vécu.

Ce n'est pas le choix que j'ai fait.

À vrai dire, je n'ai pas eu le choix.

J'étais, comme d'habitude, parti sur autre chose. Un énième essai, confortablement insolent, à l'intention d'un lectorat convaincu. Une prosopopée de Camus qui eût dit aux Gilets jaunes que la révolte bien comprise était aux antipodes de leur colère chaotique. Et c'est en cherchant le début de ce texte, en traquant l'exemple qui montrerait (mieux qu'une démonstration) combien l'insurrection est affaire d'amour avant d'être mortifère, que l'idée m'est venue de raconter un peu mon enfance. Plus précisément, la scène du dîner rue de l'Ancienne-Comédie, les épisodes qui la précèdent, et l'insurrection joyeuse où le Narrateur s'autorise enfin à répondre à l'homme qui le frappe.

Le reste m'est ensuite venu d'une traite.

Ce livre n'existait pas tant qu'il n'était pas écrit. Tout était organisé pour qu'il n'existât jamais. Et pourtant, en l'écrivant, je n'ai fait que recopier. Il serait plus juste de dire que mon roman m'a échappé, qu'il a trompé ma vigilance tant, avant d'en être l'auteur, j'étais le geôlier de ces pages, le gardien méticuleux d'un cœur fermé.

La plupart des gens se demandent ce qu'eût été leur vie s'ils étaient allés au bout de leurs intentions, s'ils ne s'étaient pas, pour d'excellentes raisons, arrêtés en chemin. En ce qui me concerne, la question est de savoir ce que devient la vie quand on y est parvenu.

Que reste-t-il après la victoire ? Après le générique ? Quand tout est dit ? Que les comptes sont réglés, que les coups sont rendus et que chacun, enfin, a été remis à sa place ?

Que faire, une fois qu'on a mis au jour des choses qu'on n'osait pas s'avouer à soi-même ? Et qu'au régime d'une élégante discrétion on a substitué celui du rideau qui tombe tout à fait ? Que faire, quand disparaissent l'alibi d'un exil romantique et l'illusion de l'altitude ? Que se passe-t-il le lendemain – une fois passés le vacarme des portes qui se ferment en claquant, le *bad buzz* et les excommunications, les articles affolés, les prétextes qui se prennent pour des personnages, et toutes les gémonies de l'hégémonie ?

Un monde identique.

Aux contours peut-être plus saillants.

Il paraît simple d'ouvrir les yeux à l'aube, de naître à soi-même et de vivre sans attaches quand on est né dans un sac de nœuds. Pourtant, ce n'est pas facile. La liberté s'apprend, une fois qu'elle est conquise.

« Raphaël, c'est Néron, disent-ils. Il détruit tout, il brûle ce qui l'a fait vivre. »

C'est injuste. Je n'ai détruit que des choses périssables, et encore. J'ai *déconstruit* les discours dont on enrobait la violence, disséqué la contrainte sous les encouragements, et j'ai puni ceux qui le méritaient. Pour le reste, j'ai sauvé l'essentiel. Les contorsions que la peur dicte à l'enfant. La mauvaise foi des parents pris sur le fait. Les violences éducatives ordinaires et leurs sophismes. La sainte-alliance des discours et des coups. Les larmes d'un père, les tics d'un bourreau, le génie d'un professeur, la façon dont une grand-mère vous embrasse deux fois ou dont une comédienne se rend de sa chaise longue à la piscine... Tout cela a été sauvé de l'incendie. Mieux : tout cela a été sauvé *par* l'incendie. Comme l'écrit Catherine David dans *Le Talisman d'Homère* : « Le feu détruit les papyrus mais durcit l'argile. Ces pauvres hères ont échoué dans leur projet de mort. Ils ont brûlé les maisons et les champs, mais ils n'ont pas étouffé le désir de beauté qui renaît en bondissant sur les parois du temps. Et ils n'ont pas effacé le témoignage silencieux. »

RE

À la mémoire du premier venu.

« He’s just a man… Be more man than him. »

Apollo Creed

Cette histoire est entièrement imaginée, puisque je l'ai vécue d'un bout à l'autre.

Non.

On ne peut pas dire ça.

Je n'étais pas, je crois, ce qu'on appelle un « enfant battu ».

Que resterait-il aux vraies victimes ?

Je partageais ma vie entre un grand appartement rue de l'Ancienne-Comédie et un sixième étage confortable, boulevard Montparnasse ; je passais mes vacances aux Baléares, à Saint-Gervais, à Canisy ou à Villaloubet, j'avais plus de cadeaux que les autres et il arrivait souvent qu'on me fît des compliments. Bien des gens de ma taille étaient plus malheureux que moi.

Je n'étais pas non plus, à plus forte raison, un « pauvre enfant martyr » – comme disait ma mère dans un rire de canard, quand j'allais follement chercher un peu de réconfort auprès d'elle.

J'étais juste un enfant trahi par les adultes et que (pour des raisons qui lui échappent et n'appartiennent qu'à lui) son beau-père avait choisi d'élever comme lui-même l'avait été, probablement. C'est-à-dire avec brutalité.

Lorsque, pour une assiette mal terminée, une demande sans s'il te plaît ou un morceau de fromage qu'il avait dû payer et que je n'arrivais pas à finir, ses grosses mains s'abattaient sur mes petites joues devant ma mère qui riait d'embarras, il n'était pas rare que ses doigts m'entrassent un peu dans l'oreille et qu'à la brûlure s'ajoutât un sifflement diffus. Un long bip. Où la tête me tournait.

Les gifles étaient nombreuses. Mais elles sonnaient toutes comme un dernier recours. J'en prenais parfois plusieurs par jour, seulement, précédée d'un soupir, chacune d'elles m'était présentée comme une mesure désespérée devant l'obstination que je mettais à mal me conduire malgré de patientes mises en garde. « Vraiment, on n'en pppeut plus ! » disait ma mère *après* la gifle (ou la fessée) dans un soupir validateur. Si fréquente fût-elle, la gifle – qui partait à la vitesse de la lumière – était la continuation de l'éducation par d'autres moyens. En somme, quand il giflait, c'est qu'il baissait les bras devant les crimes dont je me rendais systématiquement coupable. Ici un morceau de roquefort qu'en gourmand j'avais tranché dans le sens de la largeur (me réservant les parties bleues), là une porte ouverte sans frapper ou bien une goutte d'urine sur la lunette des chiottes… Il y avait souvent de quoi baisser les bras. Alors, les gifles pleuvaient. Coutumières, pas mortelles.

Ma mère aussi avait la main leste, mais elle était pianiste et ses doigts bénis n'avaient aucune force quand ils devenaient une arme. C'était moins grave. Comme une fontaine lumineuse capte la lumière et s'efface, un peu, en retour, ma mère adoptait les usages des hommes qu'elle aimait. Et elle aimait Isidore, incontestablement. Au point d'écouter des conférences de Lacan, de pratiquer le karaté, de parler de caca à table et de rire comme un ansériforme quand son fils prenait une gifle, ou d'en donner elle-même, à l'occasion.

Un jour de départ à Denver (je n'avais que dix ans, elle était immense), j'avais enfilé quatre tee-shirts que j'adorais et qu'elle m'avait interdit d'emporter au prétexte absurde que ma valise était trop petite. Je lui en fis l'aveu en souriant comme un coupable, au moment de poser le pied sur le tapis roulant qui devait nous conduire aux portes d'embarquement. C'était l'un de ces tapis qui, passant par des tubes, donnent au cœur de Roissy la forme d'une synapse. À l'annonce de mon forfait, ma mère prit le temps de refermer son sac à main (après avoir vérifié que les billets s'y trouvaient encore) et de tenter, en plissant les yeux, de voir si elle était capable, à distance, de lire le numéro de la porte où nous allions embarquer. C'est en sortant, seulement, du tube crasseux qu'elle s'était tournée vers moi et, comme on s'acquitte à retard, sans colère, d'une obligation parmi d'autres, m'avait giflé à toute volée.

J'étais stupéfait.

Je croyais m'en être tiré.

En elle-même, la sanction pouvait se justifier, mais trente secondes, au moins, s'étaient écoulées entre l'aveu et la gifle qui m'en punissait…

C'est que ma mère essayait de bien faire, et, en l'absence d'Isidore (nous partions sans lui dans la maison coloradienne de ma grand-mère), répétait les mouvements avec un *timing* indécis. La violence était une singerie plus qu'autre chose, un kata sans sensei, une façon d'affirmer la prévalence du Gros par la persistance de ses manies quand il n'était pas là pour en surveiller l'application ; ma mère me faisait l'impression de s'exercer plus que de me punir. Ma mère me giflait (ou me donnait des coups de poing) comme elle frisait ses cheveux, comme elle s'entraînait à faire un doigt d'honneur à l'américaine ou comme elle s'était mise à fumer la pipe. Sous influence. Mais son bras était moins lourd, et ces petits coups n'étaient que des répliques. Comme ce jour dément où, après une courte escalade verbale, elle s'était retrouvée les genoux sur mes bras à me frapper les yeux en faisant délibérément saillir la troisième articulation interphalangienne, celle du majeur, pour transformer le poing en pointe. Tout était trop propre, trop soigné pour sonner juste. La position de ses genoux, parfaitement enchâssés sur mes biceps, et le soin qu'elle mettait à aiguiser ses petits poings… La violence était noyée dans la contrefaçon.

Ma mère me faisait chier, mon beau-père me faisait peur. Avec elle, je me sentais victime. Avec lui, je me sentais coupable. Et comment ne pas se sentir coupable quand quelqu'un de mille fois plus fort que vous donne le sentiment qu'il est constamment contraint de vous corriger ? En fait, c'est ma présence qui le dérangeait. Si tant de choses m'étaient interdites, c'est, qu'en un sens, moi-même j'étais interdit. Ma seule existence était par lui vécue comme une invasion. Pouvais-je m'en douter ? Pouvais-je admettre que je n'étais pas la cause mais la cible d'une cruauté dont des manœuvres venaient ensuite justifier l'emploi ? Comment imaginer qu'on puisse être un caillou dans une chaussure quand soi-même on se sent si fantomatique ? Il est difficile d'accepter qu'on a raison. Il m'a fallu des années de silence puis de longues discussions avec des témoins objectifs pour consentir à n'avoir pas rêvé.

Je n'étais pas seul à être rappelé à l'ordre.

La caisse des deux chattes se trouvait près de la cuisine, qui était elle-même dans la parcelle de l'appartement où Isidore recevait les analysants dans son bureau et leurs enfants en orthophonie, de sorte que la porte (juste à droite de l'entrée) en était souvent fermée. Les chattes n'avaient qu'à pisser ailleurs, ou mieux : ne pas pisser du tout. Elles firent donc litière des gros coussins indiens qui peuplaient le sol, la chambre de maître et les canapés du salon, et dont le persistant parfum d'urine froide avait fini par contaminer l'ensemble sans qu'on sût vraiment, une fois sec, d'où venait le mal. Isidore surprit un jour l'une d'elles, qui s'appelait Rêve. Elle n'avait pas fini de se soulager qu'il l'avait attrapée par le haut du cou. Un miaulement rauque avait accompagné le filet d'urine qui avait jailli du félin comme d'un citron pressé pour se répandre sur le mur. Et il avait plongé sans pitié sa petite tête dans l'endroit du coussin où elle avait pissé, et l'avait maintenue dans l'auréole humide et pestilentielle, tandis que de ses pattes recourbées, elle tentait vainement de se soustraire à l'emprise du géant. On aurait dit qu'il voulait la noyer dans le coussin. Ou, à défaut de l'étouffer, imprimer l'odeur si fort en elle que son cerveau associât la pisse à une torture.

Heureusement pour lui, Isidore, qui était sur tous les fronts, savait aussi se consoler, en riant à mes dépens, des soucis domestiques, de l'urine des chattes et du découragement qui l'accablait chaque fois que mon insolence l'obligeait à lever la main. D'une certaine manière, ses moqueries étaient le salaire de sa peine. On se rémunère comme on peut.

D'autant que non content d'être négligent comme un enfant et hypocrite, à l'occasion, comme un âne qui recule, j'étais aussi un peu vantard. Moins pour m'attribuer des mérites imaginaires que pour embellir une existence dont je croyais que l'intérêt reposait uniquement sur le nombre d'expériences vécues. Alors je m'inventais des aventures, je m'appropriais des répliques idéales, je faisais l'intéressant, *je me la racontais.* Avec délice. En conscience, j'augmentais ma vie. Quel mal et quoi d'original à cela ? Par exemple, j'aimais dire que j'avais lu de gros livres. Ce qui n'était pas toujours vrai. Mais c'était (en général) sans danger, et surtout : c'était plus rapide que de les lire effectivement.

Un dimanche matin, Isidore et ma mère, satisfaits d'avoir conclu leurs katas par une longue séance de *ritsu-zen* (qu'ils appelaient « la posture de l'arbre » et qui consistait à s'asseoir debout, jambes semi-fléchies, jusqu'à ce que les tremblements deviennent insupportables), m'avaient surpris en train de dire à mon copain Olivier que *Les Frères Karamazov* était mon livre préféré. « Ah oui ? m'interrompit-il, et comment s'appellent les trois frères ? – Je... Je ne sais plus, j'ai oublié. – Ah, tiens ? – Michel ? – Quoi, Michel ? – Michel Strogoff ? »

Il y a l'enfant, ridicule, qui s'invente un exploit.

Et puis il y a l'adulte qui, plus âgé de quarante ans, se délecte spectaculairement de le prendre en défaut.

Quel adjectif convient à celui-là ?

À ma réponse pathétique, Isidore éclata d'un rire sans pitié.

Auquel, comme le triangle de l'orchestre – le bing indispensable – cherche sa place au cœur d'une symphonie, faisait écho par instants le petit canard maternel.

Le rire moqueur d'Isidore était toujours le même.

Tel un avion qui dépasse le mur du son, le visage se faisait hilare avant que le rire n'éclate : la bouche sans lèvres s'écartait comme on déblaie le terrain pour l'éclatement d'un « Ha ! » tonitruant suivi d'une pétarade de hoquets bientôt noyés dans de longs soupirs ultra-sonores (« Houuuh... Houuuh... ») qui, tandis que le rieur essuyait des larmes fictives, servaient à signifier l'hilarité et, quand j'en étais la cible, exagéraient, par l'épuisement d'avoir trop ri, la gravité du forfait dont j'étais, moi, l'auteur. Enfin, après avoir bien montré qu'il se marrait, il se passait toujours les mains sur le visage, en un double mouvement circulaire d'une étonnante rapidité, comme on se gratte, ou comme on s'auto-bénit.

Gonflée par le ricanement, la bagatelle devint énorme.

Là encore, il faut comprendre et comprenez ceci : pour un chasseur de gaffes d'enfant comme Isidore, un mensonge grossier, commis par vantardise, devant un copain, est une prise inouïe. Imaginez la joie d'un braconnier qui tombe sur une alouette en essayant de piéger des poules… Il m'avait attrapé au vol, il avait chopé l'imposture qu'il aurait pu rater s'il était passé dix secondes plus tard. Il n'en revenait pas. C'était trop pour lui. La stupeur délicieuse qu'il éprouva devant le caviar d'un truc ridicule de ma part, que le hasard servait à sa haine sur un plateau d'argent, prit la forme d'un rire étendu dont les hoquets mirent plus longtemps à mourir en soupirs, car il voulait s'assurer, avant de conclure, que son rire était partagé non seulement par ma mère (qui ne se fit pas prier pour passer du cancanement à la *franche* hilarité) mais aussi par mon pote Olivier, à qui il faisait discrètement le cadeau d'un truc qu'il pourrait ressortir à l'école, qui sait ?

Ce genre de joie compensait également chez Isidore les rares moments où, malgré sa bonne volonté, il était interrompu dans sa rage par le fait de mon innocence.

Un après-midi où je traînais mon ennui entre les pochettes des 33-tours du salon et le souvenir douloureux du dernier épisode de *Cat's Eyes*, où, contre toute évidence, Quentin continue de penser que sa petite amie, Tam, est une oie blanche alors qu'il passe ses nuits de flic à lui courir après sans le savoir, je croisai Isidore, qui, bizarrement, à 16 heures, était en train de fermer les rideaux de sa propre chambre comme pour y faire la sieste – ce qui n'était pas dans ses habitudes.

« Salut Isi, tu as vu France-Pays de Galles ? 21-16 à Cardiff ? On les a bien eus, non ? – Mais TAIS-TOI ! J'allais le regarder à l'instant ! J'étais en train de mettre la cassette ! ça fait vingt-quatre heures que je ne veux rien entendre ! »

Or, je ne le savais pas. Évidemment. Et il le savait bien.

Si j'avais été une victime, une vraie victime, j'aurais probablement reçu une gifle à cet instant. Mais je ne l'étais pas. Bien des gifles reçues étaient injustes, c'est vrai. Mais aucune d'elles, jamais, ne fut gratuite. Si méchant fût-il, le gifleur respectait une certaine idée de la loi. Isidore n'était ni Folcoche ni un parâtre de conte de fées. Quoique malhonnête (au point de présenter la sanction comme une contrainte à laquelle il eût été heureux de se soustraire), le détestant ne pouvait pas agir sans cause – ce qui rapproche Isidore, dans la galerie des super-héros, du sinistre Pyro, qui peut manipuler le feu (et ne s'en prive pas) mais demeure incapable de le produire, ou bien, dans un autre registre, de ces commandants de navire de guerre qui exploitent en virtuoses toutes les ressources du vent mais se remettent à croire aux Jonas dès que l'eau est plate. En tout cas, la gifle que je n'ai pas reçue ce jour-là fait toute la différence entre un enfant battu et un enfant qui, comme une erreur de la nature, n'est que *corrigé*. Isidore se tenait devant moi, comme un roi privé de punir une insolence parce qu'elle est présentée comme un compliment, ou comme un homme-tronc qui voudrait lever les bras au ciel. Il pestait. Il criait. Il s'indignait. Mais il ne pouvait rien faire. Nous étions lui et moi les jouets du hasard. Il ouvrit de nouveau rageusement les rideaux et je quittai la pièce, sans même laisser entendre que j'étais désolé tant, là, j'étais à l'abri du tonnerre.

Une ou deux fois seulement, il m'a attrapé l'oreille.

C'était un jour d'excursion dans l'Atlas.

Nous faisions halte en fin de journée dans une auberge où Isidore, sandales et bermuda, le genou magnifique, se régalait d'une bière avant de reprendre l'autocar. De mon côté, je ne comprenais pas pourquoi seul Bijou, notre guide marrakchi, avait le droit de manger alors que j'avais moi-même si faim. Après avoir inutilement mendié quelques brochettes, j'ai fermé les yeux, j'ai fait semblant de m'endormir sur la table, la tête dans le bras gauche tandis que ma main droite, somnambule, feignait d'être attirée par l'assiette… Enfin, à l'invitation discrète de Bijou – qui avait un cœur –, je finis par dérober une boulette de bœuf, trempée à la hâte dans un jus de piment rouge déguisé en sauce tomate… Était-ce une raison pour me soulever du banc où j'étais assis en m'attrapant par l'oreille devant ma sœur, ma mère (absorbée dans ses pensées), notre gentil guide et un paquet d'autres touristes sidérés, afin de m'emmener trois mètres plus loin et me dire, à très haute voix « Cet homme a faim, et tu es en train de lui ôter le pain de la bouche ! Tu es un morveux, un sale petit con égoïste et mal élevé » ? Ce dont je suis certain, c'est que j'avais la bouche en feu, et que, par un prodige de la physique, il avait suffi à Isidore d'enfoncer l'ongle dans le cartilage de l'anthélix pour que, sans qu'il me portât, mes pieds n'effleurassent pas le sol.

Les juifs n'ont pas le droit d'être pingres.

C'est le seul tropisme communautaire acceptable.

Les juifs ont collectivement, *en tant que juifs*, et quoi qu'ils en pensent, l'obligation morale de démentir la réputation que l'Histoire leur a faite. Les juifs ont droit à tout sauf à l'avarice, comme les femmes ont droit à tout, sauf à l'hystérie.

Or Isidore – dont l'impeccable judaïsme polonais (avec diaspora, exil, pogroms, shtetl dévasté, accent des parents, art naïf, extermination des oncles, etc.) contrastait avec les Séfarades paternels dont une dette de jeu avait envoyé l'ancêtre noircir dans la légion sous le soleil d'Algérie, eux-mêmes convaincus que les Arabes étaient heureux de les servir, et dont l'unique drame était d'avoir abandonné leur chien, leurs biens et leur véranda après les accords d'Évian – était près de ses sous. Tout contre.

Un soir d'été à Formentera, dans la certitude qu'à la Fonda Pepe nous croiserions les Sieldetraîne (et surtout Emma, dont la bouche et les seins me faisaient rêver), j'avais mis ma veste blanche. La première à m'avoir convaincu qu'un vêtement pouvait être beau. Au moment de nous asseoir, ma mère (qui prenait ses instructions, ses opinions, ses habitudes et son rire chez

Isidore) déclara, d'une voix modulo-souriante : « Alors, on ne va prendre qu'un seul plat, OK ? Parce qu'on est quand même très nombreux… » Hélas, mes bolognaises étaient immondes et je n'avais pas le temps, ce soir-là, de tomber malade en finissant mon assiette. « Tu termines les pâtes que tu as commandées ! me dit, furieux, le bienfaiteur qui voulait que j'en eusse pour son blé. – Mais… J'en avais pas commandé autant ! » Ulcéré par une réponse qui n'était spirituelle, je le jure, que par hasard, Isidore prit dans sa main le monticule de pâtes rougies qui restaient dans mon assiette et me les écrasa sur la veste, au moment précis où les seins d'Emma faisaient leur entrée.

Vous l'aurez compris. Mon beau-père était un connard.

Un homme mauvais.

C'était plus fort que lui – ce qui n'excuse rien.

Et je n'en tire aucune gloire mais une leçon : les tyrans ne gouvernent que si on les laisse faire.

Mon propre père (chez qui je renouais avec le pur plaisir d'exister, quoique j'y fusse en butte à des adversités plus sournoises) était trop occupé à regretter la vie qu'il avait pour se soucier de la mienne au point d'en venir aux mains avec un géant. Il faut comprendre. Un jour, j'ai retrouvé dans un tiroir une lettre à papier bleu où il menace Isidore (« Je vous tuerai ») au cas où il poserait de nouveau ses mains sur moi. Il ne l'avait pas envoyée. C'est l'intention qui compte. Et puis le rôle de mon père n'était pas de me défendre. Chacun sa merde. Son rôle était d'incarner à mes yeux la possibilité d'une île, ou la promesse indéfiniment renouvelée qu'un monde meilleur était possible puisqu'il existait, que je m'y rendais deux week-ends sur trois, ainsi que le mardi qui suivait le week-end où je n'y étais pas, ce qui faisait des semaines absolument vides et d'autres où j'y passais trois vraies nuits.

Quand j'arrivais chez Papa, le ciel, temporairement, s'ouvrait. Il avait suffi de quatre arrêts du 58, ou de cinq stations de métro qui étaient à mes yeux l'équivalent du détroit de Béring, pour que la vie fût douce, la bouffe délicieuse et les privilèges rétablis. J'entrais d'un pas vainqueur dans le hall où je croisais la loge de la concierge, qui, quand elle était là, me lançait depuis toujours un regard absolument hostile, mais je le lui rendais bien et en ces terres bénies, comme dit le jeune Bruce Wayne, l'antipathie de qui que ce soit n'était pas un cauchemar mais un entraînement (pour la punir d'être antipathique et probablement lepéniste, nous l'avions surnomée « 1940 »). De joie, je sonnais mille fois à l'interphone, auquel Mafalda finissait par répondre (« Ma boune Dieu, j'pude pas faite plou vite ! »), et, les jambes en feu, je gravissais quatre à quatre les six étages. Arrivé au sommet, je prenais le temps de jeter un œil sur l'étrange toit de verre dépoli qui filtrait le jour, et j'envoyais d'en haut, à l'intention de la connasse de concierge, un crachat magnifique qui, si compact fût-il et nourri de morve, s'écartelait toujours à hauteur du troisième étage pour finir sur le parquet froid en grosses gouttes d'argent lumineux.

La porte était ouverte. Ici, j'étais attendu. Par un chocolat chaud, où je trempais librement des kilos de Savane en regardant *K-2000* et *Supercopter*.

Mafalda était enjouée, pieuse, cuisinait discrètement du poisson le vendredi, dispensait sa douceur sans compter, chantait en faisant le ménage et éclatait de rire chaque fois qu'elle était dans l'embarras. Mais chez mon père, avant tout, il y avait Eugénie, qui incarnait ce que le monde avait d'excellent, dont le sourire infatigable accompagnait chacune de mes confidences, et auprès de qui je ne me sentais jamais en danger.

Lumière de printemps. Soleil timide sur trottoirs délavés. Arc-en-ciel ? Débauche de couleurs. Et de fleurs. De bourdons. Des insectes juteux que la nourriture rend fous. Matin calme. Je jouais gaiement à l'enfant bougon. Elle était face à moi et, au milieu de toute cette floraison, faisait pleuvoir, comme dit l'autre, sur mon cœur inquiet l'averse d'un sourire géant. C'est ainsi que je rencontrai Eugénie, noire comme le jais, belle comme un jour d'éclipse. J'avais quatre ans. Autant dire que nous avions environ deux ans et demi devant nous pour tisser, son sourire et moi, un lien dont la solidité survécut à l'arrivée de mon petit frère. Nous y travaillâmes d'arrache-pied. Elle et son sourire, moi et ma tendresse inemployée, qu'elle ne me reprochait ni de dire ni de traduire en gestes maladroits. Je la suivais partout, son sillage était béni. Elle était ma tourmaline, mon havre dans le havre. Je devançais ses besoins. Je lui portais ses sacs, je lui tenais la main. Belle-mère est un drôle de nom. Une précision suspecte. « Belle » est-il une atténuation ou un embellissement ? C'est selon les années. Moindre mère. Ou meilleure mère. Qui s'en fout ? Eugénie, c'étaient les délices de l'apaisement, l'antithèse d'Isidore, la dot de mes séjours trop brefs en Terre promise. Elle était la Perséphone allergique, qui marquait les saisons de son éternuement. Elle était la beauté noire. Sa peau sombre était toute lumière. Je l'adorais. Et c'était un peu réciproque.

Mon père, qui peut-être se sentait coupable de ne pas s'occuper plus de moi (la version officielle était que ma mère l'avait privé de ce droit mais avec le temps, je me demande s'il n'en a pas profité un peu), sortait tous les attirails de la séduction : livres déments, cadeaux en bataille, confidences excessives, liberté profonde, feux d'artifice, histoires à dénouement heureux… J'étais sous le charme. Je me revois, je me sens, sautiller de joie dans la piscine à l'idée qu'après une longueur ou deux, je sortirais la tête de l'eau pour entrer, vingt minutes plus tard, dans un refuge de douceurs et de paix.

Seulement voilà.

La seule chose que ma mère refusa à Isidore, malgré les signes innombrables que ce dernier lui adressait en ce sens (fondé à dire, en pédopsychiatre, qu'un garçon a « besoin de son papa »), c'était d'accepter que je vécusse chez mon père. Ma mère ne voulait pas s'occuper de moi ni de ma sœur, elle n'en avait pas le temps – qui a le temps ? –, mais il était impensable à ses yeux que son fils habitât ailleurs. Je n'étais ni l'alibi d'une pension (médiocre, que mon père versait à regret) ni un centre d'intérêt pour elle, mais ma présence était un élément essentiel de l'idée qu'elle se faisait de sa vie. J'étais fait. Comme un chat.

Canard-Lapin, pourtant. C'était mon surnom les jours de tendresse. Ma mère m'appelait comme ça en pinçant mes oreilles et en déposant un baiser sur mon front. Canard, je voyais bien. J'entendais, surtout. Mais lapin ? Où était le lapin en moi ?

Avant la naissance de ma sœur et l'installation rue de l'Ancienne-Comédie, ma mère et moi avions vécu rue de Vaugirard, dans un petit appartement très clair où, deux fois par semaine, venait une institutrice vêtue de gris, portant lunettes et sacoche, qui testait sur ma personne les effets d'une nouvelle méthode d'apprentissage de l'anglais par l'écoute. Cette dame ressemblait à ma grand-mère maternelle. Et pour cause. C'était Elle. Mais on ne me l'avait pas dit, et l'habit faisant le moine, à sa nouvelle fonction j'attribuai une autre identité. J'étais aidé dans cette méprise par la certitude que la mère de ma mère était française alors que la dame en gris se présentait comme une Américaine parlant français.

C'est seulement lorsque les parents de ma mère quittèrent leur appartement de la rue de Passy que j'appris, ou compris, que mon grand-père était français mais que ma grand-mère, Mary-Louise, était native de Denver et qu'à cause des mauvaises affaires de son mari (qu'un alzheimer sournois avait conduit à la ruine), elle s'apprêtait à retourner pour l'éternité dans la maison de sa naissance. Quoi qu'il en soit, rue de Vaugirard, sous une autre identité que la sienne, Mary-Louise, dite Mimi, me sembla ce qu'elle était effectivement et que j'ignorais : une étrangère.

Ma grand-mère paternelle, dont les visites étaient sévèrement contrôlées par ma mère, qui interdisait notamment qu'elle vînt me chercher à l'école de la rue Corbon, m'attendait quand même à 16 h 30 à la sortie des classes, avec un Raider, un pain au chocolat et une part de pizza napolitaine sur laquelle, à ma demande, elle obtenait un supplément d'anchois, avant de filer à la vitesse de ses grosses jambes, de crainte de tomber sur Maman – ce qui ne risquait pas d'arriver. Après la naissance de ma sœur, ma mère quitta la rue de Vaugirard et j'abandonnai tranquillement l'institutrice grisâtre déguisée en grand-mère, le salon de chaises vertes, la petite cuisine orangée, et ma chambre, dont la fenêtre donnait sur les klaxons de la rue sans fin.

Du côté de Papa, il y avait donc aussi ma grand-mère, dont j'étais tant aimé et que j'aimais tellement que je pouvais auprès d'elle quitter mon costume de fantôme pour jouer les enfants protecteurs.

Elle s'appelait Gilberte, son mari l'appelait Lilette, nous l'appelions Mamie (ou « petit Lamentin » quand elle se plaignait de nos absences ou qu'elle se baignait dans la piscine) et je l'avais rebaptisée Poupette en hommage à la Poupette de *La Boum*, l'arrière-grand-mère de Vic dont l'énergie folle avait valu à son interprète, Denise Grey, une gloire tardive mais fulgurante. Or, j'appris de ma grand-mère, des années après la mort de son mari, que mon propre grand-père, en permission à Paris, et en prévision de son mariage, avait enterré sa vie de garçon dans les bras de Denise Grey – ce qui fait de mon grand-père le seul homme à avoir eu les deux Poupette dans son lit.

Poupette aimait les fleurs autant qu'elle détestait les oiseaux. À la voir gambader pesamment dans les allées du Luxembourg, on eût pu croire, de loin, qu'elle était faite pour s'asseoir sur un banc et nourrir les pigeons. Mais elle avait une telle horreur des volatiles que, comme un éléphant de mer sous la protection d'une otarie, elle me laissait jouer les éclaireurs de sept ans dans les allées du jardin, la devancer les jambes écartées, les pieds en canard, sumo minuscule, à la recherche d'une troupe à disperser. Dès qu'on tombait sur un paquet d'oiseaux, je tendais un doigt menaçant, poussais le hurlement d'un général qui ne parvient pas à se faire obéir de ses troupes et m'élançais dans une lente course aux pieds plats (officiellement pour leur faire peur, en vérité pour les prévenir de mon arrivée).

Contrairement à ce qu'on dit, ce n'est pas la même chose de chasser les oiseaux et de souffler dans un pissenlit, car la foule des pigeons et des moineaux se recompose dix ou vingt mètres plus loin comme un vent retrouvé, un cancer qui évolue sans se développer, de rémission en rémission, tandis que les capitules de la fleur, cellules suicidaires, se sacrifient pour se reproduire, suggérant au passage que les feuilles des platanes, au lieu de se lamenter sur leur sort, se consolent à l'idée de la verdure dont, au printemps, grâce à elles, l'arbre sera de nouveau revêtu. Mais il est difficile, même pour une feuille, de ne pas se prendre pour un individu. Et quand on aime, ou quand on est aimé, d'accepter que la vie ne s'arrête pas à la sienne, ou à celle de sa grand-mère.

Partant du principe qu'un espace défloqué par mes soins n'attendait que sa venue, et parce que ces longues promenades la fatiguaient plus qu'elle ne voulait l'admettre, ma grand-mère s'étendait souvent au soleil sur une chaise verdâtre et commentait les dernières floraisons tandis que j'augmentais le domaine de mes purges à la pelouse d'en face, interdite aux adultes sauf à Pierre Mendès France. Puis je collais ma joue contre son gros bras mou. Tu connais la chanson sans musique de Renaud, Mamie ? ça s'appelle « Peau aime » : « Dans l'dos, j' voulais faire tatouer un aigle aux ailes déployées, On m'a dit "Y'a pas la place. Nan, t'es pas assez carré, alors t'auras un moineau" Eh, y'a des moineaux rapaces ? » Quelle horreur..., répondait-elle, d'un ton évasif, attentive seulement aux deux derniers mots, sortant à regret, mais en souriant, les yeux plissés par le soleil, de rêveries dont la profondeur était affermie par un inavouable début de surdité.

Quand je passais la nuit chez Elle, rue des Volontaires, ma grand-mère m'endormait au son de ses contes. *La Canne magique*, *Cendrillon*, *Aladdin*, *Le Petit Poucet*… Elle adaptait les classiques à sa fantaisie en modifiant la fin ou en donnant aux personnages ses prénoms favoris. Ainsi *Ali Baba* s'achevait dans le sang, tandis que la chèvre de Monsieur Seguin, rebaptisée Fanchon, finissait par l'emporter sur le loup après une audacieuse cabriole.

– Connais-tu, mon chéri, l'histoire de Jacquot et le rayon de lune ?

– Non.

« Jacquot se mettait au lit très tôt parce que le lendemain il allait en classe. Quand la maison était endormie, par la fenêtre de sa chambre, pénétrait un rayon de lune. Un soir, au début de son sommeil, il entendit une voix fluette : "Jacquot, veux-tu que je t'emmène voir un pays nouveau ? – Bien sûr, mais qui es-tu ? – Je suis le petit lutin voyageur."

Bien éveillé alors, Jacquot s'agrippa à la ceinture dorée du petit lutin et les voilà chevauchant le rayon de lune. "Où veux-tu aller, Jacquot ? – J'aimerais voir un pays qui ne ressemble pas à Paris ! – Bien", dit le lutin, et aussitôt le rayon de lune voltigea dans les airs. La température devint plus fraîche, les lumières de la ville se firent plus petites et disparurent. Le paysage devint blanc, on était au pôle Nord. Jacquot admira cette étendue neigeuse. Il y avait des animaux qu'il n'avait jamais vus. On aurait dit des hommes en costume noir. "Ce sont des pingouins. Regarde comme ils sont nombreux." En effet, ils étaient des centaines à marcher, et c'était très amusant. Jacquot vit des ours qui culbutaient, en jouant, leurs bébés-peluches. Il n'y avait pas d'arbres, ni de maisons. C'était le royaume des animaux. Toute la nuit, Jacquot et le lutin admirèrent le paysage puis ils reprirent le rayon de lune et Jacquot retrouva son lit.

Au matin, sa maman trouva Jacquot, l'habilla, l'emmena à l'école mais, comme il avait passé une nuit blanche, il n'arrêtait pas de bâiller. La maîtresse le trouva moins vif que d'habitude.

Le soir, le même scénario se reproduisit. À califourchon sur le rayon de lune, agrippé au lutin, Jacquot parcourut une autre contrée. Un grand désert, cette fois-ci. Il y avait beaucoup de sable, des chameaux, des palmiers et beaucoup de petits enfants tout nus à la peau noire. C'était curieux, de rouler sur les dunes.

À la fin de la nuit, Jacquot retrouva son lit. Sa maman l'emmena à l'école, où Jacquot, au lieu d'écouter les leçons de sa maîtresse, somnola.

Le nuit suivante, le lutin emmena Jacquot voir les gratte-ciels de New York, au milieu du bruit des avions et des autos. "Comme le monde est différent..., dit Jacquot au lutin. – Oui. Et demain je t'emmènerai voir un pays où les gens ont la peau jaune et les yeux bridés. – À ce soir, petit lutin."

Mais sa maman s'inquiétait de voir son Jacquot bâiller toute la journée. Il avait sommeil. La maman pensa : "Il se passe quelque chose de pas normal. Je vais me cacher dans l'armoire de sa chambre et je verrai bien." En effet, elle vit le rayon de lune, le lutin et Jacquot s'envoler dans les airs. "Il faut faire quelque chose", se dit la maman. Elle réfléchit toute la journée et le soir, quand Jacquot fut couché, elle ferma la fenêtre de manière à ne plus laisser pénétrer le rayon de lune.

Voyant les volets fermés, le petit lutin renonça à emmener Jacquot en voyage.

Jacquot l'attendit puis, ne le voyant pas venir, reprit l'habitude de dormir la nuit. Il ne bâilla plus à l'école et redevint l'élève studieux qu'il avait été, mais il se promit une chose : quand il serait grand, il voyagerait et verrait tous les pays qu'il avait visités avec le petit lutin.

C'est ce qui arriva.

Mon conte est fini avec de l'ail et du persil ! Kirikiki Kirikiri ! »

Je m'endormais délicieusement ensuite. D'un tour de couette, je verrouillais toutes les issues de ma fusée, je fermais les écoutilles, je vérifiais le garde-manger, je huilais le mécanisme, j'envoyais mon fidèle Euryloque mobiliser les troupes et, protégé par le bouclier auxiliaire, je déclenchais le moteur *in extremis*, sous la menace d'un tyrannosaure qui approchait à grands pas, puis je m'envolais, comme le Faucon Millenium parvient à s'extraire, au milieu des éboulis, de la base rebelle de Hoth envahie par les troupes de l'Empire, sous le regard d'un Vador frustré.

Back in the USSR.

Au quotidien, rue de l'Ancienne-Comédie, dans la caverne du cyclope, loin de mon père, de ma grand-mère, d'Eugénie, de *K-2000* et de *Supercopter*, au royaume du pipi, je n'avais d'autre allié que moi-même.

Et c'était peu dire.

J'étais malheureux, bien sûr, et seulement excusable à ce titre d'être aussi veule, mythomane et sans fierté. Mais je ne le savais pas. Quand on vit dans un couloir bas de plafond, on baisse la tête sans y penser. J'étais devenu lâche d'instinct. À force de joug, j'avais pris peur de ma peur et, si j'ose dire, je ne bougeais pas d'une oreille. Nul n'est responsable de ce qui lui arrive, mais chacun est responsable de ce qu'il en fait. Et il faut bien admettre que, de ma situation, pour l'heure, je n'avais fait, canard tremblant, que des fientes et de la frousse.

Heureusement, Isidore était secondé dans sa tâche écrasante par la vieille Lucienne, qui n'aimait guère les hommes et avait tout à fait compris que ma sœur et moi-même n'avions pas sous ce toit le même statut – même si nous étions au-delà de la jalousie et qu'à aucun moment la question de l'équité ne se posa dans un monde où mon beau-père ne se demandait pas comment aimer autant que sa fille l'enfant qu'il n'avait pas eu, mais comment le chasser de la maison pour être le seul mâle sur zone. Lucienne me détestait, me méprisait, voyait en moi la clause la plus désagréable du contrat qui la liait à nous. J'étais la seule personne de la maison qu'elle n'accueillait jamais avec le sourire et dont elle surveillait les faits et gestes dans l'unique espoir d'une faute à dénoncer. Non seulement, elle couvrait les bêtises de ma sœur, mais il lui arrivait même, en loucedé, de laisser entendre que j'en étais également l'auteur. Lucienne, c'était le KGB créole. La cordialité suspendue. Qui fliquait sans se cacher.

« Tu n'es pas mon patwon, hein ! » répondait-elle quand je lui reprochais d'avoir menti à mon sujet. Et quand je disais « Mais Lucienne, ce sont les vêtements d'Édith par terre, pourquoi dis-tu que *les enfants* les ont laissés traîner ? C'est injuste ! » elle répondait, sublime : « Je dis ce que je veux, hein ! Ici, c'est la libewté ! » J'enrageais. Je pestais. Mais je me sentais vivant et, en un sens, je respirais.

Avant Lucienne, je connaissais par ouï-dire l'existence de la mauvaise foi, mais sa rencontre, son spectacle, me semblait le privilège des gens à qui quelque chose arrive. Or, que peut-il arriver à un spectre de dix ans ?

Chaque fois que mon interlocuteur était malhonnête, que Philippe Massard, qui se piquait de tout savoir, refusait d'admettre qu'il se vantait, que ma sœur justifiait par une soudaine fatigue le refus de vider son pot ou bien qu'Isidore feignait (après coup) d'avoir obéi à la nécessité en me mettant une gifle, inquiet pour eux, je me faisais leur avocat. Je leur trouvais des raisons comme j'aurais trouvé des arguments en faveur de l'honnêteté de Tartuffe. Et quand les raisons faisaient défaut, je trouvais des excuses. J'excusais la brutale qui, abusant de son statut de fille, donnait des coups dont elle savait qu'ils ne lui seraient pas rendus, ou le copain qui m'avait pincé au sang parce qu'il avait pris un compliment pour une insulte. Et de tout mon cœur, je plaignais Isidore d'avoir à s'occuper d'un morveux comme moi. J'endossais les reproches qu'on me faisait, je n'érigeais aucun rempart. Je mettais mes petites facultés au seul service du discours d'en face. Dès que la mauvaise foi était là, je baissais la garde et j'en niais la présence autant que les effets. Ne pas contredire les gens, répandre sur eux l'enzyme des arguments favorables, était la meilleure façon que j'avais trouvée de me rendre insaisissable. Ou de présenter un corps mou aux attaques de la bête, un corps où elle ne trouverait rien à mordre. C'était la politique de la terre molle. J'échangeais la défaite contre une forme de trêve.

Puis, donc, je tombai sur Lucienne.

Et fis connaissance, avec elle, d'une détestation si constante et rudimentaire que je n'eus ni le temps ni le goût de lui forger des excuses. Lucienne était si bêtement méchante que quelque chose dans le constat de sa haine résistait à ma bonne volonté. Je ne pouvais ni ne voulais la sauver d'elle-même. Elle m'arnaquait, Lucienne. Dans mon dos ou devant moi, elle me trompait.

Mais Lucienne était faible. Vieille et prévisible.

Le hasard m'avait fait avec elle le cadeau d'un obstacle fragile, d'un ennemi pataud auquel je pouvais résister sans risquer ma peau. Qu'elle me trompât tant qu'elle voudrait, elle ne saurait jamais faire que je ne sois rien, tant que je serais trompé… Lucienne, c'est mon premier cogito. Ou bien mon sac de frappe. Je lui faisais la guerre comme on se fait les poings. Sous son gouvernement sans autorité, le fantôme prit du poids. Pour la première fois, je me défendais.

Je lui perdais son sac et ses photos de famille, qu'elle retrouvait dans des endroits absurdes après mille complaintes. Je m'arrangeais pour échapper à son regard quand elle venait me chercher à l'école, et je l'attendais à la maison, où elle arrivait affolée, une demi-heure plus tard, simultanément désespérée (pour elle-même) de m'avoir perdu et un peu déçue de me retrouver peinard, au chaud. Le dimanche matin, à 7 heures, j'allais, la gueule enfarinée, tambouriner à sa porte et m'étonner qu'elle ne fût pas encore levée. Et je l'entendais hurler de son lit. Je savais bien qu'elle ne se lèverait pas. Par principe autant que par coquetterie, la vieille pute ne se montrait pas sans chignon. J'étais tranquille. Et quand elle se plaignait ensuite d'avoir été réveillée en fanfare par ce *sale petit dyab* un jour de repos, je prenais un air innocent : « Excuse-moi, j'avais oublié qu'on était dimanche ! Chaque dimanche, j'oublie qu'on est dimanche ! C'est parce qu'il y a trop de jours dans la semaine… » Elle me regardait d'un air suspicieux mais ne répondait rien. Je pouvais recommencer.

Et puis je découvris son point le plus faible. Je me demandai si elle n'avait pas été pute, justement, quand elle sursauta à l'énoncé du mot « maquereau » que je suggérai innocemment pour le dîner. « Ah, non il faut pas dire ça, hein ! Maquereau, c'est malpoli ! – Quoi ? Qu'est-ce que tu racontes ? – Parce que c'est intewdit de dire ça, hein ! – Et saumon, j'ai le droit ? – Pourquoi, saumon ? – Saumon ? sole ? cabillaud ? – Ben oui, ça va très bien ! – Et pourquoi pas maquereau ? – Ah non, tu arrêtes maintenant, hein ! On ne doit pas dire ça, hein ! – Maquereau ! Maquereau ! Maquereau ! – TAIS-TOI MAINTENANT ou je le dis, hein ! »

Elle était tellement collabo qu'elle avait la menace elliptique. Elle n'avait même plus besoin de dire « je le dis *à tes parents* » ; « je le dis » suffisait. L'implicite était la signature de la délation dans cette âme de boue : Lucienne adorait dénoncer les gens, c'est-à-dire moi. Et répandait des calomnies sur ma gueule avec le sentiment d'accomplir méticuleusement son travail. Après m'être longtemps interdit – parce que ma mère m'avait expliqué que c'était raciste – de dire et même de penser du mal de Lucienne (ou de lui en faire), je me jouai donc allègrement de ce vieux bouc et c'est à ma demande que jamais, dans l'histoire de la rue de l'Ancienne-Comédie, nous ne bouffâmes autant de maquereaux que cette année-là.

Lucienne est arrivée dans ma vie en même temps que Rocky Balboa. Le jour où l'étalon italien devint champion du monde des poids lourds en battant *in extremis* Apollo Creed sur la grande télé de mon cousin Momo avait été l'un des plus heureux de ma vie. Rocky avait vaincu un adversaire plus fort, plus lourd, plus habile, mieux entraîné, plus expérimenté et (depuis le premier match qui, à la surprise générale, s'était achevé sur la victoire aux poings d'Apollo) déterminé, plus que lui, à laver son honneur.

À part les combats eux-mêmes, qui défient la vraisemblance, le monde de Rocky était douloureux de réalité. C'était Philadelphie, la boxe légendaire et les clubs miteux, les gospels à la chaleur des braseros, l'entraîneur bougon, le lit qui grince et une timidité maladive devant la fille sans intérêt.

Mais Rocky se battait avec l'âme tout entière. Rocky était pauvre et ordinaire mais il était héroïque. Le détour par les soucis quotidiens avait fait de lui un guerrier qui affrontait son adversaire comme on eût défié la mort. Victoire impossible, défaite impensable. David contre Goliath. « *You're going down ! – No. No way* », répondait Rocky, le visage en miettes, au titan qui promet sa chute à l'aube du quinzième round, et j'admirais qu'il fût si sûr de lui car au fond, qu'en savait-il ?

L'instant où Adrian sort du coma (après un accouchement difficile) pour lui dire de « gagner » contre Apollo, puis l'entraînement qui suit l'*exeat*, la tôle qu'il éclate au maillet, les pompes au matin du monde, la poire de vitesse, les tractions à une main, les abdos frappés, les squats avec un tronc sur les épaules et la course avec les enfants jusqu'au sommet des 72 *Rocky steps* venaient en baiser fictif, en truffe de chat, dissiper l'excès d'amertume – comme l'eau qu'on boit ou les larmes qu'on verse emportent une remontée de bile.

De ses muscles à la jungle des cheveux, de son cri de guerre à son regard tombant, je ne connaissais rien de plus beau que Sylvester Stallone et je chérissais chacune de ses apparitions mais aucune n'arrivait au talon du grand Rocky, le petit boxeur qui gagne en baissant la garde et qui épuise l'autre en lui ouvrant les bras. En Rambo, en Cobra, en tueur intrépide, en sauveteur désintéressé, en flic alcoolique, en grimpeur émérite, en mercenaire vertueux ou en juge-flic, Stallone était pleinement chacun de ses personnages. Mais en Rocky, dans Rocky, au creux du petit boxeur qui devient champion en buvant des œufs crus, il y avait tout l'espoir d'une vie meilleure à la seule force des bras. Bruce Lee bougeait à une vitesse infinie et n'éveillait en moi que de l'admiration ; avec Rocky, mon rêve éveillé avait le goût du possible et des exploits que l'abnégation permettait d'espérer. Or l'abnégation était à ma portée. L'écart entre lui et moi n'était pas de nature, mais de degré. Rocky, c'était mon optimisme, mon horizon, mon utopie concrète, mon Europe… Je me mis à faire des pompes, heureux de sentir, à chaque série, mes bras durcir et enfler comme les siens. Rocky n'était pas seulement mon idole, il était le grand frère manquant, au-dessus de moi mais à ma mesure. Je dois Rocky à Isidore. Et d'avoir remplacé l'introuvable assurance d'exister par le plus accessible sentiment de l'effort.

Les souvenirs sont gigantesques quand ils jaillissent de la petite enfance. Les événements qu'on vit à l'aube s'inscrivent en profondeur sur une matière en fixation. J'ai simultanément tous les âges de ma vie mais plus je remonte le cours du fleuve, plus les réminiscences sont précises. Plus je creuse, mieux vont les reliques. Dans la carotte de glace de mon histoire, les objets les plus lointains sont les mieux conservés, les plus vivants. Mes souvenirs s'estompent en s'approchant. Depuis toujours, la préhistoire m'est plus familière que le présent.

Je me souviens, par exemple, que Madame Marquez, en CE1, dont le nom mêlait en moi la marque, l'impératif et le parquet, usait presque toujours, pour s'adresser à nous, d'une petite peluche de Snoopy qu'elle accrochait à l'index et qui répondait à sa place.

En somme, Marquez était ventriloque.

Sauf qu'elle ne l'était pas.

Et que derrière son ambassadeur, chacun voyait bien que c'était Elle qui prenait la parole. Mais peu lui importait. Toute l'année, pour obtenir une réponse de Marquez, c'est à Snoopy qu'il fallut poser la question. De cette façon, l'indésirable s'était rendue inaccessible.

Seconde particularité : dès que la discussion devenait un peu intéressante, dès que ça sentait la poudre, quand un élève osait un mot comme « Picasso », « goulag » ou « génocide juif », Snoopy-Marquez, dont la jupe crayeuse et un peu décousue couvrait imparfaitement des genoux poilus, se mettait soudain à marcher sur la pointe des pieds avec des airs de cambrioleur comme si l'estrade avait été un champ de mines ou d'œufs crus, et elle ouvrait des yeux de baleine comme devant un trésor qu'elle n'aurait pas dû voir en disant à l'enfant qui manipulait de la dynamite « Ouh, là là… OUH LÀ LÀ… Atttttttttention !… » On eût dit Jacques Chirac devant un mouvement social ou Jean-Marc Ayrault devant une caricature de *Charlie Hebdo*.

Je n'ai jamais aimé Snoopy. Jamais compris le truc. L'humour. Charlie Brown, Linus, Sally, etc. Pendant longtemps, tout ce que j'ai su de Snoopy me venait de Chantal Goya dont, à l'heure où j'écris ces lignes, la chanson me revient par morceaux, comme (toute mesure gardée) le onzième chapitre de l'*Enfer* revint par bribes à Primo Levi… « *Écoutez, j'ai rencontré un petit copain, qui marchait tout autour des dix doigts de la main, il est adorable quand il est à table, il se tient vraiment très bien… Connaissez-vous ce petit chien, parlant français, américain ? Vous saurez tout, vous allez voir, s'il aime le blanc ou s'il aime le noir… Il a un grand cœur, il est gentil, Snoopy ! Wouaf Wouaf ! Il adore la vie et ses amis, Snoopy ! Wouaf Wouaf ! Il gagne au football et au rugby, Snoopy ! Il est aussi champion de ski…* » Mais où avais-je entendu ça ? Dans la chambre de ma sœur peut-être, qui jouxtait la mienne et qui m'offrait un asile les dimanches d'ennui où j'étais réduit, pour tuer le temps, à lui faire un cours sur le « cycle de l'eau » en insistant chaque fois sur le fait qu'un sol argileux n'étant guère perméable, les fleuves naissaient à proximité. Elle notait pieusement mes considérations géologiques tandis que, la règle à la main, je commentais un croquis coloré, et nous étions contents alors, pour un instant seulement, de nous trouver au même endroit.

– Ça va, Maman ? Tu pleures ?
– Je viens de voir un film extraordinaire.
– Ah, bon ? Ça raconte quoi ?
– Ça raconte une histoire très triste.
– Ah. Et c'était avec des bons acteurs ?
– Non. Pas des acteurs. Des témoins. En fait, le film raconte l'histoire de l'ex-ter-mi-na-tion-des-juifs-d'Europe-de-l'Est-par-les-nazis.
– C'est mortel !
– Pourquoi tu dis ça ? C'est vraiment crétin.
– Mais pas du tout ! Mortel, ça veut dire top !
– Ah, bon.
– Et comment ça s'appelle, le film ?
– *Shoah*. Ça dure neuf heures.
– Neuf heures de suite ?
– Ben oui, neuf heures de suite.
– Mais c'est hyper-long !
– C'est fou, ce qu'il peut être bête, cet enfant…, commenta Isidore, souriant.

Isidore, je l'ai dit, adorait me piéger.

Un jour que nous déjeunions d'un seul plat dans l'excellent chinois de la rue de Savoie, Isidore déclara *ex nihilo* qu'il était « désolant que des jeunes gens (comme moi) connaissent si peu de chose au génocide juif ». Je signalai mon désaccord en feignant de déglutir avec difficulté (et redoutai aussitôt les conséquences de mon audace). Il répondit à mon gloups : « Ah oui ? Eh ben, dis-moi ce que tu en sais ! Vas-y ! Raconte ! » Interro surprise. Sur un sujet dont je savais l'importance mais dont, à dix ans, je ne maîtrisais pas tous les points de détail. Ma connaissance de la Shoah tenait à quelques évidences, quelques informations glanées ci et là, dans le parcours d'un enfant qu'une érudition précoce consolait du malheur, comme la différence entre l'extermination concertée d'un peuple et la simple victoire sur un ennemi, ou bien le fait que la France eût activement collaboré avec l'occupant allemand. Autant dire que je n'étais pas prêt, ce jour-là, dans l'excellent chinois, à répondre du tac au tac à une question si vaste. Et puis comment commencer par TOUT dire ?

– Tu veux que je te parle du génocide dans un restaurant de la rue de Savoie ? demandai-je, comme si les deux étaient incompatibles.

Rire narquois et frottement de visage.

– Quel rapport ? Dis-moi ce que tu sais !

Rassemblant mes miettes à la vitesse de la trouille, je me jetai dans la gueule de l'ogre :

– Bon, je ne suis pas certain de ce que je raconte, mais il me semble que, si j'ai bonne mémoire, on jetait les juifs dans ce qu'on appelle des fours crématoires…

– Mais on les jetait quand ? Et quels juifs ?

– Eh bien, on les jetait pendant la guerre mondiale avec l'Allemagne…

– De l'Allemagne contre qui ?

– Ben, contre la France, mais pas que…

– Pff. Tu n'y connais rien. Tu vois, c'est ça que je veux dire.

– Mais attends, j'y connais un peu quelque chose, quand même…

– Écoute-moi, je ne veux pas entrer dans un conflit avec toi sur ce que tu connais et ce que tu ignores. Ce que je te dis – si ça t'intéresse – c'est que c'est grave de ne rien connaître à quelque chose d'aussi important… Parce que c'est comme ça que les catastrophes reviennent, tu comprends ce que je te dis ?

J'opinai (avais-je le choix ?). Et j'essayai de me persuader qu'effectivement je n'y connaissais rien. Mais tandis que la Pologne tout entière m'expliquait en bouffant ses nems que j'étais inculte et que c'était grave, je me sentais comme un chasseur dont la cheville est tombée sur un piège à loups.

Le repas s'acheva sur un rire inédit.

Au moment de payer, soucieux de rétablir une sorte d'équilibre, je m'offris à régler une partie de l'addition avec mon argent de poche. Il refusa mollement et j'insistai en faisant valoir qu'une « dition », ce n'était pas grand-chose. Au rire du Gros, je compris l'énormité de mon erreur et que, comme je le pressentais depuis un moment, « la dition » n'était depuis toujours qu'une *addition*. Tout en surmontant ma honte, je devais faire mon deuil d'un mot. Mais le frisson qui me laboura le dos fut interrompu par le rire lui-même, qui, à tous égards, était inhabituel. Au lieu de fendre son visage, d'imprimer une banane avant de péter son « Ha ! » de la bouche, Isidore s'était reculé, lèvres closes, comme pour éviter un coup, et avait imprimé tant de gaieté à son regard que, lorsqu'il s'esclaffa enfin, le rire me donna l'impression de jaillir au lieu d'éclater. Isidore riait sincèrement. Parce qu'il se faisait depuis toujours une trop haute idée de moi, il avait accueilli mon erreur à la façon d'une plaisanterie. Il croyait qu'en parlant d'une « dition » je jouais avec le langage, et en lacanien qui adorait les calembours, il était sensible, presque reconnaissant, comme d'une faveur impromptue, du mot d'esprit que je lui offrais en digestif. En mourant, la *dition* m'avait sauvé la vie. Et nous sortîmes du restaurant pour une fois bons amis.

Rocky *vs* Isidore. Stallone *vs* Staline.

Je ne donnais pas cher du second, malgré sa ceinture noire. Une fois de plus, le courage aurait raison de la force. Et pourtant…

Isidore était parvenu à adapter deux scénarios au cinéma. Du premier ne reste qu'un film ennuyeux où François Périer va déposer son propre caca dans de l'aluminium à l'entrée d'un cimetière (Montmartre ?) ; le second, un court-métrage intitulé *Nana Navona*, contait, si j'ai bonne mémoire, la découverte, par un mari chauve, de l'heure et du lieu du rendez-vous sexuel hebdomadaire que se donnaient sa femme et l'amant de celle-ci, à Rome.

C'était mon premier tournage.

Dans la chambre aux coussins pisseux dont les draps du lit, remplacés par de la soie orangée, étaient soigneusement désordonnés, j'avais mis mon costume de fantôme, loin du champ, et j'observais tout. Notamment l'homme aux cheveux blancs qui disait « diaph » tout le temps et dont une jeune fille énergique collait et décollait, au gré des besoins, de gros morceaux de scotch noir sur la salopette. C'était le porte-scotch. Il s'appelait « chèfop » et je cherchais l'origine de son prénom. Isidore, le genou posé sur le bord du lit, penché vers les comédiens, le script à la main, suggérait d'une voix de pédagogue l'émotion à feindre et leur intimait, en pesant ses mots, de « laisser entendre qu'ils pourraient s'entendre… avant de comprendre que tout est fini ». Lui-même jouait un rôle que je ne lui connaissais pas. Ses sourires, son ventre, ses mains grasses et son pantalon de velours côtelé étaient au service d'une identité nouvelle. Metteur en scène. Fondé de pouvoir. Directeur de demi-dieux.

Le film s'achevait sur l'image du cocu, qui, portant le sac où l'on devine un revolver, quitte les lieux de l'aveu avec des intentions clairement homicides. En elle-même, l'histoire n'avait aucun intérêt, mais la performance de Marc de Jonge (uniquement célèbre pour avoir tenu dans une pub légendaire le rôle de l'impassible qui se régale de Boursin tandis que la maison s'effondre) était si convaincante, l'homme était si terrifiant quand, de sa tête de cadavre, il intimait à sa femme de « continuer » à tout lui dire, que Stallone en personne, tombant sur le court-métrage, décida que l'acteur français incarnerait l'affreux colonel Zaysen dans *Rambo III*. Cette connexion surnaturelle entre mon pire ennemi et mon seul allié me donna l'air plutôt absent le jour où Isidore nous raconta l'histoire, ce qu'il interpréta comme une insolence ordinaire. Mais Isidore – on peut le comprendre – manquait de compliments.

Et puis, il y avait les livres.

Ce n'est pas à mon père que je dois d'aimer les livres.

C'est à lui que je dois de les vénérer.

Ce qui est très différent.

C'est ma mère et Isidore qui, par leur désinvolture et leurs décrets verticaux, apportèrent les deux éléments propices au déclenchement de la lecture chez un enfant qui attend la puberté dans un endroit où il se sent en danger : le désœuvrement et la rareté de la télé. Les livres étaient le marché noir de mon imagination.

Au petit-bourgeois qui souffre (ou qui, plus modestement, n'est pas heureux), la culture se présente, longtemps avant la drogue, comme une échappatoire de qualité. Non parce qu'elle donne à apprendre des choses, mais parce que les choses qu'elle donne à apprendre sont plus stables que les palinodies parentales, les gifles à tout va, la rage devant le petit qui s'est encore chié dessus et toutes les galères d'une vie coupée en deux.

Je me transformai donc en singe savant.

Je passais mes longues soirées d'exil chez Isidore, mes nuits parfois, à dépiauter des encyclopédies, apprendre par cœur la table des éléments, les taxons dinosauriens, les finesses de la géologie ou les grandes théories politiques. Et j'allais à l'école en double escargot, cartable sur le dos avec, en bandoulière, un sac de sport rectangulaire, empli de fascicules découpés à la récré pour en coller les images sur les pages d'un classeur qui, quand je le feuilletais ensuite, me donnait de la pesanteur. C'est pour les mêmes raisons que je me mis, quelques années plus tard, à porter des santiags en peau de couilles de crocodile, qui me donnaient un pas lourd, et dont j'aimais sentir le talon cogner le sol comme on se plaît à croire que des épaulettes arrangent la carrure. Et puis, j'écrivais mes rêves. Ce qui me valait, de la part d'Isidore, de rares témoignages de respect – alors que je n'écrivais que pour noircir des cahiers entiers et que les rêves, dont je retenais tout, s'offraient à moi comme une dictée.

Isidore avait deux idoles : Jacques Lacan et Kenji Tokitsu.

L'une des deux était une formidable imposture.

L'autre enseignait le karaté.

Je revois Isidore presque joyeux – ce qui était rare – arriver dans la chambre commune en tenant dans ses deux mains, comme le boîtier d'une relique, la cassette d'une conférence de Lacan à Louvain en 1972.

Après d'obscures présentations, le maître au cigare tordu prit la parole pour s'inquiéter dans un premier temps de savoir si tout le monde (et notamment les « gens de la périphérie ») pouvait l'entendre. « Car je n'aime pas beaucoup ce genre d'ustensiles », expliqua-t-il en montrant le micro qu'il avait caché sous sa cravate. À la demande générale, le coquet dut sortir l'ustensile, ce qu'il fit en déclarant « La cravate était donc un obstacle ». « Un obstacle… Quel génie ! » dit Isidore, que ma mère approuva d'un « *Extraordinaire !* » emphatique qui en disait long sur son désir d'être du même avis. Ils avaient leurs moments.

Tout commença dans l'eau.

Mon premier livre fut *Le Monde du silence* du commandant Cousteau, dont je retins l'effroi de deux plongeurs perdus dans la découverte des profondeurs, qui ne retrouvent plus leur bateau en revenant à la surface. Sainte terreur de l'homme abandonné au milieu de l'océan comme entre deux planètes, du Pip, du petit mousse à l'harmonica (dont mon père m'avait raconté l'histoire) que l'équipage du Péquod jette à l'eau parce qu'il est vraiment trop maladroit et laisse toute une journée pédaler au-dessus des profondeurs.

Puis ce fut *L'Histoire sans fin*. Les prénoms tautogrammes et les premiers délices de l'autoréférence. Au Narrateur, Bastien Baltasar Bux, découvrant qu'il est lui-même le personnage du livre qu'il avait dans les mains, je m'identifiai d'autant plus que le livre qui me racontait cette histoire portait lui-même le titre du livre que Bastien était en train de lire… Au commencement, j'étais incertain : *L'Histoire sans fin,* est-ce le livre que je lisais, ou bien le titre du livre que le héros du livre découvre dans le livre que j'étais en train de lire ? Les deux, mon sorcier. Et si c'était le même livre ? Et si j'étais moi-même ce héros ? Jeté parmi les dragons et les fleuves de larmes, compagnon des enfants-chevaliers dans la guerre contre le néant, mon fantôme exultait.

Sur les conseils de Kenji (dont je suivis les cours toute une année rue du Pré-aux-Clercs), un peu par sadisme et aussi parce qu'il m'avait vu écrire mes rêves, Isidore me mit entre les mains les 768 pages de *La Pierre et le Sabre* – dont je ne savais pas trop si l'auteur s'appelait Eiji Yoshikawa ou André Balland –, qui racontaient l'adolescence et la maturité du samouraï Myamoto Musashi. Or, le nom du ronin (qui donne en fritalien « Mia moto mousse et chie ») amusait secrètement l'enfant de sept ans qui trouvait dans les chausse-trappes du langage l'équivalent du portefeuille sur lequel on tombe quand on vit les yeux baissés.

J'ouvris le livre.

Je le dévorai. Au point d'en sortir affamé.

L'enfance de Takezo, dont la force est d'abord au service de la violence, puis l'amour qu'il ose éprouver pour Ötsu m'apprirent que certains combats exigeaient d'un homme qu'il rangeât son sabre. Le chapitre intitulé « Le pin parasol », où Musashi découpe en rondelles nippones une armée entière, me donna l'espoir qu'il était possible, dans le temps de la vie, d'acquérir les talents d'un Dieu. Le second tome, *La Parfaite Lumière*, s'achève sur le combat de Musashi et du redoutable Kojiro (qui, croyant avoir gagné, esquisse un sourire avant que son crâne n'éclate) ainsi que sur ce regret : « Qui connaît les profondeurs (de l'océan) ? » En moi-même, j'envoyai Cousteau répondre à Musashi que, quand on explore les profondeurs, il arrive qu'on ne retrouve plus son bateau à la surface et qu'on soit seul au milieu des flots. Pas sûr que la profondeur soit un gain. D'ailleurs, me disais-je, si profond soit-on, on n'en est pas moins quelque part… Et si la profondeur n'était que la *surface du dessous* ? Mes premiers livres discutaient déjà.

Je retirai un triple bénéfice de la lecture de *Sinouhé l'Égyptien* : d'abord un premier contact avec la Finlande, dont je savais que l'égyptologue (Mika Waltari) était natif – ce qui me semblait aussi absurde qu'un Libanais à la tête d'une pizzeria. Puis la découverte d'un mot dément : « sempiternel » que Sinouhé accolait en permanence aux bavardages de Keptah, son domestique, et qui me semblait multiplier l'éternité. Enfin, la dernière phrase (« Qui fus seul tous les jours de sa vie », ou quelque chose comme ça) me troublait un peu. Peut-on être seul au milieu des autres ? Si la solitude n'est pas rompue par la présence de quelqu'un, comment en sortir ?

Puis il y eut *Le Comte de Monte-Cristo*, dont Isidore, qui travaillait dessus pour les besoins de son scénario avec dépôt de merde à Montmartre, avait décrété que, dans la foulée des samouraïs, je devais séance tenante abandonner tout autre projet que cette lecture-là. Sous la contrainte, le livre devint un pensum. Tous les noms y sonnaient faux, de Dantes (qui avait un « s » de trop) à « Mercedes » (qui avait un nom de voiture). Heureusement, Isidore acheva son scénario avant que j'atteignisse le tiers du roman, et je fus dispensé, du jour au lendemain, de ce qui m'avait d'abord été présenté comme une obligation légale. Il paraît qu'à la fin Dantes se venge. On le dit.

Surtout, il y avait la comtesse de Ségur.

Dans la collection mauve « Michel de L'Ormeraie », homogène et magnifiquement illustrée, qui faisait une robe à ses aventures.

Les jours de mon ennui, j'en étalais les volumes sur la moquette grise, chacun d'eux ouvert à une page favorite, doublée d'une favorite *bis* que marquait un ruban.

Le Général Dourakine à l'endroit où la Papofski s'aperçoit que, malgré des décennies de simagrées, il ne lui a rien laissé en héritage.

Les Deux Nigauds à l'instant de la noyade dans la piscine.

Un Bon Petit Diable à la page où, baissant sa culotte pour le frapper de toutes ses forces, la superstitieuse Mac Miche découvre deux fées peintes sur le cul du petit Jacques.

Le début de *L'Auberge de l'Ange gardien* où l'autre petit Jacques protège son petit frère comme je protégeais le mien. Je m'imaginais sur les routes, me privant de manger pour que Lucien pût passer la nuit.

Le chapitre de *La Fortune de Gaspard* où la dot de son fils tue son fermier de père (« cinq millions ! »).

La découverte du visage délicieux de Mina que, naïvement, chacun imaginait laide et ridicule comme son père. Etc.

Avant « Laisse béton » de Renaud, c'est à la géniale Comtesse (qui avait rebaptisé Jacques de Traypi, son petit-fils, Jacques de Pitray) que je dois d'avoir appris l'existence du verlan. Avant *L'Arme fatale* et *Terminator*, c'est à elle encore que je dois de connaître la volupté des suites, et l'idée que les livres avaient, entre eux, tant à se dire. J'ai adoré découvrir – parce que personne ne m'en avait averti – que *Les Petites Filles modèles* venait après *Les Malheurs de Sophie*, et précédait lui-même le fabuleux volume des *Vacances* ; j'ai adoré accepter que les héros de roman grandissent au rythme de ma lecture, j'ai souffert d'apprendre la mort de l'insipide Madame de Réan lors du naufrage dans l'Atlantique, et me suis consolé en voyant Paul d'Aubert devenir un jeune homme accompli, expert en savate et flanqué d'un père nouveau. Léon le poltron, devenu général après que Paul l'eût convaincu de se battre contre des voyous, me donnait l'espoir, par sa conversion, qu'on ne fût pas condamné à se cacher toute sa vie.

J'aimais comparer le sort de Sophie, dont les mauvaises dispositions l'emportent sur l'excellence des conseils qu'elle reçoit et qui, passé la mort de sa mère, devient affreuse et violente avant d'être vaincue par le Bien, à celui de Christine des Ormes, que sa mère écervelée néglige et déteste, au point de tenir pour un problème strictement « domestique » la découverte qu'elle est battue par sa bonne… La mère de Christine m'était précieuse, comme l'était Madame Fichini et, à leur suite, tous les tortionnaires parentaux : leurs histoires m'accompagnaient sur le chemin qui devait me conduire un jour à comprendre que, sans être plus malheureux qu'un autre, j'étais moi aussi parfois victime d'injustices. C'est la comtesse de Ségur et ses récits où la mort en personne punissait les méchants (mais pas seulement) qui me montra le point d'équilibre entre le désir d'être victime, et le constat que je l'étais, quand même, un peu. Quand on néglige un petit, ou quand, abusant d'une légitime autorité, on en fait une sorte de souffre-douleur, il faut aussi l'empêcher de lire si l'on souhaite qu'il pense que tout est de sa faute.

Le père de Christine, Monsieur des Ormes, m'intriguait davantage. Car il aimait son enfant et aucune scène n'était meilleure à relire que le chapitre où il surprend l'affreuse nourrice en train de fracasser sa fille et la congédie aussitôt de « deux formidables coups de pied ». Or, à l'exception de ce moment et malgré la tristesse qu'il éprouve le jour où Christine lui fait part, ingénument, de son désir d'être adoptée par Monsieur de Nancé, Monsieur des Ormes, dont tout prouve l'affection qu'il porte à son enfant, ne contredit jamais sa détestable maman. Comment peut-on aimer et défendre sa fille, tout en laissant le dernier mot à une mère indigne ?

Je n'ai toujours pas de réponse.

Et puis comment Christine fait-elle pour n'être jamais mauvaise ? D'où lui vient sa capacité à aimer, malgré le sort qui est le sien ? Où trouve-t-elle la sagesse de surmonter l'apparence du petit bossu pour chérir le fond de son âme ? Christine me semblait résoudre Sophie. « Nous allons laisser nos personnages vivre et mourir », écrit la Comtesse à l'issue de sa trilogie… J'en pleurais. Le cœur serré, je fermais *Les Vacances* avant de l'ouvrir à nouveau, d'en reprendre la lecture au début pour maintenir l'illusion et retarder autant que possible la conscience de leur trépas – et donc du mien.

Ma lecture de la Comtesse allait au-delà de l'édification morale (même si un enfant élevé dans l'athéisme et la séparation tend à trouver un réconfort dans les aventures de grands bourgeois pieux et ordonnés) vers l'expérience ontologique. L'hypocrisie, la cruauté des enfants (entre eux), la cruauté des parents (envers les enfants), le racisme ordinaire, le snobisme d'une fille de marmitons devenue vulgaire en devenant riche, la trahison, l'espionnage industriel, la lâcheté, les patronymes en jeux de mots (Monsieur « fer et or »), le sadisme animalier, le bruit des sabots, la piété, le fanatisme et l'amour qui vient à un cœur sec comme une plante choisit de pousser sur une pierre… Tout cela n'existait vraiment, ou n'avait existé avant moi, que parce que la divine Comtesse en avait parlé. Le filtre de ses récits était donateur d'existence. En transitant par la Comtesse, le monde était certifié. Je tapais d'un poing plus ferme sur mon bureau de bois, et je recopiais des paragraphes entiers en fixant ma feuille comme j'avais vu Isidore fixer la porte un jour d'épilepsie. Je sentais la plume glisser doucement sur le papier blanc. Ma maîtresse, Madame Berthaut, m'avait appris à épouser les lignes et arrondir mes lettres. J'écrivais en lisant.

La découverte du réel par les livres s'accompagna chez moi de la conviction que, comme ma mère le dirait quelques années plus tard en me lâchant dans l'aéroport de Lugano, j'étais méchant. Pour une raison simple : j'ai tout appris dans la comtesse de Ségur et la comtesse de Ségur, c'était l'ordre moral et les valeurs absolues. Les aventures édifiantes au terme desquelles chacun retrouvait la place qu'une juste Providence lui avait assignée. L'éternelle hiérarchie avec en son sommet, comme seule norme et dispensateur légitime des gradations inférieures, la figure du Blanc. Sous le regard de mon reflet (dont je venais de faire la connaissance), et comme on s'excuse soi-même, goûtant chaque mot comme un fruit, je lisais et relisais, à haute voix, seul dans ma chambre, parce qu'elle était propice au pathétique, la supplique finale du roi des esclaves, navré de voir partir le maître qu'ils s'étaient donné : « Ô père ! que ferai-je sans toi ? Qui m'apprendra à prier ton Dieu ? Ô père, reste avec tes frères, tes enfants, tes esclaves ! Oui, nous sommes tous tes esclaves, prends nos femmes, nos enfants pour te servir ; mène-nous où tu voudras, mais ne nous quitte pas, ne nous laisse pas mourir de tristesse loin de toi ! ». Et ma voix tremblait.

Et puis, dans la Comtesse, il y avait les sévices. Les fessées qu'on donnait au fagot, au fouet, au martinet, au knout parfois, et toujours avec le sentiment du devoir accompli. Madame Mac Miche ou Madame Fichini et toutes les autres n'y allaient pas de main morte. Et j'avais mal au cul. Malgré mes simagrées colonialistes et mes amendes honorables, je sentais bien qu'à trop souvent désobéir à Isidore, à répéter que je ne croyais pas en Dieu, que le crime payait parfois, que l'homosexualité n'était pas un crime ou que les Noirs et les Blancs étaient frères, je tombais quotidiennement sous le coup des gémonies de la Comtesse réac et raciste. Or, tout le système d'Isidore reposait sur la mauvaise image que j'avais de moi-même. Mêlant dans un même jugement les morales de la romancière et les oukases de mon beau-père, je me sentais condamné partout.

Alors, pour aggraver mon cas, comme Maître Renard cherche sous terre la liberté dont les fermiers le privent à l'air libre, dans le secret de ma chambre, je me mis à imaginer la seule chose qu'on ne trouve jamais dans les œuvres de la Comtesse (comme dans les albums d'Hergé, ce qui n'a rien à voir) : le sexe. Par exemple : Mesdames de Fleurville et Rosbourg devaient bien avoir écarté les jambes et laissé passer la bite de leur mari pour fabriquer les enfants qu'elles élevaient désormais dans la crainte de Dieu. Bordel de merde. Il avait bien bien fallu que « ces dames » se fissent un peu défoncer pour tomber enceintes… Qui sait ? Et si un jour, sur un malentendu, la teub du reup s'était trompée de trou ? Je riais de cette question, seul dans ma chambre, comme d'un blasphème insoupçonnable. Et d'un rire que je voulais sardonique. J'avais l'impression d'un secret si mal caché qu'en affleurant il devenait juste un mensonge que tout le reste me semblait destiné à recouvrir (encore aujourd'hui, l'idée que Madame de Fleurville eût un anus et connût son double emploi me laisse intranquille). Bref, je trouvais là de quoi remplir le cœur d'un enfant. Et dans ces livres magiques, étalés comme des portes ouvertes sur le réel, l'alphabet d'une existence qu'il m'appartenait, au moins, de rêver.

Un dimanche où nous revenions d'un déjeuner chez ses parents, et où le matin même, en lieu et place du western qu'on avait l'habitude de regarder, Isidore avait imposé un film de Mizoguchi où des Nippons en noir et blanc s'étreignent toutes les deux minutes, le Gros fut pris, donc, d'une crise d'épilepsie.

Était-il puni ?

Le dépit d'avoir subi deux longues heures de gémissements gutturaux en guise d'*Il était une fois dans l'Ouest* suivies d'un déjeuner chiantissime dans un F3 climatisé du 15e au milieu de mes cousins par alliance était si frais que j'osais secrètement y voir une forme de justice. En tout cas, je l'aimais si peu que l'indifférence (et le sens de l'observation) avait pris le dessus sur la stupeur. J'étais fasciné qu'il n'arrivât plus à ouvrir la porte. Sa main tremblait tellement que la clef, comme un pivert myope, cognait le loquet en mille endroits sans atteindre l'issue qu'il avait pourtant sous les yeux. Alors – comme si c'était la porte elle-même qui bougeait et qu'il fallait immobiliser – Isidore, affolé, posa la main gauche à l'envers au-dessus de la serrure, et parvint, malgré les tremblements, à ouvrir la porte pour traverser en courant (ce que je ne l'avais jamais vu faire) le corridor et le salon, jusqu'à sa chambre, où, après avoir arraché son gilet, sa chemise et le bouton de son pantalon de velours côtelé, il se jeta sur le lit, nu comme un vers. Je n'avais aucun besoin de me cacher pour le suivre. La panique de Polyphème couvrait mon indiscrétion. Comme un scooter s'engouffre dans la brèche qu'une voiture de police ou une ambulance a forée dans un embouteillage, j'entrai dans la chambre à sa suite, fantôme à souhait, et le regardai longuement, sans peur ni sollicitude, en position fœtale sur son lit, la couille coincée dans sa cuisse, paraissant prier avec les poings, entre deux convulsions.

Les cours moyens (CM1, CM2) étaient partagés entre deux institutrices. À main gauche, l'austère Madame Berthaut, dont l'ironie servait de pudeur, qui levait souvent les yeux au ciel pour nous montrer que nous avions beaucoup à apprendre, et qui, calligraphomane, répandait sur nos petites copies, d'une écriture parfaite, des montagnes d'observations inutiles. Et à main droite, l'extravagante Madame Weber, qui vouvoyait les enfants, et ressemblait en tout point à ces descendantes des bonnes sœurs que sont les premières hussardes de la République. J'héritai de la première, qui m'humilia régulièrement et prenait des airs pince-sans-rire quand je m'aventurais à faire une remarque. De son être fade et souriant, de sa pâle rousseur, demeure le préjugé que, contrairement aux apparences, la glace ne recouvre que la glace.

Par sa vigueur de nonne et les éclats de sa voix sèche, Madame Weber avait depuis longtemps pris le dessus sur son alter égale, et régnait sans partage sur l'ensemble du cours moyen de la rue du Jardinet.

Comme tout tyran, elle exigeait son quota annuel de victimes, que son acolyte, notre maîtresse, lui servait au cours de séances d'humiliation. Une fois par an, tel le Minotaure qui, s'emmerdant dans son labyrinthe, eût lui-même rendu visite aux enfants d'Athènes, Madame Weber (dont jamais nous n'avions eu le droit de regarder la classe) faisait irruption chez nous en disant d'un air gourmand « Vous m'avez dit que vous vouliez me montrer comment lisent vos élèves ? ».

Notre institutrice désignait alors les plus mauvais lecteurs, c'est-à-dire les étrangers (en qui la langue natale n'avait pas été supplantée par le français), à qui elle ordonnait, d'un ton posé, de déchiffrer une histoire qu'ils ne connaissaient pas. Le résultat était lamentable et la sentence, définitive (« Vous lisez comme en *mars CP* ! »), tombait au bout d'une minute au moins – comme s'il fallait une minute entière pour s'apercevoir qu'un élève ne sait pas lire. Deux victimes étaient passées sur le gril quand, surpris que, comme l'année précédente, Madame Berthaut ne choisît que les plus illettrés d'entre nous pour lire (si l'enjeu était de montrer les mérites de la classe, pourquoi faisait-elle une sélection si nulle ?) et soucieux de laver l'honneur de mes camarades, je m'offris soudain à lire la page de leur choix.

Madame Berthaut accueillit cette initiative avec une grimace où entrait le dépit de l'esclave privé de son offrande. Je n'ai revu cette expression que trente ans plus tard, dans *Payback*, sur la gueule du type qui est chargé par un mafieux d'éclater un à un les doigts de pied de Porter (Mel Gibson) jusqu'à ce que ce dernier donne l'adresse où le fils du chef-truand est retenu prisonnier. Or, de façon surprenante, Porter se couche assez vite, au quatrième doigt, au grand dam du bourreau qui ne sait plus quoi faire de son marteau et dont le visage, à cet instant, exprime clairement une déception *Berthaut*.

« Mais comment ! C'est rare, un volontaire, dit Madame Weber, charmée par l'audace. Allez-y ! Ouvrez le livre à la page… Tiens, 72 ! » Il était question de ski, de montagne et d'un « ami allemand », Monsieur Shraier, dont à l'instinct je sur-germanisais le patronyme.

– Vous avez des ancêtres allemands ?

– Non, Madame.

– Tiens, c'est étrange, car vous avez un très bon accent. Vous devriez regarder de ce côté-là.

– Ah. D'accord.

– En tout cas, c'est excellent comme lecture. Vous pouvez être fière, Madame Berthaut, d'avoir de si bons élèves… aussi !

La pleutre voulut rire, mollement. Je lui avais gâché son cadeau. Le bûcher qu'elle avait préparé toute une année avait fait long feu. Je les avais privées d'un massacre. J'avais brutalement interrompu, par vanité, pour me faire voir, le cours de leur petite cérémonie.

Chez Polyphème, il y avait aussi le téléphone.

Quatre combinés gris, répartis dans le grand appartement, surmontés de touches carrées qui devenaient rouge feu quand on appuyait dessus. Ligne 1 ou ligne 2. L'une des deux était toujours libre, et l'un des quatre téléphones se trouvait dans la partie familiale du grand appartement où Isidore ne mettait guère les pieds pendant la journée : je pouvais raconter ma vie pendant des heures à mon père tout en nourrissant le sentiment délicieux de ruiner l'ogre, de percer le ballon de pus et d'en laisser filer un maximum de gouttes…

Babylone 0709. C'était le Sésame du Paradis. Sept chiffres bénis que je répétais comme une prière et qui, quand je composais le numéro, me paraissaient la formule secrète de l'harmonie. Comme deux ailes jumelles dont la dissymétrie était compensée par la coordination, le 7 et le 9 s'ordonnaient en étoile autour du zéro. C'était parfait. Face à eux se dressait le détestable et anti-musical 358 14 00, numéro d'Isidore, synonyme chiffré de rire de canard, de pipi de chat et de gifles, où s'entassaient les inconvénients de la parité, d'un ravissant 3 liminaire aussitôt recouvert par le volumineux « Saint-Kant-huit » et d'une double nullité finale qui donnait l'impression d'avoir abjuré la fantaisie par le vide et rangé les déchets dans un dernier tiroir. 222 07 09 contre 358 14 00, c'était Macumba contre Schubert, c'était *La Bamba* contre *Flip-bouc*.

Désœuvré comme un éditeur, mon père avait du temps pour moi et le mettait à profit pour m'envoyer de loin, par un pont téléphonique, l'analgésique de son rire et de ses belles histoires. Alors on échangeait en cachette, sous le radar du gros lard, mes complaintes contre ses encouragements (« On va se voir bientôt et, si tu veux, on ira au Parc des Princes ? ») ou, parfois, ses injonctions prophétiques comme ce 12 juin 1984, jour de France-Danemark : « C'est très important que tu regardes le match ce soir, mon p'tit bonhomme. C'est une étape vers le titre de champion d'Europe ! – Promis, Papa. »

Malheureusement – comme la totalité des France-Danemark de l'histoire du football – le match était ennuyeux. Il ne s'y passait rien. Et, coup de grâce à ma promesse, il y avait au même moment, sur FR3, un téléfilm dont l'histoire m'a longtemps glacé le sang.

Tout commence à l'intérieur d'une maison lumineuse où les quatre membres d'une famille unie achèvent dans la gaieté une partie de gin-rami. Vaincu, le père a pour gage d'aller chercher le grand parasol qu'ils prévoient d'installer sur la terrasse pour le déjeuner. Comme d'habitude, le loquet de la porte d'entrée coince un peu et, au lieu de forcer, le père choisit de le réparer. Il se saisit d'un tournevis et retire la poignée qui refuse, ensuite, de se fixer sur la cheville, de sorte qu'on ne peut plus ouvrir du tout. Riant de sa sottise, le père entreprend de passer par les fenêtres du salon puis se ravise en songeant qu'il vient de repeindre leurs montants et que soit la peinture n'est pas sèche et tout serait à refaire s'il y posait ses doigts, soit la peinture a recouvert les jointures en séchant et il court le risque de casser une vitre en forçant un peu. Les voilà coincés. Ce qui ne gêne personne, hormis le chien, qui, de l'extérieur, fait bruyamment savoir à ses maîtres qu'il les attend ou qu'il aimerait bien rentrer. Le père se rend donc au garage, qui – comme souvent en Amérique – est contigu au salon, afin de rejoindre le jardin par la porte motorisée. Mais il ne trouve pas la télécommande du rouleau coulissant dernier cri. Furieux, le père entreprend de l'ouvrir manuellement. Mais la manivelle ne tient pas dans le barillet et menace, à chaque tour, de lui glisser des mains, ce qui finit par arriver en plein mouvement ascendant. Ivre de rage, le crane fendu et l'épaule démise, le père se met au volant de son Winnebago, déterminé à enfoncer la porte du garage… qui résiste au bélier et dont le mécanisme se brise définitivement.

Au retour du père, bredouille, dans le grand salon, le chien a cessé d'aboyer. Et s'étonnant de son silence, les parents s'aperçoivent soudain qu'ils ont oublié le nom de l'animal. D'abord ils en rient car ils l'ont sur le bout de la langue et rien n'est plus amusant que ces amnésies complices, mais le rire mute en terreur quand ils prennent conscience que le prénom de leurs propres enfants leur échappe également. Et, à vrai dire, eux-mêmes ne savent plus comment ils s'appellent… Une demi-heure après la joyeuse partie de gin, quatre inconnus sans mémoire se tordent de terreur dans une maison close dont, en apothéose, un liquide vert envahit le salon et noie les occupants. La scène finale montre une gamine en pyjama rouge, qui court se plaindre à sa mère : « Maman ! Jérémie a encore fait couler son bonbon à la menthe dans ma maison de poupée ! »

J'étais fou.

Pour me rassurer, n'osant regarder ce que j'entrevoyais, je commençai par me dire que les parents avaient tout simplement oublié le prénom de leurs enfants, avant d'accepter, de digérer l'idée… qu'ils ne l'avaient jamais connu ! Ils avaient vécu jusqu'à présent dans la certitude qu'ils le savaient mais ils n'en savaient rien… À la réflexion, le vertige s'accrut. Que voulait dire « jusqu'à présent », puisqu'en vérité ils venaient juste d'apparaître eux-mêmes ? Puisqu'ils étaient nés avec la partie de gin ? Dotés d'une mémoire d'artifice réduite aux fonctions assignées par la petite fille dont ils alimentaient la fantaisie ?

Le sol s'était dérobé et, comme un skieur du dimanche au sommet d'un couloir pentu, j'assistais au déploiement de l'abîme. Non seulement les personnages n'existaient que depuis quelques minutes et n'avaient vécu que le temps de vivre le drame auquel j'avais assisté, mais à dire vrai : *ils n'existaient pas*. Ce dont les figurines prenaient conscience en découvrant que leur mémoire n'était qu'un souvenir de souvenir, c'était leur inexistence même. Les êtres (si j'ose dire) dont j'avais assisté à la catastrophe avaient, en prenant conscience d'eux-mêmes, pris acte de leur inexistence. C'étaient des fantômes lucides sur leur condition. Comment peut-on penser sans exister ? La seule phrase de philosophie que je connaissais était « Je pense donc je suis » et j'étais là confronté à des personnages qui pouvaient à bon droit déclarer « Je pense, donc je ne suis pas ».

Faute d'échos, le décor de *L'Histoire sans fin* (ses mangeurs de cailloux, ses dragons généreux, ses enfants magnifiques et l'enjeu d'une reine en danger) avait fini par prendre le dessus sur le paradoxe inexploité d'un récit dont le lecteur est également le démiurge… Mais quand je vis le téléfilm, le jeune souvenir du livre dont le lecteur est le héros (augmenté du moment où Bastien Baltasar Bux apprend que, dans le monde où il est comme un dieu, les choses existent depuis toujours à la seconde où il les imagine), comprenant que c'était son heure, ressuscita gaiement et me tint la main dans ma traversée du vide. Je découvrais, à ma joie, qu'un livre et un film pouvaient communiquer. C'était le bon côté de l'effroi. L'adret de l'infalsifiable sentiment que ma propre vie n'était qu'un songe.

Ma mère, à qui je fis part de mon émotion, fut enchantée par mon récit (où elle trouvait l'écho des premiers livres de Philip K. Dick dont elle venait d'écrire la préface pour une édition de poche). Elle se mit aussitôt à rédiger l'histoire elle-même, d'abord sous ma dictée puis toute seule, en roue libre, pour le seul plaisir de fixer sur l'écran ronronnant du Macintosh les détails du frisson qu'elle partageait pleinement.

Je pense, donc je ne suis pas... Quand on creuse ce sillon, quand on assume les zigzags d'un emballement de ce calibre, on croise d'abord le mot qu'on a sur le bout de la langue et l'impression que, appelé des profondeurs, le mot va s'imposer, puis on y contemple des nuages, mandataires amnésiques, moutons sans maîtres, dont la beauté repose sur le sentiment qu'ils ont oublié en route le sens de leur venue. On y trouve enfin, d'abord, la longue mémoire d'un moment merveilleux où, comme une réponse de ma propre mère à la maman nulle qui oublie le prénom de ses enfants, un texte était né d'une discussion.

Au bout d'une heure, épuisé par l'horaire tardif et par l'émotion d'avoir vécu un tel moment de Maman, j'admirais d'un œil vide ses doigts habiles et m'étonnais, hagard, qu'elle pût taper à la machine sans regarder le clavier.

Poupette fut un jour agressée dans le hall du boulevard Montparnasse. Deux types s'étaient jetés sur elle et l'avaient menacée de l'amputer (avant de l'asperger de lacrymogène) si elle ne leur donnait pas sa bague de mariage. Or son premier réflexe, son seul réflexe quand l'un d'eux la tenait par la gorge tandis que l'autre lui arrachait le doigt, avait été de crier mon prénom.

Était-ce parce que nous venions de nous parler (c'est moi qui avais répondu à l'interphone) ? Ou était-ce un mantra ? Une formule magique, du genre de celle que les enfants prononcent quand ils sentent que des voleurs sont entrés dans la maison et qu'ils espèrent ne pas être découverts sous la couette ? Était-ce que, fidèle à mon prénom, j'étais dans son cœur un ange gardien dont les petites ailes sauraient la protéger ? Ni elle ni moi n'avons jamais su dire pour quelle raison, ce jour-là, comme elle me l'apprit le lendemain, mon prénom avait jailli avant les autres. Ce dont nous n'avons jamais parlé en revanche – car je le lui ai toujours caché et elle est morte sans l'avoir imaginé –, c'est la façon dont j'avais réagi à son agression.

Comme je m'étonnais, après lui avoir ouvert la porte, de ne pas la voir arriver, j'étais sorti sur le palier pour expédier à l'insu de tous – si Poupette était déjà dans l'ascenseur et bien à l'abri – le crachat qui commençait à me gonfler la gorge, dans l'espoir, inlassablement renouvelé, qu'il restât compact. Mais la cage d'escalier était embrumée jusqu'au troisième étage, comme s'il y avait eu un incendie froid, et j'entendais dans le brouillard, entre les casse-grains du vieux monte-charge, une voix étouffée, une voix de petit lamentin, qui murmurait mon prénom. Au lieu de me dire que ma grand-mère sortait de la fumée et qu'il avait dû lui arriver quelque chose d'épouvantable, au lieu de répondre, de la rassurer, de lui ouvrir la porte, de la prendre dans mes bras, de panser ses plaies, de recoller son doigt, je me mis à descendre l'escalier pour m'approcher de la fumée toxique, non par curiosité (j'avais parfaitement compris que c'était du gaz lacrymogène) mais par autovantardise, parce qu'il m'était arrivé, à Montaigne, un jour de Mardi gras, de respirer de loin, vaguement, un peu de gaz qui pique et que cette expérience me donnait (à mes yeux) le droit de marcher au milieu du danger, indifférent, avant de remonter généreusement, en père de la nation, prendre des nouvelles de ceux qui, comme ma grand-mère, contrairement à moi, n'étaient pas immunisés. J'étais en cela, dans ce film éveillé, d'une sottise uniquement comparable à celle du père qui, dans une BD d'une page dont je n'ai jamais su l'auteur, se vante auprès de son fils de n'avoir peur de rien et, pour le lui montrer, l'emmène derrière le saloon à proximité d'un nid de vipères, puis se fait mordre sous les yeux du garçon dont il moquait l'effroi et meurt dans son lit, en promettant « Je me repose un peu, fiston, et je te retrouve tout à l'heure ». Cinq secondes plus tard, asphyxié à mon tour, je remontais les escaliers à grandes enjambées pour y trouver ma Poupette (dont je feignis de découvrir l'agression) le visage bleu, rouge et blême à la fois, qui tentait entre les sanglots de reprendre son souffle.

Étais-je un monstre, pour qui l'état de choc de sa grand-mère était peu de chose au regard de l'occasion donnée de montrer sa propre expérience en matière de lacrymo ? ou un enfant affolé qui veut se dérober à l'idée terrifiante que sa grand-mère chérie a failli mourir ? Disparaître, ou devenir transparent, est le premier déni. Quand il faut improviser et qu'on ne peut pas ne pas avoir vu, on a toujours la ressource de se rendre invisible. Devant elle, dont le petit corps tremblait et souffrait tellement, j'étais évanescent. L'inconsistance est un effet de l'effroi, comme la paresse est un symptôme de la trouille. Heureusement, pensai-je, fou d'égoïsme, Poupette était trop abîmée pour se rendre compte de mon attitude. Je fus nul, en catimini.

Hormis ceux qui m'étaient octroyés par hasard au cours de mes trop brefs séjours chez mon père, le seul moment que je passais avec ma grand-mère sans que ma mère pût s'y opposer était le déjeuner du mardi. Poupette venait me chercher, sans crainte, forte de son droit, à l'école du Jardinet, à 11 h 30, et nous allions chez Marco Polo, rue de Condé, où nous accueillait Abel avec un revolver en papier. À 11 h 45, j'avalais simultanément un carpaccio et des bolognaises. Le restaurant n'avait pas officiellement ouvert que nous en sortions déjà pour nous rendre dans un café de la rue de Buci où je puisais dans son portefeuille des montagnes de pièces de dix francs que je claquais au jeu de catch, au milieu des cigarettes et des demis, tandis que Poupette, heureuse, abîmait son vieux dos sur une chaise en osier.

Abel, qui m'attendait à l'entrée du restaurant avec le sourire d'un père, m'avait appris à faire des avions de papier qui, quand on les lançait, effectuaient un looping avant de rejoindre délicatement le sol. Druide dispendieux, je transmis mon savoir sans compter à l'ensemble de ma classe, et pendant quelques semaines, la cour de récréation devint une gigantesque aubépine dont les pétales blancs tentaient successivement de s'arracher à la pesanteur. L'un d'eux, après un looping parfait, atteignit le verre droit des lunettes de Madame Weber, qui s'effondra en hurlant, les mains sur le visage.

L'incident n'eut pas l'effet qu'elle escomptait, car elle était seule à surveiller la cour, et les enfants se fichaient bien de ce qui pouvait arriver à ce sac d'os. Une heure plus tard, elle fit irruption dans notre salle de classe, sans présenter la moindre excuse à la dame qui remplaçait Madame Berthaut pour quelques semaines, et déclara, d'une voix terrible, dans un silence de confessionnal :

– Je sais que certains d'entre vous lancent des *flèches* dans la cour ! Je vous préviens que si une telle chose recommence, ce sera extrêmement grave pour tout le monde ! Alors, attention !

– Des flèches ? s'étonna la remplaçante.

– Oui, madame ! des flèches ! dont l'une a failli m'éborgner ! Alors, je vous préviens : si ça recommence, je passe à la punition !

– Vous n'en ferez rien du tout. Mes élèves ne sont pas votre affaire. Ce qui se passe dans cette classe ne vous concerne pas, madame !

Au mutisme qui convient aux menaces succéda le silence qui sied aux insurrections. Tout en jetant sur notre maîtresse provisoire un regard émerveillé, nous attendions avec autant de curiosité que la mort de JR la réponse de Madame Weber à la stupéfiante contestation de son autorité. « Eh bien, je ferai ce que je veux, madame ! » dit la vieille, vaincue, en claquant la porte.

Je regardai de nouveau la *remplaçante* (dont il est étonnant que j'aie oublié le nom) : elle n'avait pas l'air inquiet. Aucun trait de son visage ne trahissait la fierté d'avoir abattu un monstre, ni l'inquiétude des représailles qui suivraient cette glorieuse rébellion. Elle n'avait aucune idée de ce qu'elle venait d'accomplir.

De cette école où elle ne faisait que passer, elle ne possédait aucun code et nul n'avait pris la peine, tant c'était évident, de la renseigner sur l'exceptionnel statut de Madame Weber. Qui, enfin traitée comme elle le méritait, cessa de paraître gigantesque pour révéler le vrai visage d'une sale petite intruse hystérique, autoritaire, mal élevée, mais contestable. Et forte seulement de notre faiblesse.

L'école publique était encore marquée, dans les années 80, par les usages de l'après-guerre. Les sciences étaient consignées dans des « Leçons de vie » et les autres livres, où des enfants blancs aux joues rouges s'extasiaient devant des fleurs et des papillons, semblaient tous avoir été dessinés par Marcel Marlier. À ces ouvrages antiques, Madame Berthaut ajoutait le strict respect de vieilles traditions comme les « billets de satisfaction » qu'elle dispensait au compte-gouttes, et que je reçus une fois, pour avoir brillamment commenté les diapositives des trois semaines que toute la classe avait passée au pied du Mont-Blanc en donnant, avec l'expertise d'un savant fou, l'identité et la hauteur de chaque montagne. Je n'avais aucun mérite. J'avais passé chacune des récréations à l'intérieur, à feindre de travailler pour, en réalité, contempler tranquillement mon reflet tandis que mes camarades faisaient des batailles de boules de neige. Car au cours de ces vacances, j'avais découvert que, contre toute attente, j'étais beau.

Le train où nous chahutions longeait le lac d'Annecy. J'étais assis côté fenêtre, je venais de perdre au jeu de l'oie et je tournais la tête vers le lac quand mon œil fut happé par mon reflet. Entre l'air méchant qu'en canard craintif j'imprimais à mon regard en toutes circonstances et les grimaces étonnantes, dont mon visage malléable était le terrain de jeux, j'avais jusqu'à présent vécu dans la certitude de ma sale gueule. Ou de ma gueule ridicule.

Et je mis quelques vraies secondes à reconnaître la figure délicate aux traits réguliers, aux cils infinis et aux lèvres charnues mais fines dont j'étais le véritable détenteur… J'étais beau. Olivier, Choukri, Alexia et Mustapha jouaient à chat dans le couloir du train sous l'œil mécontent des pions, et moi j'étais beau, Audrey faisait résonner un rire violent dans le wagon parce qu'Alexandra mangeait avec délice ses propres crottes de nez, et moi j'étais beau. Je les entendais de loin : ma vision couvrait le bruit. J'étais absorbé par la contemplation de ce visage inconnu, dont le fond bleu du lac d'Annecy affinait l'ovale, précisait les traits, ciselait les contours, haussait les couleurs et lissait les ridules. J'étais beau. Objectivement beau. Je n'en revenais pas. Personne ne m'avait rien dit. Et je ne l'entendrais de la bouche d'un autre que quelques années plus tard, quand mon père et Eugénie, me croyant endormi, se livreraient devant moi à des commentaires périlleux.

Les six mois qui suivirent cette découverte, je les passai devant un miroir. Vitrine, rampe, abat-jour, flaque, fenêtre, ascenseur… Concave, convexe, plate, infidèle ou sans tain, toute surface réfléchissante faisait l'affaire. Sous l'œil sénile de Lucienne, je jouais à cache-reflet dans la rue, l'abandonnant sur le barreau d'une chaise pour le retrouver sur la vitre d'une voiture à l'arrêt, puis, de l'autre côté de la rue, sur la devanture de l'épicerie où il semblait faire le guet. Le monde était devenu mon allié depuis qu'à tout moment mon chatoiement, comme un ange gardien, une ombre de lumière, se faisait une bouche en cul-de-poule pour alléger ma peine.

Rassuré, j'abandonnai mon reflet à moi-même et cessai de m'en soucier. Du moins, le croyais-je. Car mon reflet préparait sa montée en grade, et s'apprêtait à quitter les vitrines, les devantures et les flaques pour élire durablement domicile dans les regards à l'entour. En migrant, d'abord dans la vision des autres puis sous l'œil des caméras, mon reflet deviendrait mon image.

Un reflet n'est qu'un rêve qui, s'il prend conscience de lui-même et de son origine, dirait, comme des figurines, « Je pense, donc je ne suis pas ». Une image est plus que cela. L'image est une création du désir. La juxtaposition de toutes les idées que les autres se font de vous. Aujourd'hui encore, mon reflet (qui a changé de gueule avec le temps, qui est moins beau, dont les cheveux sont gris, dont de larges rides fendent le front, et qui m'inquiète un peu car je le trouve soucieux quand j'y jette un œil) veille discrètement sur moi, gardien fidèle à une fonction révolue, et mon image, de son côté, pavane loin de sa source, en ligne, à la télé, dans les journaux, sur les réseaux, dans le regard des inconnus ou dans leurs préjugés. À l'autre bout de la représentation, comme un rôle s'affranchit de son interprète, mon image mène sa petite vie. Elle aime les films d'auteur, défend le pouvoir en place, hérite de ses diplômes, roule sur l'or et habite, paraît-il, le Quartier latin. On s'y croise, parfois, quand j'y prends un café près d'un kiosque. Les propos de mon image ne sont jamais les miens mais ceux qu'on m'attribue. C'est la croix de l'image, et la limite de son autonomie. Ce qu'il faut qu'elle soit varie selon qui parle de moi.

Comme toute guerre froide – hormis les face-à-face malédicteurs et les menaces téléphoniques –, l'affrontement de mon père et de ma mère (dont j'étais l'alibi autant que la cause) ne fut jamais vraiment une guerre ouverte mais un conflit larvé, que cette contrainte mâtinait de haine, et qui, telle une cocotte-minute, éclatait ici ou là en hostilités ponctuelles et localisables. Montants de pension, durée de séjours, principes éducatifs, argent de poche, dates de retour… autant de petites Corée, de petits Vietnam, de petits Afghanistan où les grandes puissances sacrifiaient leurs pions au déplaisir impérieux d'échanger quelques coups, même à distance.

De temps en temps, le bellicisme parental trouvait un point de fixation plus précis en la personne morale d'un livre, ou d'un film. *Mad Max 2* fut ainsi dans ma vie l'équivalent du 38ᵉ parallèle. Ma mère s'opposait absolument à ce que je visse le film dont mon père (qui ne l'avait pas vu non plus) affirmait au contraire, et à juste titre, que ce qu'il montrait ne posait aucun problème. Comme le film n'était plus au cinéma et que nous n'avions pas encore de magnétoscope, le débat fut relancé à chaque diffusion, interdite aux moins de douze ans, en deuxième partie de soirée, pendant trois ans, sur TF1, Antenne 2 puis FR3.

Avec le temps, ma mère – qui continuait d'avoir gain de cause et dont la force de conviction était telle sur ce sujet que je renonçai même à voir le film alors qu'il était diffusé un samedi soir où je dormais chez mon père – eut l'occasion d'affiner ses arguments, et la seule invocation d'une « violence inadaptée à l'enfant » se doubla d'un raisonnement plus fin sur la binarité d'une histoire où les gentils sédentaires à l'abri des remparts étaient vêtus de blanc, tandis que les méchants nomades portaient du noir. « Je ne veux pas que mon fils voie le monde de cette manière ! » éructait Maman Luther King – aux yeux de qui le métissage était notre avenir, notre destin, et l'ardente promesse qu'un jour le Bien l'emporterait sur le Mal.

– C'est trop simple, disait-elle, de ranger tous les gentils d'un côté, tous les méchants de l'autre. Et de faire comme si le blanc était la couleur de la gentillesse, alors qu'il y a beaucoup de Blancs très méchants !

– Et beaucoup de Noirs très gentils ! ajoutai-je, fayot.

– Bien sûr !

– Mais dis-moi, Maman, ce n'est pas leur peau qui est noire, juste leurs vêtements, alors ?

– C'est pareil, mon chéri. Ça veut dire que, dans l'esprit des gens qui ont fait le film, le noir est la couleur du mal. En fait, ce qui me gêne dans ce film, ce n'est pas seulement sa violence, c'est son MA-NI-CHÉ-ISME.

– Keskeçaveudir ? (C'est la première fois que ma mère m'apprenait l'existence et le sens d'un mot.)

– Eh bien, le manichéisme, c'est quand tu sépares le monde en Bien et Mal, ou en Blanc et Noir, ou en gentils et méchants. Alors que personne n'est jamais complètement gentil, ni complètement méchant, tu comprends ?

Je comprenais bien.

Ce que je comprenais moins – et que mon père ne manqua pas de me faire rageusement remarquer le soir où, par une extension saugrenue de l'autorité maternelle, je refusai donc de voir le film interdit bien que Papa eût lui-même patiemment négocié avec Eugénie le fait que je pusse regarder la télé si tard –, c'était que ma mère fût si manichéenne dans sa dénonciation du manichéisme. « Qui est manichéen, sinon celle qui divise le monde entre les méchants qui divisent le monde et les gentils qui refusent de le faire ? Ta mère est une enfant, qui pense qu'il suffit de vouloir le bien pour être une bonne personne. Retiens ce que je te dis, mon p'tit bonhomme : *il ne suffit pas de dénoncer un vice pour y échapper…* » Mon père avait raison. Mais il n'y avait rien à faire. Je restai dans ma chambre. Ce soir-là, Maman avait gagné.

La plupart des parents qui s'entretuent le font par-dessus la tête des enfants, lesquels par cette précaution n'en reçoivent que les coups sous la ceinture et les balles perdues. Pour ma part (sans rien céder à la virulence ni à la mesquinerie des bagarres ordinaires), leurs disputes dont j'étais le sac de frappe devenaient parfois de véritables débats, des parties d'échecs entre deux visions du monde respectivement satisfaites d'elles-mêmes. Et je n'en perdais pas une miette, non pour en faire mon profit, mais parce que, hormis la possibilité d'un film, leurs engueulades étaient ma seule distraction.

Enfin, de guerre lasse, je vis le film. Deux fois de suite. Dont je ressortis agréablement déçu. Et seulement impressionné par la scène où un salaud se fait couper les doigts en tentant de dérober son boomerang à un gamin mutique. J'étais fasciné par la rapidité avec laquelle on pouvait perdre ses doigts. Et l'idée, concomitante, que contrairement aux queues de lézard, les doigts de l'homme ne repoussent pas.

Et puis, soudain, comme si on lui avait coupé les doigts, les coups d'Isidore ont cessé de porter.

C'était un soir de septembre, dans ma grande chambre grise.

Avais-je fait un caprice ? passé un coup de fil en me servant de la ligne 1 ? négligé de ranger un 33-tours ? laissé traîner un slip dans la salle de bains ? Je ne sais plus. Peut-être tout ça à la fois.

Mon souvenir commence à l'instant où, projeté sur mon lit, je suis en position « tortue renversée » les mains sur les tempes et les genoux à mi-hauteur pour me protéger de Godzilla, dont les battoirs se sont mis en mouvement. Et une. Je pousse un cri, sitôt suivi de la deuxième. « Chaque fois que tu cries, tu en prends une, c'est clair ? » Très clair. Du coup, je recommence, juste pour voir. Et ça ne manque pas. Un cri, une beigne. Comme une science exacte. À mon grand étonnement, je suis en train de m'amuser. Je recommence, il recommence. Ça marche à tous les coups. Mon quatrième cri a beau manquer de conviction et ressembler aux faux sanglots qu'un bébé continue de verser par habitude alors qu'il a lui-même oublié la raison de sa plainte, il n'en déclenche pas moins une cinquième gifle.

Cet imbécile croit que je prends une gifle chaque fois que je crie, mais c'est l'inverse : chaque fois que je crie, j'obtiens une gifle ! Il croit me corriger mais c'est moi qui suis en train de jouer avec lui. Il se prend pour mon maître, alors que c'est ma pute !

Et tandis qu'il gifle, j'ai tout loisir de songer que les spationautes sont assis de la même manière que moi quand la fusée décolle (je venais de voir *L'Étoffe des héros*) et de méditer sur le fait que les types dont on salue l'exploit ne sont éloignés de la Terre que de quelques centaines de kilomètres et qu'on est plus loin, tout compte fait, de toute surface habitée quand on dort sur une barque au milieu du Pacifique ou dans une tente au cœur du Sahara que perché dans une capsule qui s'aventure au-delà du périphérique de l'atmosphère, alors quoi ? En somme, je discute agréablement avec le fond de mes pensées, sans oublier, comme on nourrit son pantin ou comme un matador agite sa *muleta*, de crier à intervalles réguliers pendant que ce gros con se fait plaisir avec ses grosses mains – dont j'avais fini, j'avoue, par goûter la chaleur. Mais était-ce la chaleur de sa paume, ou bien celle de mes joues après coup ? Enfin les gifles se sont taries quand je l'ai décidé, c'est-à-dire quand, en pleine conscience, j'ai cessé de crier et donc, *d'en prendre une*.

Isidore est resté un instant le bras droit en l'air comme un nazi bourré, le temps de vérifier que c'était bien fini, qu'il m'avait maté, que j'étais calme et qu'il pouvait désormais reprendre le cours d'une autre activité normale, puis il avait quitté la chambre en mode Fichini, avec le sentiment du devoir accompli.

Or ce qu'il avait accompli ce jour-là, ce con, c'était l'occasion donnée de comprendre qu'à défaut de parer les gifles, je pouvais les neutraliser. Il me suffisait (tout en protégeant mon visage) d'interpréter comme une réaction ce que, jusqu'à présent, je vivais comme un châtiment. Le coup, du coup, ne tombait plus du ciel, dopé aux valeurs absolues, mais d'un bras, lui-même soudé à un esprit qui n'était, à ce titre, pas moins partial ni malléable qu'un autre.

Quand on est petit, la meilleure défense n'est pas l'attaque, mais la réflexion. La mienne m'est venue comme un réflexe. Face au Gros, j'étais comme le Belge de Coluche, émerveillé de s'apercevoir que chaque fois qu'il met un franc dans la machine, une canette de Coca lui tombe dans les mains, et qui reproduit la chose indéfiniment malgré les plaintes des gens qui font la queue : « Ben, dites donc, tant que j'gagne je joue, hein ! » Ou comme Katsuni, la grande actrice qui, de son propre aveu, n'est paradoxalement jamais si sûre de ses gestes ou de son partenaire que quand il la sodomise en l'obligeant à lui sucer les orteils. Pour avoir vécu sinon la même expérience, du moins la situation comparable où la victime reprend des forces fondamentales tandis que son bourreau croit s'acharner sur sa dépouille, je peux affirmer qu'elle n'a pas tort. Tout ce qui se comprend se surmonte, et il est possible de se faire taper dessus, enculer par un âne ou voler comme un touriste, tout en réalisant en secret l'affaire du siècle.

Cette affirmative rébellion, inaperçue d'Isidore, en préparait une autre, plus spectaculaire. Qui eut lieu quelques semaines plus tard, et mit, à la bonne heure, un terme à toutes ces conneries.

Nous étions à table. Dans la cuisine. Quelques jours avant la Toussaint. La très provisoire Inca (qui dut partir juste après moi de la maison du malheur) dînait avec nous pour la première fois. Alors que je tendais le bras pour me servir en pot-au-feu, ma mère déclara, de cette horrible voix qui s'écoutait faire la morale et qui, chaque fois, me rappelait le soir des spaghettis écrasés sur ma veste à la Fonda Pepe : « Attends, Inca (que j'avais complètement oubliée) va se servir, et, après tu pourras en prendre. » Je reposai les couverts, un peu vexé, quand je m'aperçus qu'Isidore, étonnamment, faisait la moue. Il inclinait la tête vers ma mère, la bouche en u inversé, l'air de dire « Tu exagères. N'en fais pas trop. Le respect des convenances n'impose pas non plus que ton fils soit le *dernier* servi. »

J'en trépignais de plaisir.

Que Lui me reconnût, qu'il me distinguât au point de considérer que certains égards m'étaient dus me donnait à la fois le sentiment d'exister et la certitude d'être innocent. Et que ma mère, désavouée, fût soudain navrée qu'Inca se servît avant moi, me convainquit en un instant que j'avais été finalement accueilli dans ce monde et qu'on m'y défendrait autant que ma sœur.

Contrairement à certains chagrins dont la note est continue, tout bonheur se délivre en pulsations. Car la conscience d'être triste, à moins de verser dans la complaisance, ne réduit guère la peine, alors que la conscience d'être heureux entame le bonheur en lui faisant redouter qu'il s'achève. J'étais heureux, donc, par vagues ou par allers-retours ; un cœur qui n'en a pas l'habitude ne peut pas faire mieux. Pendant quelques minutes, je dégustais mon pot-au-feu en savourant chaque vibration de ce délice imprévu. Il avait suffi d'une grimace de sa part pour que l'ogre parût un ange et devînt mon allié. Un seul rictus d'Isidore, et je nageais en plein rêve éveillé. Parce qu'il était si brutal, Isidore donnait, quand il ne l'était pas, le sentiment d'un cadeau. Le ciel, alors, semblait se convertir à la mansuétude ; ses sourires étaient de véritables éclaircies. La violence dont on s'abstient ressemble à une faveur qu'on vous adresse. C'est une illusion bien naturelle quand la douceur fait défaut.

Mais lorsque, quelques minutes plus tard, fort de ces retrouvailles, je me sentis le droit de répondre à ma mère (qui réclamait le pot de moutarde) « Attends, je me sers et je te le do… », je n'avais pas fini ma phrase que deux gros poings avaient déjà fait trembler la table. « Non mais, pour qui tu te prends ? Ta mère te demande la moutarde, tu lui donnes la MOUTARDE ! » Alors, tombé de haut, après en avoir retiré mon petit couteau, j'ai tendu le pot à Maman, qui s'est servie en riant et en a lentement revissé le couvercle. Quand elle eut fini, Isidore prit le pot (Maille – grand format) et le fit habilement glisser vers mon assiette, qu'il heurta violemment, et dont l'eau du pot-au-feu se répandit sur la toile cirée.

Le choc de l'assiette et du pot m'avait fait sursauter et c'est le cœur battant que je devais rapidement répondre en moi-même à la question de savoir comment éponger l'eau qui menaçait de se répandre, sans utiliser la serviette de tissu qu'il faudrait ensuite remettre sur mes genoux… Il n'y avait pas d'issue. J'essuyai l'eau tant que possible et reposai, dans une inspiration, la serviette glacée sur mon corsaire pantacourt.

Le morceau de viande que je mis dans ma bouche ensuite me sembla du plastique. Était-ce d'avoir un peu séché car il y avait moins d'eau dans mon assiette ? ou bien que moi-même je n'avais plus de salive ? J'avais beau mâcher, il ne passait pas.

Le temps ne passait pas. Comme s'il était fatigué.

Je n'en pouvais plus.

Je n'en pouvais plus, des brimades et des éclats de rire. Je n'en voulais plus, des gifles à la con. Ni des coups de poing courts qu'Isidore avait appris à donner du gauche, et qu'il exécutait parfaitement, après avoir changé sa garde, aux dépens de mon épaule – sous le prétexte d'une insolence ou d'une lenteur à obtempérer –, comme on s'exerce en ajoutant l'utile à l'agréable. J'étais fatigué de m'endormir, tous les soirs, en rêvant que Bud Spencer ou Rocky Balboa lui défoncent la gueule. J'en avais marre. De faire des pompes et de jouer à l'espoir, en sifflotant *Eye of the Tiger*, comme des esclaves maquillent en danse un art martial qui, un jour, devra les libérer. Entre la viande sèche, l'élan compromis, le tintement de l'assiette et le pyjama glacé, quelque chose avait ici beaucoup trop duré, qui menaçait l'univers et les hommes d'un épuisement général.

Après quelques tentatives de manducation qui n'avaient d'intérêt que par les crépitements innombrables de ma bouche aride, et tandis que mes jambes congelaient par les cuisses, un silence énorme se fit en moi, un silence absolu.

Je saisis le morceau de viande qui refusait de se dissoudre, le remis dans mon assiette puis, sans qu'à aucun moment je n'en formule en moi-même la décision – et tandis que ma mère racontait en riant qu'à Bénarès « les gens sont tellement végétariens que quand ils pètent dans le bus, ça sent bon » – je tapai, à mon tour, des deux poings sur la table, si fort que Sa propre assiette Lui sauta à la figure.

L'instant de sidération qui suivit (et qui précédait l'apocalypse) était mon chef-d'œuvre. J'avais tiré le premier. J'étais parti. Pour un moment, j'avais l'avantage. Mais je ne raisonnais pas ainsi. Je ne me disais rien. Je ne pensais rien. Je n'espérais rien. Je faisais juste mon devoir. J'exerçais mon droit de révolte. J'obéissais en m'insurgeant. À une obligation que ne dictaient ni la morale ni la peur, mais la nécessité. En un mot, j'étais contraint de relever la tête. Je n'avais rien décidé mais, inexplicablement, j'étais décidé… C'était la lutte finale.

Tu files dans ta chambre !

– Non.

– Tu files dans ta chambre.

– J'ai dit non.

Isidore se leva, fit le tour de la table et, au lieu de m'attraper par l'oreille (ce qu'étonnamment il faisait peu), me gifla sur ma chaise. Il serait faux de dire qu'à cet instant, j'étais loin de moi-même, mais j'étais le sujet, ou le jouet, d'une violence intime si impérieuse que j'étais surpris par mes propres réactions. Les premières du genre. Indéfiniment retenues, les insultes me venaient en cascades.

– Tu me touches pas, enculé !

– Pardon ?
– Tu me touches pas, sale fils de pute !
– Quoi ?

La guerre à plus petit que soi n'a pas que des bons moments. Sentant qu'il était allé trop loin depuis trop longtemps, s'apercevant que, pour une fois, j'étais vraiment en train de réaliser quelque chose, et soucieux – qui sait ? – de pouvoir plus tard plaider sa cause devant le tribunal de l'opinion, Isidore feignit de croire que j'étais effectivement insultant, et que je parlais vraiment de sa mère (une femme admirable, pas du tout pute – bien que certaines putes soient admirables –, dont toute la famille avait été envoyée à Birkenau, et que ses petits-enfants adoraient à bon droit sans réserve).

En temps normal, Isidore ne se serait guère soucié du sens à donner à mes paroles. Il aurait fait l'économie de tant de précautions ; l'offense eût été noyée dans l'insulte qui justifiait, à elle seule, que les coups plussent sur ma gueule. Mais chacun savait que nous vivions les premiers temps de la révolte, quand quelque chose se passe et que le tyran, surpris par une insurrection dont il se sait la cause, tente en vain de mettre le peuple de son côté en dépeignant les insurgés comme des barbares, ou des terroristes.

De mon côté, comme on enfonce les pieds dans le sable à l'arrivée d'une vague plus haute, je tentai de me lever de ma chaise pour affronter l'ogre debout, mais il me repoussa et me gifla de nouveau – car il était prévisible.

– Je t'ai dit tu me touches pas ! Si tu me touches encore, je t'arrache les couilles !

Décidément surpris, Isidore le pédopsychiatre profita de « couilles » pour éclater de rire et discourir quelques secondes, avec une gaieté d'artifice, sur « ces mômes qui ne pensent qu'aux couilles ». Entre-temps, je m'étais ramassé sur ma chaise comme un serpent prêt à mordre, et je regardais son gros ventre, résolu à y écraser bientôt mes petits poings. Les gros ventres sont durs et mous à la fois.

– Il a du poison dans le cœur, cet enfant, déclara ma mère, qui avait le sens de la formule.

– Et toi, tu as de la merde dans le cœur !

– Tu ne parles pas à ta mère comme ça ! hurla Isidore, en qui la colère reprenait le dessus sur la stupeur.

– Vas-y, va te faire enculer, toi, le gros con !

Enfin, l'orage attendu éclata.

En grelons de la taille d'un poing. Ça tombait de partout. Mais cette fois-ci, j'étais prêt. J'avais fermé ma couette. Les mains sur la tête, la lèvre en sang et le front douloureux, mais tranquille. Invincible. Je jouais de sa rage. Il pouvait y aller de bon cœur ; sous les obus, j'étais moi-même penché sur moi-même à me dire « T'as pas mal » et répondre « J'ai pas mal ». Au lieu d'être débordé par la colère, j'étais attentif à chaque détail de la cuisine : l'espèce de cheminée qui était au fond de la pièce et qui servait de dépôt, le frigidaire à-droite-en-entrant où je prenais le lait du Weetabix, le lavabo sur-la-gauche et son Pouss' Mousse (« *On pousse sa mousse, qu'elle est douce, cette mousse... C'est bien plus malin pour se laver les mains !* »), les grands pots de miel qu'on rapportait de Formentera, le grille-pain tout blanc et, par association d'idées, le spectacle du beurre qui fond sur la tranche brûlante, le pain complet, en boule marron, dans son sachet Fournil de Pierre (était-ce le nom, ou bien le minéral ? Tandis qu'Isidore s'abîmait les poings sur moi, je tentai de voir à distance si « Pierre » était écrit avec une majuscule)... Je revois même la pauvre Inca déclarer, avec un fort accent moldave, « Je vais chambrrre » (et je me surpris à penser avec fierté que, moi aussi, je savais rouler les « r » et que, si un tel don était moins spectaculaire que l'art de bouger les oreilles ou de toucher la pointe du nez avec la langue, il n'en faisait pas moins le tri entre les minoritaires qui en étaient dotés et les autres).

– Tu arrêtes de me taper maintenant ! Tu me touches pas, je t'ai dit !

– Il faut qu'il s'en aille, cet enfant, je ne veux plus le voir ici ! Demain, il retourne chez son père ! (« Retourne » était sublime et, d'une certaine manière, pas si faux.)

– Ah oui ! dit ma mère, qui renonça en un clin d'œil à une décennie de refus.

C'est tout ce que j'espérais. Sur Terre et dans la vie. Mon cœur passa instantanément de la fureur à la félicité. Comme Henry VIII, impatient d'étêter sa deuxième épouse, Anne Boleyn, continuait de s'emmerder à la chasse avec les parents d'icelle dans l'attente anxieuse que le poète Smeaton confessât sous la torture qu'il avait couché avec la Reine, fut libéré de cette contrainte par l'annonce que le suspect avait fini par « avouer », et fila sans prévenir, laissant ses hôtes face à la certitude de leur disgrâce, je n'attendis pas le lendemain pour quitter la sale maison.

– Où vas-tu ?

– Dans ma chambre !

– Très bien.

Mais la chambre n'était qu'une étape. Un *refill* avant l'Amérique. J'enfilai un survêtement, je bourrai mon cartable de tous mes cahiers et rangeai tous mes livres dans le sac ordinairement destiné aux affaires de gym. Il était solide et pouvait se porter sur le dos. J'étais si content de quitter ces lieux de misère et de pisse, j'avais si peu de doutes sur ce que j'étais en train de faire qu'en enfant plein de tocs je pris le temps d'éviter de marcher sur la jointure des tomettes qui séparaient la porte de ma chambre de la porte d'entrée, que j'ouvris prudemment, l'oreille aux aguets. Ils discutaient dans la cuisine. Je mis un pied à l'extérieur, bientôt rejoint par le second et alors, ivre comme un Russe à Berlin-Ouest, je claquai la porte de toutes mes forces avant de dévaler l'unique étage, de traverser la cour ventre à terre en bringuebalant mes deux sacs, de remonter la rue jusqu'au boulevard Saint-Germain, de bifurquer à gauche et d'atteindre la rame du métro, où j'attendis d'avoir posé mes affaires à mes pieds pour reprendre mon souffle. Malgré le fait d'être incontestablement celui à qui quelque chose venait d'arriver (sentiment qui chez moi commandait le repli fantomatique), je riais aux passagers, je serrais mes sacs comme un orpailleur protège son butin, et c'est en chantonnant du Renaud que j'arrivai dans l'autre monde.

Et ce jour béni, le soir printanier d'automne où je me suis révolté contre l'injustice qui m'était faite, survit en moi comme un jour de peur vaincue. Une sortie de l'enfance par le haut.

Mais une bataille n'est pas la guerre.

Le bacille de la peur ne disparaît jamais complètement.

Deux décennies après cette baston que j'avais gagnée sans frapper, je reçus, dans le cadre de mon travail, un coffret de DVD où des psychanalystes revenaient sur leur expérience vingt-cinq ans après leur premier témoignage. Alors, comme un curieux tombe sur une chose terrifiante en croyant mater un truc marrant, je revis soudain le visage d'Isidore tel qu'il était à l'époque où j'avais si peur de lui. Les bras poilus. La chemise échancrée sous un gilet bleu foncé. Le rire narquois devancé, comme toujours, par un sourire silencieux. Le mélange arrogant de science et de vulgarité. Le cheveu sur la langue masqué par la gravité du ton. Le grand bureau tout vert. Le divan jaunâtre et son oreiller rouge. La boîte d'Early Morning Pipe dont, à regret, j'aimais tant le parfum… Une madeleine de malheur. Heureusement, comme on s'extrait du coma pour affronter des assassins venus finir le boulot, le moi vaillant qui dormait depuis longtemps parmi les images fixes sortit de sa chambre froide et se présenta aussitôt, prêt à se protéger le visage, dans son corsaire pantacourt.

***

Livré à lui-même, le nouveau monde ne tarda pas à endosser tous les inconvénients de la réalité.

À mesure que j'y prenais mes quartiers, l'appartement de mon père se remplit à son tour de chausse-trappes, au point de ressembler assez vite à la *salle à danger* du prince de Motordu.

C'est tout le problème de l'utopie.

Qu'elle soit une île perdue où les humains façonnent l'avenir, une République idéale où le crime est banni, ou bien l'appartement rêvé d'un Papa chez qui, de haute lutte, on finit par habiter, l'utopie a tout à perdre à s'incarner. L'enfant qui change de vie avec l'impression de passer de la nuit au jour est dans la même situation que l'esclave volontaire qui passe de Dieu à Staline et de Staline à Lacan, avec la certitude, chaque fois, de sortir de l'erreur. Changer de vie ou changer d'avis, c'est changer de déception.

Le salon souriant qui, de loin, ressemblait à une boîte de Quality Street révélait de plus près une myriade de petites aspérités qui le rendaient impraticable. Les chaises fragiles menaçaient l'audacieux qui posait ses fesses, et hormis les bilboquets – dont je devins et reste, avec mon père, expert en maniement –, aucun des objets qui recouvraient la table basse, livres d'art, œufs de fausse jade, améthystes, bouddhas grognons, cendriers en bataille et bougies sculptées, n'avait de raison d'être ici plutôt qu'ailleurs. L'extrême soin qu'on apportait à leur disposition, le scrupule mis à approcher les machins carrés des angles de la table selon les lois d'une géométrie impérieuse ne correspondaient pourtant à aucune intention particulière. Les choses étaient là. Installées. Par hasard, et pour l'éternité. Mais l'arbitraire de leur placement était compensé par l'ordre de ne jamais y toucher. Les livres de table n'étaient pas faits pour être ouverts, ni les bougies pour être allumées. Les coussins du canapé, artistement disposés, décourageaient de s'y asseoir. La moquette, surtout, dont les taches indélébiles étaient couvertes par des tapis, faisait l'objet d'une attention déraisonnable ; moi qui croyais arriver en Terre promise, je me retrouvai dans une mosquée où ne pas enlever mes chaussures était un blasphème. Il est vrai que ça me changeait de la rue de la pisse.

Eugénie enfin, que j'associais depuis toujours au premier sourire qu'elle avait répandu sur mon cœur d'enfant un jour de printemps à la terrasse du Flandrin, et qui était pour moi tout le lait de la tendresse humaine, avait, à l'instant de mon installation, changé de visage à mon endroit. Et, sans qu'elle-même s'en aperçût, la douceur dont elle était si prodigue quand j'étais là seulement de temps en temps devint l'exception. En passant de visiteur ++ à résident permanent, l'enfant qu'elle aimait beaucoup mais un peu moins devint, dans son cœur, une menace pour son fils et sa fille et un fardeau pour elle-même, une *excroissance* que l'essentiel était de contenir en lui rappelant les articles du règlement en vigueur. « Tu me parles sur un *autre* ton » était la phrase qui revenait le plus souvent, avec « Tu enlèves tes chaussures » ou bien, à l'inverse, le fatal « Assez de travailler tout le temps ! Maintenant, tu enfiles un survêt' et tu vas au Luxembourg taper dans un ballon ! » Quand je m'aventurais ingénument à lui raconter ce qui m'était arrivé chez ma mère, de l'autre côté du monde, ce n'est plus une oreille tendre mais distraite qu'elle me tendait, avant d'interrompre à brûle-pourpoint mon récit par la même fausse question : « Tu sais quand même, mon chéri, que depuis que tu habites à la maison, on ne parle *que* de toi ? »

Bizarrement, alors que je l'adorais, l'idée qu'Eugénie pût avoir des arrière-pensées quand elle me faisait la morale m'était venue assez vite. C'est que j'étais plus âgé qu'au temps où, pour survivre, je donnais raison à Isidore. Et surtout moins en danger. Tant que la liberté était à conquérir, ou que la survie était en jeu, je devais me faire discret. Mais là, boulevard Montparnasse, entre New York et Singapour, j'avais le droit et les moyens de contester la belle autorité. Je devins insolent.

J'étais aidé, en cela, par mon propre père (qui m'accablait de confidences dont je ne savais que faire), selon qui tout en Eugénie témoignait du dépit d'être moins aimée. Mais moins aimée que qui ? moins aimée que quand ? Qui le sait ? Et qui détient la solution d'un tel problème, sinon le mari ? Mon père balayait cette objection d'un sourire qu'il faisait précéder d'une expiration tonnante.

« Han ! Eugénie, je vais te dire, elle a la maladie des cadets. Qui croient que les deuxièmes sont toujours les seconds… Tu vois, c'est ça ! Les deuxièmes sont toujours les seconds (il était fier de sa formule). Alors ils mettent le monde en accusation parce qu'ils sont nés trop tard ! Et ils fatiguent le monde et ils font chier le monde tant que le monde ne leur donne pas raison !

En cas de malheur, c'est toujours la faute du voisin. Le noooombre de fois où Eugénie m'a dit que j'étais méchant parce que d'autres l'avaient maltraitée, si tu savais, mon p'tit bonhomme… Ho ! Ho ! Les cadets font chier depuis toujours… Et ils finissent par avoir raison ! Quand tu crois qu'on t'aime moins, tu t'arranges pour que ce soit vrai ! »

J'avais envie de répondre à mon père que lui-même était le quatrième de sa propre portée, mais il était aussi le cadet d'un défunt qui, pour moitié, portait le même prénom que lui, ce qui lui valut d'être le préféré de sa mère, alors ça ne marchait pas.

Il est vrai que je n'aimais pas non plus la sourde complainte du tard-venu, ni la manie qu'ont les puis-nés d'instruire à jamais le dossier de votre aînesse. Je n'aimais pas que ma belle-mère bénie cessât soudain de me sourire, ni que la photo de mon visage tînt avec un coupe-papier planté dans le front sur le mur de liège de mon tendre frère, mais il a bien fallu que je me fisse un peu coupable pour me faire accepter des autres. Et conciliant, pour me faire pardonner de leur pomper l'air avec ma double vie. Comme un vieux cordon dorsal ou une mauvaise odeur qu'on traîne, j'avais l'impression d'infliger mes soucis, malgré moi, aux anges qui me toléraient. Alors à l'insolence succédait souvent la contrition.

C'est à cette pudeur diplomatique (autant qu'au voisinage d'Élie Verdu) que je dus, plus tard, de m'approcher de la lumière avec d'intenses précautions et d'en quitter sans regret la chaleur d'artifice. L'identité d'un homme est forgée par les réactions qu'il a dû improviser devant la maladresse des siens. Il n'y a pas de mauvais parents. Simplement des leçons à tirer.

Mon père avait-il raison ?

La certitude d'être moins aimé est-elle décrétée par un cœur qui en prélève ensuite quelques traces dans le monde, ou bien est-elle causée par des faits ?

J'étais indécis.

Car Eugénie n'avait pas tort.

Elle était moins aimée.

Comme certains paranoïaques sont vraiment persécutés, et que l'évidence de leur pathologie est recouverte par la réalité du mal qu'on leur fait, il arrive que certains plaintifs soient vraiment à plaindre. Eugénie était cocue. *Cornuta mundiale*, disent les Italiennes. Mon père la trompait autant qu'un homme de la fin des années 80 pouvait le faire.

« C'est un cocu, disait Guitry, et c'est pour ça que je le trompe. » Possible. Mais c'est étendre un peu loin, peut-être, le principe de responsabilité. Chaque jour ou presque, vers 15 heures, mon père retrouvait Cataleya tandis qu'Eugénie, assise en lotus dans un fauteuil vert, lisait *Anna Karénine*.

L'ambiance était médiocre.

Et se dégradait à la nuit tombée.

De mon lit superposé, au cœur de l'insomnie, séparé du salon par une paroi trop mince, je les entendais comme je vous parle, se dire des horreurs ou pire : des choses tristes. « Tu ne m'aimes plus ! Tu me baises de temps en temps, mais tu ne m'aimes plus… » Mon père se défendait mollement, vaincu par l'évidence et pas mécontent, au fond, de hâter la rupture qu'il avait prévue depuis longtemps, pour punir Eugénie d'être elle-même partie, deux ans plus tôt, avec un autre homme… La salope !

L'exil d'Eugénie avait duré quelques mois, au cours desquels, à son chevet, j'avais maintes fois séché les larmes de mon père, que je prenais pour du désespoir. « Mais j'adore cette femme, tu sais ! Je suis dingue de cette femme ! », disait-il entre deux sanglots, en faisant sonner le « dingue » comme un dong, et j'étais impuissant.

Heureusement, les désarrois font des zigzags, et il n'était pas rare qu'au lendemain d'une soirée lugubre avec complaintes et tralala, une puissante détermination succédât soudain, chez le délaissé bipolaire, à un violent dépit, tandis que, de mon côté, pétri de son chagrin, je continuais d'avoir pour lui les attentions d'un soignant à domicile pour un grand malade. En fait, la tristesse de mon père était à la fois non seulement la mienne mais, en vérité, uniquement la mienne. Car elle durait bien davantage en moi qu'en lui-même à qui elle fournissait l'occasion d'un épanchement spectaculaire qui, comme une purge, le laissait gaillard l'instant suivant et me brisait le cœur pour une ou deux décennies.

Le plus troublant n'était pas qu'il changeât d'humeur à la vitesse du jour, mais que l'humeur nouvelle abolît jusqu'au souvenir de l'humeur précédente. Un cœur instable trouve un socle dans le classement des passions révolues dont l'accumulation forge une sorte d'identité malgré les métamorphoses. Mais dans le cas de mon père, l'amnésie suivait le revirement comme une voiture-balai qui ramassait les émotions de la veille et, rétroactivement, décrétait leur inexistence. Telles les dystopies orweliennes qui réécrivent régulièrement leur passé selon les besoins du présent et où l'ennemi d'hier passe le lendemain pour un allié de toujours, mon père eût été stupéfait qu'on lui présentât comme la même personne l'abandonné volumineux qui gémissait sur son propre sort et le mari indifférent dont, deux années plus tard, l'envie de partir prendrait la forme de constats froids. Il faut dire qu'un jour de confiance retrouvée, le grand bonhomme m'avait annoncé ceci : « On va revenir ensemble avec Eugénie, on va refaire un enfant et après, c'est moi qui vais la quitter. Retiens bien ce que je te dis. » Je l'ai bien retenu, son plan tri-factoriel, avec dans le rôle de complice et témoin son propre fils. Le bonheur (et le sacrifice) de notre vie commune étaient peu de chose à côté de sa bonne humeur, et de l'annonce glorieuse.

Quand Eugénie, vaincue, revint à la maison, j'avais envie de la prévenir. Mais mon père lui-même eût nié, de bonne foi, avoir planifié une chose pareille. Il eût fait son diplomate (« *Vous devez vous tromper... je n'aurais jamais prédit le succès d'un de ces coups d'éclat qui ne sont souvent que des coups de tête, et dégénèrent habituellement en coups de force...* »). Alors, seul à savoir, je les regardais tous les deux comme on m'apprendrait plus tard à regarder *Les Ambassadeurs* d'Holbein, en m'attardant sur les détails qui, sous l'éclat des parures, promettent la mort et, si Dieu veut, la rédemption. Mon père et Eugénie étaient deux promesses de chagrin qui choisissent, par lâcheté, amour ou vengeance, d'ajourner un peu l'heure d'en finir. Je ne comprenais pas pourquoi il était nécessaire d'en passer par l'engueulade, puisque tout était planifié. D'où vient le besoin de se foutre sur la gueule alors qu'on a, en tête, un *escape plan* tout prêt ? Quelle idée ? À quoi bon, le temps perdu ? De la froideur à l'adultère, mon père avait organisé les choses qui devaient conduire à leur séparation. La décision de partir était prise depuis longtemps. Restait à faire en sorte qu'il pût vivre cette décision comme si elle lui était dictée par les circonstances et par le caractère de celle dont il brandissait la mélancolie chaque fois qu'il fallait un prétexte pour se sentir obligé de la tromper. Dans la vie, on décide. Et c'est après qu'on délibère. Ou qu'on hésite.

Peu de choses étaient aussi navrantes que la façon dont Eugénie répondait au téléphone. D'un « ââââÂllo ? » si las qu'il donnait l'impression de se hisser jusqu'à sa deuxième syllabe avant, dans un râle, d'écraser le point d'interrogation.

âââÂllo ? Elle répondait à l'inconnu comme s'il appelait pour la millième fois. aâââÂllo ? Quelle est la raison de ton appel, qui me dérange tellement ? aâââÂllo ? Pour quelle sottise ai-je troublé mon repos ? aâââââÂllo ? Ne vois-tu pas que je *décroche* ?

Systématiquement, l'instant d'après, une fois l'auteur de l'appel identifié, Eugénie éclatait de rire. Mais il n'y avait pas de joie dans ce rire. Et il n'y avait pas de quoi rire non plus dans le fait de reconnaître quelqu'un. Juste le second temps d'un cérémonial qui, sans qu'il en demandât autant, renseignait l'appeleur, en deux mouvements, sur l'ennui de son appel, l'épuisement de la répondeuse mais aussi – pourquoi pas ? – le plaisir d'avoir de ses nouvelles.

Les couples qui s'engueulent n'inventent rien.

Leurs répliques sont toutes préécrites dans le grand livre de l'humanité mécontente qui interprète, en variant le ton, la même partition depuis que des humains commettent l'erreur de vivre sous le même toit. Si chacun faisait l'effort de comprendre que, sous les reproches qu'il croit adresser à l'autre ou bien sous les injures dont l'autre l'agonit de tout son cœur, c'est la même rengaine qui se donne à entendre, peut-être se disputerait-on moins ? Si l'on était capable de se dire que ce n'est pas parce que l'autre a des défauts qu'on ne l'aime plus, mais que c'est parce qu'on ne l'aime plus que ses défauts nous semblent insurmontables, en finirait-on plus vite ? Qui sait ? Guitry encore : « Allons, faisons la paix, veux-tu ? Séparons-nous. »

De l'insulte aux coups, des larmes abondantes aux confidences maladroites, des séances d'espionnage aux lettres cachées, mon père et Eugénie n'échappèrent à aucun cliché du divorce imminent. Mais ils avaient leur style, leur façon bien à eux de se quitter lentement. Il disait « *Je n'ai pas vocation à…* » et elle répondait « *Et moi, je ne suis pas ta…* » et il n'était pas rare, par exemple, qu'à un moment du combat, ils devinssent les greffiers de leur propre dispute, à fins de justification :

« *Tu me dis bla bla bla... Je te réponds bla bla bla... Tu te mets à crier, je te dis de me parler autrement,* etc. » La dispute n'était pas finie qu'ils se disputaient déjà sur la façon dont elle avait eu lieu. Comme un tapis roulant démarre avant que l'autre ait fini d'arriver, la dispute *bis*, la métadispute, la dispute sur la dispute, avait pris le relais de la Dispute Première. Ils étaient devenus les herméneutes du texte qu'ils venaient d'improviser. Et ça n'en finissait plus. Et ça recommençait. La fatigue avait raison d'eux, longtemps avant la raison. Quand ils se battaient de jour, après s'être traités de tous les noms, et s'être engueulés sur le contenu même de leur engueulade, ils finissaient souvent par s'asseoir face à face, cigarette tremblante, dans les deux grands fauteuils du salon, et il y avait tant d'électricité dans l'air que la fumée restait immobile, comme un éclair figé en un symbiote vaporeux, hésitant entre deux victimes.

Ne jamais souffrir d'amour. Quitte à ne pas aimer. Ou alors, dans le pire des cas, ne pas faire état de sa souffrance. À force de respecter la seconde règle, j'ai fini par observer la première. Non que mon cœur soit sec. Mais on a tout pleuré sous mes yeux. Alors, à la guerre comme à la guerre. En amour, pas de sentiments.

Je n'étais pas du tout arrivé au Paradis.

J'étais arrivé dans un champ de ruines parfumées.

Une fois par semaine depuis ma défection, ma grand-mère m'emmenait au tennis. Dans feu le Forest Hill de Montrouge. On prenait la M4 jusqu'à Porte d'Orléans puis le 125 pour trois stations, avant d'arriver, avec une heure d'avance, dans un club verdâtre où j'allais à ses frais jouer à Shinobi puis rejoindre mon cours *niveau confirmé*. Un jour où la console était incurablement squattée par un groupuscule d'adolescents, je soulageai mon amertume en allant m'échauffer sur un mur que je pouvais crucifier sans qu'il s'en plaignît. Le mur était à l'extérieur de la structure en ballon où les leçons étaient données. De sorte qu'il fallait longer deux rangées de quatre courts en synthétique pour atteindre l'espace ordinairement désert où des grillages abritaient ma colère, et qui longeait lui-même un muret dont les pierres, descellées en son extrémité, frayaient un passage. Là, régulièrement, des enfants montrougiens de dix à quatorze ans venaient en bande fumer des pétards en jouant au foot avec les balles jaunes abandonnées. Or, par notre présence inattendue, ma grand-mère et moi (elle allongée sur la pelouse tandis que je travaillais mon coup droit) avions l'heur de contrarier leurs projets.

Comme en tout être à l'état de nature dont un obstacle s'oppose à l'intention, les gamins devinrent immédiatement (et extrêmement) hostiles. « Vas-y, petit pédé, tu te la pètes avec ta raquette, hein ? Gros bouffon, va. Petite pute. Je te nique ta mère avec ta balle de tennis. Et la vieille, la grosse mémé sur l'herbe là, toi aussi je te nique ta race… » Etc.

Était-ce par déni de l'agression, ou par une sagesse qui, sans concertation, nous serait communément venue ? Ma grand-mère et moi, de concert, ne répondîmes rien. Absolument rien.

Pour m'aider à garder le silence, tout en inclinant légèrement le poignet afin de durcir mon lift, je me demandai comment « niquer une race » ? Comment niquer un ensemble ? Qui plus est, un ensemble qui n'existe pas (j'avais bien appris ma leçon, et comme disait mon père : « Les races n'existent pas, mon p'tit bonhomme, mais le racisme existe ! ») ?

De fil en aiguille, j'en vins à l'idée qu'à l'insu des locuteurs le mot « race » n'était pas le complément d'objet de « niquer » mais plutôt une sorte d'adverbe à deux entrées qui disait à la fois la violence de la niquade *et* le fait que le destinataire de l'insulte en était aussi l'objet. On disait « je te nique *ta race* » comme « je te nique *ta mère* » mais dans les deux cas, malgré les apparences, « race » et « mère » ne désignent pas l'être niqué, plutôt la façon de faire. Et le pronom « te » n'est pas un complément d'objet indirect (« je nique sa race *à toi* ») mais bien le complément d'objet lui-même (« je vais TE niquer » à la façon « ta race » ou bien à la manière « ta mère »). Certes, on dit à la troisième personne « je vais *lui* niquer sa race » et non « *le* niquer sa race » mais le datif « lui » naît probablement d'une conformation tardive de la syntaxe montrougienne à l'illusion d'un COD en la fausse personne de « sa race ». COD qu'elle n'est pas ! Non mais. Restait à distinguer les deux *modus operandi* : quelle différence entre le fait de se faire niquer *sa race* et le fait de se faire niquer *sa mère* ? À quels supplices spécifiques correspondait ce genre de nuance ? Il n'était pas certain que les insulteurs, eux-mêmes probablement indécis sur la fonction des termes employés, eussent fixé cet écart adverbial en des rites immuables. Ce qui est sûr, c'est que « niquer (à la façon) ta mère » me semblait plus méchant que « niquer (en mode) ta race ». Parce que je n'avais pas de race. Et que j'avais au moins trois mères dont une grand.

Poupette ne bougea pas. Je ne cessai pas de jouer. Ils n'eurent aucun prétexte pour descendre du muret et passer à l'acte. Et ils n'étaient pas assez forts pour attaquer un enfant et une vieille dame. Tout ça dura plusieurs immenses minutes. Puis ils repartirent la queue basse, terrassés par deux cibles impassibles. Je rangeai ma raquette à l'instant précis où le dernier primate sauta du muret, et nous retournâmes à l'intérieur. « Pauvres gosses », dit Poupette, philosophe. J'étais moins indulgent qu'elle. Et tandis qu'échauffé à souhait je rejoignais mon prof, j'imaginais avec délice des supplices médiévaux et l'écartèlement puis l'empalement par un tison brûlant des cinq morpions qui n'avaient pas réussi à mordre. J'étais haineux. J'avais honte. D'avoir protégé la *grammaire* au lieu de défendre ma *grand-mère* ? Va chier, Lacan, petite pute ! Je te nique ta mère.

Mon père avait lui-même un goût prononcé pour les sentences violentes qui traumatisaient leur destinataire mais que, comme sa tristesse, à sa décharge, à l'inverse des Montrougiens dont c'était l'unique langage, il oubliait l'instant d'après.

Ainsi, « Tu me fais chier », son corollaire « Tu es une merde » et sa supplication conjurative « Ça va… fais pas chier ! » revenaient régulièrement. Le premier, chaque fois que je lui empruntais sa Terra Cotta, le deuxième, chaque fois que j'avais une note moyenne (c'est-à-dire en maths) et la troisième, chaque fois que je lui rappelais une promesse non tenue. Mais dans les trois cas, l'instant d'après, il était passé à autre chose et racontait une histoire merveilleuse ou bien suggérait, puisque l'heure du dîner approchait, d'aller manger des nems chez You. Et le plaisir reprenait le pouvoir.

Seulement mon père, lui-même si désinvolte avec les formules stercoraires qui lui échappaient, était à l'inverse impitoyable avec ce que je pouvais dire et, à grand renfort de « toujours » et de « jamais », dramatisait mes propos et me laissait mortifié par les catastrophes que j'avais manifestement provoquées. Quand, après m'être disputé avec Eugénie, je tentais de plaider ma cause ou d'invoquer des circonstances atténuantes, il m'interrompait aussitôt d'une question indignée : « Tu as *eu* cette phrase ? Tu as *vraiment* eu cette phrase ? » comme si l'extrême gravité de mes paroles – qui n'était dans le pire des cas qu'une insolence ordinaire – dispensait le juge d'écouter tout argument de la défense – ce qu'il n'avait pas le temps de faire. Il m'arrivait ainsi d'être enfermé par lui dans d'affreuses sentences, marquées au fer sur mon front déjà rouge de honte. « Jamais elle ne te pardonnera ça ! JAMAIS ! » ou bien « Mais tu te rends compte, mon p'tit bonhomme, que tes mots sont TERRIBLES ? » ou encore « Mais comment veux-tu qu'elle t'écoute *après ce que tu as dit* ? ». Le but de ces révocations emphatiques n'était pas de m'élever mais d'obtenir, au contraire, que je m'écrase, et de clore le débat sous le prétexte d'une faute. Quand on n'a pas le temps de protéger les siens, on a toujours la ressource d'en faire des victimes. De fait. Toute audace était un irrespect. Mes réponses étaient traitées en outrages et mon impertinence en crime. L'hypersusceptibilité théâtrale de mon père lui tenait lieu de prévenance. Comme il avait lui-même épuisé depuis longtemps le budget de ses propres incivilités, sa tranquillité exigeait que je fusse, moi, indéfendable. Donc, je l'étais.

Je dois à la vérité de dire que j'avais été mis en garde, l'année qui précédait ma fuite victorieuse, sur les déceptions promises aux gens qui changent de camp. Et que j'avais déjà vécu en miniature, dans l'intervalle des vacances, ce que j'éprouvais désormais à l'échelle des années.

Ma mère et Isidore – avec qui, pour mon malheur, je devais passer le mois d'août – avaient décidé que nous irions (en voiture) à Sienne dans une villa à vil prix où – selon leurs propres termes – ils prévoyaient de « s'ennuyer à rien foutre » pendant plus de quinze jours. Le voyage était aussi l'occasion d'éperonner le nouveau jouet d'Isidore, qui, le cœur brisé, avait troqué la BM beige dont il était si fier (car elle avait au compteur l'équivalent d'un aller-retour Terre-Lune) pour une Lancia bleu métal dont il se réjouissait d'éprouver la puissance sur le tronçon d'autoroute allemande qu'il avait prévu d'emprunter en direction de Lugano, où nous devions passer la nuit.

En temps normal, le déplaisir des vacances avec ma sœur, ma mère et leur grizzli était tempéré par les cartes postales multicolores de mon père (qui contenaient toujours un peu d'argent de poche) et par le fait qu'il s'y passait au moins quelque chose. Au moulin d'Andé, où des pianistes russes me cassaient les oreilles à longueur de journée, il arrivait qu'au crépuscule un bras de Seine paisible se mît à charrier de l'or, ou qu'une jeune fille blonde surgît dans la maison pour y répandre le miel de sa gaieté. À Formentera, où je passai tous mes étés dans des maisons sans électricité, entouré d'adultes nudistes dont j'étais contraint de contempler les bites poilues et les vieilles touffes qui m'arrivaient à hauteur d'œil, il y avait pourtant des moments de joie : quand je sautais d'un promontoire vertigineux dans l'eau transparente, quand mon père, solidaire de mon désarroi, m'envoyait par la poste de véritables livrets aux titres fabuleux (*Valentin et l'Espadon américain*, *Angelina et le Python de Chicago*, etc., où les animaux de ma vie étaient avantageusement mis en scène dans des péripéties trépidantes) ou bien quand les couchers de soleil embrasaient l'île qui, de certaines terrasses, s'offrait tout entière à mon regard d'enfant dans un bain de lumière dont, même en Corse, je ne connais pas d'équivalent.

Mais là, vraiment…

Quitter la maison de Canisy, où je passais de somptueuses journées de juillet à jouer au tennis et caresser les seins de Sophie Libéra, pour me retrouver prisonnier des Thénardier dans une villa merdique, à fuir ma sœur et traquer la lumière pour seules distractions, c'était, comme dit Céline, énormément trop pour moi. Alors, les vacances étaient si belles et la promesse de m'en aller si triste que je fis comme si cela ne devait pas arriver. Non par intelligence, mais par pur déni. Non parce que j'avais la clairvoyance d'aimer le présent qui passe sans le mêler de l'idée que je me faisais de l'avenir, mais parce que j'avais la trouille de mon départ comme d'une décapitation. Le résultat fut identique. La perspective d'abandonner la campagne, le parfum des lavandes et les seins de Sophie pour l'ennui, la violence et la pisse, la promesse de quitter les miens pour aller à *Sienne*, où, comme son nom l'indique, je n'avais rien qui fût à moi, était si terrifiante, si affreuse, que je l'annulai.

L'avenir s'arrêtait fin juillet.

C'est la peur de partir, et non la sagesse, qui a fait de moi un jouisseur. Le seul équivalent que je trouve à un déni si violent est le genre de noir qui s'instaure quand, après avoir juré sur la tête de ses enfants qu'on ne touchera plus jamais au tabac, on se surprend à allumer une cigarette. Juste une. Alors, toute lumière s'éteint. Et l'on jouit en silence, en lisière du néant, des instants de grâce et des serments trahis.

J'aurais pu passer l'été dans le couloir de la mort, à redouter son issue. Il aurait fallu, pour cela, que je réfléchisse. Dieu merci, je n'en avais pas le temps. Mon corps, en revanche, qui s'est rarement trompé, en m'offrant l'amnésie de l'avenir, m'offrait la possibilité d'être simplement heureux. Le refus délibéré mais inconscient du mois d'août et de la Toscane m'ouvrait sur un bonheur sans mélange, une félicité insoumise au néant. On ne se prépare pas mieux à la mort quand on y pense que quand on pense à autre chose. Comme un grimpeur accompli parvient à poser le chausson sur un infime gratton à trois mètres du sol avec la même facilité que s'il ne risquait rien, j'avais réussi à vivre les bonheurs du mois de juillet sans les contaminer par la menace de leur terme. J'ai eu, divine imprévoyance, le goût des seins de sainte Sophie sans connaître la peur qu'un jour leurs tétons ne retournassent à *Grasse* tandis que j'irais m'enterrer avec ma mère à *Sienne*. Ce nom.

Le jour fatal advint, pourtant. Aucune tête dans le sable n'a jamais empêché l'arrivée du train. Aux délices du déni succéda, la veille de mon départ, l'horreur que dut éprouver le lord anglais qui, tandis que le *Titanic* faisait naufrage, se servait un brandy, et allumait, bravache, un gros cigare, quand la vague envahit la salle de réception : à force de défier la mort, il avait fini par oublier qu'elle était imminente.

Les condamnés ont droit, la veille de leur exécution, au plat de leur choix ; mon grand-père (dont c'était l'unique talent culinaire) prépara pour moi seulement une salade de mini-tomates, infiniment salée, couverte d'épices, d'ail et de petits oignons, que j'engloutis avec l'énergie du désespoir, sans songer une seconde que j'aurais, pour cette raison, une haleine de poney. « Qu'est-ce que tu as mangé ? » demanda Sophie, délicate, alors que j'enfonçais désespérément ma jeune langue dans sa bouche... Et à l'horreur de partir s'ajouta la honte de puer. Allais-je perdre Sophie en la quittant ? Allait-elle surmonter cet ultime souvenir désolant ? J'ai eu quelques malheurs dans ma vie, et bien des soucis dans mes malheurs, mais je crois n'avoir jamais passé une plus mauvaise journée.

C'est peu dire que je faisais la gueule en arrivant en URSS, où, dans une atmosphère de valises qu'on bourre, m'attendaient ma sœur et ses petits dessins, le salon qui sentait l'urine, ma mère et son rire de canard, Isidore, et ses pets. La rage d'avoir quitté le jardin d'Éden pour l'enfer pisseux où je me ferais taper dessus pendant quinze jours l'emporta, une fois n'est pas coutume, sur le désir de plaire pour moins souffrir. J'étais officiellement mécontent d'être là et je ne m'en cachais pas – ce qui était assez rare.

Après m'avoir deux fois giflé parce que je refusais obstinément de manger un bout d'emmental plastifié qu'il avait consenti à payer « de sa poche » tout en pensant, à juste titre, que j'avais les yeux plus gros que le ventre, Isidore, enfoncé dans le pantalon de velours côtelé trop court qui montrait le haut de ses chevilles à la moindre flexion, décida soudain, comme un titan badin, après une journée de route, dans l'hôtel truc de Lugano, que je ferais mieux, après tout, de « reprendre » un avion pour Paris et de rester avec mon père puisqu'il en « a tellement envie, ce gosse… Un jour, il comprendra… Mais là, on ne peut rien faire… » Comprendre quoi ? Qu'y avait-il à comprendre ? Que m'avait-on caché ? J'étais tellement, et si heureusement, surpris que je ne m'arrêtai pas à cet ultime crachat (expédié sans conviction, comme une pichenette après le gong, dans le dos de l'arbitre). Je me tus, prostré contre le petit lit où j'étais assis-nié tandis que des puissances chtoniennes décidaient de mon bonheur. Ma mère approuva Isidore (« Tu auras vraiment ramé avec ce gosse… » disait-elle, compatissante) et me déposa le lendemain matin à l'aéroport en me disant, pour seul adieu, que j'étais un enfant méchant. Méchant, peut-être. Mais heureux.

Mon père m'attendait à Orly. Le ravissement de le revoir masqua sa mauvaise humeur, dont je pris conscience quelques minutes plus tard, en m'apercevant, dans la voiture qui sentait le tabac froid, qu'il avait arraché jusqu'au bois le grip du manche de sa raquette de tennis. Une Kennex. Qu'il adorait. Le voyage fut silencieux mais je m'en fichais. J'avais tant de réserve de joie en moi, tant de couches de bonheur que, tant que Sophie serait là, il ne pourrait rien m'arriver.

Ce que je n'avais pas du tout prévu, c'est qu'Eugénie, en revanche, m'accueillerait comme un envahisseur dans la maison où, trois jours après mon départ, je revenais en rescapé.

Tel le professeur Cottard, qui, parce qu'il trompe sa femme, se sent parfois l'obligation de la protéger publiquement, et lui ordonne de s'asseoir à la table du baron de Charlus malgré l'évident déplaisir que la présence de Léontine cause au grand seigneur, mon père, coupable de désaimer Eugénie, lui donnait systématiquement raison dans les affaires domestiques et prenait, je l'ai dit, sa défense avant tout examen du dossier quand j'étais, par elle, accusé d'insolence, de négligence ou bien, comme ici, de désertion. De sorte que l'influence d'Eugénie croissait à mesure que son mari la négligeait. Moins elle était aimée, plus elle gouvernait. Au point qu'elle devint rapidement l'ultime arbitre des élégances et des lois. Or, pour mon malheur, et à mon immense surprise, Eugénie qui, comme tout le monde, aimait à donner les contours d'une morale à des passions moins nobles, ne décolérait pas devant mon retour. « Mais est-ce qu'il se rend compte, au moins, de la gravité de ce qu'il a fait, cet enfant ? Est-ce qu'il mesure ce que *ça* veut dire ? Et en septembre, qu'est-ce qui va se passer ? Est-ce qu'il a appelé sa mère pour dire qu'il était désolé ? ou juste qu'il était bien arrivé ? Et est-ce qu'il sait comment la joindre, d'ailleurs ? » Non, je ne savais pas *comment la joindre*. Et ce n'était pas du tout mon problème. Je vivais très bien le fait de n'avoir aucun numéro sous la main, et le premier téléphone portable de ma vie était apparu l'année précédente, à Auron, quand nous étions allés voir *L'Arme fatale* avec Jacques de Bourbon-Busset, sous la forme d'une valise reliée à un combiné auquel Danny Glover était anxieusement suspendu. Ou était-ce Mel Gibson ? Bref.

J'avais décidément moins de mal à contester l'autorité d'Eugénie que celle d'Isidore. Non parce qu'Isidore était terrifiant mais parce qu'il ne devait son pouvoir qu'à lui-même, à son ventre, à son rire ou sa violence, alors qu'Eugénie avait hérité du manche, et ce qui, chez Isidore, relevait d'un décret souverain, me faisait à Montparnasse l'effet d'un arrangement ou d'une délégation. Mais surtout, même si j'étais arrivé heureux comme à la fin d'un cauchemar et avide de me coucher en cas de conflit (tant qu'on me permettrait de rejoindre Sophie dans la nuit à l'insu de ses grands-parents et de sentir sous mes mains le dessin de son cul), je n'arrivais pas à comprendre ma faute ; malgré de louables efforts, je ne me trouvais aucun tort dans l'irrévocable décision de préférer, une fois pour toutes, manger des tartines de miel au petit matin, jouer au foot et au tennis, plonger dans la piscine et mordiller les seins de Sophie. Où est le crime là-dedans ? Qu'y a-t-il de répréhensible ou anormal à se faire délibérément bannir d'un pays de crapauds pour retourner au Paradis, nom de Dieu ? Et puis, de toute façon, il fallait bien que *je me rende* quelque part. Alors.

Quand j'habitais chez Isidore, il arrivait (rarement mais trop souvent) que les deux mondes se croisassent. Du verbe croisasser. Qui désigne la trêve des corbeaux. Et dans ces rencontres, ces sommets informels (expérimentations diplomatiques hasardeuses, seulement comparables à la visite de Georges Marchais à New York ou à une troupe de théâtre israélo-palestinienne), chacun dépensait une énergie considérable à se faire courtois, même souriant.

Ainsi fut-il décidé, un samedi, qu'Édith, fille d'Isidore et de ma mère, viendrait à Canisy. Cette perspective m'était parfaitement désagréable. Comme je n'aimais guère ma sœur, en qui je voyais le prolongement de son père, je ne comprenais pas pourquoi mon propre père souillait un moment de plaisir en imposant la présence d'une étrangère. Qu'est-ce que cette petite ashkénaze venait foutre dans mon pays de couscous au beurre ? A-t-on jamais vu un magasin de porcelaine convier un éléphant pour le thé ? Mais je ne pouvais que me taire.

Ma mère, dont la désinvolture confinait au sublime – à tel point qu'on ne savait plus si c'était une façon d'être ou juste une façon de nuire – avait décrété, ce samedi-là, que ma sœur ferait ses devoirs en revenant de l'école, soit précisément à l'heure – midi – où nous avions rendez-vous. Nous nous retrouvâmes donc en grand équipage, dans l'Autobianchi, avec petit frère, belle-mère enceinte, père au volant, raquettes de tennis et coffre plein, en *warning* sur une sortie de garage rue de l'Ancienne-Comédie, tandis que, mandaté par mon père pour enquêter sur son retard, je trouvai ma sœur, qui était à l'âge où l'on apprend à écrire, en train de faire tranquillement ses lignes de voyelles à son bureau.

– Elle finit ses devoirs, et elle arrive.

– Quoi ?

– Ben oui. Elle a des devoirs. Maman veut qu'elle les fasse maintenant.

– Mais elle sait qu'on est en bas, en train d'attendre ?

– Ben c'est ce que j'ai dit. (Mon père entra alors en mode Gustave Courbet avec mains sur le sommet du crâne et œil écarquillé.)

– Mais c'est hallucinant ! On avait rendez-vous maintenant ! Tu y retournes et tu lui dis de descendre tout de suite.

– Mais Papa, elle n'a pas fini ses devoirs et elle ne descendra pas toute seule !

– JE M'EN FOUS ! Tu vas la chercher ou *je* me casse et tu restes ici.

Ça, c'était efficace.

Je courus de nouveau dans l'appartement, où ma mère me reçut avec son rire de canard, et ma sœur, qui avait fini ces petites lignes, se mettait du mascara en chantonnant « *Flip-bouc, qu'est-ce que c'est que ce plouc ?* ».

J'étais bien embêté.

C'est Isidore qui descendit.

Je le suivis de près, non sans espérer, enfin, une sorte de baston entre Golgoth et Gustave Courbet. Mais au lieu de se taper dessus, le Diable et le Bon Dieu se mirent à discuter paisiblement de ce que signifiait le « fait d'avoir quarante ans ». Mon père – qui n'en était pas là – semblait recueillir avec intérêt les considérations d'Isidore (de dix ans son aîné), qui affirmait en riant et en se frottant le visage (hou hou) que la quarantaine n'advenait vraiment « que quelques années *après* quarante ans ». Comme un Américain en excès de vitesse à qui une sirène de police ordonne de se mettre sur le bas-côté, mon père, à qui Isidore parlait debout, n'avait pas quitté la place du conducteur. Et ça causait. Peinard. Passionnant d'inintérêt. Souriant tandis que croissait mon dépit. J'avais l'impression que son ventre allait entrer dans la voiture, s'asseoir sur mon père et prendre le volant.

Je voulais retourner dans la bagnole pour y fermer les yeux, me livrer corps et âme à l'inconscience d'un chauffard, m'endormir comme après une histoire de Poupette et déclarer à tout jamais mon état d'irresponsabilité. Mais l'Autobianchi avait trois portes et Eugénie attendait, pour n'avoir à se lever qu'une fois, que ma sœur arrivât. J'étais donc obligé de rester à l'extérieur de la voiture, sans refuge, à côté d'Isidore, comme le mousse d'un capitaine honni, et d'y faire bonne figure, le cœur anxieux, tandis que Papa et beau-Papa papotaient.

Comment pouvait-on ouvrir au Gros les portes du Paradis ? Pourquoi les frontières de mon havre étaient-elles si poreuses ? À quoi bon ? Imaginez, si vous le pouvez, l'indignation des majordomes de l'Élysée le jour où Khadafi reçut de son homologue français le droit de planter sa tente dans les jardins d'un palais de la République, et vous aurez une idée de ma rage. Plus qu'indigné, j'étais navré de comprendre qu'à rebours de mon iconographie d'enfant, le Mal et le Bien n'étaient pas des puissances comparables dont la lutte incertaine faisait le sel de la vie, mais des adversaires inégaux dont la répartition des forces se faisait toujours au profit du pire.

Je vérifiai ça quelques mois plus tard, à la naissance de Pauline, qui fut l'occasion d'un autre sommet bilatéral à la con (alors que j'habitais encore à l'Est) puisqu'Isidore en personne – qui passait pour bon photographe depuis trois couchers de soleil près du Gange développés sur papier brillant – fut cordialement invité à se pencher, objectif en main, sur le petit animal métis qui venait d'arriver dans nos vies. Le mammouth avait déjà souillé la moquette sacrée avec ses Scholl (que personne ne lui avait demandé de retirer) et il penchait son appareil comme un stéthoscope sur le petit corps pyjamisé de ma sœur. Chacun de ses clics faisait un bruit de magasin qu'on ferme. Combien de temps allait-on laisser se passer ça ? Combien de temps mon père et Eugénie accueilleraient-ils en souriant la sombre présence ? Il fallait faire quelque chose.

– Elle est tellement mignonne ! dit Eugénie, enchantée.

– Normal, c'est ma sœur, ajoutai-je ridicule.

– Ce qu'il peut être bête, ce gosse ! réagit Isidore, dans un hoquet souriant, sans interrompre ses clics.

J'avais l'habitude de ces commentaires humiliants. Et du fait qu'il ne disait jamais « Ce gosse est bête » (ou méchant, ou menteur, ou les trois à la fois), mais « *Ce qu'il peut être bête, ce gosse !* » comme si ma bêtise n'était pas simplement une malédiction dont – comme pour Clémentine Autain ou Nadine Morano – un constat lucide peut éventuellement, parfois, réduire les effets, mais plutôt le résultat d'un effort et d'un choix, d'une ascension vers les sommets de la connerie, d'un *pouvoir-être-bête* auquel j'aurais résolument donné toute sa chance.

Je sais bien qu'on peut interpréter la chose différemment, et considérer, à l'inverse, que « *Ce qu'il peut être bête !* » désigne moins le travail obstiné qui tend vers la connerie que la bêtise ponctuelle dont chacun fait preuve, parfois, dans des proportions différentes, des proportions élevées pour moi certes, mais sporadiques… Autrement dit, « Ce qu'il peut être bête ! » pouvait aussi signifier que j'étais bête seulement – quoique à l'extrême – de temps en temps.

Mais deux faits dissuadent de cette lecture charitable.

Le premier est que toutes les remarques désagréables d'Isidore à mon égard étaient nimbées d'un ton déplorant qui lui permettait, en réalité, d'augmenter mon vice (et, le cas échéant, d'en excuser la sanction).

L'autre raison, la plus folle, était qu'il avait dit ça chez mon père ! C'est dans mon havre, mon nid, mon Amérique, ma Terre promise, que le Gros, non content de chier sa présence partout, m'attaquait directement ! Existe-t-il dans l'autre guerre froide l'équivalent du bombardement de Tokyo ? Une offense directe et sournoise, une aiguille dans le cœur ? Malheureusement mon père était au même instant plongé dans une discussion importante avec Mafalda, et Eugénie (on la comprend) n'avait d'oreilles et d'yeux que pour sa fille.

Les imitateurs ne sont pas des machines qui reproduisent imparfaitement les mouvements admirés, mais de véritables individus dotés, malgré cette manie, d'un esprit singulier. Seulement ce sont des glycines, des arbres sans tronc, dont la personnalité ne vient pas de la colonne vertébrale (manquante) mais de la façon (qui n'appartient qu'à eux) dont ils adhèrent à la colonne d'un autre. Là est leur originalité. Ainsi ma mère, dont les mutations dociles témoignaient de la toute-puissance d'Isidore, parvenait tout de même à transposer dans son propre langage les syntagmes de son homme. Lui disait « Ce qu'il peut être bête, ce gosse ! » et ma mère, infidèle Dupondt, disait même plus : « C'est pas possible d'être aussi bête ! » ou bien (à mon intention) « Mais tu es complètement con, ou quoi ? » Et systématiquement, quand il était dans le coin, ses échos étaient assortis de regards à Isidore pour qu'à son tour il validât ses paroles d'un sourire entendu.

Cette seconde façon de me remettre à ma place de con n'apparaissait (qu'Isidore fût ou non dans les parages) que quand mes bêtises avaient de vraies conséquences. « Ce qu'il peut être bête » était une injure souriante qui sanctionnait, chez mon beau-père, une tentative de prendre la parole ; en revanche, « *Mais tu es complètement con, ou quoi ?* » était dicté à ma mère par la colère autant que par la moquerie, c'est-à-dire quand je m'acquittais imparfaitement de la mission qui m'avait été assignée.

Un jour d'été, à Formentera, ma mère m'avait envoyé contre mon gré chercher du ketchup au village de San Francisco.

Il était 15 heures, les lézards eux-mêmes se tenaient à l'ombre, les pneus de mon vélo étaient dégonflés, j'avais envie de faire la sieste, elle aurait pu prendre la Méhari et aller le chercher elle-même, son ketchup, mais rien n'y fit.

La « maison de Michel et Renata », sise au pied d'un moulin crevé, était au-delà du bout des chemins de pierre qui terminaient eux-mêmes les pistes. L'arrivée à vélo se faisait en danseuse ou, quand on était en voiture, en première. Il me fallait, pour atteindre une esquisse de route, me faufiler entre les crevasses sur plusieurs centaines de mètres. Je partis donc – torse nu parce qu'il faisait chaud – sous un ciel de plomb doré...

Après avoir grimpé la pente sans chemin qui séparait la maison du moulin (dont l'ombre s'étendait du mauvais côté) j'obliquai vers le sud, suivant l'autre pente qui devait me conduire à la piste. Comme je venais de lire *Le Baron perché,* je me tenais à cheval sur mon deux-roues, jouant des cavités, évitant les cailloux sans jamais, dans la mesure du possible, poser le pied. La concentration requise par ce premier temps du contre-la-montre qui menait à la *tienda de comestibles* me fit oublier la morsure du soleil. C'est à hauteur du *camino* lisse et bordé de pierres sèches où, comme des messages apeurés, des dizaines de lézards étaient recroquevillés, que mon dos se mit à hurler. J'étais en train de cuire, de cuire vivant. À mon insu, le four était allumé depuis longtemps.

Heureusement, j'arrivai sur le chemin qui permettait d'aller plus vite. La caresse du vent suspendit un peu la morsure. Je cuisais toujours mais je le sentais moins. J'accélérai encore. À la poussière succéda le bitume. Arrivé au carrefour de la nationale, à deux cents mètres de la *tienda,* je croisai le premier moment d'ombre véritable et la douleur revint. Je songeais à Paul Atréides, le héros de *Dune*, contraint de mettre la main dans une boîte qui lui donne l'impression de cuire. Paul sait que c'est une chimère mais comme la douleur est identique, il ne peut échapper à l'image mentale de sa main en décomposition. Quand il la retire, c'est à peine si la paume est rougie. Je rêvais que, comme d'un cauchemar, mon dos, cette entrecôte, sortirait intact du four... Arrivé dans la boutique, dont les rideaux de roseaux creux multicolores ouvraient sur un univers climatisé, je me saisis de la première bouteille de liquide rouge qui s'offrit à mon regard. Le ventre du type qui tenait la caisse ressemblait au dos d'un cochon sauvage. « *Bano, por favor ? – No. – Por favor ! – No.* » De ce jour, de cet instant, de cette réponse, date une haine tenace et irrationnelle pour les caissiers espagnols, à quelques exceptions près.

Avec mon billet de « 200 pétasses », j'achetai aussi une bouteille d'eau glacée, en songeant qu'elle apparaîtrait sur la facture et que ma mère m'en ferait le reproche puis, de retour dans la fournaise, m'en répandis le contenu sur le dos. Protection dérisoire. Ultime gorgée avant le désert sans gourde et le second passage sur le gril. D'autant que le retour n'était qu'une montée. De plus en plus ardue. Et que j'avais, imbécile, acheté une bouteille en verre. Fixée dans un sac plastique au bras droit du guidon. Qui tapait le même endroit de mon tibia à chaque coup de pédale. Imaginez un supplice chinois dont les gouttes d'eau sont des culs de bouteille.

Aucun couverture de survie, aucun écran total ne pouvait couvrir ce qui restait de mon dos. Mais j'avais fini par endosser (littéralement) la chaleur en me prenant pour Gizmo – le mogwaï qui, quand on l'asperge, pullule de clones malfaisants – et je me rassurais en songeant à l'ami Marcus, dont un mélanome avait contraint le médecin à creuser le dos, et qui se portait fort bien. Enfin, l'omniprésence d'un soleil sans pitié était presque atténuée par le rappel constant que le vent, l'eau fraîche, le frigidaire et la climatisation existaient encore. La chaleur n'était pas soluble dans la perspective de son abolition mais je m'étais au moins construit un scénario de sortie de crise ; j'avais organisé mentalement l'avenir de ma brûlure. Ce qui aidait. Un peu.

J'avais plus de mal à supporter les coups de bouteille ; la seule image qui me venait à l'esprit était celle d'un pivert métronomique acharné sur l'os meurtri. L'obstination du cul de verre (que, dans une montée difficile sur un vélo sans vitesses, je ne pouvais pas tenir à la main) à creuser mon tibia en tapant plus fort, à mesure que la pente augmentait, sur l'hématome naissant ne m'offrait aucune issue. On eût dit que le pivert avait un maillet dans son bec et que, acharné à détruire l'obstacle, il ne s'arrêterait qu'après avoir éclaté la jambe à laquelle, comme pour en finir et reculant la gueule, il donnait, impitoyable, des coups de plus en plus amples.

Pour survivre à la chaleur, j'imaginais le contraire de la chaleur, ou bien sa solution. Mais un pivert n'a pas de contraire, ni de solution. Alors que faire ? La douleur était trop violente pour que son acceptation l'estompât. Les coups de bouteille, auxquels je ne pouvais pas plus me dérober qu'aux rayons brûlants, imposaient des mesures plus radicales. Comme un remède de cheval (qui fait courir le risque d'achever le patient) paraît parfois aux médecins l'unique option, les affects que j'avais à mobiliser pour échapper à mon supplice étaient de vastes portes ouvertes sur des abîmes qu'en principe je réservais à la nuit. Accepter la douleur ? Autant poser un sparadrap sur une amputation. Pour la surmonter, il me fallait *désirer* la douleur. Il me fallait jouir, sur mon petit vélo, des coups de maillet qui m'incurvaient la jambe. Offrir mon tibia à sa dislocation et y trouver une forme de volupté.

J'aurais pu, j'aurais dû penser à Rocky, au moment de son combat dantesque contre Clubber Lang où il nargue son adversaire et lui demande de le frapper plus fort (« *Hit me harder ! You ain't so bad ! You got nothing ! My mother hits harder !* »). Ce qui n'est qu'une stratégie bien sûr. Rocky est en vibranium. Il contrôle l'énergie cinétique et les coups qu'il reçoit le renforcent et augmentent sa rage tandis qu'ils épuisent l'adversaire. Hélas, Rocky lui-même était en vacances ce jour-là, Bud Spencer ne m'était d'aucun secours puisqu'Isidore n'était pas dans le coin, et *Karate Kid 3* n'était pas encore sorti. Je n'avais pas sous la main la scène où Maître Myagi fait discrètement fermenter la potion qui soulagera le tibia de Daniel San (alors qu'ils sont fâchés et que son élève l'a quitté pour recevoir l'enseignement d'un mauvais maître). Je n'avais pas vu non plus *Kickboxer*, où, à mi-chemin de son apprentissage, Van

Damme casse un bambou avant de s'effondrer en se tenant la jambe... Je n'avais pas les moyens de sortir du martyre par le haut, et les coups que je désirais n'avaient pas pour but d'augmenter mes forces, mais tout au contraire, d'enfoncer davantage en moi le constat renouvelable que je n'étais décidément qu'une merde sur laquelle, de ma mère au soleil, de mon beau-père à la bouteille de ketchup, chacun pouvait marcher, dont c'était la raison d'être et la fonction, et qu'à l'image d'un père de famille qui revient bourré chez lui après avoir dilapidé sa paie en vodka alors que ses enfants ont faim, et qui affirme que c'est un plaisir pour lui de sentir les mains de sa femme lui retourner les poches à la recherche d'un rouble ou deux, ma survie résidait dans l'abjection renouvelée : plus qu'un consentement, ma peine exigeait une passion.

Le plus étrange dans cette histoire (qui, rétroactivement, me fait dire que j'avais participé moi-même à l'organisation du calvaire) est qu'à aucun moment je ne me dis que j'aurais pu tout simplement pousser mon vélo.

Alors que, fumant, brisé, furax, désespéré, j'arrivais en contrebas de la maison, j'avisai sur un mur de pierre un magnifique oiseau aux plumes noires et blanches, qui traquait paisiblement de son bec un lézard planqué. Je m'approchai à distance de bras. Il ne semblait pas du tout s'inquiéter de ma présence. L'enculé. Il paierait pour son frère le pivert. Saisissant son cou de ma main gauche comme j'avais vu Isidore attraper Rêve pour lui mettre la truffe dans la pisse, j'écrasai lentement son bec sur la pierre sèche où ses ailes étalées dessinaient en battant une vaste croix. J'étais surpris de sa résistance, et du fait qu'il n'était pas si facile de tuer un animal petit. Comme le cou refusait de se briser, je saisis une pierre de la taille d'un poing et lui fracassai le crâne à plusieurs reprises. Soulagé, vengé, le cadavre chaud dans une main tandis que l'autre maintenait le sac plastique à distance de mon tibia concave, je poussai enfin le vélo.

Quand j'entrai, ma mère était affalée sur une chaise longue, à l'ombre d'un pin, en compagnie d'un type qui, de son hamac, lui envoyait un briquet. « Tu as trouvé, c'est bon ? – Oui. – Fais voir ? – Tiens. – Mais *tu es complètement con, ou quoi ?* Je t'ai demandé du ketchup et tu as pris de la sauce tomate ! Retournes-y ! » Je trouvai dans ma douleur la force de lui dire non, et assortis mon refus de larmes que j'espérais irrésistibles. « Tu es vraiment un pauvre enfant martyr », me dit-elle dans un rire qui cherchait la complicité de son camarade mais ne la trouva pas car il était espagnol et se moquait de savoir si la touriste était une bonne ou une mauvaise mère. Martyr ou pas, je tins bon, déposai l'oiseau mort (que ma mère n'avait pas remarqué) dans une assiette de pâtes froides et m'effondrai sur le matelas plein de foutre de mon cousin dont l'unique sport, à quinze ans, consistait, selon l'expression consacrée, à se taper la queue.

C'est à Formentera, pourtant, qu'eut lieu l'unique rencontre au sommet dont je conserve un souvenir enchanteur, parce qu'elle eut pour effet de suspendre mon intime statut de poupée moldave qui reçoit un coup de marteau chaque fois qu'elle sort la tête du trou.

Formentera était une ancienne zone de non-droit – ou de liberté – dans l'Espagne franquiste. « Il y avait de l'herbe partout, quelques maisons de paysans et un seul flic ! » confiaient, émus, les combattants de la fleur au fusil qui avaient découvert l'îlot au début des années 60 et dont Isidore, bizarrement, faisait partie.

À dire vrai, il était même l'un des pionniers du lieu. Et le plus vieil ami d'un peintre fabuleux, un Dali français, Marc Teissier, au génie à qui l'histoire rendra justice, et dont je n'ai jamais su si l'œuvre, entamée à l'instant où il arrêta la drogue, était le souvenir ou le rêve. Les tableaux de Marc (qu'une fois seulement j'ai regardé peindre) étaient l'écho vibrant du paradis de lumière où nous passions l'été. Il avait le pinceau impeccable. Sa main ne tolérait aucun tremblement. Marc peignait en alexandrins. Mais la pureté de son trait était au seul service de sa fantaisie. Marc est un surréaliste archi-classique. Qui peint des couchers de lune sur des enfants pensifs. Et surtout des flaques, comme des morceaux de songe. Il y a toujours dans ses œuvres le contrepoint d'une nappe d'eau dont un miroitement infidèle laisse entrevoir un monde plus souriant. Un paradis, maquillé en reflet.

Comment, par quel raccourci, quel heureux hasard, la route d'Isidore (qui entamait à regret une carrière de médecin parce que son père lui avait refusé le métier d'acteur) avait-elle croisé le chemin de celui que tous appelaient Marcus ? On me l'a raconté mille fois et je l'ai oublié chaque fois, car j'ai la mémoire d'un archiviste, et archiver, parfois, c'est jeter.

Un soir tombant, tandis qu'Isidore en sandales et ma mère parlaient marché de l'art et diplomatie avec un sculpteur sur bois israélien (dont les œuvres étaient, disait Maman, *extraordinaires*), laissé à moi-même, je contemplais l'île entière depuis sa seule falaise, en son point culminant, du cap de Barbarie jusqu'à Espalmador. Un soleil généreux qui montrait ses vieux muscles et se laissait regarder s'allongeait dans l'axe de l'île, sur la mer, dont il effaçait la lisière en mourant. Formentera baignait dans l'or. Avant la nuit, liquidation totale. Jamais la vie ne m'avait offert un tel panorama. J'y retrouvais la lumière de Marcus. Le monde ressemblait à ses tableaux. De l'île où je passais mes vacances, dont je sentais le sable, dont j'admirais les murs de pierre (et ceux qui les avaient posées), dont je chérissais les chats perdus, les moulins désaffectés, les bars à tapas, les promontoires naturels et les salines à perte de vue, je n'avais pourtant qu'une connaissance abstraite, réduite aux sensations qu'elle déposait sur la peau d'un spectre. Il m'avait manqué – pour entrer en contact avec Elle, m'assurer de son existence et la rencontrer tout en m'y trouvant – de la voir en sa totalité. Comme une carte en taille réelle. À livre ouvert. C'était sublime. Sublime et beau à la fois. Immense et fini. Parce que Formentera était minuscule et s'offrait tout entière à mes yeux d'enfant, je la voyais comme une géante.

Isidore était médecin diplômé. Funeste expertise, qui augmentait, en vacances, son droit de me faire mal. Au moindre bobo, le proboscidien poussait tout le monde et saisissait d'autorité la jambe ou le bras avec une rusticité professionnelle pour en admirer la plaie. Il pressait ensuite, de toutes ses forces, une compresse imbibée d'alcool pur sur la blessure, au prétexte de « désinfecter en profondeur » puis le verdict tombait, toujours le même, dans un soupir, quelques secondes plus tard : *impétigo*. Je n'ai jamais su ce qu'était l'impétigo, mais il relevait de ces pathologies qu'un nom marrant dédramatise un peu, comme « rhumatisme » (où j'imaginais de la morve dans le dos) ou « staphylocoque doré », auquel je donnais la couleur du miel. Évidemment, le diagnostic était aussitôt assorti d'oukases comme l'odieux « Pas d'eau de mer pendant trois jours » qui ne servait qu'à montrer sa toute-puissance et qui fut mon supplice jusqu'au moment où je compris qu'Isidore étant injuste, c'est la prudence et non la loi qui commandait la soumission, et je ne devais lui obéir que lorsqu'il était là.

Formentera, c'était l'univers du Gros et de ses pairs ; mes séjours là-bas étaient autant qu'ailleurs des cauchemars avec pléthore de gifles, de rires de canard et de cafés en sandales à la terrasse d'un troquet dont la clientèle formait en août une annexe de la rue de Buci. Mais comme la morve a malgré tout le goût du sel, ou comme il existait en RDA des îlots d'agrément et des datchas pour la nomenclature, Formentera faisait figure d'exception à mon déplaisir. Dans les murmures de pierres sèches, les lézards affolés, les jeux de lumière, les araignées jaune et noir et la chaleur africaine, je trouvais l'aliment d'un intérêt véritable. À vrai dire, l'île était le seul endroit de mon enfance emmurée que j'eusse osé montrer à mon père.

Or, un jour, il vint.

Mon père.

En personne.

Là-bas. Ici.

Pour cinq journées bénies. Une par continent (que nous traversions à moto) : la Mola, le cap de Barbarie, les Salines, la plage de Migjorn et Cala Saona.

C'est dans l'autre sens, en général, que se déroulaient les sommets. À l'exception des quarante ans de ma mère, et de l'hommage au piano qu'elle rendit à son père après sa mort, c'était toujours Montparnasse qui recevait l'Ancienne-Comédie, jamais l'inverse. Et pourtant, là, au cœur le plus sombre d'une guerre où tous les coups bas étaient permis, quatre ans après avoir échappé à la prison pour m'avoir emmené à l'île Maurice sans le consentement de ma mère, alors que des plaies toujours vives transformaient chaque entrevue en supplice, mon père ne s'était pas contenté de m'écrire mais, vaillamment, tel Eisenhower qui se tape cinq heures de défilé de l'Armée rouge en 1945, il était venu. Il avait abandonné ses vestes pour des tee-shirts de coton, il avait rempli une valise de papa avec l'essentiel et un peu d'argent de poche. Il avait pris l'avion jusqu'à Barcelone puis

Ibiza, où il avait attendu la *Joven Dolores*, un rafiot dégueulasse qui mettait plus d'une heure à parcourir les derniers kilomètres. Il avait serré toutes les mains, souri aux hippies en tongs, il s'était tapé les dîners absurdes entre fumeurs de pétard lacaniens et il avait dormi sur mon matelas, malgré les pustules et les scarabées. On eût dit que la meilleure partie de moi-même rendait visite à l'autre. Jean qui rit chez Jean qui pleure. Un coup de paix dans l'eau.

Quand mon père m'enlevait, que nous partions le matin, riches d'une gourde et d'un peu de jambon, avec pour seul but d'arriver au bout de quelque part, j'étais parfaitement heureux. Et quand la moto quittait les sentiers caillouteux pour emprunter l'unique nationale, je pouvais fermer les yeux. J'aurais pu m'endormir les cheveux au vent tant pour une fois – et à jamais – Papa était là.

La légende veut que mon père et ma mère se soient rencontrés à Sciences Po et qu'ils aient fait l'amour la première fois dans un magasin de canapés. Pourquoi pas.

Sur un photomaton qu'avant de le perdre j'ai eu la sagesse de scanner, mon père et ma mère s'étreignent comme Lorenzo et Jessica. Lui penche son visage régulier qui dépose un baiser sur la commissure des lèvres, tandis que ma mère, une jeune fille, ferme les yeux et plisse le front comme au seuil d'un plaisir intense. Ils savent qu'ils sont photographiés. Ils s'aiment et, comme s'ils redoutaient de ne pas s'aimer longtemps, veulent en laisser une trace. Ils envoient un message à l'enfant qu'ils n'ont pas conçu.

Ils ont l'âge qu'ils avaient quand mon père est retourné en Algérie et s'est aperçu, devant le pêne d'une porte, que son corps avait gardé la trace du lieu qu'il habitait. Les témoins sont morts, ou bientôt. Les parents aussi. Il y a bien la légende du « rhumatisme articulaire » dont, à en croire les calendriers, mon père et ma mère souffrirent à la même période, à douze ans pour lui à Mascara, onze ans pour elle à Vaucresson. Dolorisme gémellaire directement absorbé par un agenda mythique. Mais en vérité, rien n'est plus incongru que l'accouplement de ces deux étrangers.

Mon père et ma mère amoureux ? Autant vous parler des dimétrodons. De pures conjectures qui, comme Jésus ou les trilobites, ont existé, pourtant, puisque je suis leur fils unique – quoiqu'ils aient eu d'autres enfants. Mon père et ma mère ? C'est la vie avant la vie, ou avant le souvenir. L'histoire imperceptible. L'archi-fossile, comme dit Quentin Meillassoux. Le monde est immémorial où mon père et ma mère se connaissent et se désirent. C'est le mur de Planck. Ma mémoire ne s'étend pas si loin.

Ou presque pas.

Dans le salon où donnait le vaste couloir de mon premier appartement, rue des Saints-Pères, mes parents étaient en train de se battre ; je ne percevais de leur bagarre que les cris stridents et le scintillement du soleil sur les plis du pantalon *pure silk* que mon père portait. Je revois leurs jambes agitées, tremblantes, tandis qu'il la maintenait au mur. Et le grand jour qui vacille sur le rideau de lin.

J'étais brusquement sorti de ma chambre avec en étendard, dans ma main droite, une épée de plastique, et m'approchant invisible des jambes chatoyantes de mon Papa, je tapais du fourreau sur le pantalon et j'admirais les reflets de la lumière sur la soie tandis que vingt mètres plus haut, quatre grandes mains échangeaient gifles et coups de poing sous un concert de hurlements.

À quoi bon ?

À l'heure où j'écris, mon père est un homme amoureux et comblé. Qui pratique l'autodérision et compose des livres délicieux entre deux avions. Ma mère n'est plus que douceur. Plus vulnérable qu'une enfant et tendre comme un fruit. C'est étonnant qu'ils aient si bien tourné.

Et ils sont bons amis.

Ils auraient pu, au moins, garder leurs distances, mais non.

Ils s'appellent parfois. Et ils rigolent en paix.

C'était bien la peine.

À Canisy, du côté de chez Papa, il y avait deux maisons.

Passé le portail de bois collé, les roses trémières et les rhododendrons, on trouvait à droite une chaumière tout en longueur sur deux étages, bordée de géraniums, dont la petite porte avait été barricadée par un remblai d'un demi-pied depuis une inondation fameuse. La première chambre, en bas, dite « chambre à cul », avait été successivement habitée par chacun de nous à l'entrée de l'adolescence. Elle faisait face à un escalier de moquette marron qui menait vers un long couloir où se trouvait, d'un côté, la chambre de mon père (et le bureau de chêne en jeu d'échecs où il écrivait ses articles) et, de l'autre, passé une gigantesque salle de bains, la chambre des enfants et ses livres merveilleux, encyclopédies illustrées, comtesse de Ségur (en Livre de poche), Astérix, et surtout Iznogoud, dont j'étais si fier d'avoir percé le prénom.

À gauche était une bâtisse plus imposante, masquée par un magnolia géant et un plateau crayeux qui semblait avoir surgi du sol d'ardoise, où l'on entrait par une porte-fenêtre qui donnait sur la grande table en bois verni de la salle à manger. À l'ouest, deux fauteuils de vieux cuir et un canapé grand-frère faisaient face à la cheminée, à côté de laquelle était posée une télévision Grundig dont les touches faisaient un vrai bruit de clenche quand on les enclenchait. Le grand mur de face était fendu par un escalier qui conduisait à l'immense chambre de mes grand-parents, que ma grand-mère avait désertée (à la demande de son mari) pour dormir à côté de moi sur la mezzanine qui bordait le premier étage où l'on cachait les *Penthouse*. Il est vrai qu'elle ronflait. Et que, quand elle ôtait ses dents, son visage avait cent cinquante ans. Mais quelle importance ? Et qui peut dire que ce visage-là était plus le sien que l'autre ? Pourquoi faut-il qu'on tienne la hideur pour la vérité ? Dans le cas de ma grand-mère, son visage édenté n'était qu'un masque. Qu'elle ôtait quand elle remettait son dentier pour nous couvrir, à l'envi, de sourires éclatants.

Les seuls livres de la grande bâtisse où régnait mon grand-père se trouvaient dans un placard à bibelots, fermé par une clef dorée. Au rez-de-chaussée de l'autre maison, des blocs d'étagères en bois blanc accueillaient au milieu de la pièce tous les rebuts, les déchets, les seconds couteaux, les éditions de poche et les bouquins inutiles que Papa n'osait pas jeter – comme *Taisez-vous Elkabbach !*, qui reprenait une réplique de Georges Marchais dont le questionneur avait fait une médaille du mérite, ou bien le livre de Raymond Guérin (*Parmi tant d'autres feux*) ou le livre de Xavier Delcourt (*Contre la nouvelle philosophie*) dont la dédicace était « Croyez-vous encore aux gourous ? ».

Un jour d'été, furetant dans ces égouts, je tombai sur *Supersex* de Xaviera Hollander, que j'ouvris sans attendre de trouver une chaise, à la page où elle décrivait un taureau yougoslave qui l'enculait sans retirer son propre maillot de foot. « Alors, qu'en dis-tu ? demanda le bovin. – Que les amants monténégrins sont merveilleux ! » J'ai longtemps eu, depuis ce jour, de la considération pour le Monténégro, dont je n'ai jamais vraiment su si c'était une région, une ville, une chaîne de montagnes, ou un pays fendu par une virgule.

Pressentant que j'étais tombé sur un filon magnifique, je tournai les pages au hasard et arrivai, par miracle, en pleine partouze, où l'adorable Xaviera célébrait en onomatopées la vertu d'un doigt dans le cul tandis qu'on lui bouffait la chatte. J'étais ivre. D'excitation, bien sûr. Mais surtout, de curiosité. Et navré, à cet instant, de n'avoir pas trois mains. Tout en me touchant, j'étais touché. Je me disais « Mais comment elle ose ? Comment elle peut dire des choses pareilles ? Et pourquoi elle se fatigue à écrire des livres ? » La rencontre de la littérature (que je me représentais, chez mon père, comme le monde ennuyeux par lequel il fallait en passer pour séduire ses parents) et de la sexualité (dont ma connaissance se limitait à la récente découverte, dans mon bain, d'un plaisir inouï qui justifiait l'existence sans avoir à lui trouver un sens) me semblait incongrue. Comment écrire, alors qu'on pouvait jouir ? Comment pouvait-on se gâcher la vie à raconter ses exploits, alors qu'on avait des organes en état de marche, toujours plus efficaces et sensibles ? Cette première question en appelait une autre, qui semblait la contredire. Je n'avais aucune idée de ce qu'était la liberté sexuelle ; je plaignais Xaviera de tout mon cœur de livrer d'elle-même à la postérité l'image d'une femme qui n'hésite pas à montrer ses organes *et* son anus (que j'excluais de la famille des organes car « organe » me rappelait mon amie Morgane, dont l'image était à mes yeux aussi loin que possible d'un trou du cul).

Puis, au hasard de ma lecture, je tombai sur une discussion animée entre Xaviera et ses parents ; sa mère, en particulier, lui reprochait ses livres et l'invitait, puisqu'elle souhaitait en faire son métier, à parler plutôt des papillons, des plantes et de la nature en général. La réponse de Xaviera eut de grandes conséquences sur ma propre vie. « Mais maman, c'est exactement ce que je fais ! Les plantes et les papillons, c'est la *base* de la sexualité ! » Et si tout ça était normal ? Pire : et si le sexe était non pas un truc insensé, inavouable, dont les pratiquants seraient des fous (comme je voulais le devenir) mais une chose « naturelle » destinée à tous ?

Le livre, de couverture mauve, était orné d'une photo de Xaviera, qui, la bouche entrouverte, montrait ses épaules nues et la naissance des seins. Et pourtant, elle portait des lunettes, ce qui, pour l'enfant grandissant, était hautement contradictoire avec l'idée qu'il se faisait du plaisir sexuel. Les lunettes m'évoquaient Henri Krasucki (dont j'avais à l'esprit la conférence de presse où il réclame « un milliard ou deux » à Pierre Méhaignerie) mais sûrement pas le sexe ! Les lunettes étaient un habit. Comment combiner ce luxe de précaution avec le temple de l'impudeur ? Je restai longtemps devant sa photo, comme devant une bifurcation : mon imagination devait-elle la vêtir comme son visage, ou bien la dénuder comme ses nichons ? Comment un corps nu pouvait-il se déguiser en esprit ? D'où venait à Xaviera le goût de cacher ses yeux alors qu'elle n'hésitait guère à tout montrer ? Dans l'espace binaire où j'évoluais, entre vérité et mensonge, Bien et Mal, vêtement ou nudité, il n'y avait aucun lieu pour l'érotisme. Je redoutais les intervalles. Privé de voir en ces lunettes ce qu'elles étaient vraiment – un élément de séduction –, je ne comprenais pas la fascination qu'elles m'inspiraient et, ce qui était plus grave, j'entrevoyais à cause d'elles la sinistre possibilité de m'habituer aux joies du sexe, voire (ce qui me semblait la fin du monde) de coucher avec des institutrices ou des infirmières myopes. Le soleil étincelait, les cris d'enfants étaient couverts par le ronronnement de la tondeuse et le portail s'ouvrait dans un bruit de chignole… je débandai, refermai le livre et retournai vers mes cousins au bord de la piscine. On m'a souvent reproché, plus tard, dans l'exercice de mon métier (j'enseigne la philo), de me livrer à de la *branlette intellectuelle*. Eh bien, pour avoir abondamment pratiqué, dans mon coin, cet exercice avec délice, je peux vous assurer que, malheureusement, la plupart du temps, ce n'est pas le cas.

J'avais trois grands cousins du côté de mon père : Salomon, Jean-Sébastien et Moïse, dit Momo. En vérité, je n'en avais que deux. Salomon, qui avait dix ans de plus que son frère Moïse, était trop âgé pour compter vraiment. Et en réalité, je n'en avais qu'un. Car Jean-Sébastien – moins proche de Jérôme, son père, frère du mien, que de son adorable maman, Anna – était loin de moi, bien qu'il portât le même nom de famille.

Mais Momo, mon aîné de quatre ans, faisait de ma part l'objet d'une idolâtrie qui, de la forme de ses montres aux éclats de son rire, relevait d'un mimétisme constant. De lui, j'aimais tout, et, hormis ses poils et l'étonnant volume de ses couilles, j'imitais ce que je pouvais. Je voulais marcher comme lui. Parler comme lui. Faire semblant de lire la *Gazzetta dello sporte* comme lui. Je voulais, comme à lui, qu'au tennis un cri d'animal primitif me sortît des entrailles chaque fois que c'était mon tour de servir. J'enviais ses pectoraux, son visage rectangulaire, le fait que sa montre en quartz fût *waterproof*, la densité de ses cheveux, la rondeur musculeuse de ses jambes de footeux, les fausses lunettes qu'il portait quand il se rendait à un déjeuner, son talent pour imiter Luis Fernandez, son courage sur un court de tennis (où il figurait une sorte de Yannick Noah, perdant généreux que son revers finissait par trahir) et l'insolence qu'en toutes circonstances, depuis la mort de son père, il témoignait à ma tante. Tant d'adoration devait se voir et Momo en profita pour me faire sentir, en toutes circonstances, combien, petit, envieux et maladroit, j'étais indigne de sa considération. J'en souffrais. Il n'existe qu'une photo de cette étrange période où le sourire qu'il m'adresse paraît sincère. Car moi, à l'époque, j'avais peur de tout, j'étais minuscule, mes longs cheveux détachés me couvraient le haut du dos et, depuis quelques mois, j'étais universellement appelé « mademoiselle ». Certaines actrices jouent à merveille le rôle de Chérubin. Moi j'étais le chérubin qu'on avait installé dans le rôle d'une fille. Je répondais à cette méprise tantôt en Rocky, en signalant courtoisement une erreur et en serrant les dents, confiant dans la victoire finale du jeune homme enfoui sous un paquet d'apparences, tantôt en Rambo, belliqueux, par un « Bonjour, madame » quand l'autre était un homme, ou inversement. Et mon seul jeu dans la vie consistait à descendre discrètement mon maillot de bain jusqu'à l'endroit du pubis où les poils commençaient (enfin) à me sortir de la peau.

Étrange effet de ma double appartenance, mes grands cousins favoris, Momo et Nicolas (qui était le fils du frère de ma mère), avaient le même âge mais, tandis que le premier était en troisième à Janson-de-Sailly quand son père mourut, le second – que son père avait abandonné après l'avoir reconnu – vivait seul et apprenait à Paris le métier de commis de comptoir. Dans une petite pièce de ma mémoire, on trouve le premier qui fond en larmes sur l'épaule de son frère dans les allées du cimetière Montparnasse, et le second qui serre la main de son père dans le grand couloir de l'Ancienne-Comédie. Des deux pères, le plus mort était le seul vivant, car Michel, père de Momo, vaincu par un cancer du poumon, avait laissé dans son sillage quantité d'amour et de souvenirs (et une fortune faite) alors que François, père de Nicolas, se contenta de ne revoir son fils qu'une fois, quand sa sœur, ma mère, obtint sa présence à l'hommage qu'elle rendit à leur père qui, après avoir été le meilleur flambeur de Paris, s'était éteint, tout seul, loin de ses souvenirs, dans un asile d'État, au Colorado.

Momo me méprisait mais il ne m'arnaquait jamais. Nicolas me volait, aux cartes truquées ou dans des paris bidon, mais il était aimable. Et donnait l'impression qu'il me protégerait au péril de sa vie. Je me souviens qu'un soir à Formentera, dans l'une des nombreuses grottes qui percent les falaises et que seuls connaissent les experts, l'un de ses potes m'avait tendu le pétard géant qu'ils partageaient tandis que les saucisses grillaient ; Nicolas, serrant le poing, oubliant aussitôt qu'il m'avait surpris l'heure d'avant en train de caresser la fille dont il rêvait, l'avait menacé de le jeter par la falaise. C'est lui, pourtant, qui, quelques mois plus tard à Paris, me ferait fumer pour la première fois. Momo m'humiliait au foot. Nicolas me faisait partager sa drogue. Ce sont deux façons d'aimer.

Je vous parle d'un temps où, hormis le chlore en plaquettes et le sympathique robot ramasseur de brindilles, les piscines ne faisaient l'objet d'aucune attention particulière. Il était facile d'y tomber, surtout pour un enfant. Qui plus est, comme nous n'avions pas un rond, nous négligeâmes longtemps de la couvrir pendant l'hiver – et le bassin de nos ébats devenait un marais dont il fallait éponger la cuve, la vider, la purger, la passer au karcher à l'arrivée du printemps, avant de la remplir à nouveau d'une eau transparente et glacée.

Chaque année, le premier samedi de juin, la grande baignoire bleue et sèche brillait quelques heures au soleil ; ses carreaux pâles se gavaient de la lumière qu'ils verraient bientôt de loin. La journée qu'elle mettait à se remplir était inoubliable car, comme des touristes prudents sur le mont Saint-Michel ou des futures victimes de tsunami, nous avions la liberté de marcher dans une zone ordinairement inondée. C'était Venise sans eaux sous un soleil éclatant. C'était la mer Rouge avant l'arrivée des Égyptiens. Ou plutôt, c'était la mer Morte. Car la piscine se remplissait à la vitesse d'une baignoire, si lentement que l'eau semblait longtemps prisonnière de la fosse et offrait le délice d'une baignade glacée dans un demi-mètre quand il faisait vraiment trop chaud. Creux en son milieu, le bassin quasi-vide permettait aussi de sauter d'un bord à l'autre d'un petit lac – au début, pieds joints, puis, à mesure que l'eau gagnait du terrain, en prenant de l'élan – avec le sentiment d'accomplir un pas de géant, entre nulle part et là-bas.

Mais ça, c'était l'été.

Or, nous étions en décembre.

J'avais neuf ans.

Jean-Sébastien était penché sur l'eau pourrie où il tentait d'apercevoir des têtards et des mulots morts. J'étais à deux mètres, et je m'approchai de lui, irrésistiblement, sans qu'il pût imaginer mon intention (Camille Raquin ne les avait pas vus venir non plus). Le lierre vibrait sous le vent et les ardoises humides dessinaient en séchant des visages d'insectes. J'étais juste derrière lui…

Quand il tomba, tout arriva comme on pouvait le prévoir. Il se débattit dans l'eau noire, hurla et je filai m'enfermer, comme si ça allait me protéger, dans le salon de la chaumière. Puis j'assistai, comme au spectacle, au défilé des parents mécontents. Tout le monde me gronda. Eugénie tua son sourire, mon père me demanda comment je pouvais lui faire un truc pareil, et Anna, dont je venais de noyer le fils, fit un effort surhumain pour maintenir un air tendre en déclarant « Mais non, il ne savait pas que c'était dangereux… » Tu parles. Quelle prise a-t-on sur un enfant qui connaît les conséquences de ses actes ? Et dont chaque bêtise est couronnée de succès, c'est-à-dire de reproches qui – comme la valise qu'on soulève dessine les muscles de son porteur par l'effort qu'il fait – peignaient en creux la silhouette de quelqu'un qu'il faudrait bien, faute de mieux, appeler « moi » ? J'avais accompli un geste fou, franchi la barrière du rêve, éprouvé ma liberté sur le mode d'un passage à l'acte et pourtant, j'étais sûr de mon fait. Et si j'accueillis d'un sourire narquois les menaces et les punitions, c'est qu'aucune d'elles n'estompait la certitude d'avoir causé quelque chose, d'être à l'origine d'une catastrophe qui, *sans moi*, n'eût jamais eu lieu.

L'été à Canisy, sur le sentier d'ardoise qui conduisait en zigzag à la piscine et dont je m'amusais à éviter les rainures, on croisait tantôt mon père, qui, nu comme Adam à la recherche d'une chaise longue, avait un manuscrit sous le bras et un stylo à la main, et tantôt mon grand-père, qui arpentait le jardin à pas lents avec un sceau dans la main gauche et un sécateur dans l'autre. Alors que mon père avait, selon ses propres termes, « les attaches fines et le ventre plat », son père était toute-puissance et toute-pesanteur. Quand j'étais petit, mon jeu favori était de m'accrocher à sa jambe en koala, et de me sentir, à chaque pas, soulevé comme un fétu. Sa lenteur même semblait un effet de sa force.

À dire vrai, mon grand-père n'était pas lent, il était immense (quoique de taille moyenne) et dans l'univers des titans de son genre, le temps passait un peu moins vite. Tandis que mon père entreprenait, cul nu, le stylo rouge à la main, de corriger des manuscrits en enchaînant les Marlboro, mon grand-père, qui ne fumait plus depuis quarante ans, tentait, torse nu, en pantalon et chaussures de ville, d'arracher les mauvaises herbes. D'une certaine manière, ils faisaient la même chose. J'enviais sa puissance au second, et l'assurance avec laquelle le feutre rouge du premier déposait, comme des coquelicots, des observations en marge des *épreuves*. Ils me semblaient à eux deux former un homme complet. Bud Spencer, écrivain.

Quand il faisait moins chaud, mon père troquait sa nudité contre un vêtement de sport et des chaussures de tennis qu'en homme pressé il enfilait pour écrire son article avant de se rendre sur le court. Je le revois à son bureau, vêtu comme McEnroe, d'un short *straight* et d'une chemisette aux épaules peintes, les Stan Smith couvertes de la terre battue de la veille, taper à deux index sur une Olivetti (toute neuve, achetée chez Duriez) le texte dont il avait le plan sous les yeux.

À voix basse, penché sur son ouvrage à la façon d'un horloger sur son mécanisme, il ânonnait ses propres phrases comme un rabbin hanté, en hochant la tête au rythme des effets. Quand la phrase était plus longue et accolait quelques indépendantes avant de poser le point au sol, il se redressait en inspirant comme lorsqu'on entre dans un bain trop chaud, et, par une imperceptible délégation de pouvoirs, la main droite, qui, à cette altitude, était seule à bouger encore, prenait le relais de la tête pour donner la cadence et mimer les saccades. Le pouce et l'index joints semblaient maintenir à l'horizontale la baguette invisible d'un chef d'orchestre, ou le pinceau d'un calligraphe, ou le burin d'un sculpteur à l'instant des finitions… Tous les arts de la Terre tenaient dans son geste.

Et dans ces pages où la belle écriture de mon père envahissait le texte dactylographié, en lui intimant ici d'être plus court, là d'intercaler un adjectif ou parfois, de disparaître tout entier, je soupçonnais des formules secrètes. À mon grand désespoir, certains paragraphes étaient intégralement recouverts de vaguelettes régulières et horizontales, que mon père semblait dessiner et qu'il encadrait ensuite au feutre noir, comme on empaquette avec soin les déchets de la nuit. Je voyais un immense gâchis dans ces morceaux abandonnés. Comment pouvait-il raturer, sans remords, le tiers d'une page après s'être donné la peine de l'écrire ? À quoi bon ? J'avais presque l'impression qu'il jetait de la nourriture.

– Mais Papa, tu es fou ! Tu te rends compte de ce que tu viens d'effacer ?

– Ah, mais c'était obligatoire.

– Mais pourquoi ?

– Parce que ça racontait l'histoire du sanglier Georges Marchais, tu la connais ?

– Je ne crois pas ?

– Tu ne la connais pas ?... Eh bien, c'est un sanglier qui s'appelle Georges Marchais.

– Encore ?

– Oui, mais lui, c'était vraiment son nom ! Et il vivait tout seul, au milieu de la forêt et savait parler le langage des humains.

– Pourquoi ?

– Pourquoi (mon père répétait toujours mes questions, c'est ainsi qu'il prenait son élan) ? Eh bien, parce que en fait, ce n'était pas un sanglier, c'était un sorcier communiste qui avait été transformé en sanglier par le génie d'Aladdin, et qui était tellement furieux d'être devenu sanglier qu'il passait son temps à fabriquer des potions pour transformer à son tour les petits garçons en petits cochons.

– Et alors ?

– Alors ? Un jour, un petit garçon de ton âge, environ... Tu as quel âge ?

– Huit ans.

– Déjà ? Bon. Un petit garçon de huit ans, qui s'était perdu dans la forêt, fut capturé par le sanglier, qui l'enferma dans une cage aux barreaux étroits, dans le but de l'affamer jusqu'à ce qu'il le supplie de lui donner à manger. Alors le petit garçon lui répondit « Puisque c'est comme ça, je me laisserai mourir de faim ! – On verra ça, grogna le sanglier communiste. Dans trois jours, tu auras tellement faim que tu me supplieras de te nourrir, et alors je te donnerai mon filtre transformateur à la pierre de Goulimine et tu deviendras un petit cochon, ah ah ah ! »

– Comme dans *L'Odyssée* !

– Oui, tu sais, la vie, ce n'est pas que dans les livres, mon p'tit bonhomme (mon père adorait se convaincre que j'étais un jeune lecteur obsessionnel, ce qui n'était pas le cas). Mais le petit garçon était têtu, et malgré la faim, il parvenait à ne rien réclamer du tout. À tel point qu'il crut mourir quand soudain, il vit un serpent entrer dans sa cage.

– Un serpent ! (Mon effroi redoubla.)

– Oui, mais attends… Heureusement. Heuuuuuureusement, le serpent lui dit « Je suis un serpent gentil, je suis venu te délivrer… »

À l'inverse de ma grand-mère, conteuse exceptionnelle, aède hors pair, dont le talent n'était pas d'invention mais d'interprétation, mon père créait de toutes pièces les histoires dont il me régalait. Mais selon un schéma immuable. Une catastrophe communiste, une menace terrifiante, une situation insoluble, puis un miracle, marqué par l'apparition – attendue comme le Messie – de l'adverbe « heureusement », qu'il disait toujours deux fois en laissant traîner le second en longueur. *Heuuureusement.* Par chance – ou par épuisement – tout finit par s'arranger.

– Ah ! Ouf.

– Comme tu dis. Sauf que…

– Sauf que quoi ?

– Sauf que quoi ? Sauf que la cage était surveillée par un Golgoth.

– Un Golgoth de la planète Véga ? demandai-je, vraiment inquiet.

– Bien sûr ! Mais le Golgoth avait un point faible.

– Lequel ?

– Lequel ? Il avait peur des hirondelles ! Comme les éléphants ont peur des souris !

– Alors, c'est Angelina qui va sauver le petit garçon.

– Tu as tout compris !

– Et après ?

– Ben après, je sais pas. Je me suis arrêté là.

– Mais c'est horrible ! Comment tu as pu effacer TOUT ça !

– C'est que… – mon père reprit son air mélancolique – ce n'est pas vraiment *ça* que je voulais écrire.

Fallait-il qu'il eût du génie pour être capable de jeter au rebut des histoires si palpitantes… Fallait-il en avoir des idées pour traiter comme un déchet celle qui faisait mon bonheur. Je trouvais mon père dispendieux avec son talent. Je n'avais pas tort.

Poupette, dont la raison d'être était d'excuser les extravagances des gens qu'elle aimait, justifiait les colères de mon père et son étrange dilection pour les pétards et les feux d'artifice par le souvenir d'une grenade qui avait explosé lors d'une projection de *Moby Dick* dans le cinéma Le Louxor, que possédait mon grand-père à Mascara et dont un colon avait interverti le « D » et le « B » – ce qui faisait « Mody Bick » (« Maudit Bic »), c'est-à-dire « Sale Arabe ». Était-ce un fellagha ou un membre de l'OAS qui avait commis l'attentat ? Peu importe, ce sont les mêmes – à cette nuance que les premiers avaient l'excuse d'une liberté à conquérir. Quoi qu'il en soit, mon père avait une double passion pour les feux d'artifice et les armes à feu, au point non pas de les collectionner (car il tenait tout collectionneur pour un constipé psychique) mais de rêver qu'il s'en servait et, à l'occasion, d'en acheter et de les laisser traîner. Au milieu des flingues en plastique et des épées de bois, nous eûmes quasiment libre accès à un authentique Remington et à un couteau à cran d'arrêt qu'il me laissa même emporter dans mon Chapelier, à l'école.

La veille du 14 Juillet, nous achetions une montagne de feux d'artifice que le lendemain était consacré à planter dans le jardin. J'étais en charge des fusées que, pour bien faire, je plantais profondément, tandis que mon père clouait au tronc des cerisiers les tourniquets luminescents. Le soir venu, la moitié des fusées, trop humide, faisait long feu, et l'autre refusait de décoller, tant je les avais enfoncées. Au lieu d'éclater dans le ciel en corolles, elles s'épuisaient au sol dans un sifflement, laissant à la pelouse une trace noire que mon grand-père tentait ensuite d'effacer à la tondeuse. Heureusement qu'elles ne décollaient pas, d'ailleurs, car mon père traversait en sautillant le champ des feux, pour en allumer les mèches une à une. Et aucun visage, à cet instant, n'était plus joyeux que le sien. On eût dit Bébert, le phtisique du *Voyage au bout de la nuit*, attendant dans la cour, comme une fête, l'heure où, sur ses poumons d'enfant, les tapis de tous les étages étaient époussetés de concert.

La chambre de mon père à Canisy donnait sur une petite terrasse qu'ombrageait un noyer moribond. L'arbre qui, de jour, était un mourant pacifique, devenait à la nuit tombée un assemblage hostile de griffes plus obscures que le ciel. Les branches sans feuilles (où semblaient courir, sous des rides cireuses, quelques îlots de sève) formaient la paume anguleuse d'un vieillard qui bénit ses enfants, un à un, après avoir lui-même reçu l'extrême-onction.

Émile et mon père discutaient en général, sur la terrasse, depuis un long moment quand peigné je venais les rejoindre ; le cendrier-coquillage était plein, les lampes étaient éteintes et le rotin ne grinçait plus. Eux-mêmes ne s'apercevaient pas qu'insensiblement le jour s'était enfui. Une chose est de savoir l'heure qu'il est, tout autre est de sentir que le temps passe. Assis sur les genoux de mon père, je recevais régulièrement, sans les voir venir, de larges effluves d'air pourri qui me laissaient fier et malade. Mon père dessinait des yeux de loup à la pointe de son mégot tandis qu'Émile disait du mal de Pierre Bourdieu : « Un grand article sur ce petit homme ? C'est beaucoup dire, ha ha ! » Je revois mes idoles à la nuit tombante, comme des ombres sans lumière, et je les entends, alanguis, se moquer de leurs pairs et rire de bon cœur avant de passer à table.

Il faut dire qu'Émile Fishman (qui faisait parfois un « crochet en moto » par Canisy le vendredi soir, après avoir donné ses cours à Caen) riait dès que possible, d'un beau rire excessif qui ressemblait à un soupir joyeux. Je m'aperçus, dix ans plus tard, qu'il avait emprunté ce rire à Kostas Neville, qui avait été son directeur de thèse avant de coécrire quantité d'ouvrages avec son élève, et lui sus gré d'un mimétisme qui, faisant de lui le second de son espèce, m'autorisait à ne plus tenir ses paroles pour des vérités absolues. On n'imite pas les imitateurs, c'est Platon qui l'a dit.

J'écoutais donc, sans y comprendre quoi que ce soit, une conversation pleine de noms prononcés pour la première fois, mais que je croisais depuis des années dans la bibliothèque de mon père : Lipovetski, Finkielkraut, Bourdieu… Sous ces patronymes déments, j'imaginais des petits géants, des artisans honorables. Ils me rappelaient les chevaliers de bronze – Shiryu, Shun, Hyoga, Seiya –, ces valeureux incontestables mais trop faibles pour ne pas être vaincus par leurs supérieurs hiérarchiques, chevaliers d'or et d'argent, qui régnaient sur le Zodiaque. Ils étaient à Kant, Sartre et Spinoza ce que le brave Alcor et son habile soucoupe étaient à Actarus dans *Goldorak*. C'étaient les fidèles seconds, les satellites, les savants sans génie. Avec mes repères d'enfant qui regardait en cachette le « Club Dorothée », je faisais d'instinct la différence entre une belle intelligence et un grand esprit.

L'escalier sombre qui conduisait à l'étage paternel me faisait passer devant un miroir posé à l'horizontale où, tel un jardinier guettant en mars les premiers bourgeons, je surveillais au menton les débuts de mon duvet. En scrutant ma peau lisse, en la pinçant et en tirant dessus, je parvenais à repérer les trous de la moustache à venir. Le soupçon du poil me donnait la force d'entrer. J'arrivais tranquille, prêt à jouer le rôle de l'enfant qui, devant les adultes, regrette son petit âge, telle une naine sur des échasses, à genoux sur des genoux, le poing fermé, le front plissé, ivre d'attention et de mimétisme, soucieuse de cocher les cases et vaguement fière de sa robe longue.

Contrairement à ma mère et au Gros, qui tentaient, en toute circonstance, de me fermer la bouche, mon père aimait me tendre le micro comme on ouvre la cage d'un animal remarquable. Chaque phrase devait être à la hauteur du compliment qui précédait ma prise de parole. Émile disait « l'abominable Schopenhauer » et je faisais comme lui : je disais « Platon, ça fait chic à la fin des disserts, n'est-ce pas ? » ou « Le problème des heideggeriens, finalement, c'est qu'ils ont tout écrit sur du sable ». Je jouais au phénomène intéressant. Le rire d'Émile et les compliments de mon père étaient mon salaire d'enfant supérieur. Ma monnaie de singe savant. Devant eux, je pouvais me vanter tranquille d'avoir lu *Les Frères Karamazov* : ils ne l'avaient pas lu non plus.

Canisy est vendue depuis vingt ans, pour une bouchée de couscous. Les trois enfants de ma grand-mère l'ont laissée seule, veuve, négocier l'abandon de notre maison avec un entrepreneur normand qui avait fait fortune dans le commerce de canoés, et s'empressa d'en abattre les murs pour répandre son béton sur le décor de nos souvenirs. Ma dernière visite avant destruction remonte au tout début du siècle, en janvier 2000, en compagnie de ma grand-mère, au lendemain d'une tempête inouïe. Au fond du jardin tronaît un sapin magnifique – dont je n'ai jamais connu l'espèce et auquel je n'ai jamais eu besoin de donner de nom car, sans que je l'aie demandé, on m'en a tout de suite et toujours attribué la possession. Le sapin était caché par un cerisier qui, à ses heures, avait comblé toute la famille et dont j'imaginais que le tronc frêle et rigide n'aurait pas résisté à la tempête, contrairement à mon puissant conifère. Ce fut l'inverse. L'étique cerisier, caché par une haie d'aubépines, s'était vaillamment aggripé au sol et, hormis quelques branches arrachées, respirait encore. Alors que le sapin, que sa haute taille exposait davantage, semblait avoir été soulevé de terre puis écrasé par un catcheur facétieux.

Était-ce l'équilibre fragile de sa voix, calme et voilée ? son humour, hilare et pourtant pince-sans-rire ? ou bien les traits de son visage aussi rectangulaire que celui de Momo ? Était-ce le fait qu'il appelât les autres « mes petits lapins » ? Émile m'inspirait de la tendresse. Je n'avais aucune idée de ce que signifiait l'enseignement de la philosophie mais je pressentais qu'il maîtrisait, comme un drôle de musicien, des outils précieux. Il employait des mots de quatre syllabes. Il fallait que ce fût une langue étrangère où serait conservé le secret de toute chose. Était-ce son intelligence ? Je le soupçonnais de coucher avec la vérité car j'entendais, face à lui, mon propre père changer d'avis. Émile était si savant que ses paroles étaient toutes lestées d'une évidence à laquelle lui-même semblait devoir se soumettre : il ne disait pas « Peut-être que j'ai raison » ou « À mon avis » mais « *Évidemment*, j'ai raison » ou bien « Kânnt a *évidemment* raison » (il prononçait « Kânnt » – ce qui n'était permis qu'aux gentilshommes).

En cas de désaccord, Émile haussait les sourcils et sa figure, soudain, faisait le grand écart. Levant les yeux au ciel, il entraînait dans son ascension les oreilles et les bajoues. Les cordes du front quadrangulaire hissaient les mâchoires, tandis qu'il contractait les commissures de ses lèvres, navré par la mésentente où le philosophe voyait une incompréhensible audace. Son visage, alors, déclarait tout entier « Libre à vous d'avoir tort ».

Dès que je l'ai connu, je l'ai connu très bien, j'en fis le nouveau membre de ma famille. Il était *l'oncle-frère* sans défauts, doté d'une intelligence absolue. Il avait la mine d'un père possible, qui ressemblait trop au mien pour disparaître un jour. Sa place était trouvée dans la cosmologie de mon enfance, entre le noyer de campagne et le pied de vigne que rappelait la base sanguine de son cou. Il m'inspirait une confiance tranquille. Et je fus bien désolé, malheureux de m'apercevoir un jour, plus tard, que nous n'étions pas si proches, et que mon père et lui ne s'aimaient pas tant que ça.

La parution de *Heidegger et les Chimères* (où Fishman et Neville se demandent pour quelle raison la gauche est si pleine de mansuétude envers la « grosse bêtise » du philosophe hitlérien) donna pour un temps à la guerre entre mes parents la dimension d'un affrontement public, car mon père était l'éditeur de Fishman, et la gauche française, hantée par son attachement pour Heidegger comme par le péché originel, contre-attaqua dans un grand dossier du *Nouvel Observateur* où parole était donnée à la défense et où de vieilles gloires comme Maurice Blanchot avaient été mobilisées par la crème de l'université militante dans le but de défendre l'œuvre et la mémoire du génial nazillon, la pertinence de ses diagnostics et l'ardente nécessité d'en écouter la parole. Or, c'était ma mère elle-même qui était en charge du dossier, et l'auteure du papier leader où l'on contestait doctement le travail de Fishman et Neville.

Mon père, qui ne m'épargnait rien, me présenta la déconstruction savante du livre dont il était l'éditeur comme une « attaque terrible », un « coup sous la ceinture » et un « pacte des derridiens avec les nazis » qui « menaçait la gauche tout entière » et faisait de « Mai 68 la matrice du pire »… J'étais épouvanté. J'imaginais ma mère en Bavaroise, Blanchot en milicien et une svastika sur le fronton de la rue de Solferino. Je tournais le regard devant les kiosques comme devant un soleil noir. C'est à la même période que j'eus la détestable surprise, un soir de semaine, de tomber en pyjama dans la cuisine de l'Ancienne-Comédie sur le profil d'un petit homme trapu aux cheveux blancs, penché sur la toile cirée, une tasse dans la main. « Le philosophe Jacques Derrida », me dit ma mère sur le ton de quelqu'un qui présente le pape à son rejeton. Je restai mutique. En une fraction de seconde, je devins parfaitement transparent. Peut-être est-ce la raison pour laquelle lui-même ne bougea pas. Ne tourna pas le regard. Ce fut notre seul échange. Et je sortis de la cuisine avec la honte d'avoir, malgré moi, croisé Himmler en personne.

Eugénie et mon père m'avaient, le temps d'aller dîner, confié la garde de mon frère et ma sœur.

Je m'étais endormi, tout habillé, dans le coin gauche du canapé (façon de protester contre leur absence) et mon visage anguleux, d'abord posé sur la paume de ma main, avait glissé d'un étage pour se trouver accroché par la tempe à l'angle de mon poignet.

Le bruit de la clef dans la porte m'avait réveillé. Je savais que, quelques secondes plus tard, ils seraient assis face à moi, mais je ne bougeai pas d'un cil. Je ne voulais rien en montrer. Qu'ils me vissent endormi, se disent qu'il est bien tard et se sentissent (qui sait ?) un peu coupables de nous avoir abandonnés trois bonnes heures. Tout se passa comme je l'avais prévu. Ils vinrent à pas de loup s'asseoir sur les fauteuils qui faisaient face au canapé et se mirent à chuchoter puis, enhardis par la certitude que je dormais profondément, à parler à haute voix. Ils croyaient me regarder à mon insu, alors que c'est moi qui, les yeux clos, les scrutais intensément.

– Il est beau..., dit Eugénie.

– C'est vrai, fit mon père.

Je le savais déjà. Je l'avais appris quelques années plus tôt, d'une vitre qui donnait sur le lac d'Annecy, dans le TGV qui nous emmenait en classe de neige à « Saint-Nicolas de Féroce ». Mais j'étais bien content, car – hormis les « mignons » dont mes petites amies doraient leurs langues – ce fait incontestable ne m'avait jamais été confirmé.

Rien n'est plus précieux, ni dangereux, que d'assister à la façon dont les gens parlent de vous quand ils croient que vous n'êtes pas là. Eugénie continua imprudemment : « C'est étrange, d'ailleurs, parce que, franchement, sa mère n'est pas... belle. »

Le plaisir céda la place à la stupeur, puis à la colère et enfin, à l'effroi.

J'avais quatorze ans.

L'enfance survivait sous la forme de valeurs absolues. Or parmi celles-là figurait en première place le sentiment que les parents étaient au-delà de toute qualification, et que c'était toujours trop en dire que d'en dire quoi que ce soit. Mes parents n'étaient ni laids ni beaux, ni méchants ni bons. Ils étaient. Apophase parentale : qu'on pût leur accoler une épithète me semblait un blasphème. Surtout quand l'épithète était défavorable. Ma mère, laide ? pas belle ? Quelle idée ? Je me mis à examiner son visage (que je n'avais pas vu depuis près d'une année), ses longs cheveux provisoirement frisés, son front régulier, son nez parfait et la bouche gigantesque dont j'avais hérité... Rien de trop laid là-dedans... De quoi parle-t-elle, cette conne ? Et pourtant, si elle le dit... Peut-être ai-je mal regardé ? Je continuai mon inspection. Je songeai aux joues de Maman, lisses comme de la soie, à ses mains enchantées dont j'avais la forme sans avoir le talent, à son regard si triste et si souriant et au fait que, comme mon père me l'avait raconté, elle était si sexy qu'à l'âge de vingt-trois ans elle s'était fait virer de Gallimard (où elle était jeune attachée de presse) pour avoir accueilli le vieux Raymond Aron avec une jupe trop courte. Laide, Maman ? Pour qui tu te prends ? Quelle folie de dire ça devant moi et dans mon dos à la fois !

Mais plus qu'indigné, j'étais terrifié. Ce qui avait commencé comme une plaisanterie de ma part, une petite illusion de sommeil, une blagounette en somme, devenait un jeu à hauts risques. Je savais qu'ils seraient hystériques de s'apercevoir qu'à cet instant, en réalité, je ne dormais pas. Hystériques parce que honteux. Hystériques parce que découverts et coupables. Tout en fulminant, je redoutais comme la mort l'effet dévastateur qu'aurait eu la révélation que j'étais éveillé, et je mettais tous mes soins à figer davantage mes traits, comme on s'assure qu'un masque est bien posé. Je voulais les protéger de mon propre regard. Et rien, hormis des paupières anxieusement fermées et une pâleur accrue, ne trahissait le fait que je n'avais pas perdu une miette de leur sale discussion. Un nuage de Jean Patou vint inonder mes narines. Eugénie se penchait vers moi : « Mon chéééri, dit-elle de sa voix douce et chantante, il faut aller se coucheeeeer… » Je bâillai – comme si les gens qu'on réveille bâillent –, je souris, je me levai, j'embrassai.

Comme les roses et les crapauds sortaient de la bouche de Doucette et Fanchon dans le conte de Perrault que Poupette préférait aux autres (*Les Fées*), de la bouche de mon père jaillissaient des syntagmes insensés. « Passe-moi le saladier » devenait « Passe-moi l'*ordurier théorique* » ; « Donne-moi les couverts » se disait « *Télégraphe-moi les suspensoirs compétents* » ; « Passe-moi le sel » donnait « Passe-moi l'*adjuvant technique* », etc.

Le plus merveilleux n'était pas les mots eux-mêmes, mais le fait qu'ils continuassent, à coup sûr, de désigner la même chose. Nul ne s'y trompait. Mon père n'avait aucun besoin de montrer les objets pour qu'on les reconnût. Non qu'il les eût ainsi nommés une fois pour toutes – leur nom variait ; mon père ne construisait pas un langage parallèle, il jouait en funambule avec les ouvertures du langage existant – mais les termes qu'il fabriquait en poète évoquaient suffisamment l'objet pour ne convenir qu'à lui. Ainsi la télécommande (qui faisait son entrée en majesté dans la maison) fut-elle durablement, et à juste titre, baptisée « *l'instrument du destin* ». Son surréalisme ne tournait pas le dos au monde mais l'enchantait. Il existe un lieu du langage où la langue adhère au réel d'une autre façon et, comme par miracle, les mots gardent leur sens en changeant d'alphabet. Ce n'est pas le mariage d'un mot et d'une chose mais le saut de cabri de mots hors sujet qui, assemblés, parviennent à singer la vie. Entre le saladier (qui offrait un sas à nos déchets avant l'envoi à la poubelle) et l'*ordurier théorique*, il n'y avait, à l'usage, aucune différence. Les mots de mon père étaient juste une autre – et précise – façon de dire ce qu'il en était, ou ce qu'il en serait, de nos petits objets. « Passe-moi le *dispositif caverneux*, s'il te plaît, mon chéri. – Le cendrier ? Tiens, Papa. »

L'autre jeu de mon père était de concevoir des visages de phrases.

J'avais longtemps croisé de loin, sans déplaisir, un borgne austère, posé sur un lutrin, près des plaques de la seconde cuisine de Canisy, qui ne servaient jamais. C'est en cherchant des balles de ping-pong dans le placard coulissant de la pièce du bas que mon attention fut retenue par l'improbable apparition d'un second œil sur le visage. Malgré mon désir de vivre des moments exceptionnels et la volupté de me sentir parfois comme le personnage d'un film, et bien que je vinsse de regarder *Poltergeist*, loué en cachette au vidéoclub sous le nom de mon cousin, j'étais assez peu impressionnable et ne doutais pas un instant que cet œil ne fût pas arrivé tout seul. Je m'approchai de l'homme avec une vraie curiosité néanmoins quand je découvris que c'était un *homme de mots*. Chaque ride était une phrase. Et inversement. Les mots des cheveux, courageusement frisés, s'enroulaient sur eux-mêmes comme des escargots. Au sommet d'une tempe, des chiffres enlacés lui faisaient des favoris. Des spirales d'adjectifs semblaient, ci et là, laisser la place à la boucle plus dense (ou plus longue) d'un gros adverbe ou d'une petite phrase. De majestueuses majuscules faisaient des fossettes et se prolongeaient en lèvres charnues dont des points de suspension peignaient les ombres. Le double menton était un alexandrin. D'audacieux points-virgules étaient suspendus aux narines, dont ils mimaient les poils apparents… Le tout donnait à l'étrange figure un air soucieux. J'étais émerveillé.

Je reculai, comme on s'éloigne de la *Vue de Delft*, de crainte qu'un souffle n'en déplace les atomes. Je m'attendais à un portrait, j'étais tombé sur un parchemin.

– Mais Papa, qu'est-ce que c'est que ça ?

– Ah, mais c'est Monsieur Mots ! Il est très sympathique. Seulement il ne t'entend pas très bien. Attends. Il faut lui dessiner une oreille…

Et prenant un feutre, sous mes yeux écarquillés, mon père se mit, d'une main alerte, à dessiner à coups de mots.

– Mais qu'est-ce que tu fais ?

– J'écris que Monsieur Mots a besoin d'une oreille.

Et c'était vrai. L'oreille nouvelle était faite de la phrase qui disait que Monsieur Mots avait besoin d'une oreille… Mon émerveillement redoubla. J'avais l'impression de relire *L'Histoire sans fin*. Et puis, quand j'avais compris qu'il était fait de mots, idolâtre comme un adolescent, j'avais imaginé que seules des paroles précieuses pouvaient façonner son visage. Tu parles. Monsieur Mots était tissé des humeurs du jour, et mon père, avec la légèreté que l'artiste témoigne à sa toile, prenait Monsieur Mots dans ses mains et lui ajoutait un morceau de gueule avec la dernière banalité venue. Apollinaire et ses calligrammes pouvaient rentrer in-folio.

J'ai oublié le jour où j'ai cédé à la faiblesse de croire qu'en m'appliquant un peu, en soignant le contour des yeux, en ne négligeant ni les lèvres ni les cheveux, je parviendrais à représenter quelque chose qui ressemblât à un visage, ou dont on se dit, comme Cyrano, que c'était la « figure de quelqu'un ». J'appris également qu'en dessinant une ligne brisée qui en croisait une autre, et en couvrant d'orange jauni l'angle obtus qu'elles formaient, on figurait à peu de frais une colline noyée dans le crépuscule.

Fort de ces deux trucs, et pétri d'ennui dans la Casa Morales à Formentera – où ma seule distraction consistait à éviter les guêpes –, je passais mes journées à dessiner des visages intercalés entre des collines irradiées par un soleil en fin de course. Mon activité prit tellement d'importance que je ne me séparais plus du petit cahier ni de la boîte de feutres dont, sachant que je n'en aurais pas d'autre, je protégeais les couleurs comme un sculpteur veille sur de l'argile… Visages, bulles et collines. Collines, bulles et visages. Mon jeu n'allait pas très loin. « Regarde, Maman, dis-je en lui montrant mon dessin qui représentait deux visages sur fond de collines – C'est fou… s'étonna Isidore, que cet enfant ne sache pas dessiner. Alors que son père dessine plutôt bien, lui ! » Ma mère rit en canard. « Ah oui, c'est fou ! » Hou Hou.

Ils étaient attablés à la terrasse de Constantino – une espèce de paillote où nous avions l'habitude de dîner le dimanche soir car un groupe de rock y interprétait une série de classiques, qui commençait toujours par « *Should I stay or should I go* » et s'achevait avec « *Satisfaction* » ; comme c'était le seul endroit où j'avais entendu ces chansons (que je trouvais excellentes), j'avais pour des musiciens si inventifs une discrète mais sincère admiration qui, à mon étonnement, n'était guère partagée. Isidore portait un marcel de coton bleu foncé, un bermuda beige et des tongs. Ma mère, frisée comme un mouton en fin de droit, avait un large pantalon blanc et une chemise orangée. De loin, ils avaient l'air inoffensif. Je n'avais pas vu venir le coup. Malgré tant de mises en garde, je n'imaginais pas qu'on accueillît mes tentatives de cette façon. Je restai interdit pendant qu'ils riaient de mépris devant mon chef-d'œuvre. On n'est jamais assez prudent. Même à son aise, la bête peut mordre.

Toute la différence – et la hiérarchie – entre mes deux maisons est contenue dans cet épisode navrant. Et la raison pour laquelle c'est au bout du compte Scylla qui l'emporte (en mythologie également, Scylla vaut mieux, qui ne mange au maximum que six personnes, alors que Charybde vous engloutit tout entier). Comme le soir où ils daubèrent sur le visage de ma mère sans savoir que j'écoutais tout, mon père et Eugénie, perméables à la honte, auraient eu la délicatesse d'attendre mon absence (ou mon sommeil) pour se dire à haute voix que j'étais incapable de dessiner. Alors que non seulement ces précautions ne venaient pas à l'esprit d'Isidore ni de ma mère, mais c'était même l'inverse :

ce genre de remarques n'avait d'intérêt que si l'humiliation était effective, sinon à quoi bon ? L'enjeu n'était pas de savoir ce dont j'étais capable mais de me priver, juste pour rire, du soupçon d'une capacité nouvelle. Je n'ai plus jamais dessiné de ma vie.

Certains peinent à traduire leurs pensées. D'autres échouent à représenter ce qu'ils voient. J'appartiens à la seconde catégorie. L'idée de peindre me semble contre-nature. La figuration me semble une telle performance que l'idée d'y renoncer me paraît aberrante, et l'abstraction me paraît une telle facilité que l'idée d'y céder me semble une escroquerie. La qualité des tableaux que je croise dépend du constat que je suis, ou non, en mesure de faire à peu près la même chose. Si c'est le cas, le tableau est révoqué comme une imposture. De là date un souverain mépris pour l'art contemporain, hermétique et démocrate, qui ne cesse, pour attirer le visiteur incrédule, de laisser entendre que chacun peut être Kandinsky.

Mais tout en conchiant l'abstraction, je m'y livrais abondamment. J'étais l'artiste conscient de sa nullité. Et satisfait de sentir, parmi les médiocres, qu'il est aussi médiocre que les autres mais que Lui le sait. J'avais découvert qu'on pouvait, sur un tableau Veleda, en faisant tourner le marqueur sur lui-même, créer une myriade de petits rochers de couleur enchevêtrés qui donnaient l'illusion d'une caverne, dont la profondeur variait selon le nombre de couches. Je pouvais colorier mon propre coloriage et obtenir ainsi des cavernes de toutes densités. J'y passais des heures et des dimanches, ébloui d'avoir mis la main sur un truc qui me permettait, sans effort, de donner le jour à un abri. Parfois, au cœur de l'ennui, après avoir noirci trois ou quatre tableaux entiers, je passais un doigt assassin sur mes petits rochers et tranchais de blanc la fausse caverne, comme une balle de fusil tranche les organes, indifférente aux finesses de leur disposition.

Lassé du Veleda, je passai aux gribouillis, après m'être aperçu que, chaque fois qu'on barbouillait ou qu'on badigeonnait une feuille, on obtenait toujours, d'une manière ou d'une autre, la *forme de quelque chose*. Une feuille A4 et un Bic suffisaient à l'expression de mon génie. Je fermais les yeux, prenais une grande inspiration et laissais courir mon stylo sur le papier. Puis, comme on développe une photo dans une chambre obscure (ou comme on traque sur la photo le détail qui va confondre le coupable), je scrutais mon dessin pour y trouver, merveilleusement enfouie dans un amas de traits, le chef-d'œuvre inconnu, la forme spontanée d'une chose à laquelle je n'avais pas pensé – le plus souvent, c'était un visage d'insecte dont un cercle central faisait l'œil composé. Je prenais alors un feutre et noircissais, dans un second temps, les traits du visage présumé afin d'obtenir, par élimination, un fond sur lequel je venais ensuite poser des couleurs. Je ne savais pas dessiner, mais j'avais confiance dans les vertus du hasard. Au point de croire que je pouvais l'abolir d'un trait de crayon, et *sans le vouloir*. Tout mon optimisme résidait dans la certitude que les mouvements de ma main produiraient une forme à laquelle aucune volonté n'eût donné le jour. J'y voyais sinon la preuve d'un sens à l'œuvre dans le monde, du moins le signe que tout n'était pas vain et que nous étions secondés, parfois, par les forces qui nous débordent. « *May the force be with me* », disais-je les yeux clos, avant de laisser divaguer la main…

Comme le résultat de mes décantations stochastiques était lui aussi tout à fait nul, comme la main n'était pas à la hauteur de l'œil, je m'en remis à mon seul regard pour élaborer des merveilles qui, faute d'emporter l'adhésion, contenteraient son créateur méconnu. J'entrepris de contempler les nuages. Et me lançai le défi de trouver une forme à chacun d'eux. Ce n'était pas difficile. Ce qui l'était davantage était de comprendre pour quelle raison cette forme semblait varier selon l'œil qui se posait sur elle.

Comment pouvions-nous, devant un nuage, ne pas voir la même chose alors que c'est la même chose qu'on regardait ? Était-ce que les nuages se délitent à la vitesse du vent et qu'au fond, nous ne parlions pas du même nuage puisque nous ne parlions pas du nuage au même instant ? Je me mis donc à les prendre en photo, dans l'espoir, en les fixant, d'accorder l'impression de chacun avec l'unique vérité d'une seule forme. Mais rien n'y faisait. « Tu vois, Papa ! Là, c'est un lapin qui sort du ventre d'une baleine. – Excuse-moi, mais pas du tout ! Là, c'est un chien. Tu vois ses dents, ses pattes, ses poils et même son oreille ! – Mais non, ce ne sont pas les pattes, ce sont les dauphins qui entourent la baleine ! » L'image était immobile, et nous continuions à discuter de ce qu'elle montrait. C'était insoluble.

Je cessais de regarder les photos pour, de nouveau, lever les yeux au ciel, afin d'y chercher non une réponse mais la bonne question. Que devais-je me demander devant ces nuages ? Qu'essayaient-ils de dire ? Je n'avais pas les mots. La seule image qui me venait à l'esprit devant ce frégolisme était celle d'un embryon qui, dit-on, entre telle et telle semaine de gestation, résume en sa formation la totalité des espèces. Je voyais les nuages comme des spores de Miyazaki dont la naissance était la disparition et qui, dans l'intervalle, épousaient tous les destins. C'est tout ce dont je disposais. Une curiosité sans limites, desservie par une inculture profonde, condamnait mes questions à rester sans réponse non parce que je les creusais, mais parce que, au contraire, je manquais d'outils.

Au jeu d'échecs, l'apprentissage commande la patience, et il faut aux élèves des mois ou des années de diagrammes et de cas concrets avant d'avoir enfin le droit d'entamer une vraie partie.

En littérature, c'est l'inverse : on peut ouvrir les livres avant de savoir les lire, c'est même recommandé. On peut, on doit les feuilleter avant de les déchiffrer, et vivre avec eux sans trop savoir ce qu'ils racontent.

Or, le climat de vénération dont mon père entourait les livres de sa bibliothèque avait pour effet de me les rendre inestimables et de me rendre moi-même indigne de les ouvrir. De quel droit poserais-je mes petits doigts d'enfant sur ces monuments ? Depuis quand peut-on caresser *La Joconde* ou poser sur un vrai livre la main qui sert à se torcher ? Tandis que chez ma mère je mangeais les livres, j'écrivais dessus et les faisais craquer quand je les étalais au sol pour qu'ils demeurent à la page élue, chez mon père, je regardais les livres, spectateur impeccable de leur tranche, comme Brice de Nice, en tenue de surfeur, sa planche à la main, regarde l'océan, où il n'a jamais trempé le pied.

Aux échecs au contraire, je faisais le malin. Je connaissais les gestes, j'avais vu Kasparov au 20-heures s'agiter sur sa chaise, sacrifier une reine et mettre une raclée au puissant Karpov, et je l'avais rangé dans la famille des dissidents invicibles, de Sakharov à Clint Eastwood. Je faisais tout comme lui. Je me frottais le visage avant de jouer, je laissais ma main devant ma bouche en clignant des yeux, comme si mon adversaire avait commis une faute inexplicable, je compensais mon inexpérience par des coups résolus et c'est avec assurance que je sacrifiais ma reine sans en retirer, moi, le moindre bénéfice. Je n'ai jamais bien joué. Je connaissais la marche des pièces et j'avais suffisamment regardé jouer les grands pour me donner l'air de l'expertise juvénile ; j'en savais juste assez pour briller devant des débutants, me voir invité à la table des vrais joueurs et prendre, inexplicablement, une branlée sans appel. Je suis un faux joueur, qui excelle sur deux ou trois mélodies mais serait incapable de déchiffrer une portée. J'étais en cela le digne fils de mon père, *copycat* lui-même, à qui l'effort d'apprendre à jouer aux échecs semblait moins utile que l'art de donner le change. J'en étais là. Champion des commencements. Monsieur deux-trois minutes. *Mimesis man.* Je joue aux échecs comme je parle russe, ou comme je joue au tennis. Assez pour faire illusion sur trois phrases ou trois coups, avant que les masques tombent. Tel Daniel Bravo – toujours considéré comme « l'espoir du foot français » le jour où il prit sa retraite –, je mourrai avec le sentiment que si j'avais voulu, j'aurais pu jouer aux échecs ou me débrouiller dans les salons de Moscou. « Dans l'ascenseur, ça ne dure que deux-trois minutes, écrit Gary dans *Gros-Câlin*, on n'a pas le temps de décevoir, on peut soutenir une réputation… deux ou trois minutes dans un ascenseur rapide et tout demeure intact. »

On faisait d'interminables parties où il fallait souvent revenir en arrière parce qu'on s'apercevait que mon roi était en échec depuis longtemps, ou parce que je reprenais un sacrifice audacieux dont le geste avait de la gueule mais dont les conséquences, finalement, ne m'allaient pas du tout. On jouait, on riait, puis on se concentrait et alors il y avait de vrais coups, de véritables entreprises, laborieuses, de destruction de l'autre et de son système de défense. Que de l'amour.

Je me souviens du jour où mon père me laissa volontairement – comme on laisse son gamin découvrir et armer un fusil – asseoir mes deux tours l'une derrière l'autre pour abattre son roi.

Je me souviens aussi de ma stupeur devant un « échec à la découverte » qui lui permettait, en un saut de cavalier, de prendre ma reine à l'autre bout de l'échiquier tandis que mon pauvre roi, dans la ligne de mire d'un fou, devait songer à se protéger tout en assistant à la dévoration de sa dame. J'étais impuissant. Je restai un quart d'heure devant l'échiquier, cherchant vainement la parade, le coup salvateur qui me permettrait, tout en sauvant ma reine, de protéger mon roi. Un pion s'interposait, malheureusement, entre la dame et la tour cruelle. Je ne pouvais rien faire. Je me sentais comme Ulysse à son poteau, à ceci près qu'Ulysse avait demandé qu'on l'enchaînât, et que c'était pour écouter un chant tentateur qu'il s'était attaché les mains. Dans mon cas, c'était pour assister au meurtre légal d'une reine. « Bon alors, tu le bouges, ton bout de bois ? » me dit, railleur, mon Papa. Plus de temps à perdre. J'allai le faire en rechignant quand, songeant que je n'avais *pas le choix*, je pris le parti de le faire résolument. Et au lieu de faire tourner, de mauvaise grâce, comme une toupie instable, mon pauvre petit roi jusqu'à la case où il était à l'abri mais d'où, du coup, il assisterait au supplice de sa reine, je soulevai le roi par sa couronne et, d'un air décidé, le posai sur la case mitoyenne comme si j'accomplissais un coup décisif. D'instinct, je venais de faire la différence entre la résignation et le consentement. Et de comprendre que le lieu où l'on se rend a moins d'importance parfois que la démarche elle-même. J'allais perdre la partie, bien sûr. Mais délibérément. Au jeu d'échecs, je perdrais, sans être vaincu.

« Gagne du temps, disait Papa, il faut gagner du temps… » Quitte à faire semblant. Pourquoi faudrait-il avoir été con pour devenir intelligent ? Enjambe les croyances, les enthousiasmes flatteurs, les causes à bonne conscience et l'héroïsme facile. Ne perds pas ton enfance à faire les mêmes erreurs que tout le monde. Commence par la fin. Cavale. Brûle les étapes. Laisse-moi te donner la conclusion. Gagne du temps. Gagne du temps. Au péril de ta modestie. Décrète le talent d'un tel – ou bien son infamie. Résume un livre en une phrase et jubile de tutoyer les génies.

Gagner du temps, mais à quoi bon ? Et pour aller où ?

Mon père avait de qui tenir.

Chaque dimanche matin, son propre père se présentait impeccable à la piscine de Canisy, cravate serrée, costume en place, pour nous dire au revoir. « Mais Papi, pourquoi pars-tu si tôt ? – Pour éviter la circulation. » Mon grand-père préférait partir de Canisy à 11 heures le dimanche pour gagner dix minutes de trajet. Combien faut-il avoir de temps à perdre pour consacrer autant de temps à se soucier d'en gagner ?

Un soir qu'il rentrait inoccupé du bureau, mon père se rendit au bordel-cercle de jeu qui se trouvait en bas de la maison, pour y faire une partie d'échecs. Et il tomba sur notre épicier, notre « Arabe du coin » qui le salua cordialement et l'invita à « pousser du bois en amicale compagnie ». Séduit, incapable de résister à du beau français dit avec l'accent, mon père s'assit et remporta haut-la-main sa première partie. Ils recommencèrent. Et mon père gagna de nouveau. L'Arabe maugréait en subjonctifs imparfaits (« Ta tour, il fallait que je la prisse ! »), mon père était aux anges… quand le patron du « cercle » leur signifia qu'on « ne jouait ici que pour de l'argent ». Enhardi par sa double victoire, Papa consentit, à l'invitation de son adversaire, à parier 500 francs, et perdit en onze coups. Stupéfait mais toujours confiant, il refit une partie, pour le même montant, qui fut encore plus brève. « Tu vois, lui dit l'Arabe : la moitié de ma vie, c'est l'épicerie. L'autre moitié, c'est les pigeons comme toi ! » Gagne du temps.

Le lendemain du jour où mon père m'avait annoncé que ma sœur, dont Eugénie était enceinte, s'appellerait Pauline, je voulus – pour leur dire mon désir ardent de quitter ma caverne et de vivre enfin chez eux – écrire une petite nouvelle en hommage à l'enfant à venir et leur en faire la surprise. J'étais encouragé dans cette démarche par le fait que, alors que j'avais vu Eugénie prendre mon père dans ses bras (et compris, en les voyant, qu'elle était enceinte), j'avais réussi à pleurer en feignant de l'apprendre. Mais il fallait faire vite car je n'habitais pas encore boulevard Montparnasse, nous étions vendredi soir ; je n'avais que deux jours devant moi.

Pauline... Pauline... Je voyais un bébé géant au milieu d'une corolle de nymphéas (je revenais de la maison de Monet, à Giverny) et comme je venais de lire *L'Enfant de la haute mer* de Supervielle, l'addition du prénom, des fleurs et du désarroi de la fillette qui découvre qu'elle est n'est que le rêve d'un marin me donna l'idée d'écrire les aventures d'une noyée qui, au lieu de mourir, entrerait dans l'étrange univers d'un fleuve où tant de plastique cohabite avec tant de poissons. Ce n'est pas si con. *Ponyo sur la falaise* n'a été déssiné qu'en 2008, et raconte à peu près la même histoire. Et puis j'adorais le verbe « cohabiter » (découvert et employé depuis que Jacques Chirac était entré à Matignon), qui appartenait, comme *Iznogoud*, *absentéisme* ou *interdépendance*, à la famille de ces composés transparents qu'il suffisait d'écouter pour entendre.

J'imaginais Pauline comme l'Ophélie de Millais, baignée de fleurs et perdue dans sa robe de mariée, qui finirait, de guerre lasse, par laisser couler sa tête, draguée par des épinoches vers le fond sablonneux, où elle ferait connaissance avec le dieu des Fleuves, qui, séduit par son visage de déesse endormie, aurait conçu pour elle un palais de saules pleureurs, etc. Je n'étais pas arrivé aux amours torrentines du dieu et de la déesse, mais j'avais passé des heures, déjà, à tenter de décrire le moment où la noyée consentait à rejoindre le fond. C'était aussi difficile à raconter qu'un pied qui prend racine et devient un tronc. N'est pas Ovide qui veut. Le texte, qu'en partant à l'école le lendemain matin, je laissai délibérément traîner sur la table basse du salon, commençait par cette phrase : « Pauline ne prit conscience que tardivement du fait qu'elle était morte. »

Je songeais avec plaisir, sur le chemin du retour, au déjeuner festif et au visage ravi d'Eugénie, éblouie par mon début d'histoire. Pour nourrir mon rêve éveillé, je convoquais le sourire qu'elle m'avait adressé le soir où, deux années auparavant, elle avait lu l'un de mes poèmes sur « l'introuvable femme idéale. » J'avais dix ans. Eugénie, de retour d'un dîner, se tenait dans l'angle de la porte de sa propre chambre, où, sur le lit parental, j'attendais leur retour. Elle avait mon texte à la main, dont elle relisait chaque ligne en levant son visage vers moi, d'un air admiratif. Ce qui la surprenait n'était pas la qualité du poème mais son actualité, car j'appris comme on tombe du ciel, quelques minutes plus tard, qu'Eugénie avait « rencontré quelqu'un » et qu'en conséquence ils avaient décidé, au cours de ce dîner, de « peut-être se séparer ». Mais refusant de minorer les compliments que j'avais reçus en les indexant sur la décision catastrophique dont mon texte était, par hasard, un commentaire vivant, ma mémoire dissocia la lecture d'Eugénie de l'annonce que mon père, l'instant d'après, me fit en pleurant. Hormis l'exquise Madame Caroff, qui enchanta mon année de sixième, Eugénie fut ma toute première lectrice. Je suis entré dans l'écriture par la voie trompeuse des compliments pour enfant doué. Ainsi pouvais-je aisément invoquer le souvenir de son sourire pour devancer l'effet que ma nouvelle œuvre ne manquerait pas de produire sur ma douce belle-mère.

Mais quand j'arrivai à la maison, après avoir de nouveau constaté, malgré le soin que je mettais à densifier mon crachat, qu'il se disloquait fatalement à hauteur du troisième étage, j'eus la surprise de trouver mon père assis sur le canapé, qui me présentait son dos, et ne tourna pas la tête pour me saluer. Puis il se leva lentement, en s'aidant de ses bras (dont il n'avait aucun besoin, mon père était un homme svelte et un sportif accompli, mais il devait penser que ce geste donnait une puissance, une gravité supplémentaire, à la fausse question qu'il s'apprêtait à poser) : « Est-ce que tu te rends compte de ce que tu viens d'écrire, mon p'tit bonhomme ? » demanda-t-il gravement, en tenant ma petite feuille comme une torche éteinte, à hauteur de son visage sombre. « Pauline ne prit conscience que tardivement du fait qu'elle était MORTE ! MORTE ? MORTE !? Mais tu es fou ! Tu es FOU ! Qu'est-ce qui t'est passé par la tête ? »

Il avait totalement raison.

Et parfaitement tort.

Rien n'était plus maladroit que mon geste mais aucune fibre de ma personne – qui bénissait de tout son être l'arrivée d'une petite sœur et voyait en elle, malgré tout, une sorte de victoire – ne souhaitait sa disparition. Je n'avais aucune raison d'être jaloux d'une nouvelle venue qui, par sa future présence, augmentait et renforçait les frontières du Paradis où moi aussi je finirais par vivre. Enfin, mon texte ne racontait pas une mort mais une résurrection, à l'image de ce que Pauline signifiait à mes yeux. Seulement, ces couillons-là s'en étaient tenus à la première ligne, bien contents de mettre la main sur une tragédie. Je fondis en larmes immédiatement, ce qu'ils s'empressèrent d'interpréter comme l'aveu d'une profonde culpabilité, alors que c'était l'évidence d'une injustice qui me brisait le cœur. J'étais innocent. Maladroit mais innocent. Comme ce jour où, forte de son expertise de concierge, « 1940 » m'avait accusé d'avoir vidé le sable de mes chaussures sur le paillasson de la porte d'entrée. Je connaissais le coupable : c'était Rémi, mon meilleur ami, qui habitait au troisième étage. J'avais le choix entre dénoncer mon frère ou subir une injustice. Je choisis de le dénoncer. Mal m'en prit. À l'injustice s'ajouta la honte. Et à la honte, le désespoir de n'être pas cru.

Là encore, devant mon père debout, raide comme la justice et le texte à la main, je savais ma cause perdue. Qu'avais-je à opposer à cette première phrase lamentable, qui donnait à l'homme l'occasion théâtrale de protéger sa femme, et permettait à Eugénie d'engranger de précieux points *jalousie du beau-fils* qui peuvent toujours servir plus tard ? J'étais cuit. J'en pleurais en grognant. De rage et de dépit. J'étais la victime non d'un malentendu mais d'un *inentendu*. Tel Robespierre qui continue de réclamer la parole alors qu'il a perdu la partie, j'ânonnai sans conviction « Supervielle », « Giverny », « pas vraiment morte, en fait »… Mais la preuve était accablante. Preuve de quoi ? Tout en baissant les bras, les larmes offertes à leurs certitudes, je rêvais d'un monde meilleur, plus fin, plus délicat, où ils m'auraient réclamé la suite du conte et où, me faisant grâce d'un reproche grossier, mon père se serait plutôt attardé sur la présence d'un adverbe (« tardivement ») dans une première phrase – péché comparable en temps normal, à ses yeux, au fait de mettre un adjectif avant un nom ou pire : de prononcer les mots « colo », « hyper » ou « à l'instar » dans la conversation courante. Mais non. Après tant de cris et ce préambule, l'heure était venue pour Eugénie (qui, en ce temps-là, ne s'énervait jamais contre moi) de tenir son rôle de victime bienveillante. C'est assise et une main sur le ventre qu'elle entra en scène : « Non mais moi, ce qui m'intéresse, mon chéri, c'est de comprendre *pourquoi* tu as écrit ça, tu comprends ? » Elle insistait sur le « pourquoi » qui donnait tant de profondeur, ou de hauteur, à ses intentions. Et qui n'attendait aucune réponse évidemment. Il fallait ici laisser un blanc, non pour me donner le bénéfice du doute, mais pour ancrer l'indicible dans la mémoire de la famille, l'inscrire à jamais dans le registre des fautes majeures où mon père me détrônerait définitivement le jour où, par pure distraction (ou pas), il enregistrerait « Téléfoot » sur la VHS qui contenait les premières images de sa fille.

De honte d'avoir écrit cette première phrase et d'être si mal entendu, je chiffonnai la page fétide et courus m'enfermer dans ma chambre, d'où je sortis une demi-heure plus tard, pour jeter le texte en boulette dans la cage de l'ascenseur. *La-sans-sœur*. J'étais cerné. Va chier, Lacan. Derechef et copieusement.

« Tu as jeté ce texte dans la cage de l'ascenseur ? Tu as *vraiment* fait ça ? Mais tu es fou ! Plus jamais Eugénie ne voudra prendre l'ascenseur ! Est-ce que tu te rends compte de ce que ça veut dire POUR UNE FEMME ENCEINTE ? » Il avait haussé la voix non pour m'impressionner, mais parce qu'il avait été saisi d'une peur sincère à l'énoncé délirant des effets de mon acte. Alors qu'il se prenait tranquillement au jeu de son lyrisme, mon père avait croisé la possibilité d'une conséquence vraiment fâcheuse : et s'il avait raison ? Et si Eugénie, peu superstitieuse mais attentive au maintien des offenses, refusait vraiment de prendre l'ascenseur ? Qu'allait-il faire ? Comment pouvais-je lui faire ça, à Lui ?

Bizarrement, cette dernière question, qui lui venait chaque fois que je posais un problème, n'était pas absurde. Avais-je voulu lui rappeler que Pauline – et avant elle, peut-être, chacun de nous – n'existait que par la grâce de son orgueil ? Avais-je tenté, en imaginant sa disparition avant qu'elle naisse, de mettre l'incurie paternelle à l'épreuve des conséquences ? L'enjeu d'écrire, surtout quand j'en passais par la fiction, était-il déjà de faire exister les choses en les nommant ? Ou de les nommer tout en les niant ? Comment avais-je pu ignorer cette première phrase, terrible ? Pourquoi le déni vient-il avec l'envie de tout dire ? Ce qui n'est pas douteux, c'est qu'en leur imposant mon texte, je testais aussi la violence du langage. Je soumettais mes proches à mes mots, et trouvais un point fixe dans le constat de leurs effets. Je suis, j'écris, je tue. S'ils avaient lu en moi-même à livre ouvert, mes parents n'eussent trouvé aucune passion homicide mais peut-être l'inavouable intention d'injecter dans mes phrases assez de force pour atteindre ceux qu'elles ne visent pas. Question de survie.

Il faut dire que le lyrisme de mon père me donnait la sensation que les choses tremblaient tout le temps et que tout pouvait en un instant basculer dans le drame ; l'urgence n'était pas d'entrer dans ses bonnes grâces mais de donner un peu de chair aux paroles qu'il lançait impunément et, comme on gave de briques le schtroumpf volant pour le maintenir au sol, de prendre ses soupirs à la lettre. C'était de bonne guerre.

Mais comme je ne pouvais pas, moi, lui dire sur le ton de l'indignation « Tu as *vraiment* eu cette phrase ? », j'utilisais le premier degré et m'amusais parfois à tirer les conséquences de tout ce qu'il osait m'avouer. Mon indiscrétion était de retenir ce qu'il disait, mon insolence était de le prendre au sérieux. Un jour, dans un avion, alors qu'Eugénie, Lucien et Pauline étaient assis devant nous et que nous parlions de liberté avec mon père, ce dernier, dont le mal-être était tel que toute conversation était l'occasion de m'en faire imprudemment la confidence, déclara : « Moi je ne suis pas libre par exemple…
– Ah, bon, Papa ? Tu veux dire que si tu étais libre, tu partirais ? Tu habiterais où ? Tu ferais quel métier ?
– Je ne vois *même pas ce que tu veux dire…* » avait-il aussitôt répondu, d'un air méchant qui me convainquit d'avoir à cet instant dénudé le personnage. Non parce

que j'aurais décrypté les souhaits de mon père (qui n'étaient un mystère ni pour moi ni pour personne, et dont il témoignait en lançant, à mon intention, des regards furieux et inquiets vers le siège d'Eugénie) mais parce que j'avais joué avec l'implicite. J'avais osé prendre ses mots au mot, comme on ruine l'envol d'un cerf-volant, comme on enferme la fumée pour voir ce qu'elle devient quand elle refroidit. J'avais présenté comme audible le bruit sourd et constant de son dépit. Savais-je d'instinct que plus on fait exister les choses, moins elles semblent désirables, et avais-je voulu guérir mon père du goût de partir en lui faisant savoir que sa mélancolie ne passait pas inaperçue ?

Ces legs sont délicats.

Comment, avec tant de souvenirs, ne pas redouter la conjugalité comme la peste ? Comment s'y tenir sans avoir le sentiment de pourrir ? Où trouver la force de désirer ce qu'on a ? J'ai hérité d'une insatisfaction dont le porteur a guéri au moment même où son caractère n'avait plus d'incidence sur le mien. C'est ballot. Entre-temps, je suis devenu, moi aussi, un amer qui ignore si le diagnostic de son malheur est un constat ou une névrose. Et qui ne sait jamais s'il se libère ou s'il s'enferme chaque fois qu'il quitte sa femme.

C'est en tremblant que j'étais entré au collège de l'immense lycée Montaigne. À l'âge où l'on aimerait que rien ne change, j'avais quitté mes copains, tous envoyés à Jacques-Prévert, pour intégrer une cour si vaste qu'elle semblait arrondie à l'horizon. Et alors que la septième est un CM2 avant d'être une septième, la sixième n'est que la sixième, et aucune lettre, jusqu'en première, ne vient adoucir le numéro : sixième 4, cinquième 5, quatrième 9, troisième 10, seconde 2… jusqu'au terrible « terminale ». J'avais troqué un nid contre un hangar, et un monde d'habitudes contre un espace neutre. J'étais passé d'une école où mes usages étaient enserrés dans un cocon à l'univers indéfini des salles amovibles où les classes ne sont plus que des chiffres eux-mêmes suivis de chiffres.

Qui plus est, Monsieur Martin, notre professeur de mathématiques et seul maître en chiffres, était un véritable reptile déguisé en reptile. Hormis les veines hypersaillantes de son petit cou et de grands yeux thyroïdiens, son costume impeccable ne couvrait que des os en peau. Monsieur Martin était une vedette. Sa méchanceté légendaire, son humour cruel et la manie de marcher sur les pieds des élèves pendant les interros ou de se pencher sur leur copie (tandis qu'ils composaient) puis de lever la tête en soupirant l'avaient rendu mondialement connu, à Montaigne.

Monsieur Martin était un parfait salaud. Qui jouait au salaud pour cacher le fait qu'il l'était vraiment. Contrefaire le sadique pour laisser cours à son sadisme, et par cet artifice, laisser entendre qu'il y a un cœur sous cette enveloppe impitoyable et qu'au fond, s'il *surjoue* le méchant, c'est qu'il ne doit pas être si mauvais... C'était l'équation de Martin. Il avait neutralisé sa méchanceté en la théâtralisant. Il s'était arrangé pour qu'on l'aimât bien, le salaud. Malin Martin. Qui reconduisait à sa façon l'arnaque socratique consistant, depuis *Le Banquet*, à faire passer la laideur pour le signe de la beauté intérieure. Ce tour de passe-passe lui permettait des choses invraisemblables. « Qu'est-ce que ceci ? » demandait-il en montrant un cercle fendu par trois rayons. « L'emblème de Mercedes ! » Nous riions de bon cœur. « Et ça ? » désignant un cercle dans un cercle. « Rose-Gaëlle vue d'en-haut ! » Et nous riions derechef, sauf l'énorme Rose-Gaëlle, qui manquait d'humour.

Comment Monsieur Martin n'eût-il pas adoré son métier, qui lui permettait de transformer son vice en or ? et d'être admiré pour des passions qu'en d'autres circonstances il eût eu honte d'éprouver ?

Le cours précédent venait de s'achever et nous étions assis quand le professeur entra. « Mais... je ne vous ai pas dit de vous asseoir ! » déclara-t-il, d'un air à la fois surpris et mécontent, en guise de présentation. Comme les parents qui entrent dans l'éducation par le reproche et disent « Méchant ! méchant ! » chaque fois que le gnome approche du feu, ou comme ces syndicats qui entrent dans la négociation par la grève et dont les semonces sont déjà des passages à l'acte, Martin s'indignait qu'on ne respectât pas l'instruction que nous n'avions pas encore reçue. Avant même de faire sa connaissance, nous lui avions déjà désobéi, et cette désobéissance liminaire – le fait que, de nous-mêmes, nous n'ayons pas pris la peine de nous lever à l'entrée du professeur alors qu'il était le seul à l'exiger – était le signe qu'aujourd'hui, décidément, le respect s'était perdu dans le tourbillon de nos mœurs inconséquentes. Les pervers n'aiment rien tant que faire la morale aux innocents.

Le proviseur du lycée Montaigne, Monsieur Force, était une sorte de Jean-Marc Ayrault à l'approche de la quille, qui donnait en complaintes le sentiment d'être toujours dépassé par le vacarme et le chaos.

Pour les décisions immédiates, les sanctions et les opérations de maintien de l'ordre, c'était Madame Parmentier, proviseure adjointe, qui était à la manœuvre.

Parmentier était de la même espèce que Madame Weber. L'espèce des hussardes idéales qui mettent leur tempérament de nonnes au service de l'égalité républicaine. Sous le fond de teint, malgré de discrètes boucles d'oreilles et le délicat rose à lèvres qui couvrait un fil de bouche, son visage en rectangle, qui ressemblait à un cube mou, était d'une sévérité absolue. Parmentier ne souriait jamais, et comme des néons, ses yeux d'un bleu laser répandaient une lumière glaciale. Mais elle était équitable : son absence de sympathie était indifféremment réservée à l'ensemble des élèves (dont elle connaissait le nom et le métier des parents) qu'elle semblait attendre, dès 8 h 15, au sommet des marches, pour les envoyer, d'un signe de tête imperceptible, à droite vers le lycée ou à gauche vers le collège. Nous n'avions pas besoin d'elle pour savoir où aller et nul, naturellement, ne lui rendait son signe de tête, mais elle avait besoin de nous pour se donner l'air d'ordonner notre arrivée, pour montrer qu'elle connaissait tout le monde, et nous faire savoir qu'entrer dans le bâtiment public imposait de se soumettre à la règle commune et à ses représentants.

Quand les incivilités prenaient un tour légal, quand un cran d'arrêt ou une lacrymogène entraient à Montaigne, Parmentier descendait comme la foudre ou le GIGN dans les salles de classe et détruisait publiquement le coupable (qu'elle avait identifié avant d'arriver) sans écouter la moindre excuse ni s'embarrasser d'égalitaires fouilles collectives. « Eh oui, je pratique l'injustice », déclarait-elle, en exhumant du sac à dos les preuves du crime. Parmentier. Une main de fer dans un gant de fer.

Quand ils souffrent, les enfants et les vieillards ont en commun de se chier dessus. Les premiers à regret, les seconds dans la joie. Ou inversement. Mais dans l'intervalle qui sépare les premières années du cinquième âge, l'insolence et la cleptomanie remplacent avantageusement la défécation dans la hiérarchie des symptômes. Lorsque j'entrai en quatrième (ce qui coïncidait avec l'arrivée chez mon père), je devins odieux. Et surtout voleur. Je piquais tout ce qui me tombait sous la main, du pain au chocolat dont je n'avais pas envie jusqu'aux clefs de ma prof d'anglais, qui, refusant de mettre qui que ce soit dans l'embarras, vint nous dire, avant de sortir de la classe et de laisser au chapardeur anonyme le temps de déposer le trousseau sur la table, qu'un bébé l'attendait à la maison… Je me levai sans vergogne et, sous le regard étonné de mes camarades, déposai les clefs en déclarant que, de honte, le voleur avait chargé le délégué de classe (moi-même) de restituer « l'objet de son larcin ». Personne ne douta de ma version des faits, personne n'imagina, tant mes notes étaient brillantes, que je pusse moi-même être le coupable, et on se demanda longuement dans la classe qui avait pu faire un truc pareil. C'est la première fois que mon image me sauva la vie.

J'eus moins de chance le lendemain, à la sortie des classes, dans la boulangerie où, sans me cacher de la caissière, je m'étais servi sans vergogne dans le bol de chouquettes qui se trouvait à côté d'elle. « Dis donc ! Ça ne te gêne pas, de piquer des chouquettes ? – Non, non, ça va. Merci. Je le vis très bien. – C'est incroyable. – Incroyable, quoi ? – Bon, ça suffit maintenant ! » Ce dernier cri, dans mon dos, avait surgi d'une voix si familière et furieuse que j'en tremblais de tous mes os. Je me retournai : Parmentier faisait la queue juste derrière moi et me regardait fixement. Hors des murs du lycée, le GIGN n'était qu'une citoyenne comme les autres, mais j'étais carbonisé par ses yeux en pierre de Lune. « Oui, maintenant, ça suffit », répondis-je d'une voix tremblante, avant de quitter la boulangerie en titubant, sous l'œil ironique et réprobateur des clients.

Seulement j'étais si attaché à me rendre la vie détestable que cet épisode n'eut pas la valeur de scène primitive qu'il était fait pour endosser. Au lieu de profiter de ma honte pour retrouver le droit chemin, je continuai de plus laide. Je séchais. J'abîmais le matériel. Je me faisais prendre à vider des pots de Tipp-Ex en cours de techno sous les chaises des autres élèves. J'avais l'esprit d'un collégien idéal dans le corps d'un cancre. Était-ce de me sentir coupable d'avoir quitté ma mère et malheureux de n'être pas heureux dans ma nouvelle maison ? ou était-ce qu'il me fallait, comme à un jeune taureau, des chiffons rouges à encorner ? Était-ce qu'en cessant de recevoir des gifles, j'avais enfin la liberté de devenir une tête à claques ? Le résultat est là : j'étais un élève brillant qui tournait mal. Hormis les cours de français de Monsieur Castaing qui enchantaient la classe et dont j'aurais voulu qu'ils fussent notre unique enseignement, le reste de mes journées était consacré à nuire, souffrir, voler, mentir et tisser avec la drogue un lien précoce et encombrant.

Fallait-il encenser l'excellence, ou châtier l'indiscipline ? M'envoyer en pension, en maison de correction, ou dans un meilleur lycée, plus adapté à ce que j'étais capable de faire et d'apprendre ? Mon père ne se posait pas du tout ce genre de questions. Il était juste fou de rage. Son unique certitude était qu'en faisant des vagues je lui bordélisais sa propre vie. « Comment peux-tu me faire ça, à moi qui me saigne pour que tu ne manques de rien ? » demandait-il, chaque fois que le lycée l'informait de mes exploits. Si j'avais eu plus de recul sur mes propres réactions, j'aurais répondu qu'un vol découvert, une insolence ou une punition étaient autant de preuves que, pour le meilleur ou le pire, j'existais vraiment. Comme le jour où j'avais poussé Jean-Sébastien dans l'eau, loin de fuir les conséquences de mes actes, je les recherchais. Non pour m'enfoncer dans le péché ni, comme à Formentera, jouir de mes hématomes, mais parce qu'une sanction vous consacre, vous institue, et qu'à celui qui se sentait si vaporeux, l'identité de branleur était au moins quelque chose. Mais comment dire, quand on ne le sait pas soi-même, qu'en titillant l'autorité, vous ne faites que tenter d'exister aux yeux de gens qui vous accusent déjà d'être le centre de tout ?

Tant qu'on vole et qu'on est puni, tout va bien.

Le problème n'est pas le crime. Le problème, c'est d'échapper à la loi. Les ennuis commencent quand on tente, à l'école, de jouer sur les deux tableaux. Et prennent la forme, à l'âge adulte, des sociologues fous qui expliquent doctement qu'un délinquant étant d'abord la victime de la société injuste, ses crimes doivent lui être pardonnés.

Or, c'est Parmentier – c'est-à-dire la loi en personne – qui, un jour, me montra qu'une telle chose était possible, ou qu'on pouvait avoir le crime et sa rançon, tout en glissant entre les mailles du filet. J'avais usurpé l'identité d'un copain à la cantine (où je n'étais pas inscrit) parce qu'il y avait des frites au menu alors que Mafalda n'avait, pour le déjeuner, préparé qu'un gratin de courgettes. Mais au lieu de me faire discret, j'avais profité de mon premier séjour sous le préau pour déclencher une bataille de yaourts et répandre de la moutarde sous les fesses d'une pionne à la main de laquelle je m'étais ensuite soustrait pour me réfugier dans un couloir du lycée où je savais qu'elle finirait par me trouver. Comme à mon habitude, je m'étais mis tout seul dans la situation du chauffard alcoolisé qui, sans espoir d'échapper à la police, tente pourtant de forcer un barrage. Une fois capturé, je fus, pour des raisons obscures, envoyé tout seul, sans témoins, dans le bureau de Parmentier, avec pour ordre de raconter ce que j'avais fait. J'en profitai pour prendre un air contrit et lui dire que, répondant à une offense, j'avais cédé, « de fil en proche » et malgré moi, « aux délices de l'impolitesse ».

« Tu trouves ça délicieux ? demanda Parmentier, qu'on ne séduisait pas. – Non, ce n'est pas ce que je voulais dire. Je voulais dire que je suis vraiment désolé. – Bon. Je devrais te mettre un avertissement. Mais comme tu m'avoues ce que tu as fait, je ne te le donnerai pas cette fois-ci. Seulement, je ne veux plus jamais avoir affaire à toi ! Et j'exige de rencontrer ton père pour en parler. – Oui, madame. »

Comme les pionnes voulaient également donner leur version de l'histoire, je fus contraint, au lieu d'aller en cours d'anglais, de passer une heure dans leur bureau, avant de retourner voir Parmentier. Une heure. À devoir tuer le temps. Avec trois femmes qui sentaient fort, dans une petite pièce enfumée. Je déployai tout ce que j'avais. J'ouvris toutes mes ailes, je sortis toutes les plumes. Je ne voulais pas leur plaire, je voulais les respirer. Les humer. Les voir répondre et scruter leurs dents jaunies par le tabac. J'entrai dans leur discussion par le sentier d'un calembour, puis je devançai les questions de l'une d'elles. Au bout de quelques minutes, j'étais partie prenante dans un débat animé. Au détour d'une remarque, je fis même sourire la grande frisée, dont j'avais d'abord enduit le derche. Le temps passa agréablement, avant qu'on retourne, Frisette et moi, dans le bureau de Parmentier, où elle fit le récit épouvantable (car véridique) de mes crimes et conclut en réclamant un « avertissement ». Parmentier, dont le visage glacial était toujours adapté aux doléances des pions, répondit sobrement « Très bien. Je lui mettrai un avertissement ».

Quand nous sortîmes du bureau, l'ambiance s'était nettement refroidie entre Frisette et moi. Je croyais qu'on était bons amis, qu'on allait quelque part ensemble, et la hyène, rattrapée par le souvenir de mes forfaits, au lieu de saisir l'occasion de devenir ma complice et mon amie, s'était finalement souvenue de chier dans la colle. Quelle injustice ! Je la détestai. Pourtant, je ne fus jamais sanctionné. Je ne reçus pas d'avertissement. Parmentier avait tenu parole, et elle avait menti à la pionne. Je crois même qu'elle n'avait pas écouté son récit (sinon elle serait revenue sur sa promesse). Peut-être ses pensées avaient-elles été occupées par le débat entre la nécessité de la sanction et le respect d'un engagement ? De mon côté, après avoir compris, au bout de plusieurs jours, que c'était à moi qu'elle avait dit la vérité, et que la sanction ne tomberait pas, je fus profondément déstabilisé par la possibilité d'un mensonge à cette hauteur-là. L'idée que Parmentier pût dire à une pionne « Je vais le punir » et ne rien en faire me semblait aberrante, et plus toxique, en vérité, que réconfortante pour moi. J'aurais dû être soulagé. Je ne l'étais pas. On commence comme ça, et on finit par voler des chouquettes.

Restait à organiser, entre mon père et Parmentier, la rencontre dont, en vertu de mon double statut d'excellent élève et de trublion, j'étais à la fois l'intercesseur et la cause. Je dis *rencontre* et non pas rendez-vous, car l'un et l'autre avaient clairement conscience du privilège qu'ils s'accordaient mutuellement en acceptant de faire connaissance. Et au lieu d'une convocation parentale en bonne et due forme, je me trouvai au milieu d'un jeu mondain sans fin.

« Madame Parmentier me charge de te dire *qu'elle aimerait bien te rencontrer*. – Ah, bien sûr, mon chéri. C'est important. Dis-lui que je la verrai quand elle veut. »

« Mon père me charge de vous dire qu'il vous verra quand vous voulez. – Parfait. Eh bien, tu lui diras que quand il veut passer dans mon bureau, je serai heureuse de le recevoir. »

« Madame Parmentier me dit que tu peux venir dans son bureau quand tu veux. – OK. Avec plaisir. Je viendrai quand elle voudra. »

« Mon père viendra quand vous voudrez. – Eh bien tu lui dis que quand il veut, il est le bienvenu. »

« Parmentier dit que tu es le bienvenu quand tu veux. – Impeccable. Alors tu me dis ce qui l'arrange, et je serai là. »

« Papa me dit qu'il viendra le jour qui vous arrange.
– Eh bien, c'est vraiment quand il veut ! Hein, tu lui dis bien ? QUAND-IL-VEUT ! Il n'y a aucun problème... »

Comme un huit penché, l'histoire aurait pu durer jusqu'à la fin du monde. Et chaque fois que je réponds « Mais quand tu veux, camarade ! » à un importun qui me demande « Bon alors, quand est-ce qu'on se voit ? », ça signifie que je botte en touche.

Ils finirent par se rencontrer, bizarrement. Malgré tant de bonne volonté, tant de désir de se connaître, tant de salamalecs, le face-à-face eut bien lieu.

Mon père en ressortit emballé. Presque amoureux.

« Elle est formidable, cette *fille* (j'étais choqué), elle est... *haixtraordinaire*. Elle m'a dit que tu étais un vrai fouteur de merde. – Elle a dit "fouteur de merde" ? – Oui ! Mais que tu étais aussi un élève brillant et qu'elle ne savait pas si elle devait te foutre dehors pour mauvais comportement, ou t'envoyer à Henri-IV ! Je me demande ce que ça va donner. En tout cas, c'est pas banal, mon p'tit bonhomme ! » La fierté d'avoir un fils au destin *pas banal* l'emportait chez mon joyeux Papa sur la saine colère que mon indiscipline aurait dû lui inspirer. Mais je ne l'écoutais pas tandis qu'il agitait sa cigarette en imaginant mon avenir. Car ce n'est pas à moi, mais *de* moi qu'il parlait. J'étais juste sidéré d'imaginer Parmentier en train de dire « fouteur de merde ». J'avais beau écraser l'expression sur son visage de plâtre rose, ça n'adhérait pas. Parmentier et la merde. L'association était plus incongrue, dans mon cœur d'enfant, que l'idée des intestins d'une jolie fille. Fouteur de merde. Fouteur, en plus. Oh ! Décidément, Parmentier, coquine. Non seulement elle avait menti à la pionne, mais elle avait dit « fouteur de merde » à mon Papa. J'étais à deux doigts de l'imaginer en mode Xaviera Hollander, les pieds au-dessus de la tête en train de se caresser nerveusement. Ça n'allait pas du tout. L'intranquillité qui fit également écho, ce jour-là, à l'ancien plaisir de songer au pourtour anal de Madame de Fleurville, ne cessa qu'avec l'étude, en première, de *L'Homme qui rit* et la découverte, grâce à Madame Maurel, que, quand Victor Hugo s'en chargeait, l'altitude et l'excrément trouvaient un terrain d'entente.

Autre chose, étrange entre toutes : mon père, dont la justesse de jugement n'était jamais remise en cause par moi, compara soudain Parmentier à l'exquise Madame Caroff, notre professeure de français de sixième. Or cela témoignait d'une telle incompréhension des êtres et des caractères qui composaient mon existence quand Lui n'était pas là que, pour la première fois, j'osai esquisser le début du commencement d'un doute. « Une autre Caroff », disait-il… C'était fou.

Caroff était un ange à cheveux roux, dont seule la tendresse égalait la compétence. Caroff souriait aux élèves et parlait des livres avec amour. Quiconque levait la main se voyait attribuer un temps de parole illimité. Elle était généreuse. Et désintéressée. Elle voulait nous connaître. Nos vies la passionnaient et, quand on trouvait les mots pour la décrire, elle répandait sans compter le caramel de compliments superlatifs.

Mieux que douce, elle était efficace. Sous le régime de sa gentillesse, les illettrés faisaient des progrès en orthographe et certains cancres se découvraient des qualités d'écrivain.

Mon ami Frédéric Linotte, qui ressemblait à Hulk Hogan en miniature et qui, jusqu'alors, n'avait jamais pris la peine d'écrire quoi que ce soit, avait reçu un astronomique 17/20 à la rédaction dont la consigne était « Racontez une aventure qui vous est arrivée en employant le maximum d'expressions connues ».

Frédéric avait fait le récit du jour d'été où son père l'avait poussé dans la piscine gonflable du jardin, qui avait éclaté sous son poids. Son texte – qu'admiratif je lisais derrière son épaule – s'achevait ainsi : « J'étais frais comme un gardon, trempé comme une poule mouillée mais heureux comme un poisson dans l'eau. » Tant de mots venaient à Frédéric depuis que Caroff écoutait ses histoires et prenait des nouvelles de sa vie.

Et puis c'est elle qui nous a fait lire *Mon bel oranger* ; c'est avec elle que nous avons versé des larmes sur la décapitation d'un arbre. C'est elle qui, la première, m'a conseillé « d'écrire » après avoir lu un texte où, décrivant l'objet de la rentrée qui me plaisait le plus, je racontai la joie de bleuir le papier Clairefontaine et le « flop-flop des pages éclatantes, prêtes à l'emploi ». Caroff (qui formait avec l'austère Madame Costelle et la pimpante et bien-nommée Madame Roman une *dream team* de profs de lettres pour préadolescents) était médiévale dans son enseignement. Si nous avions été plus jeunes, en âge d'apprendre l'alphabet, elle aurait transformé les lettres en fées ou en elfes et inventé l'histoire de chacune d'elles.

Frédéric et moi avions hurlé de joie le premier jour de cinquième, en apprenant que Caroff serait de nouveau notre professeure de français. Puis nous déchantâmes en la voyant arriver. Que s'était-il passé pendant l'été ? À la douceur et aux attentions inattendues, Caroff avait substitué un sourire narquois, et nous regardait en soupirant tandis que nous entrions dans la classe. Surtout : ses merveilleux cheveux roux qui lui faisaient un incendie sur la tête étaient devenus tout noirs, comme si un nuage entier lui avait coulé dessus, ne laissant du feu que les cendres. Sa bonne humeur n'était plus qu'ironie, chacune de nos remarques était reçue par un visage faussement désolé, et sa bouche, d'où sortaient auparavant tant de compliments, était fermée par un rictus de mépris. Un jour de larmes, de visage dans le coude contre le mur du lycée, elle s'était même moquée de moi. Caroff était l'ombre d'elle-même. Une semaine plus tard, elle partit, et fut remplacée tour à tour par un imbécile dont le strabisme convergent était à l'image des cours qu'il donnait, puis par un professeur débutant à qui les manières efféminées, la façon dont son coude se pliait quand il posait à l'envers la paume sur la table et l'obstination qu'il mettait à dire « Sors dehors ! » aux insolents qu'il virait valurent tant de moqueries et tant de chaos que lui-même donna sa démission l'année suivante. Je ne revis plus jamais Caroff. Maryse.

Bref, Caroff et Parmentier, ce n'était pas du tout la même affaire. Et j'étais bien obligé d'admettre, malgré que j'en eusse, que mon génial Papa disait n'importe quoi. Descartes fait commencer la connaissance par la certitude d'être dans le vrai ; tout a commencé, chez moi, par la difficile découverte que mon père pouvait se tromper. Mais à l'âge que j'avais, accepter une chose pareille était plus difficile que d'agencer dans mon cerveau docile ces antipodes pédagogiques. Je tentai donc, désespérément, pour sauver mon père de l'erreur où, en cartésien qui s'ignore, je voyais déjà une manière de néant, de trouver un lien, un point commun, un pont entre la proviseure adjointe aux lèvres roses, sèche comme un morceau d'argile, et l'adorable professeure de français, plus douce qu'un vieux livre. Rien n'y fit. Tels le chocolat et le poulet rôti, Caroff et Parmentier n'arrivaient pas à s'entendre en moi. Je les touillais indéfiniment sans qu'un seul élément de l'une s'anastomosât avec l'organisme adverse. La mayonnaise ne prenait pas. L'alliage était si faux qu'à rebours des lois de la thermodynamique j'aurais trouvé l'œuf intact et l'huile pure après une heure de mélange acharné. C'est peu dire que je me prenais la tête avec cette foutaise paternelle, sitôt oubliée de son auteur et qui, trois décennies plus tard, continue de m'écorcher le cerveau. Caroff et Parmentier… Non mais, vraiment ? Comment combiner l'idée de son infaillibilité (ou l'interdiction que je m'étais faite de penser un jour que mon père pût avoir tort) avec, en la circonstance, un diagnostic aussi con ?

En qualité de délégué, j'avais accès à la salle des profs les jours de conseil de classe. Par la grâce d'un suffrage, je touchai l'envers du décor. J'en profitai pour me gaver d'images surprenantes comme deux professeurs qui se tutoyaient (alors que je les avais clairement entendus se vouvoyer devant les élèves) ou bien ma prof d'anglais soupirant devant le paquet de nos copies, ou l'affreux Monsieur Martin qui, tout en faisant le beau, enfumait le monde avec ses Gitanes. J'étais le paparazzo de mes enseignants. De mon œil avide et discret, je capturais leurs manies, leurs énervements, leurs pensées, la marque de leurs cigarettes et la couleur de leur porte-monnaie. J'avais l'impression que le réel levait sa jupe à mon intention. Je fis la même expérience, plus tard, en croisant à la télévision des divinités qui, jusque-là, étaient séparées de moi par l'infini d'un écran. Entendre les profs se tutoyer, s'appeler par leur prénom, ou croiser Johnny Hallyday, quelle différence ? Tant qu'on sait regarder d'en bas.

Dès le deuxième trimestre de la sixième, c'est en habitué, néanmoins, que j'arrivais au conseil de classe, dans le bureau de Parmentier, exhumant dans un soupir (car c'était la fin de la journée, et j'avais toujours vu, sans comprendre pourquoi, les adultes soupirer en fin de journée) un carnet de pages blanches que je m'apprêtais à remplir de flèches à double trait. Mais après l'examen des premiers cas, je remplaçai les flèches par la fixation des sentences professorales et des exercices d'ironie. « Je trouve que les enfants devraient apprendre à compter AVANT d'arriver en sixième », raillait Monsieur Martin, sous l'œil courroucé de Madame Caroff. « Celui-là, il n'est pas sérieux. Il ne travaille pas. C'est un cancre et c'est un feignant. S'il veut sécher, je ne me fâcherai pas. » Et le terrible « Celle-là, elle est *gentille* », qui voulait dire « Celle-là, elle est complètement conne ». Depuis *Le Père Noël est une ordure* – que la France entière avait découvert trois ans plus tôt – tous les professeurs de l'Hexagone employaient tacitement, d'un accord informulé, « gentille » pour désigner l'irrécupérable mais inoffensive sottise d'une élève qu'on ne déteste pas mais dont on se passerait volontiers. « *Je n'aime pas dire du mal des gens, mais c'est vrai qu'elle est gentille*... » C'est l'un des deux legs de la troupe du Splendid à l'Éducation nationale – le second étant l'emploi systématique de « *C'est cela, oui, c'est cela même* » dans la cour de récré.

Je fis aussi la connaissance, en conseil de classe, d'un mot sublime : absentéisme. L'emploi de ce syntagme par Madame Caroff – qui en était friande – me troublait pour deux raisons.

D'abord, j'avais l'impression d'un déguisement. D'un équipement. Je pensais avec sollicitude à la pauvre « absence » qu'on avait coupée pour l'équiper d'un « téisme » comme on s'enlève une côte pour porter un corset. *Absentéisme*... L'idée qu'on fît subir à l'absence une petite amputation puis une greffe pour obtenir *absentéisme* me semblait aussi intéressante qu'un centaure ou un hippogriffe.

L'autre raison de mon étonnement devant l'emploi de ce mot était moins agréable, car j'en connaissais le sens malgré tout, et j'entendais la géniale Madame Caroff, la meilleure amie des élèves, dénoncer sans vergogne les gamins qui séchaient. Comment pouvait-elle être dans le camp des élèves tout en plaidant pour le renforcement de l'institution où leur créativité était si contrariée ? On est toujours un peu marxiste à onze ans : parce qu'elle était sympa avec nous, j'avais imaginé que Caroff serait hostile à l'administration. Or, c'était tout le contraire. Plutôt que de réclamer l'indulgence pour les enfants qui, comme moi, choisissaient souvent d'embrasser Leïla sur un banc en écoutant INXS au lieu d'aller en cours, Caroff défendait bec et ongles l'école et l'assiduité. C'était, de sa part, une petite trahison. J'hésitais entre l'acceptation précoce du fait qu'on pouvait être conservateur et bienveillant, et l'inavouable impression qu'avec Caroff l'école avait dépêché sa meilleure séductrice, une Mata Hari qui, lors du conseil de classe, tombait le masque et révélait, à l'image de Parmentier, sa véritable nature de chienne de garde. Et si, en fait, mon père avait eu raison ?

Mon père avait aussi la distraction pour esquive.

Il faut savoir qu'à la fin du XXe siècle, hormis quelques adeptes du Palm Pilot et de son stylet magique, de nombreux humains prenaient encore rendez-vous avec un stylo dont sortait de l'encre véritable, qui noircissait les pages du Filofax.

À l'ère de la mécanique ingénieuse dont les solutions *ad hoc* seraient les embarras du siècle suivant, le Filofax se flattait d'accomplir, à l'exception de l'achat en ligne et du jeu électronique, le millième (au moins) des fonctions dévolues à nos tout premiers smartphones.

Dans un petit classeur de cuir à six trous, dont la page de gauche servait à ranger les cartes de crédit et l'autre versant les papiers officiels, on trouvait d'abord l'agenda, qui, quand il était disponible (le plus souvent en octobre), permettait enfin de prendre des rendez-vous pour l'année suivante. Sa parution était un jour de fête qui ouvrait à la banque du temps l'espace d'une année entière plusieurs mois avant son commencement. On se précipitait à la boutique (ou dans les meilleures papeteries) pour hésiter, indéfiniment, devant les trois versions de la chose.

La plus volumineuse (et pour cause) était celle qui, à l'exception des samedis et dimanches, consacrait une page entière à chaque journée. Fallait-il en avoir, des choses à faire… Le format « une page par jour » avait le mérite d'être pratique quand on était très occupé mais l'inconvénient d'être fatal à ceux qui n'avaient rien à foutre et qui, pour donner le change, se voyaient contraints d'y coller leurs photos de vacances, ou pire : d'y écrire leurs pensées.

La version la plus ténue de l'agenda (qui fascinait les amateurs de miniaturisation et les grands voyageurs intarissables sur leurs aller-retours en Concorde Paris-New York avec « un petit bagage cabine ») avait l'inappréciable mérite d'offrir d'un seul coup d'œil le panorama de la semaine, mais l'inconvénient de contraindre à écrire en tout petit des rendez-vous qu'on eût voulu plus spectaculaires. Alors, on se consolait avec les couleurs. Plus l'agenda était étroit, plus il était bigarré. Génie involontaire du Filofax : l'outil fut le premier à me montrer que – de même que les spaghettis et les linguine n'ont *pas le même goût* alors que seule leur forme varie – la structure de quelque chose pouvait avoir une influence sur son contenu.

Enfin, entre les deux extrêmes se trouvait l'inutile synthèse d'un agenda qui consacrait une demi-page à chaque journée, ce qui était à la fois trop court pour y noter tout ce qu'on voulait, et trop long pour qu'un point de vue synoptique permît d'accéder à la semaine entière.

Ma vie crut changer le jour où je m'offris la liberté d'acheter deux versions de l'agenda. Un jour par page *et* une semaine entière sur deux pages. Ce qui permettait, sur le papier, de cumuler les avantages, à l'inconvénient près qu'il fallait ensuite laborieusement, cinquante-deux fois, intercaler une semaine entière à l'issue des pages quotidiennes, et que la semaine elle-même se prolongeait au verso de la page, ce qui obligeait à une gymnastique permanente pour savoir où j'en étais. Heureusement, j'étais aidé dans cet effort par la fameuse règle en plastique du Filofax, qui était si souple et résistante qu'on pouvait la retirer à tout moment et qu'il suffisait de la poser sans ménagement aux pages adéquates, pour que les perforations trouvassent les arceaux du classeur.

Entre les pages de l'agenda saillaient en étiquettes tous les mois de l'année, puis venaient, en intercalaires blanc cassé, des rubriques comme « Projets », « Informations », « Finances »… Les pages de comptes étaient suivies des pages d'« Actions » à accomplir dans l'ordre.

Un jour de félicitations trimestrielles, mon père m'offrit une règle améliorée, plus rigide mais qui faisait également calculatrice, et que je pouvais glisser entre l'agenda et le répertoire.

Le répertoire était le sommet du Filofax et l'apogée de son utilité. Tellement ingénieux. Sur la page de gauche, un large espace permettait d'inscrire le nom et (sur la ligne inférieure) le prénom. Venait ensuite (avant la colonne plus étendue où un rédacteur méticuleux pouvait aisément noter les huit chiffres du numéro proprement dit) la petite colonne destinée à l'inscription des indicatifs, qui n'étaient pas les mêmes selon qu'on appelait en Île-de-France (01), en Normandie (02), en Auvergne (04)… ou à New York. Sur la page de droite, des rectangles de cinq lignes offraient l'espace nécessaire pour graver l'adresse, l'étage, le code et les renseignements complémentaires comme le numéro de la porte ou les opinions politiques de la personne.

Il y avait tout dans un Filofax.

La pub ne mentait pas.

Sa perte était exactement la catastrophe AB-SO-LUE dont mon père avait besoin, à intervalles réguliers, pour offrir à son angoisse le divertissement d'une peur objective.

Alors, tous les six mois environ, il oubliait son Filofax sur le toit de la voiture à l'arrêt dans une station-service, ou sur le banc d'un court de tennis, et le même rite reprenait immanquablement, de l'effroi liminaire aux minutes de panique, du désespoir qui suivait (« Il y avait beaucoup d'argent dedans, Papa ? – Non ! Mais il y avait beaucoup de moyens de retirer de l'argent ! ») à l'allégresse du Filofax retrouvé, du Filofax rendu par un honnête homme (qu'on rétribuait, selon les saisons, d'un Montesquieu ou d'un Pascal) ou bien du Filofax dont l'espiègle réapparition survenait à la minute où Eugénie finissait de faire opposition sur toutes les cartes.

À l'annonce de sa perte, ma grand-mère invoquait avec ferveur l'intercession de saint Antoine de Padoue, dont elle vérifiait triomphalement l'efficacité chaque fois (c'est-à-dire chaque fois) que « l'infini temporel » (ainsi que mon père avait surnommé son Filofax un jour de bonne humeur) lui était miraculeusement rendu. Pour ma part, j'étais toujours un peu déçu quand il récupérait son Filofax – aussi son portefeuille, son agenda, son passeport, son carnet d'adresses et son confident. Je trouvais incongrue cette obstination du réel à offrir un dénouement heureux à l'événement qui s'annonçait toujours comme un drame. Le Filofax perdu et retrouvé laissait entendre que, comme si tout cela n'était qu'un scénario, l'existence avait instauré une sorte d'exception dans son indifférence.

Mais ma déception ne s'arrêtait pas là.

Au sentiment que gisait une entourloupe dans l'obstination que le monde mettait à couvrir la distraction de mon père s'ajoutait une question sans réponse : pourquoi le type lui avait-il rendu son Filofax ? Pourquoi ne l'avait-il pas gardé pour lui ? En mon *fort* intérieur (que je me représentais comme une citadelle avec douves et pont-levis, ou comme un Hercule nonchalant gardien de mes pensées), je ne trouvais aucun argument en faveur de la restitution de l'objet. Hormis la crainte (ici caduque) de se faire prendre, à quoi (ou à qui) fallait-il obéir pour ne pas garder les tunes ?

Quand le Filofax lui était rendu, mon père était d'excellente humeur, et je pouvais alors me gaver de discussions où, par son entremise, je mettais mon cynisme à l'épreuve de la loi.

– Dis, Papa, pourquoi le type t'a rendu le Filofax ?

– Parce qu'il espérait les pépettes, hé hé…

– Mais s'il espérait les pépettes, pourquoi est-ce qu'il n'a pas gardé le Filofax, alors ? Il y avait plus d'argent dans le portefeuille que dans ce que vous lui avez donné ensuite !

– C'est vrai. Peut-être qu'il n'a pas regardé ?

– S'il ne regarde pas l'intérieur d'un portefeuille, c'est que l'argent ne l'intéresse pas.

– C'est vrai.

– Si l'argent ne l'intéresse pas, ça veut dire que ce n'est pas parce qu'il espérait les pépettes qu'il te l'a rendu ! Ha !

– Vrai encore !

Cette discussion commençait à l'intéresser.

– Mais alors, je te retourne la question, mon p'tit bonhomme : pourquoi m'a-t-il rendu mon Filofax ? Si ce n'est pas l'espoir d'une récompense, quel est le motif de son acte ?

– Je ne sais pas. Peut-être qu'il croyait en Dieu ?

– Peut-être. Mais imagine qu'il ne croie pas en Dieu, et qu'il me rende quand même mon Filofax, qu'est-ce qui l'oblige à le faire ?

– Ben… La loi ? la police ?

– Certes. Mais si le type n'a aucun risque de se faire prendre par la police en gardant les pépettes, pourquoi est-ce qu'il me rend quand même mon Filofax ?

– Parce que c'est agréable ?
– Tu trouves ?
– Pas vraiment... Parce qu'il se sent obligé ?
– Mais par qui ? par quoi ? Si Dieu n'existe pas ? Et si la police ne voit rien ?
– Je ne sais pas.
– Voilà !
– Quoi, voilà ?
– C'est très important que tu ne saches pas !
– Pourquoi ?
– Je ne sais pas.

C'est la première fois que je mettais des mots sur le sentiment qu'il ne *fallait pas* faire certaines choses et qu'*il fallait* en faire d'autres, sans qu'une telle obligation trouvât sa source ailleurs qu'en elle-même (et c'est à cette absence de fondement qu'en padawan téméraire je n'arrivais pas à me résoudre).

Autre bénéfice collatéral du Filofax retrouvé, je comprenais qu'il arrive, dans l'existence, d'être récompensé *parce qu'on ne le souhaite pas*. Que le gain le plus considérable se trouve au bout du désintéressement le plus complet. Moins on en veut, plus on reçoit. Au-delà de l'argument suprême (« Il a rendu le portefeuille parce qu'il fallait le faire, et dans l'accomplissement d'un tel devoir, il a trouvé, sans s'y attendre, le double avantage d'un contentement de soi et d'un bon billet de deux cents francs ») j'entendais que le plus sûr chemin pour obtenir deux cents balles était paradoxalement de penser à autre chose. Bien des comportements dans ma vie, et bien des décisions que les tenanciers de l'arrivisme tiennent pour absurdes ou contre-productives (ou imputent à un sens moral excessif), me viennent au contraire de la découverte que, pour plaire vraiment, il ne faut pas le vouloir. Et que, pour gagner, il faut espérer plus que la victoire.

Les chevaliers du Zodiaque étaient quatre mousquetaires dont, à treize ans, par la grâce du « Club Dorothée », à l'âge de *Basic Instinct*, je regardais les exploits en cachette.

Mon premier épisode était uniquement centré sur l'affrontement entre Seiya, *aka* Pégase, le plus jeune, le plus vaillant, le seul des quatre chevaliers à conserver un visage d'enfant, et le sexy Shiryu, chevalier du Dragon, dont le poing et le bouclier étaient réputés indestructibles, et dont la crinière, à la différence de la mienne, n'entamait pas la virilité.

Or l'un et l'autre ont en commun, sans se connaître, de se battre pour autre chose que la récompense (une vile armure d'or dont ils n'ont que faire) : Seiya veut retrouver sa sœur, Shiryu veut honorer son maître. Aucun d'eux n'a la liberté de baisser les bras. « Je n'ai pas le droit de perdre », se dit Seiya, qu'une droite de son adversaire vient de briser. Seulement il doit, pour gagner, procéder en deux temps : détruire le poing et le bouclier de Shiryu avant de tromper sa garde et lui porter un coup fatal. Comment accomplir une telle suite d'exploits quand soi-même on ne tient plus debout ? Que ferait Rocky ? Écoutez ça : Seiya, dont l'armure endommagée tient à peine sur ses épaules et l'encombre, se jette la tête la première sur le bouclier de Shiryu (autant se jeter contre un mur) tout en conservant assez de force et de lucidité pour esquiver le poing de son adversaire dont l'élan démolit son propre pavois. Le but de cette manœuvre était d'obtenir que Shiryu brisât et retirât son armure car, tout en se faisant laminer, Seiya avait observé une faiblesse lors de l'attaque dite de la « colère du dragon » : une garde incurablement baissée, une fraction de seconde, à hauteur du cœur. Cette imperceptible faille, qu'il n'est pas temps de corriger, lui permet de prévenir élégamment son adversaire (avant que, torses nus, ils ne portent leur ultime offensive) qu'il a déjà perdu. Et c'est en connaissance de cause, en se sachant découvert (et donc condamné) que Shiryu, tel Achille donnant un coup de talon, déclenche tout de même la colère du dragon et se retrouve frappé au cœur, mort et (surtout) vaincu.

J'étais fasciné que Seiya prît tant de coups pour repérer une seule faille (j'en ferais plus tard la métaphore des gens qui se sacrifient pour obtenir une information), ébloui qu'il osât révéler à son adversaire la découverte de son point faible (précaution suicidaire que Musashi n'avait évidemment pas prise avant d'abattre Kojirō), j'étais stupéfait que Shiryu connût son point faible sans espoir de le corriger et qu'il déclenchât son attaque alors que la victoire et la vie ont tant d'importance pour lui, j'étais un peu déçu que Seiya trouvât ensuite la force de ressusciter Shiryu en le frappant de nouveau au cœur mais dans l'autre sens au cri de « Chevalier, tu vivras ! », et j'étais édifié, pour finir, de voir que deux combattants n'étaient sublimes qu'à la condition d'être portés par une cause plus noble que le salaire d'une récompense.

À l'issue de l'épisode, je fus repris par le raisonnement que je m'étais fait quelques mois plus tôt quand mon père avait retrouvé son Filofax pour la troisième fois. De la même manière que j'en étais venu à me demander si, en définitive, la meilleure façon de s'enrichir n'était pas de s'en foutre, je me demandai maintenant si la meilleure façon de l'emporter était non pas de désirer la victoire mais de se battre pour une cause plus vaste que soi. Et, inlassablement, revenait la même question, redoutable : mon intérêt est-il d'être désintéressé ? Le vice commande-t-il la vertu ? Faut-il faire le calcul de l'absence de calcul ? Si oui, tant mieux, mais alors la vertu n'est qu'un pari. Suffit-il de tout donner pour ne plus être égoïste, ou faut-il le faire sans rien espérer en retour ? Soudain, je pensai aux moines : s'ils se dépouillent de tout, c'est qu'ils font un calcul, me disais-je ! Ils spéculent sur le cours de la misère. Ils font comme si Dieu devait rétribuer le dénuement ; ils ne donnent pas, ils investissent ! Je me sentais lucide en me sentant cynique.

En cela, je commettais une erreur d'enfant : pour les besoins de tomber sur un paradoxe, et parce que j'étais, moi, intéressé, je m'étais convaincu que la récompense était le but inavoué des gens qui l'obtenaient sans l'avoir recherchée. Dès lors, il devenait facile de leur faire un procès en intéressement. Parce que je me posais constamment la question de savoir quelle attitude me serait la plus profitable, j'avais étendu le champ des soucis mineurs aux réactions héroïques et, leur prêtant des motifs aussi nuls que les miens, j'avais mis les champions (chevaliers ou honnêtes hommes) à portée de critique. Or, Seiya n'est pas courageux parce que c'est la meilleure façon de gagner quoi que ce soit. Il est courageux. Avant tout. Comme Achille, que la gloire touche moins que la colère. Sa victoire, comme la récompense du restitueur d'agenda, n'est qu'un gain secondaire, et le prétexte à la manifestation de son caractère.

« Les chevaliers du Zodia-a-que, contre les forces démonia-a-ques, gardent toujours au fond de leur cœur *le courageuh des vainqueurs*... »

Un jour d'été à Canisy, à vélo, en route vers le tennis, je compris enfin le sens du générique.

Le « courage des vainqueurs », ce n'est pas le courage des gens qui gagnent. C'est le courage des gens qui gagnent même quand ils perdent. Car ils meurent debout. Et mourir debout ne dépend que de soi. Les héros peuvent aisément garder au fond de leur cœur le courage des vainqueurs puisqu'un tel courage n'est pas l'œuvre de la force mais d'une détermination qu'aucune défaite n'ébranle. Mon père, à qui je finis par décrire mes élaborations morales, en profita pour me mettre sur-le-champ les maximes de La Rochefoucauld entre les mains, dont je compris, en les ouvrant deux ans plus tard, qu'elles étaient le miroir de mon cynisme puisque rien, pas même la bravoure (suspecte d'orgueil), n'y échappait à la dissection des sentiments.

De façon générale, quand il remarqua ma coupable passion pour les films de merde, les polars-spaghettis, les *blockbusters*, les mangas foireux et, de façon générale, tout ce que détestaient les snobs, mon père – tel le père de Dexter, qui comprend que son fils est un tueur et choisit de canaliser sa violence en la tournant vers l'assassinat des salauds – eut l'intelligence de ne pas contrarier mon mauvais goût mais d'en faire l'occasion d'un apprentissage.

Pour retourner voir *Karaté Kid* dans la semaine, je devais lui expliquer la différence entre l'enseignement d'un maître et la tutelle d'un tyran. Pour mater *Deux super flics* avec Terence Hill et Bud Spencer la veille d'une interro, je devais lire et recopier les lignes que l'édition 1974 du Robert des noms propres consacrait à Laurel et Hardy. *Terminator* fut l'occasion d'un débat sur ce qui faisait l'humanité de l'homme et les paradoxes temporels. *Big Boss* et *Rambo II* ne furent accessibles qu'à la condition de réfléchir sur les vertus de la vengeance. Et d'admettre, à mon cœur défendant, qu'un coup rendu, si nécessaire fût-il, n'effaçait pas celui qu'on avait reçu.

Le personnage de Rambo, évidemment, me posait d'autres problèmes. Alors que Rocky montre, à chacun de ses combats, que la vraie victoire est celle qu'on remporte sur soi-même en restant soi-même malgré les coups du sort (à tel point qu'il arrive à Rocky de gagner en perdant, comme lors de son premier match contre Creed et, trente ans plus tard, contre Dixon), Rambo est un homme que les tortures des Viêt-congs et le mauvais accueil de ses compatriotes ont définitivement transformé en animal. Rocky gagnait en baissant la garde et en combattant sans haine ; Rambo devait, pour l'emporter, se faire plus haineux que ses ennemis. Soudés par un même visage, ils résumaient toutes les alternatives de ma vie en une seule : la force ou la violence. La victoire par le haut, quitte à en prendre plein la gueule, ou le carnage confus dont il n'était pas certain que l'auteur lui-même y échappât.

Rocky était une exigence. Rambo, une tentation. En lui, la part maudite avait pris trop de place. Il me faisait penser au « bon petit diable » dont la vieille Mac Miche paraît avoir corrompu le bon cœur à coups de cravaches. Ou à Batman, en qui la nuit devient plus sombre chaque fois qu'en contournant la loi il défend la justice.

Rocky me donnait du courage. Rambo me faisait peur. Le brillant cancre que j'étais redoutait de devenir le second pour n'avoir pas été à la hauteur du premier, à l'image de Gizmo, qui, après avoir été torturé par les Gremlins, vrille et, se faisant un arc d'un trombone et d'un élastique, carbonise le gremlins-araignée avec une allumette enflammée et d'un œil hautain, tandis qu'il agonise, médite John Rambo : « *If you wanna survive the war, you have to become the war.* » Que dire à cela ?

Au cours d'une interview fameuse, Stallone raconte qu'il a tourné *Rocky IV* et *Rambo II* « la même année », au point de ne pas savoir, parfois, s'il devait « enfiler les gants le matin, ou prendre une mitraillette ». Le roi de l'Olympe, Zeus musculeux, hésitait dans son planning entre une histoire exemplaire et le récit d'une damnation. La grande bifurcation de mon existence n'était pour lui qu'une question de calendrier.

Et puis il y eut *Indiana Jones*. Et son temple maudit.

Et la scène où, sans mot dire, Mola Ram renonce à arracher le cœur de Willie (alors qu'il n'a pas hésité à plonger sa main dans la poitrine d'un zélote quelques minutes plus tôt pour en retirer le palpitant, qui fume et flambe à mesure qu'à distance le sacrifié s'approche d'un lac de lave). Or, il n'y a aucune raison de ne pas arracher le cœur de la danseuse à cet instant ! Rien ne peut s'interposer entre le funeste sorcier et la compagne du héros qui, lui-même sous l'influence du nécromant, ferme la grille où son amie est maintenue : Willie est cuite. Les scénaristes se sont coincés eux-mêmes. À force d'imaginer les plus grands périls (dont nous sort la plus folle audace), ils ont mis l'acolyte de leur héros dans une situation parfaitement intenable. Mola Ram *doit* arracher le cœur de la volubile. Mais Mola Ram ne *peut pas* arracher le cœur de Willie car le film, alors, changerait de nature.

Comment s'en sortir ? La solution est inoubliable : au lieu de plonger sa main dans la poitrine de la jeune femme pour en retirer le cœur battant, Mola Ram l'approche autant que possible puis, inexplicablement, retire la main creuse en faisant comme si elle tenait le cœur. Et voilà. J'étais soulagé, bien sûr (pour moi, comme pour mon américaine grand-mère que cette scène éprouvait si durement qu'elle me mettait les mains sur les yeux). Mais je n'étais pas satisfait. Alors, j'essayai de sauver les scénaristes en trouvant un sens à ce renoncement. Je me dis que Mola Ram avait d'autres plans en tête – mais le seul plan de Mola Ram était de plonger la dame dans la lave. Je me dis que tenir *l'idée du cœur* était, chez un sorcier, une prise comparable à l'organe lui-même, mais alors pourquoi faire l'économie de l'organe ? Et pourquoi épargner à Indiana Jones, son pire ennemi, le spectacle d'un tel supplice, alors qu'il venait, sans témoin, de l'infliger à un esclave ? Rien n'y faisait. Je voyais l'arnaque. J'avais la certitude – informulable – que, dans ce monde-là, le Ciel existait, les héroïnes sauvaient leur cœur et les Filofax accouraient en masse retrouver leurs propriétaires éplorés.

J'ai longtemps feint de n'avoir pas remarqué cette fissure dans le scénario d'*Indiana Jones*. Comme si j'en avais peur. J'ai longtemps fait comme si *tout ça tenait*. J'étais aidé dans mon déni par le plaisir que ce film, dont mentalement je me repassais les scènes, procurait à mon corps d'enfant. Mais soudain, le lien se fit entre l'inexplicable renoncement du sorcier et l'absurde (ou providentielle) apparition du capitaine Haddock à la toute fin de *L'Or noir*. Comment a-t-il surgi ? Comment a-t-il mis en fuite les séides du docteur Müller avant de libérer son jeune ami ? On ne le saura jamais. « *Eh bien, c'est à la fois très simple et très compliqué* », déclare le Capitaine, en guise d'introduction, avant d'être systématiquement interrompu, comme par hasard… Or, c'était exactement ça : très simple et très compliqué.

On n'a pas tous les jours l'occasion de contempler une fraude, un détournement de fond. Les scénaristes faisaient grossièrement irruption dans leur propre texte pour sauver l'héroïne. Et le spectateur était volontairement dupe. Et je voyais tout cela. Dans ces traficotages scénaristiques, je retrouvais les coups de théâtre opportuns, les *heuuureusement* de mon père, saint Antoine de Padoue, la grâce attendue qui nous tire d'affaire, c'est-à-dire une arnaque. Je voyais, face à l'indéniable escroquerie, s'épanouir en majesté la mauvaise foi, et je ne savais pas quoi en faire. Que faire devant l'évidence d'une escroquerie ? Que faire de ces moments où l'imposteur ne dispose d'aucun paravent ? Comment sauver encore celui qui s'expose tant ? Comment trouver des excuses aux scénaristes d'*Indiana Jones* ? à Hergé lui-même ?

Faute d'avoir lu les livres de Clément Rosset (qui, prenant en main chacun de mes vertiges, deviendrait mon seul maître quelques années plus tard), le monde entier me semblait, dans un consensus spontané, fuir du regard ce qui me sautait aux yeux. Plus que par l'arnaque elle-même, j'étais fasciné par le fait que ces entames spectaculaires ne dérangeaient que moi. Avec mes indignations discrètes devant des films à grand spectacle ou des albums universels, je me sentais seul, marginal, tombé du train, candide démuni, privé d'illusion commune. J'étais comme l'insecte qui hésite à se gaver, à l'unisson de ses congénères, de la fausse rosée d'un droséra. Difficile lucidité. Que faire des flagrants dénis ? De la cécité volontaire et de l'incomestible mauvaise foi ? Que faire de ça ? et des menteurs qui n'ont nulle part où aller et sont contraints de faire ça devant tout le monde ? Que faire de ceux qui ne veulent rien voir ? Pourquoi sont-ils les premiers à nous bander les yeux ?

L'arrivée en quatrième fut un complet dépaysement.

Pour rester dans la classe de mon amie Morgane, je pris le russe comme seconde langue, sans songer que la seule classe de russe du lycée Montaigne serait, comme la classe de portugais, un repère d'autochtones, de nièces de profs et de cancres qui n'étaient passés en quatrième que sous la promesse de grossir les rangs des russisants dont Montaigne s'honorait. C'était cher payé la compagnie de ma meilleure amie (dont le père, militant communiste de longue date, n'envisageait pas qu'elle apprît une autre langue). Aux délices de la cinquième, où j'étais l'excellent camarade et le larron d'une bande dont chaque visage (Gauthier, Fabien, Bruno, Romain) était celui d'un ami, se substitua l'amertume quotidienne de retrouver des inconnus antipathiques, des fumeurs de pétards pro-palestiniens et des petits-bourgeois bizarres qui ne savaient pas jouer au foot. Heureusement, notre classe absurde (que son chiffre, 4ème 9, semblait exiler au-delà des frontières connues du système scolaire) hérita d'un professeur de français et de latin hors normes qui, sûrement mal noté par le Mammouth, n'avait jamais eu à gérer que les rebuts des lycées et leurs cas sociaux.

Il s'appelait Castaing. Alban Castaing. J'appris son prénom le jour même où nous étions tombés, dans notre livre de latin, sur la fondation de la ville d'Albe. En une journée de septembre, je m'aperçus qu'Albe désignait la blancheur, qu'*album* était le *livre blanc* et qu'Alban était le prénom de mon professeur. Il accueillit d'un sourire jovial cette triple découverte et me confia sur-le-champ la tâche de rédiger une « fiche de lecture » sur *Candide* de Voltaire, car ce prénom-là désignait également la blancheur et il était temps, à mon âge, de comprendre que « la blancheur elle-même n'est jamais tout à fait blanche. »

Je me mis au travail. Et décrétant que *fiche de lecture* signifiait *encyclopédie*, de ma plus belle plume, je couvris des rames entières de feuilles A5 (Clairefontaine grands carreaux) de considérations érudites, historiques, géographiques et philosophiques, sur une œuvre que j'avais d'abord résumée chapitre par chapitre, après avoir recopié la biographie de son auteur dans l'édition 1974 du Robert des noms propres.

Castaing reçut mon premier paquet de pages avec un intérêt spectaculaire et un délicieux froncement de sourcils : « Je sens que je vais encore me coucher tard ! » Il me rendit mon œuvre le lendemain, truffée d'annotations, ornée d'un 18, et assortie de la recommandation d'en « faire une autre sur le livre de [mon] choix. » Quelle liberté ! Je pris *La Peau de Chagrin*. Puis ce fut *Madame Bovary*. Puis *Le Rouge et le Noir*. Enfin, *Les Misérables*, en entier. « Vraiment ? Je peux vous en faire une autre ? Ça n'est pas trop de travail pour vous ? » Il éclatait d'un rire généreux et je retournais à l'usine, persuadé de travailler *pour lui* alors que j'accouchais de moi-même.

Comme il me devenait difficile, de fiche en fiche, de rédiger en même temps les rédactions et les esquisses de dissertation qu'Alban demandait à la classe, il fut décidé, d'un accord entre les trois parties, qu'à l'exception des devoirs sur table, c'est mon père (chez qui je venais de m'installer, et qui trouvait dans ma passion pour la littérature une sorte d'excuse à l'inconduite dont par ailleurs, à l'époque, je me rendais coupable) qui s'en chargerait. Alban avait calculé que mon père (qui serait un jour un grand écrivain, tu verras) mettrait trente minutes à rédiger une copie parfaite, tandis que ça me prendrait des plombes, qui empièteraient immanquablement sur l'important travail de bibliophile auquel je me livrais depuis la rentrée. Il n'avait pas tort. Son âme de pédagogue vit en moi un étudiant possible dont il ne fallait pas gâcher la curiosité à coups de contraintes. Quand un sujet tombait, je me faisais dicter ma copie par mon père – dont les tournures de phrase, comme « en ce débat », « à plus d'un titre », ou bien « en ces temps de grande ferveur » me fascinèrent longtemps. « J'ai mis 17 à ton père, mais il ne méritait pas plus », disait Alban, qui avait de l'esprit.

Il portait un nœud papillon. Et c'était une grâce de plus.

Son costume finement rayé tombait sur des Paraboot bleues. Il parlait avec les mains et, quand un élève lui disait qu'il n'avait pas eu le temps de faire ses devoirs, répondait « Excellent, ça ! Trrrrrès bon ! » en levant le pouce. Il se fichait de tout, sauf d'apprendre aux enfants deux ou trois choses qui, dans la vie, avaient pu lui-même le consoler. Je compris plus tard que le fin mot de toute cette grâce était une profonde dépression, à laquelle Alban devait l'autorité naturelle qui vient aux gens dont l'autorité n'est pas le problème. Il ne cherchait pas à nous plaire et, pour cette raison, nous séduisait complètement. Il n'en avait vraiment rien à foutre. De rien. Sinon d'être lui-même en toutes circonstances, c'est-à-dire adorable, déprimé, joyeux, généreux, amical au besoin, toujours bienveillant. L'Éducation nationale avait cru nous adresser son plus mauvais élément (ou le plus mal noté) et elle avait dépêché un ange au service de nos esprits. Le désir de lui être agréable (et donc de travailler) l'avait collectivement emporté sur le goût d'abuser de la liberté qu'il nous laissait. Alban avait un tel charisme que même les plus cons, les russisants en keffieh et les fumeurs de pétard tentaient de suivre ses conseils et de réciter des alexandrins en prenant des allures de donzelle. Alban n'était pas un saint, mais un miracle. Il y avait parfois de vrais moments de silence pendant ses cours, quand il racontait les amours de Voltaire ou quand il comparait les mondanités aux « lois de la hutte » dans les sociétés néolithiques (« En fait, vous nous racontez la *hutte des classes* ! – Trrrrrès bon, ça ! »). Gêné lui-même par le mutisme de ses élèves, Alban savait le rompre d'une plaisanterie fine ou d'une insolence graveleuse à l'encontre de l'administration et de son délégué syndical, le détestable Monsieur Cochet, que, pour notre agrément, il avait rebaptisé « Cochonnet ».

Je passai l'été dans l'espoir de retrouver Alban à la rentrée. Car je savais aussi que j'y retrouverais tous les imbéciles, les Anouk, Anne, Marine, Guillaume et Gada de ma classe. Je me disais qu'un tel homme ne pouvait enseigner qu'à des enfants comme nous, des parias, des lointains, des russisants verruqueux, et que, dans sa grande sagesse, le proviseur (si ça dépendait de lui) nous le laisserait encore une année, le temps d'être heureux.

« Non. Monsieur Castaing est parti en congé maladie », répondit l'affreux Cochet à la demande que je prévoyais de lui faire depuis deux longs mois. « Pourquoi, en congé *maladie* ? » Cochet me regarda bizarrement. « Je ne sais pas. Sors de mon bureau. » Je n'avais aucun moyen de remettre la main sur cet homme que j'aimais comme un père choisi. Je restai désespéré sur le seuil de la porte cochère, face au ventru qui, plongé dans ses papiers, n'eut qu'à lever un œil pour me faire déguerpir.

Je ne sais plus comment la nouvelle m'est parvenue mais un jour elle s'est imposée avec la force d'une rumeur viking propagée par Odin en personne : Alban est mort. Castaing s'est éteint. Un cancer du poumon. Aux dernières nouvelles, il était en soins palliatifs.

Du temps d'Eugénie, le dépit paternel d'être là se gavait de rages inouïes qui l'attrapaient à l'improviste et le rendaient presque dangereux.

Un après-midi d'automne, un opérateur était venu installer un « fax Alcatel » dans le salon – ce qui supposait, pour le raccorder à la prise du téléphone depuis l'endroit discret où mon père souhaitait qu'il fût, de faire courir un épais fil blanc tout le long de la bibliothèque. Mon père n'étant pas à la maison à l'heure du passage de l'opérateur, c'est Mafalda qui s'était ingénument contentée de lui indiquer le lieu où l'engin devait se trouver.

Deux heures plus tard, comme je passais déposer mon linge, devant le couloir des toilettes, sur la moquette duquel était tranquillement allongé l'opérateur en Timberland crottées qui fixait sa quatre-vingt-douzième agrafe pour faire passer un fil fatal le long des livres, je vis mon père aboyer sur sa femme de ménage.

– Mais Mafalda, comment vous avez pu laisser faire ça ?

– Ma je savais pas de quoi faire, msieu JonPol !

– Mais dans ces cas-là, il faut m'appeler au bureau !!!

– Mais ja pas de votre numéro au bureau ! je l'a jamai eu !

– Eh ben, vous demandez !
– Ma j'demande à qui ? Je le connié pas !
– Mafalda, attention !
– Ma vous me dites rien !
Mafalda, ATTENTION !
– Ma boune Dieu, je savais pas de quoi faire ! Quelle indichtoire, Msieu JonPol !

Mafalda parlait un français unique, parfaitement intelligible et qui pourtant n'appartenait qu'à elle. Autodidacte en tout, elle avait transposé dans l'atelier de son cerveau les intonations d'une langue étrangère. Ses mots, forgés par une oreille sans instruction mais musicale, sortaient de l'usine bizarrement accoutrés. « Plaisir », par exemple, devenait « prrasir », « costaud » mutait en « coushtauze » et le verbe « pouvoir » était remplacé à chacun de ses temps et à toutes les personnes, par l'emploi exclusif de « ch 'pude » (ce qui donnait souvent, chez cet ange de bonté : « Ma boune Dieu, si ch'pude te faite prrasir, je le faite ! »).

Comme il arrive de dire vrai par hasard ou d'avoir raison sans savoir pourquoi, il arrivait, au fil de ses trouvailles, que le langage de Mafalda atteignît une concision nucléaire (en particulier quand mon père lui posait une question rhétorique comme « Vous n'avez pas oublié de ranger les costumes dans le placard ? », Mafalda répondait du tac au tac « Ben *oui que non* »). Il arrivait aussi que son langage croisât le français le plus châtié. Quand elle disait « M'sieu JonPol, vous me *mîtes encore lo bordel* », l'emploi accidentellement correct du passé simple était juste l'effet d'un usinage confus. On s'en apercevait l'instant d'après quand elle ajoutait « Ja mîtes vos affaires dans l'placard ; vouj faite prasir que je le cherche ? ».

Mais de toutes ses métamorphoses, la plus étonnante, ou celle qui, par son étrangeté, laissait entendre que la translation d'une langue à l'autre y ajoutait un supplément d'âme, était le mot « indichitoire », qu'elle employait à la fois pour parler de la grande Histoire (« l'indichtoire dou Portougal ») mais également pour décrire toute réaction théâtrale à un drame. Ainsi mon père faisait-il sans cesse à ses yeux un paquet d'*indichtoires*. Quand avait-elle entendu ça ? ou qu'on le disait comme ça ? À quel bégaiement, quelle irruption de dentale, quel bruit parasite, avait-elle dû d'enregistrer le mot « histoire » de cette manière, et d'en épuiser tous les sens au gré de l'épopée domestique ? Indichtoire… en roulant la r.

Prenant acte une seconde fois de la présence de l'installateur qui le rendait chèvre, mon père baissa soudain la voix et passa en mode Gustave Courbet, avec alternance de moulinets et de cheveux agrippés, l'œil fou. Rien ne faisait plus de vacarme que ces intermittentes sourdines, semblables au faux silence d'un bébé qui s'est cogné et prend une immense bouffée d'air avant de lancer son hurlement. Entre-temps, l'installateur placide avait achevé son désastre et, debout, tendait posément à mon père un « compte-rendu d'installation » que ce dernier signa amplement, comme un rebelle, hors des cases, avant de jeter un dernier regard sur le fil de tungstène qui défigurait le couloir, et de s'enfermer dans sa chambre en maudissant sa vie, ses enfants, sa bonne et son salaire.

Mafalda fut vingt ans la confidente, la victime, la cible et la gestionnaire de l'amertume paternelle.

Dans *Chien blanc,* Romain Gary échoue à convertir un animal dressé pour tuer des Noirs en un chien qui ne morde « pas seulement les Noirs, mais les Noirs et les Blancs ». Mu par une ambition de même ampleur, mon père se donna pour utopie, quelques années plus tard, de transformer notre Mafalda en majordome, en *butler* Portugais ou, à tout le moins, en valet de pied.

Il l'obligea à troquer le pull de stretch bleu marine où elle était à son aise pour un tablier rose et blanc où elle avait l'air d'une vieille petite fille, et lui imposa toute une série d'usages protocolaires dont elle n'avait jamais entendu parler et dont lui-même, d'ailleurs, n'avait qu'une connaissance livresque. Il aurait voulu qu'elle saluât les invités les mains dans le dos, les pieds dans l'axe des épaules ou – qui sait ? – qu'elle baissât les yeux, qu'elle sortît de l'école de Besançon et qu'en toutes circonstances elle eût les ongles vernis. Ce fut un échec total. De ce point de vue seulement. Car le couple qu'ils formaient, soudé au fil des ans par le bon sens et la folie, les regrets magnifiques et le rire gras, fut à sa manière une sorte de chef-d'œuvre. Tel Don Quichotte sur un percheron, mon père secouait la bête et prenait des ruades.

Un soir de réception dans la nouvelle maison paternelle, Mafalda, qui avait enfilé son jupon rose sous un tablier de dentelles (son maître ayant renoncé aux gants blancs), était chargée de monter au premier étage les manteaux des invités – tâche éprouvante, exigence d'un fou, dont elle s'acquittait, pour ces deux raisons, avec une extrême lenteur. L'escalier était étroit et circulaire. Mafalda mettait, dans les deux sens, une ou deux secondes à passer d'une marche à l'autre. « Mafalda ! MAFalda ! » s'impatientait le maître de maison, qui, voulant dessaisir ses invités, s'était lui-même chargé d'une foule de manteaux. « Ma boune Dieu, Msieu JonPol, je faite comme je peux ! »

Mortifié par l'insolence qui sanctionnait une demande absurde et témoignait devant ses pairs de son peu d'autorité, furieux que la lenteur de son esclave contrariât son planning harmonieux, ignorant qu'il était lui-même mille fois plus romanesque en cet instant – dans la fureur accrue par la contenance qu'il persistait à se donner devant les nouveaux arrivants qui, ponctuels, commençaient à se bousculer devant la porte, que lors d'une soirée où il avait prévu d'éblouir chacun –, mon père, n'en pouvant plus, des canons dans les yeux, multipliant les signes de la rage par les efforts inouïs qu'il déployait pour la dissimuler, balança d'un coup tous les manteaux dans les bras de Mafalda qui touchait terre, en disant « Bon, allez, ça vâaaa… » avant de se tourner lâchement vers le salon où l'attendaient les invités soucieux de n'être pas les témoins d'un moment d'embarras.

La pauvre Mafalda fut recouverte en un instant d'une montagne d'hermines et de pardessus. On eût dit une tortue sous une carapace trop grande. Invisible derrière la boule de fringues, Mafalda eut le temps de dire « Ma boune Dieu, comment je faite maintenant ? » et, moins forte que la fourmi, moins rusée qu'Atlas, après un court instant d'équilibre dont l'issue ne faisait aucun doute, jeta (plus qu'elle ne laissa tomber) tous les manteaux à ses pieds.

Au hurlement contenu de Gustave Courbet devant le désastre, les invités se retournèrent et proposèrent collectivement de venir en aide à Mafalda. La mondanité, sentant le péril, eut le réflexe de voir dans cette mésaventure l'occasion d'une aventure précisément, d'une extravagance, d'une grâce imprévue, d'une anecdote à raconter lors du dîner suivant. Il faut imaginer la procession d'invités hilares, grisés d'avoir à « jeter » eux-mêmes leur manteau quelque part, gravissant en file indienne le colimaçon moquetté, guidés comme le peuple élu par la déesse du Fardeau jusqu'à la chambre du maître, où, gaiement, ils balancèrent leur pelure sur le lit doré.

Alors que mon père, apaisé, heureux presque de ce retournement de situation, invitait tout le monde à redescendre au salon, la plus éminente du lot, une princesse suédoise passée à la légende pour avoir, dit-on, refusé de prendre en stop son Premier ministre social-démocrate, observa que la chambre donnait sur une terrasse délicieuse qu'elle exigea de visiter, malgré la double menace d'une marche supplémentaire et d'une charnière en laiton. Séduite par le belvédère fleuri qui donnait sur un jardin, la Dame dont les désirs étaient des ordres obtint qu'on bût le champagne sur la terrasse plutôt qu'en bas.

– Mafalda, vous allez chercher toutes les flûtes et le champagne, s'il vous plaît.

– Ma je faite comment ?

– Eh bien vous les mettez sur un plateau ! Allez !

– Ah, Msieu JonPol, vouj allez encore m'immerder !

L'éclat de rire général qui accueillit sa réplique sauva Mafalda du courroux. Entre-temps, le plus alerte des invités, qui était aussi le chevalier servant de la Dame, était allé chercher les coupes qu'il distribuait tandis qu'un acolyte les remplissait d'or crépitant. Mafalda fut applaudie comme une héroïne et connut ainsi son premier bonheur mondain. Auquel mon père, craignant qu'elle ne rie trop, mit un terme bienveillant mais impérieux « Merci Mafalda, maintenant vous allez préparer la table pour le dîner, s'il vous plaît. – Ma elle est d'jà prête, Msieu JonPol, depuis ce matin ! » répondit-elle dans un rire fatal. « Alleeeez !!! » fit-il en avançant la mâchoire inférieure et en élevant ses deux mains crispées à hauteur de joue, comme si sa propre tête avait doublé de volume. Déçue, Mafalda redescendit.

Sans le savoir, Mafalda se vengea, un jour, des lubies de son cocher. C'était le soir de mon mariage, au cours d'une fête géante dont la plupart des participants ne savaient pas que j'étais le marié. Élégamment vêtue d'un fichu portugais sur une large veste d'homme pied-de-poule, Mafalda croisa, dans les couloirs de Castel, mon père qui présentait les convives au baron Guy de

Rothschild. « Ah, msieu JonPol ! Vouj fier, alors ? Vouj faite prrrasir, hhhhé hhé ? » demanda-t-elle ravie, en adressant un rire gras à l'homme, qui, ne disposant d'aucun équivalent dans sa mémoire littéraire pour se sortir avec grâce de ce qu'il ne pouvait s'empêcher de vivre comme l'agression d'une morue, fut réduit à répondre par un sourire à la fois furieux pour elle et charmant pour les autres. Alors, devinant l'embarras de son patron qu'en toute logique elle devait imputer au fait qu'elle ne s'était pas présentée, Mafalda se tourna vers le noble vieillard et, avec un air d'explication, eut ces mots immortels : « C'est moi, la Madame de Msieu JonPol ! », et le vieux baron, s'inclinant à hauteur de bassin, baisa longuement les petites mains sèches de la paysanne.

– Tu me parles sur un autre ton !

– Mais c'est absurde ! C'est mon premier dîner avec elle ! Je ne peux quand même pas l'inviter dans une pizzeria !

– À ton âge, on va même pas dans les pizzerias ! On va au McDo ! »

Eugénie n'en démordait pas. Mon père ne devait pas me donner de quoi inviter la fille que j'aimais bien dans une brasserie classieuse. Je n'avais pas *l'âge pour ça*. Or ce dernier, malgré une profonde tendance à se soumettre aux édits d'Eugénie, trouvait discrètement la chose un peu raide. Et ne pouvait s'empêcher d'être fier que son fils entrât si tôt dans la carrière.

Je percevais le dilemme. Il obtempérait mais avec mollesse. Fort de cet avantage pressenti, j'osai dire « De toute façon, je l'emmène à La Rotonde, et c'est comme ça ! ».

Je n'aurais pas dû.

Mon père en profita pour basculer du côté sans souci, c'est-à-dire celui de sa femme :

– Dis donc, mon p'tit bonhomme, tu sais que c'est moi qui te donne l'argent pour dîner ? Et que c'est beauuucoup d'argent ? Tu es au courant ?

– Il n'est pas du tout au courant, répondit Eugénie à ma place, qui veillait sur le feu.

– Eh ben, tu sais quoi, me dit mon père comme si cette ultime insolence était venue de moi, cet argent, tu vas t'en passer ! Débrouille-toi !

Ce faisant, mon père faisait une double affaire.

Au bénéfice d'une allégeance à Eugénie s'ajoutait l'économie de 200 francs. Et Papa adorait économiser de l'argent. Non par avarice, disait-il, mais par goût de l'aventure… « Quand je traverse la journée entière sans dépenser un seul centime, j'ai l'impression d'être passé entre les gouttes. » Or il venait de s'offrir une soirée au sec, avec le fric qu'il aurait dû me donner, le traître. Et j'étais là, comme un con, dépouillé par un voleur sûr de son droit… Je bouillais.

– C'est vraiment dégueulasse, ce que vous faites !

– Pardon ? Pardon ? Qu'est-ce que tu dis ?

Une première gifle suivit immédiatement. Je fondis en larmes. « C'est vraiment dégueulasse ! » répétais-je, la bouche tordue par la colère et l'humiliation d'avoir vainement mendié de quoi assurer devant une fille plus âgée que moi.

Au pays de Daddy, les gifles n'étaient que des claques et – qui plus est – Eugénie n'en donnait jamais. Une fois seulement, elle m'a pris par le col après m'avoir traité de « petit merdeux » (sans qu'aucune explication étayât cette sortie) mais il faut dire que j'étais tellement énervé par l'insulte que j'avais dû lui faire peur.

Quant à mon père, sa dernière gifle remonte à l'année de première, aux termes d'un malentendu, alors que je regagnais ma cabane par l'escalier de service. La chose est tombée comme un non-événement, une morsure de fourmi sur du cellophane. Je l'ai regardé en silence. Et ce fut tout. Quelques années plus tard, je détruirais son salon pour éviter de lever, à mon tour, la main sur lui, mais nous n'en étions pas là. Nous en étions à ma gueule en larmes, à quatorze ans, humilié pour avoir osé demander un peu d'aide dans une entreprise délicate.

Comme je criais en pleurant, au lieu d'une seconde gifle, mon père, voyant ici l'occasion d'énoncer l'une des sentences qu'il avait dû ruminer ou dont il avait dû tester les effets en lui-même, prit son souffle et déclara en articulant : « *Retourne chez ta mère* ! »

Il n'eut pas besoin de le répéter. Connaissant l'animal et sa capacité à sacrifier la vie des autres au seul plaisir de chier une phrase mémorable, je m'étais mentalement entraîné à réagir au cas où cette phrase tomberait ; je mis donc en œuvre les opérations de secours et dévalai les six étages à la vitesse du malheur, triste et scandalisé, mais enchanté de subir une injustice indubitable et ravi, enfin, d'entendre mon père qui, d'en haut, épouvanté par ce qu'il avait dit, m'appelait par mon prénom et me suppliait déjà de remonter.

Je n'allai pas chez ma mère, évidemment.

Car j'avais trois maisons et non deux.

J'allai chez la reine mère, à la fois maman de toutes les mamans et maman de mon Papa, qui – comme les vrais chefs de la mafia se réunissent dans l'arrière-salle d'une pizzeria et laissent les hôtels clinquants à leurs hommes de main – régnait sur ma famille depuis un F3 de la rue des Volontaires, d'où elle ne sortait que pour promener Valentin.

J'arrivai affamé chez Poupette, et convaincu de trouver auprès d'elle la force de vaincre trois papas. Elle m'attendait devant sa porte, au deuxième étage, au bout d'un couloir sombre que l'impatience rendait plus long : « Qui m'aime ? » disait-elle en ouvrant des bras où je me jetais lentement pour exprimer mon bonheur sans menacer son équilibre.

J'étais si heureux de la voir, que je l'embrassais toujours deux fois sur la même joue. De ses mains devenues osseuses, elle me repoussait un peu, offrait longuement à mon regard son visage radieux et disait d'un air enthousiaste, comme si elle en était surprise : « Ça y est ! T'y es plus grand que moi ! » Puis, estimant sans doute qu'elle n'en avait pas eu assez, me serrait à nouveau contre elle. « Ah, ma Poupette, j'ai beaucoup de soucis ! – Ah ? Eh bien, ça me fait plaisir ! » Elle n'entendait plus rien. Son oreille droite avait tout à fait démissionné et la gauche était au bord de la retraite. Elle naviguait à vue sous pavillon de surdité. À moins de lire sur les lèvres, sa conversation se résumait aux réponses à ce qu'elle imaginait qu'on était en train de lui dire – ce qui fonctionnait très bien, soit parce qu'elle voyait juste, soit parce que personne n'osait la démentir. En vérité, outre les acouphènes qui lui donnaient l'impression, disait-elle, de se promener en forêt, Poupette souffrait de surdité élective. Toute parole ordinaire ou désagréable était, même quand on la hurlait, immédiatement ensablée (« Ne crie pas, je ne t'entends pas », disait-elle). Mais il était impossible, en revanche, de dire dans son dos, même à voix basse : « Je t'aime, ma petite Poupette, je t'adore de tout mon cœur », sans qu'elle répondît du tac au tac « Mais moi aussi je t'aime, mon petit chéri. Et je crois bien que j'avais envie de te voir ! ».

Comme tous les membres de ma famille, Poupette n'avait jamais su garder un secret. Mais sa surdité faisait d'elle une confidente idéale.

Il y avait d'abord les fausses cachotteries qu'elle entendait mal, dont elle déformait le message, et qu'on ne lui confiait que pour qu'elle les rapportât en exagérant les choses au gré de son ouïe. Une mauvaise note ? une peine de cœur ? un problème d'argent ? Certaines informations n'étaient digestes que filtrées par notre mère à tous. Et nous savions le soir même, à la mine de mon père, que le message était passé. Ce qui ne manquait pas.

La chose se déroulait en trois temps. On faisait d'abord promettre à Poupette de ne jamais répéter ce qu'on allait lui dire. Elle prenait l'air offensé, la main sur le cœur. Puis, à son tour, elle faisait promettre à mon père de ne jamais répéter qu'elle lui avait dit ce qu'on lui avait fait promettre de ne pas répéter. Puis mon père faisait état, auprès de nous, de l'information qu'elle avait scrupuleusement rapportée tout en nous faisant promettre de ne pas lui dire qu'il nous avait dit qu'elle lui avait tout dit. À partir de là, deux possibilités : soit, dans un élan de sadisme vénal, je me tournais vers Poupette pour lui dire « Tu m'as trahi » (ce qui pouvait rapporter beaucoup), soit l'affaire en restait là et la courroie de transmission, intacte, était opérationnelle pour le message suivant. C'était le téléphone pied-noir. Qui fonctionnait parfaitement. En un coup de fil, ou en une visite (le temps de piller le frigo qu'elle remplissait à notre intention), le message était comme un fax transmis à qui de droit. C'est ainsi que mon père fut tenu au courant de tout ce que nous n'osions pas lui dire en face de peur de déclencher une réaction qui, un jour de mélancolie, excédât par sa violence l'enjeu de la requête. L'apprenant par la bande, il réagissait plus posément au message qui, s'il était passé directement, eût éveillé en lui l'envie de penser (dont il se cachait peu) que des problèmes d'enfants s'étaient décidément ligués pour lui malarranger la vie.

Et puis il y avait les secrets que Poupette n'entendait pas du tout.

Ceux-là, les indicibles, je les déposais en elle comme à la Banque de France. Ou comme le serviteur du roi Midas, découvrant les oreilles d'âne que le souverain tente de cacher sous un bonnet phrygien, creuse un trou dans le sable pour y consigner le fardeau de son savoir. « Le roi Midas a des oreilles d'âne », « Faustine prend de la drogue », « Papa trompe Eugénie », « J'ai eu 8 en maths », « Pauline et Lucien se sentent mal-aimés » etc. Je lui disais toutes ces horreurs en tournant légèrement la tête et en baissant la voix, afin qu'elle n'en vît rien ou que, pensant que c'était moins important, elle feignît d'avoir entendu. Parfois, j'étais imprudent et elle croyait lire sur mes lèvres ce que je pensais dire à son insu. Dans ces cas-là, soit je mentais, soit j'enfonçais le clou, troquant la Banque de France pour une banque de dépôt puisque, quelle que fût la tragédie, et qu'elle me concernât ou non, sa première question était toujours, avant la santé : « Bon, dis-moi : est-ce que t'y as besoin d'argent ? » Imaginez le destinataire d'un journal intime qui prendrait parfois le temps de vous répondre ou de vous faire un cadeau – et vous aurez une idée précise de la chance que j'avais.

« Ah, ma Poupette, j'ai beaucoup de soucis ! » répétais-je, indulgent et pervers. Cette fois-ci, j'avais quitté son épaule pour le lui dire droit dans les yeux, tant pour l'en informer que pour jouir des conséquences que cette annonce inhabituelle aurait sur son beau visage. Les stigmates de l'inquiétude sont du meilleur effet sur un cœur aimant. Quand je lui exposais mes problèmes, elle pâlissait, plissait le front, et ses lèvres, d'où le sang avait reflué, devenaient gris-mauve, comme ses yeux. C'est tout naturellement que j'avais pris l'habitude de compenser auprès d'elle le régime d'indifférence anxieuse que mes géniteurs m'imposaient, en augmentant la gravité de tout ce qui m'arrivait : « Tu ne vas pas me croire ! Tu sais ce que m'a dit Papa ? – Entre, mon chéri », fit-elle gravement, pour seule réponse.

Jusqu'ici, nous étions, mon père, Elle et moi dans le même camp. Le camp des gens qui n'arrivent pas à vivre ensemble à cause de ma méchante Maman, désormais neutralisée. Jamais le trio n'avait été soumis à l'épreuve d'un désaccord. Comme des Gilets jaunes, nos différends étaient masqués par une adversité commune. Nous nous aimions (et nous disputions) depuis toujours et pourtant nous étions novices en fâcheries. J'appris, ce jour-là, le cœur brisé, que la majorité ne se ferait pas à mon avantage et qu'en cas d'arbitrage le fils de son fils passerait après le premier. Lui d'abord.

Sur la table de plexiglas où j'avais dorénavant l'habitude, chaque mardi, les fesses calées dans un fauteuil de cuir marron, de déjeuner d'une sole en regardant *Opération Tonnerre*, m'attendaient une carafe d'eau glacée, une sublime assiette de couscous truffé de raisins secs, un bol de sucre roux et un ramequin de beurre demi-sel. Je m'assis sans y penser, elle s'assit face à moi, sur un petit tabouret.

J'asphyxiai une noix de beurre dans la montagne de semoule fumante et nappai le tout d'une couverture de sucre quand, levant les yeux sur ma grand-mère, je remarquai que, pour la première fois de sa vie, elle me regardait sans sourire. Ce n'était pas normal. Je reposai ma fourchette pleine. « Mais… Comment savais-tu que je venais ? – Comme ça. Les grand-mères savent tout ! Mange tranquille ! » Mon importance était telle en ces terres bénies que j'étais tenté de la croire. Je repris ma fourchette.

Heureusement, le téléphone sonna. Elle répondit.

« Oui, mon chéri, oui, il est arrivé… puis, tendant le combiné : Tiens, c'est ton père ! – Ah, merci, mais je ne veux pas lui parler. – Si ! Allez, prends-le ! – Non. Merci. Je ne le prendrai pas. Tu peux raccrocher, ça ira aussi vite. – Attends… (reprenant l'appareil) Écoute, il va te parler. Tiens, mon chéri, parle à ton père ! – Pas question ! – Écoute, on te rappelle tout de suite, d'accord ? – Non, on ne va pas du tout le rappeler, je n'ai rien à lui dire ! »

Mon père criait si fort dans le combiné qu'on l'entendait dans la pièce, et la prothèse de ma grand-mère se perdait en sifflements. « S'il te plaît », fit-elle suppliante. « Prends ton père au téléphone ! – Non. Et d'ailleurs, je ne vais pas rester. Je n'ai rien à faire ici. Tu m'as coupé l'appétit. Je m'en vais. » Elle n'eut pas le temps d'essayer de me retenir. J'étais parti avant qu'elle ne raccroche, de rage bien sûr, mais de crainte aussi de changer d'avis en songeant à ma fourchette pleine. Je cherchais un havre et j'étais tombé sur une colonie. Je rentrai à la maison dépité, la queue basse. Saroumane avait été contaminé par Sauron.

Je quittai bientôt l'appartement du boulevard Montparnasse pour m'installer au huitième étage, dans une *chambre de bonne*. Et en cet exil pacifiant, pour la première fois, je me sentis un peu chez moi. Il était temps.

Dix jours plus tard, je fêtais mes quatorze ans, à Canisy.

C'était l'heure du repas. Mais au lieu d'être attablés devant mes petites bougies, nous étions rivés à l'antique TV Grundig à clenches, qui, à gauche de la grande cheminée, répandait ses vieux rayons. Le mur de Berlin venait de tomber.

On voyait des gens à califourchon sur l'enceinte sacrée, le champagne à la main, qui brandissaient gaiement des parapluies contre des lances à eau tandis qu'à leurs pieds le mur était démembré à coups de pioches. Certains dégringolaient, sur qui d'autres grimpaient, dans un mouvement de fontaine qui révélait, par intervalles, des graffitis étonnants. Des inconnus couraient les uns vers les autres pour entamer des valses. Une dame appelait son fils, qu'elle n'avait pas vu depuis vingt-six ans. Les Trabant bleu pâle entraient sous les bénédictions, dans la ville illuminée. La moitié du monde accédait à la couleur. Partout, la révolte était amour. Mes parents, mes grand-parents, mes cousins et mon chien se taisaient devant l'inouï et n'étaient qu'un seul regard réparti en neuf corps. Vingt ans plus tard, nous avions, nous aussi, notre alunissage. Et le nouveau monde avait la bonté d'arriver à l'heure du journal, et non au milieu de la nuit.

Pourtant, comme dit Camus, j'étais plus ému que content. Ma joie s'accompagnait d'un tremblement que je finis par reconnaître comme de l'inquiétude. Quelque chose était en train d'arriver, qui rompait avec l'ensemble des usages. Sous nos yeux minuscules, l'Enfer ouvrait ses portes aux torrents d'eau fraîche qui venaient du Bien. Le Diable était devenu transparent. On pouvait lui fouiller les entrailles sans qu'il se défendît. Mais surtout : le monde avait cessé d'être bipolaire. La digue était submergée ; le bleu venait de percer le rouge. Et répandait son chlore dans le marais à la vitesse d'une évidence longtemps retenue. Bientôt, nos deux univers n'en feraient qu'un. Mais où vivre, dans un seul monde ? Où trouverais-je ma place, dans un espace réunifié ? Où aller, si ce n'est dans deux endroits ? Que deviendrait Georges Marchais ? J'étais démuni comme un samouraï sans adversaire. Là, en un jour, sous mes yeux incrédules, tout ce que j'avais appris, l'alphabet de mes rêves, la source de ma fantaisie, le scénario de *Rocky IV* et de *Rambo III*, le sujet des métaphores, la *guerre froide* et ses milliers de gentilles victimes… Tout cela mourait, corps et biens, le jour de mon anniversaire. Qui combattre ? Il fallait continuer à vivre sans le contrepoint d'une haine. Ce n'était pas gagné.

***

Mon clapier faisait neuf mètres carrés mais sa fenêtre ouvrait sur un vaste ciel et le sol ardoise des toits de Paris. Le mur de gauche était couvert d'étagères. À droite, à côté du bureau, la tête du lit donnait sur la partie mansardée. Au pied du pieu, un placard blanc, une chaise à roulettes, et c'était tout. Je pouvais y accéder par l'escalier de service, de sorte que si je le souhaitais, il m'était possible de disparaître, de grandir à toute vitesse et d'exercer sur le monde depuis ma cellule de moine (qui restait une dépendance de l'appartement paternel) un discret pouvoir de domination.

Comme j'avais souvent vu mon père pleurer d'amour, je crus d'abord que la solitude était une séparation et j'eus le plaisir, aux premiers jours de mon installation, de me lamenter sur mon sort. Je crois même que j'ai pleuré, moi aussi. Puis je compris que pour certains dont je faisais partie, c'était l'inverse, et que, comme dit l'autre, on n'est jamais si seul que quand quelqu'un vous interrompt.

En ce qui me concerne, hormis Rémi, que j'accueillais à bras ouverts (qui fumait avec moi ses premiers pétards), et quelques jeunes filles que j'embrassais des pieds à la tête en m'attardant avec la candeur du débutant sur les orifices téléphonés, je n'étais guère dérangé.

Parce que je mettais du parfum et que je portais des fringues de marque, les filles venaient chez moi en pensant aller dans un palais, et elles se retrouvaient dans une chambre de bonne où (avec leur consentement) un adolescent affamé leur mangeait le cul. Et puis je m'en fichais. Pour des raisons qui m'échappent (ou peut-être parce que mon père dépensait beaucoup d'argent à se donner l'air d'en avoir plus) on m'a toujours attribué des moyens que je n'avais pas. Riche, fils de riche, manières de riche, etc. C'était *l'appellation.* Quelle différence entre être riche et être tenu pour tel ? Dans les deux cas, c'est à vous qu'on prête.

Elle était énorme. Elle s'appelait Marie-France. Rémi l'avait baptisée Lala. Elle travaillait au troisième, chez ses parents. Son poids ne lui permettait pas de faire le ménage. Et sa paresse naturelle limitait les repas à des pâtes trop cuites. Quand nous étions petits et qu'on jouait au ping-pong sur la table de la salle à manger en faisant un filet avec des étuis de VHS, elle parlait si fort dans le téléphone de la cuisine qu'on n'entendait même plus le bruit de la balle qu'il lui arrivait d'écraser en faisant irruption dans la pièce au cri de « Vous allez arrêter de gueuler, oui ? On ne s'entend plus ici ! » avant de claquer la porte. Et quand elle s'énervait, sa robe fleurie de stretch rose adaptée aux femmes fortes découvrait un peu l'intérieur de sa grosse cuisse dans l'effort qu'elle faisait pour mettre un pied au cul à mon copain. Et puis, elle s'est adoucie. Miraculeusement. Elle s'est faite au caractère de mon pote, qui, de son côté, s'est ri de ses gueulantes. Ils se sont apprivoisés, ils se sont trouvés. De méchante, elle est devenue sympa, de délatrice, elle est devenue gardienne des secrets. C'est elle qui nous couvrait quand l'odeur d'herbe hantait le couloir, ou qui mentait pour dissimuler une absence de Rémi. Elle habitait de l'autre côté du corridor et j'habitais en face des toilettes : quand elle se déplaçait en babouches traînantes sur le sol gris, un rouleau de PQ à la main, gueulant à la cantonade « BONJOUR, TOUT VA BIEN ? », je savais qu'en raison de l'étroitesse du lieu, il serait impensable de sortir de chez moi avant qu'elle eût atteint les chiottes, où il serait impossible de me rendre avant une bonne demi-heure. Quand elle mourut, dans une solitude complète, deux cœurs se brisèrent ensemble. Ce n'est pas rien.

En face de ma chambre, à la droite des toilettes, vivait Mafalda dans un décor d'église portugaise, avec, au milieu des chapelets, des croix et des bondieuseries luminescentes, la photo du neveu qu'elle avait perdu dans un accident de voiture et dont je l'entendais parfois, à travers nos deux portes, redire le nom en gémissant « Ma boune Dieu, ma boune Dieu… Come ch'possib ? » Elle n'en revenait pas, de cette mort. Je l'ai surprise un jour, à travers l'embrasure de sa porte, qui regardait le Christ en croix, les bras ballants, le visage sombre. Ma boune Dieu. Ma boune Dieu.

Au milieu du couloir, face à la salle de bains collective, vivait Mira, la fille de la connasse de concierge, dont les jambes courtes et les fesses me fascinaient. On eût dit des croches qui soutenaient un derrière d'éléphant. Avec son cul énorme, ses gros seins, ses grosses cuisses, ses mollets tout ronds et son petit ventre, elle était comme une Vénus pariétale. Mira n'avait qu'un pas à faire pour être dans la salle de bains. Plutôt deux pas, pour elle. Quand je l'apercevais en peignoir, l'extase ne durait qu'une fraction de seconde. Il fallait qu'elle se rendît aux toilettes ou (mieux) qu'elle en revînt, le rouleau à la main, et qu'on fût contraint de se croiser pour que je profitasse un peu d'elle et de son odeur. Mira était un Silène, dont je rêvais le goût de pêche sous la peau d'orange. Aucune femme n'est laide. Encore moins les moches. Il y a de la douceur sous les plis. Le corps de l'autre est un mystère sans critère. On peut adorer tout ce qui vit.

Hélas, Mira ne partageait pas du tout mes sentiments et, en digne fille de sa mère, me témoignait en toute circonstance un silence préventif parfaitement hostile. Je n'eus jamais l'occasion de lui faire savoir que, loin de la détester, j'avais au contraire envie de lui infliger les pires outrages. On s'est ratés.

Pour mon malheur, la chambre qui jouxtait la mienne, à l'extrémité du couloir, était celle d'un Polonais sourd dont l'unique plaisir dans l'existence était non pas de regarder la télévision (qu'il n'aimait guère) mais de laisser la télévision allumée (qu'il n'entendait pas) aussi fort que possible. Car le seul bruit qu'il pouvait – et aimait – percevoir était celui de mes poings sur le mur et de mes pieds sur sa porte, qu'il finissait par ouvrir au cri de « Laissez les vieux trrrrranquilles ! » C'était le chauffeur de la mère de la dame qui possédait l'immeuble tout entier, et à qui, en reconnaissance de servitude, on avait consenti une pension dérisoire et une piaule sous les toits. Il est mort le surlendemain de sa maîtresse. En toute hâte. On raconte même qu'on l'a trouvé habillé sur son lit, en tenue de travail, prêt à reprendre du service.

C'était l'époque des rêveries solitaires.

Des premières cigarettes que je fumais à la fenêtre.

Le bonheur d'avoir les toits de Paris sous les yeux était contrarié par le fait que je devais me casser le dos en l'inclinant au-dessus de mon bureau pour poser les coudes sur les linteaux.

Quand j'ai commencé à fumer des cigarettes, ou plutôt le jour où, pour la première fois, au comptoir du Vavin, j'ai adoré mêler la fumée du tabac au parfum du café (alors que c'était une affreuse Winston), je pris aussitôt la décision de ne fumer que devant mes parents (Eugénie compris), jugeant qu'une telle restriction me servirait efficacement de garde-fou. Mais ce n'est pas ainsi, par le calcul, que la loi s'impose. Un vendredi soir de fatigue, affalé sur la chaise à roulettes, j'allumai, sans y penser, une cigarette solitaire, la première d'un milliard au moins.

Une statue de glace est peu de chose à côté de cette œuvre idéale et fugace : un cercle de fumée. Et pourtant, on est plus nombreux à réussir le second. J'avais ouvert la fenêtre, la fumée s'élevait en arrondis massifs sur le fond d'un ciel sans étoiles ; elle semblait hésiter au bord des toits comme à l'heure d'un suicide avant d'être happée par le vent qui soufflait toujours un peu dans ces cimes et condamnait mes volutes à une mort imminente.

Parfois, pour ajourner le drame, je laissais sortir de ma bouche immense d'énormes bouffées dont je détaillais la dislocation : déjà, l'ancienne toupie n'était plus qu'un fantôme ventru. La tête de chien, retroussant des babines molles, se distendait ; des pattes folles et des oreilles de lapin qui lui donnaient un air de fête ne restaient plus que des grumeaux disparates, pugnaces, plus lents à s'estomper, dont l'emplacement portait la trace de leur ancienne position dans l'édifice, et dont le souvenir du spectateur s'efforçait de maintenir la forme comme on retient l'eau entre les doigts, ou comme, à l'inverse, des paléontologues déduisent un corps entier d'un morceau de fémur… J'écrasai ma cigarette. Puis je toussai, comme on range la poussière sous le tapis.

C'était aussi l'heure des devoirs. Des contraintes, des choses à faire, des versions de latin, des dissertations, des révisions… Je me mettais à la tâche comme Robinson construit son navire au milieu d'une plaine. En songeant à mes anciens professeurs. Surtout feu Castaing. Auprès de qui, deux années plus tôt, je mendiais du travail et qui me faisait une faveur chaque fois qu'il commandait une fiche de lecture. Les devoirs sont le repos du rêveur. Ils offrent à son appétit le nectar d'un truc à faire, comme un danger véritable est un répit pour l'anxieux qui, sans cela, ne sait pas ce qui le *travaille*.

C'était l'heure, enfin, bientôt, de rejoindre Mélodie et de prendre ses fesses de tout mon cœur, dans mes mains. À aucun moment, depuis que je m'étais installé au huitième, on ne m'avait notifié que je ne pourrais pas sortir de chez moi quand je le voudrais. À dire vrai, je crois que, des deux côtés, on m'avait un peu oublié.

Cette hypothèse était facilitée par deux souvenirs.

Celui du jour où – je devais avoir dix ans – je fus suivi dans la rue par un grand type dégingandé qui, sans me demander mon avis, me prenait en photo. Comme je n'arrivais pas à me débarrasser de l'importun, qui avait calé ses pas sur les miens et me shootait chaque fois que je tentais de voir s'il était encore là, je finis par me retourner tout entier, l'air innocent. Il me dit qu'il « aimait bien prendre en photo les jolies filles » et me proposa, si je lui donnais mon adresse, de m'envoyer ses clichés. Le type avait un polaroïd. Il aurait pu me donner dans l'instant ses clichés. Mais je n'insistai pas. J'avais trop peur.

Mon adresse dans la poche, il avisa une échelle, posée sur le mur du Procope, cour de Rohan, me demanda de me tenir devant elle, un pied posé sur le premier barreau, prit sa petite photo et, tout en l'aidant à sécher d'un battement, dit au revoir et partit. En entrant chez Isidore, je n'avais pas seulement l'impression d'avoir commis une imprudence mais d'avoir été souillé, et qu'à mon corps défendant on m'avait imposé une sorte de caresse. J'avais mal au cœur, la tête me brûlait, je tombai sur ma mère, à qui je fis immédiatement, comme on s'autorise à respirer, le récit de cette petite agression. Or, au moment où le photographe me demande mon adresse, ma mère, qui avait mille choses en tête et ne m'avait croisé qu'à regret, m'interrompit d'un air absolument distrait : « Ah ben, heureusement que tu sais qu'on ne doit jamais donner son adresse ! » Heureusement. Ma mère s'était épargné la suite de mon histoire en décrétant son épilogue. Je restai coi. Au lieu de quitter mon cœur, mon imprudence, que j'avais étonnamment convaincue d'en partir, trouva oreille close au seuil de l'aveu et revint s'installer en moi. Quelques jours plus tard, je reçus à l'adresse indiquée une enveloppe lambda avec, à l'intérieur, la bobine inquiète d'un enfant beau comme une fille qu'on oblige à prendre la pose devant une échelle. Et ce fut tout.

Le second souvenir est plus désagréable.

J'avais treize ans, j'étais au fond d'une salle de cinéma avec Genah, quand un type vint s'asseoir sur la seule rangée, vide, qui se trouvait derrière nous et se mit à frotter du tissu (c'est tout ce que mon oreille acceptait d'en percevoir). Tout en serrant l'épaule de ma petite amie, je dardai mes yeux sur l'écran pour ne pas me retourner. Quand il eut fini son affaire, mon dégueulasse se mit à caresser doucement la manche du Chevignon brun que je n'enlevais que pour dormir.

S'il était plutôt facile de faire semblant de n'avoir pas entendu qu'il se branlait derrière moi, il devenait difficile de faire comme si le pervers n'était pas en train de me caresser le blouson. Je n'avais plus le choix. Mais comme j'avais très peur et qu'incontestablement quelque chose était en train de se passer, profitant de l'obscurité, comme un enfant joue de la nuit pour en dompter les ombres, je me retournai brutalement vers Pervers avec l'air de mimer la fureur, de la contrefaire grossièrement, à la façon dont mon américaine grand-mère, chaque fois que sa maladresse provoquait un désastre (c'est-à-dire souvent), ne trouvant rien de mieux pour sa défense que de railler le reprocheur, imitait mon visage furieux en plissant les yeux et en mettant la bouche en cul-de-poule. Mais le type me souriait, les mains en l'air comme si je l'avais menacé avec une arme. Je pris Genah (qui n'avait rien vu) par la main et nous allâmes au premier rang, à l'autre bout de la salle. Là encore, ce fut tout. Mais quand je voulus raconter l'affaire, alors que je cherchais mes mots pour décrire le pervers, mon père trancha mon récit en plein élan, et tristement : « De toute façon, je ne vois pas ce que tu vas foutre au cinéma l'après-midi… Ce n'est pas comme ça que tu remonteras ta moyenne en maths, mon p'tit bonhomme. » *Père-vers*… Touche-toi, Lacan.

Comme c'eût été de sa part reconnaître que, pour des raisons de convenance, il me fichait précocement une paix royale, mon père ne prit jamais le temps de donner à mon statut nouveau la forme d'un contrat avec droits et devoirs. De sorte que ma totale liberté relevait d'une loi non écrite, un habeas corpus, un privilège tacite qui arrangeait tout le monde. Je vivais seul. J'avais totalement cessé de me conduire en délinquant à l'école. J'entamais une carrière de précepteur pour des orphelins fortunés qui apprenaient à lire ; je n'avais même pas besoin d'argent de poche. Je ne posais plus aucun problème. Pourquoi mon père n'en eût-il pas profité ? La seule implicite condition à l'absence de bride fut que je ramènerais d'excellentes notes à la maison. Dont acte. Ce n'était pas difficile. Mais – Dieu m'en soit témoin – je n'ai jamais été le premier de ma classe. J'étais excellent sans être un champion. De la sixième à la seconde, le privilège du trône était réservé à Morgane, qui, comme son prénom l'indique, avait la voix très grave.

J'ai toujours aimé faire l'amour à mes amies. De temps en temps. Comme ça. Comme une excursion dans le sentiment. Un service mutuel. Un plaisir gratuit. Elles y passaient toutes, gaiement. Sauf Morgane. Que j'aimais vraiment trop pour la toucher. Elle était Ivan Lendl. Aussi puissante et redoutable que le Tchèque fou. Incapable de perdre ou d'être seconde, elle obtenait sans effort, dans toutes les matières, du russe aux maths, de la gym au latin, des notes absolues ou largement supérieures à celles, respectables, que j'allais chercher en avironnier, et j'étais face à elle comme un amateur éclairé devant une championne du monde.

Entre elle et moi (qui étais médaille de bronze) se trouvait le pauvre Vincent Tarot, une tête carrée de futur ingénieur dont les mathématiques, le handball et un arrivisme maladif étaient les trois boussoles, et qui, contrairement à moi, était désespéré d'être en tout domaine moins fort qu'elle. Diamant dans ma vie, Morgane figurait dans la sienne un obstacle majeur à la juste rançon de ses efforts. En chemin vers une ambition dévorante, Tarot s'était cassé les dents sur un os de fille. Il la détestait. Il la maudissait. Elle était Harry Potter. Il était Malfoy. Elle l'humiliait en tout. Aux interros de maths, où elle rendait une copie parfaite un quart d'heure avant tout le monde tandis qu'il retenait bruyamment un sanglot en constatant que, dans sa hâte, il avait commis une erreur fatale et qu'il entreprenait frénétiquement sur une page blanche de reposer le problème entier. Aux matchs de volley, où il n'était pas rare que, de son mètre cinquante-huit, elle parât facilement un smash qu'à l'abri des règles du jeu, Tarot lui destinait. Ou bien en anglais, qu'elle traduisait en russe devant des classes ébahies tandis que Tarot luttait en vain contre un terrible accent lorrain. Qui plus est, je l'ai dit, Morgane était communiste et fille de communistes, et à l'humiliation de recevoir une raclée quotidienne s'ajoutait, chez Tarot, le désespoir d'être vaincu par celle que ses parents lui avaient appris à regarder comme une zélote de l'Enfer sur Terre.

Moi qui, en 1990, étais déjà macronien, atlantiste et futur partisan de la guerre du Golfe, je profitai de Morgane (qui venait souvent à l'école en keffieh et n'avait pas manqué une seule Fête de *L'Huma* depuis sa naissance) pour mettre l'amitié à l'épreuve des opinions. Victoire totale. Jamais nous ne fumes si proches que pendant la période où nous nous engueulions tous les jours.

En contemplant le pauvre Tarot dans ses tentatives, en l'entendant maugréer contre la « sale rouge » qui lui prenait sa place, et en songeant que Morgane (qui était toute bonté) n'avait aucune idée de la peine qu'elle lui causait, je découvris que nos jugements sur les autres étaient moins dictés par le goût de les connaître que par le souci de leur nuire, et qu'en toutes choses la puissance valait mieux que l'envie. Mieux valait appartenir au camp de ceux qui écrasent les autres sans le vouloir qu'à la foule des cadets qui voient de la méchanceté dans la force. « Morgane, elle sera prix Nobel », disait mon père, qui avait besoin de lui coller une étiquette flatteuse pour digérer le fait que ma meilleure amie déplorât la chute du mur de Berlin. Mais quand il disait « Nobel », j'entendais « noble ».

Spontanément, je vécus d'abord comme un moine encellulé, m'imposant à moi-même les règles auxquelles on avait omis de me soumettre, puis, testant un soir le droit de mettre le nez dehors, je pris goût à la liberté dont, faute d'attirer l'attention, j'étais désormais l'heureux dépositaire. Tel Jacquot sur son rayon de lune, je cessai de dormir. J'allais chez Mélodie, dont l'adorable maman semblait heureuse de me voir débarquer en pleine nuit, à fins d'amour. Et tandis que mes condisciples de seconde pionçaient pieusement, je caressais sans fin son petit corps soyeux et j'apprenais de sa bouche qu'on pouvait faire l'amour à un visage.

Au commencement de la rue d'Odessa officiaient deux vieilles putes dont la gueule fripée et le regard sans lumière laissaient entrevoir un éclat de perplexité au passage régulier d'un enfant en veste Kenzo à 2 heures du matin. Puis elles s'en accommodèrent, j'étais entré dans le décor. Sans jamais échanger la moindre parole, nous prîmes l'habitude de nous adresser un signe de la tête, qui, de la part de l'une d'elles, un soir, fut presque affectueux.

Nuits glacées.

On a tort de se moquer des gens qui parlent tout seuls… D'y voir des pathétiques, des ventilateurs dans une pièce vide. Comme si parler seul signifiait qu'on manquât d'oreilles. Parler tout seul, c'est reprendre la discussion d'un cœur avec ses souvenirs. Seul celui qui s'interdit de parler seul fait comme s'il avait encore des spectateurs : qui répugne à faire du bruit quand personne ne l'écoute agit comme si le silence était encore un témoin. C'est lui, le pathétique.

Je retournais dans ma cellule, le sang doux, congelé par le crachin, maudissant la petite veste que j'avais préférée à mon blouson (et que Mélodie n'avait pas vue puisqu'en homme de rites, je l'avais enlevée et soigneusement posée sur une chaise avant d'entrer dans sa chambre). J'essayais d'être mélancolique et de me sentir abandonné en marchant dans le froid ; j'offrais aux murs de la rue Delambre, aux devantures, aux poubelles, aux trottoirs, aux chats et aux rats le visage adolescent de la mélancolie. Et pourtant.

Même eux n'étaient pas dupes. Je jubilais.

De l'idée de Mélodie dont j'avais enfermé tous les parfums dans ma chemise. Mais surtout, de l'existence de Mélodie. De sa présence. Qu'elle sourie, qu'elle éclate de rire, qu'elle s'indigne (ce qui était fréquent) ou qu'elle offre ses fossettes à mes baisers, Mélodie m'arrivait. Son petit corps adapté à mes moyens naissants avait serré le mien. Par elle, mes rêves étaient devenus réalité. Non que Mélodie fût l'amour de ma vie ou la fille que j'attendais, mais grâce à ses caresses, qui étaient mes vraies premières, elle transfusait les chimères, elle donnait corps à ce que j'imaginais. Le sexe est le seul domaine de l'existence où le passage à l'acte a toutes les chances d'être meilleur que le rêve. Pour le reste, l'admiration, la curiosité, l'indiscrétion, la littérature, la boxe, la politique, le foot, etc., le réel s'offrait à connaître sur le mode de la déception, ou du désarroi face à l'objet tant espéré et soudain réduit à lui-même. C'est normal. Le réel n'est que le réel, alors qu'un rêve abrite toutes les formes à la fois. Si la réalité nous déçoit, ce n'est pas d'être moins belle que nos rêves, mais d'exister, tout simplement, et en cette limitation, de n'être qu'elle-même. Cette loi d'airain fut dans mon cas démentie à deux reprises. Quand j'écoutai pour la première fois « Dès que le vent soufflera » (que mon cousin Nicolas m'avait apprise, que je connaissais par cœur et dont j'avais fait un hymne plusieurs mois avant de l'entendre) et quand je perdis mon pucelage. Non avec Mélodie mais avec Genah, six mois plus tôt, qui, après une année de bisous, s'était retrouvée en nuisette, le ventre chaud, sous mon corps d'enfant.

Dans la clarté d'une nuit de pleine lune, j'avais si peur au milieu d'elle que je la couvrais de baisers pour ajourner l'instant de retirer mon caleçon. À tel point qu'au bout d'un moment je l'embrassais machinalement, dans un demi-sommeil dont elle me sortit en me repoussant pour se retourner brutalement et m'offrir son cul : « Vas-y ». Un long frisson me saisit. Je n'avais pas le choix. Ses fesses me semblaient absolument gigantesques. J'avais l'impression d'être un atome égaré dans un continent de chair. Je me voyais comme Indiana Jones, au début des *Aventuriers de l'arche perdue*, qu'une boule géante menace d'écraser. Sentirait-elle quelque chose ? Trouverais-je le bon chemin ? Je pensais à Madame de Fleurville… D'une main tremblante, avec un courage qui, encore aujourd'hui, m'emplit de respect pour mon aïeul de treize ans, je retirai mon caleçon et fis comme j'avais vu. Fendant les poils, dont la caresse rugueuse était l'avant-goût d'une douceur absolue, je sentis les parois de son sexe humide aspirer le mien tandis que Genah, d'une voix étouffée par l'oreiller, répétait « Comme c'est bon, c'est délicieux... ». Elle me bénissait, m'encourageait pour la vie. J'étais surpris et enchanté. Que la petite bite d'un fantôme prépubère pût susciter des phrases comme celle-là était l'information inoubliable. Je n'avais pas tout à fait compris qu'on ne fait pas seulement l'amour avec sa bite, mais c'est une erreur compréhensible quand on bande si souvent qu'il faut sans cesse garder les mains dans les poches pour dissimuler l'animal naissant. Mieux que sa bénédiction, Genah me faisait, en aimant ça, le cadeau d'une réalité plus désirable que le rêve. Aucun fantasme, aucune fantaisie n'arrivait au talon de son cul merveilleux, dont elle écartait les globes à mon intention et qui s'agitait au rythme de mon corps. Il faut croire que la taille ne compte pas.

De Genah à Mélodie comme sous la comtesse de Ségur, le monde sortait du rêve et prenait ses quartiers dans ma vie par la grâce de plaisirs incurables.

J'en étais là.

Mélancolique en apparence, mais discrètement nanti d'une quantité fondamentale, le cœur gonflé d'un grand secret.

Le monde est silencieux, c'est entendu. Mais le silence n'est pas l'absence de bruit, seulement l'absence de paroles. Et le monde ne dit rien. Ou plutôt : le monde ne veut rien dire. La condition de l'homme est celle de l'exilé, ou de l'étranger, inconnu en Terre. C'est la raison pour laquelle nous tapissons nos vies d'habitudes et de repères qui, nous rendant les choses familières, nous aident à oublier que, de nous, elles s'en foutent, les choses. Le vacarme n'est pas moins taciturne que le silence dont il témoigne en essayant de le recouvrir, mais à l'enfant, à l'adolescent dont les couilles se remplissent à toute vitesse et dont les perceptions sont faussées par l'appétit, le silence nocturne de la rue Delambre fut le premier témoignage d'un silence plus profond – comme le goût des chauves-souris vous oriente vers l'ornithologie, alors qu'elles ne sont pas des oiseaux. Je n'avais pas mis des mots sur tout cela. L'idée, si simple, que le monde fût silencieux m'apparaissait, faute de phrases pour la dire, sous la forme d'une rue éteinte – alors qu'elle me saute aux yeux, aujourd'hui, même et surtout au milieu des cris de joie.

Dix fois dans l'année, chaque premier mercredi du mois à midi, on entendait de partout retentir les sirènes de Paris. Mais le seul souvenir que j'en ai, bizarrement, remonte à la classe de seconde et la salle 104, où nous subissions jusqu'à 12 h 30 les cours de français de Madame Bernava.

Qui était affreuse.

Un monstre marin.

Une sorcière idéale dont le nez, pointu comme une canine, me faisait penser à un pouce d'iguanodon qu'on aurait mal placé. Comme elle était minuscule, tout le monde, à part Morgane, la regardait de haut, et d'en haut le pouce nasal fendait des lèvres transparentes pour s'écraser sur son bidon.

Madame Bernava n'était pas grosse.

Elle était bossue du devant.

Elle avait le béribéri des pies-grièches.

Le cardigan bleu qu'elle portait en toute saison, uniquement attaché par le bouton supérieur à la base du cou, révélait une chemise aux rayures verticales rouges et vertes, qui rebondissait sur la boule de ventre grâce à laquelle, comme un atome lisse, elle se frayait un chemin sans élever la voix, qu'elle avait tonitruante.

Bernava était un stentor.

Quand elle criait – ce qui arrivait souvent car, la violence n'étant pas l'autorité, nous la torturions sans crainte –, les vitres tremblaient. Vraiment. À l'inverse d'autres crieurs pédagogiques dont je parlerai plus tard, Bernava ne mettait pas la véhémence au service de l'enthousiasme, mais uniquement de la colère.

Ses cours étaient nuls. Elle avait recopié depuis des décenies, une fois pour toutes, le *Lagarde et Michard*, et se contentait de lire péniblement les mêmes feuilles jaunies sur lesquelles elle devait se pencher, malgré ses lunettes, sa petite taille, et le fait qu'elle les relût chaque année. Il faut imaginer trente-cinq adolescents qui ne pensent qu'au cul contraints d'écouter pendant deux heures une harpie déchiffrer le texte qu'elle a pompé sur le manuel qu'on possédait déjà... Je l'entends nous dire en plissant les yeux (comme si elle cherchait du regard un pays lointain) que si les paragraphes de Flaubert se « terminaient si bien », c'est que Flaubert « avait le goût des choses parfaites » et que « c'était probablement un écrivain méticuleux »... Probablement.

Pour la punir d'enfiler des perles et parce qu'elle relevait, sous une forme dégradée, de l'espèce Weber-Parmentier, je lui offris un jour l'édition d'une longue lettre (recomposée) de Flaubert à Louise Colet qui rassemblait plusieurs années de leur correspondance, et commençait par le récit des difficultés que l'écrivain éprouve à raconter la scène des comices où Rodolphe lutine Madame Bovary tandis qu'on remet la médaille d'argent du Mérite agricole à Catherine-Élisabeth Nicaise Leroux pour cinquante-quatre ans de loyaux services dans la même ferme. « On est en pleine *baisade*... » écrit Flaubert. Je voulais que Bernava lût ça. Je voulais que ces mots lui traversent le cerveau et la violentent un peu. Je voulais que « baisade » lui pique les yeux. C'est la seule façon que j'avais trouvée d'agresser ce demi-siècle d'Éducation nationale. Ou de l'évangéliser. Et ça a marché ! « Je ne savais pas que Flaubert avait aussi ce vocabulaire-là », me dit l'inculte dans un sourire. Car Bernava, bizarrement, était capable de sourire.

Nous commencions l'étude du *Tartuffe*, dont Bernava voulut – ce qu'elle ne faisait jamais – nous lire le début. J'étais seul à être surpris par cette annonce et à attendre, dans l'indifférence générale, qu'elle se donnât en spectacle.

La scène d'exposition du *Tartuffe* est une série de philippiques de Madame Pernelle, mère d'Orgon, qui – en défense de l'hypocrite – dit à chaque occupant de la maison tout le mal qu'elle pense de lui. Quelle meilleure ouverture que le portrait de tous les protagonistes par quelqu'un qui les déteste ? Madame Pernelle, qui donne le *la* de la pièce, disparaît ensuite pour surgir à nouveau, à la fin de l'histoire, quand elle esquive les gémonies d'Orgon, lui-même détrompé, sur le fourbe Tartuffe et ses manœuvres infâmes. Pernelle – personnage majeur sans être principal – encadre la pièce, qui commence par sa crédulité pour finir avec sa mauvaise foi.

Or – comme eût dit Mélodie, qui avait le compliment facile et qu'à la même époque, je retrouvais toutes les nuits – Bernava était *sublime* en Pernelle. Aucune voix ne convenait davantage à la haineuse vieillarde. Dès les premières syllabes, elle plantait le décor et transformait, par son timbre inouï, notre pauvre salle de classe en une maison cossue du XVIIe

et les élèves-spectateurs en témoins impuissants d'une scène de famille : « ALLONS ! Flipote, allons ; que d'eux je me délivre… » Elle avait isolé, en le hurlant et en substituant un point d'exclamation à la virgule, le premier « Allons ». En une seconde et deux syllabes, nous étions tout ouïe. Et comme une grande actrice transforme ses camarades en artistes, Bernava était aussi juste et drôle quand elle incarnait les autres personnages… Flipote, la *suivante* tout en complaintes (« Vous marchez d'un tel pas qu'on a peine à vous suivre… ») dont elle singeait naturellement la claudication, Elmire (sa bru), à qui elle donnait le ton suffisant d'une maîtresse de maison, ses petits-enfants Mariane et Damis, qui répondaient à leur grand-mère en regardant le sol… J'ai vu dix fois *Le Tartuffe* au théâtre, et aucune mise en scène jamais ne parvint à la cheville de cette performance. Pernelle était son personnage. Ou la vérité de son personnage. Tout en elle, de son allure de biquette ventrue à sa voix de crieur public, avait été conçu pour donner le jour à la meilleure incarnation qui soit de la démente matrone. Sous mes yeux d'enfant philosophe qui tenait les personnages de ses lectures pour des silhouettes pensantes ou des théories mises en mouvement, Madame Pernelle venait d'apparaître, en chair et en os. Chétive, belliqueuse, complotiste et bossue du devant.

J'avais l'impression qu'avec la grande Bernava les premiers vers du *Tartuffe* portaient leur passé en eux et charriaient dans leur sillage un monde entier. Or, ma seule familiarité avec le paradoxe d'un univers déjà vieux dès sa naissance me venait du téléfilm FR3 et du lecteur démiurge de *L'Histoire sans fin*. Comme je n'avais pas nommé le vertige ni creusé la chose, je ne savais pas quoi faire d'une émotion qui vécut en moi près d'une dizaine d'années comme un souvenir incongru, avant, au gré des lectures, de trouver sa place dans le métabolisme des pensées.

« Et si Tartuffe n'était pas hypocrite ? Tu t'es déjà demandé ça, mon p'tit bonhomme ? » me souffla mon père, pour toute réponse au récit que je lui faisais de ce moment de théâtre. Je fus d'abord vexé qu'il profitât d'une anecdote pour glisser l'un des paradoxes dont il était friand. Mais la question elle-même me laissa aussi impuissant que devant un échec à la découverte. Car personne n'est en mesure de prouver que Tartuffe n'est pas sincère quand il dit à Orgon qu'il se sent humble, qu'il est un misérable, ou à Elmire que, pour être dévot, il n'en est pas moins homme. Personne ne peut affirmer, à coup sûr, que Tartuffe est un fourbe. Il existe une possibilité (et une possibilité de mise en scène, jamais exploitée) pour que ce ne soit pas le cas. Grâce à mon père, je faisais avec *Tartuffe* – la bible de l'hypocrisie – l'expérience inverse de tous les moments d'incontestable mauvaise foi, qui me remplissaient d'un miel de certitude et d'un grand embarras pour leur auteur. Et si, contrairement à tous ceux dont j'acceptais si difficilement l'idée de la culpabilité, Tartuffe était innocent ? Pourquoi ne pas donner une chance à ça ? Que vaut l'hypothèse qu'on ne peut pas complètement éliminer ? Et surtout : que reste-t-il de la vérité quand on s'avise que, même lorsque l'évidence frappe, un doute subsiste ?

Je me souviens des sanglots, derrière moi, du vieux résistant qui chantait le kaddish à voix basse. Je me souviens du visage anxieux de Faustine, de ses lèvres plissées, je me souviens du bleu du ciel et des amis, graves et solidaires. Le rabbin Williams, moustache tremblante, parlait en chantant, devant le cercueil du nouveau venu, d'un temps pour aimer, d'un temps pour haïr. C'était à Neuilly, quartier juif du cimetière, le jour de mes vingt ans.

Élie lisait un hommage à son père, dont je retiens qu'il faut continuer à vivre quand on ne sait plus pourquoi. Je m'inclinais devant sa peine, en songeant au petit garçon qu'il avait dû être et qui, premier koala, accroché à une jambe, se laissait vaillamment porter, l'œil clos, dans les petites rues d'Antibes.

Sur une photo qui, par hasard, se trouve dans un de mes tiroirs, Élie a cinq ans, le sourire fier, grand et beau comme un petit garçon. Même vieux, peu de visages sont aussi aimables que le sien quand il sourit. Mais ce jour-là, le jour des obsèques, Élie, la main sur la tombe, ne souriait pas. On eût dit qu'il pleurait pour la première fois. C'était peut-être le cas. Il parlait, tout pâle, devant le cercueil. Tout à coup, il trébucha dans ses mots, se tut et ferma les yeux. Les doigts filiformes de l'orphelin plaquaient sur le bois du cercueil l'oraison que menaçait le vent. Tout le monde était là, bras croisés, tête basse, semelles, cailloux, toux, feuilles, vent, graviers, terre… Le silence était sorti de sa réserve. Planquée sous des larmes impeccables, Rita, la femme d'Élie, épiait chacun des présents. Je m'aperçus, un peu tard, que j'avais oublié les mains dans mes poches, mais, heureusement, je pleurais, moi aussi.

Ça y est. Élie a fini de parler. Je crois que c'était bien, ce qu'il a dit. J'en vois même qui, la tête dans les nuages, se trompent de bonnes manières et se retiennent, *in extremis*, d'applaudir.

Élie Verdu était, dans le désordre, le père de ma femme, le meilleur ami de mon père et le maître des lieux.

De façon générale, il avait plutôt bon appétit.

Et il aimait dire « Ça va comme ça » en se tenant le ventre.

Il y avait au carrefour de la rue des Saints-Pères et de la rue de Grenelle un restaurant, le Twickenham, où éditeurs et journalistes mangeaient en notes de frais sur un air de confidence dans des box de bois sombre. Aujourd'hui, le restaurant fait comme toutes les librairies : il vend des chaussures et des sacs à main.

Ce jour-là, Élie avait faim.

Jacques lui avait servi une entrecôte et je regardais, émerveillé, Dieu sur Terre manger les fibres, le gras, les frites et la salade. Sa mâchoire était une mécanique implacable et humide qui soumettait sans discussion les aliments juxtaposés.

Pas de quartier.

Je le regardais. J'entendais gémir les morceaux.

Il mâchait. Il mâchait en rythme, comme on ignore le temps qu'il fait après avoir passé la journée dehors, il mâchait comme les Américains enculent l'ONU, comme un corbeau se dandine, peinard, au milieu de la rue de

Bourgogne, malgré les voitures qui tentent, un peu, de l'écraser. Il mâchait. Comme un hippopotame ignore les coups de bec de l'oisillon venu lui manger sur le dos. Il mâchait sans fin. Chaque bouchée avait le format d'un sandwich. Il mâchait, il brisait, il décomposait, il exterminait l'aliment. Hécatombe gingivale. Impitoyable manducation d'un corps de gloire.

C'est à Isidore que je dois de m'ouvrir les poings sur des sacs de frappe tout en continuant d'espérer que, tel Captain America, je finirai un jour par les percer, mais c'est à Élie que je dois de m'acharner sur les os du poulet et de manger de la viande le matin. J'aime ces mâchoires si fortes qu'elles broient sans faillir ce qu'on leur met sous la dent. Élie a le génie *morganatique* de ceux qui marchent droit et écrasent les autres sans y penser. M'était avis, quand j'étais petit, que cet homme-là n'avait pas d'adversaire à sa mesure, qu'il ne cillait pas au contact des balles, et que d'ailleurs les balles, intimidées, n'osaient pas l'atteindre vraiment.

Il mâchait… En mâche !

Scrounch, scrounch, scrounch, gloups.

À s'en tenir là, il eût été magnifique.

Je me souviens de la première d'*Apocalypse*, une pièce de théâtre qu'Élie avait écrite pour se donner bonne image, ou pour changer la face du monde. C'était selon.

Ça se jouait à Montmartre, place Charles-Dullin, théâtre de l'Atelier, au milieu de l'automne, devant un public archi-parisien de généraux soumis et de fantassins haineux. Sur scène, successivement, l'infirmière de Lénine racontait une branlette au dictateur mourant, un gardien de camp rougeaud vociférait en berlinois son patronyme heideggerien, Sartre et Aron chevrotaient du « petit camarade », Anatole « le *has been* » parlait de « shintoïsme ultramontain » aux pieds d'une aile d'oiseau brisée, tandis que Rita Francis, accroupie, de dos, criait dans un micro « Nous serons tous des Yougoslaves ! »

Honnêtement, c'était absurde.

Moi, je m'étais ennuyé ferme ; Faustine me jurait en bâillant qu'elle avait « adoré », Élie cachait le déni sous l'inquiétude et Cataleya donnait du « Mon ange » à tout le monde en pinçant des lèvres son fume-cigarette sous l'œil amoureux de mon père qui se croyait aimé de la princesse de Ligne. Un vent calme et vaguement menaçant soufflait, à la sortie, sur ces têtes couronnées. Tout cela n'avait aucune importance.

J'ai longtemps ouvert les livres d'Élie.

Les premiers, lyriques, simples et sonores, puis les suivants, avec leurs phrases sans verbe, leurs énumérations inutiles et le style à la hache de l'écrivain qui se cherche des trucs et qui en vient à croire, sous l'effet de la drogue, que pour être concis, il suffit de faire court.

Élie, c'est l'enfance profonde, les passions confortables, les litanies en trois temps.

Les chapitres écrits en un jour.

Les sauts de ligne absurdes.

Les phrases d'un mot.

Décisif.

« Fascisme », « barbarie », « stalinisme » et « massacre » formaient les lieux communs sur lesquels, à douze ans, j'apprenais à m'indigner.

Je l'applaudissais debout, je le défendais loyalement, je ne ratais pas une conférence, je l'approuvais en tout, je vivais comme une croix la mauvaise opinion des gens à son sujet et comme un répit lumineux les rares éloges qu'il continuait de recevoir, je feignais de baisser la tête en entrant dans son bureau tandis qu'il affectait l'indifférence, et j'allais même jusqu'à le laisser croire que ses conseils m'aideraient à passer l'agrégation. « Il n'y a pas assez d'amour et de bonté dans ce monde pour en prodiguer à des êtres imaginaires », dit Nietzsche. Rien n'est moins sûr.

La première fois que j'ai franchi le seuil de l'École normale supérieure, j'avais dix-sept ans, et j'accompagnais Élie, qu'un jeune homme de bonne famille avait invité à causer de la guerre en Bosnie. « Rendez-vous compte, je ne suis pas venu dans cette salle depuis le séminaire de Jacques Lacan… » dit-il, pour commencer, dans une indifférence attendue mais douloureuse. Je ne savais pas vraiment ce qu'était un « séminaire » (encore aujourd'hui, j'ai un doute) ; le terme était associé, dans mon esprit, à l'Université impérissable, mais j'avais juxtaposé, par homophonie, à la noblesse d'une aventure intellectuelle une valeur « séminale » qui la colorait d'une teinte obscène, et faisait du « séminaire » un lieu, un orifice où le gros verbe du maître fécondait les esprits des disciples mal assis, appliqués à sucer le miel de la connaissance. J'imaginais des fluides intelligents dans les veines du cerveau, et j'hésitais, pour tout dire, à désirer le moment où, à mon tour, je devrais pomper le savoir. Ce serait là. Mais quand ?

Élie était assis sur la table de conférence de la salle Dussane, devant une foule à l'affût, sceptique et flattée quand même, qui lui prêtait une attention goguenarde : « Le peuple de Bosnie est en danger de mort, et avec lui, c'est une certaine idée du cosmopolitisme qui disparaît…

Se battre pour la Bosnie, c'est défendre le droit qu'ont des hommes de culture différente à vivre ensemble. Rien ne nous concerne davantage. C'est l'affaire des hommes politiques bien sûr, comme des historiens – François Fejtö, bonsoir ! –, des philosophes, des normaliens, et même des *simples citoyens*... »

Mais c'est pas possible d'être aussi bête !

Fallait-il être idiot – ou vaniteux comme il l'était – pour laisser entendre à des lettrés syndiqués qu'ils valaient mieux que de « simples citoyens » ? Pourquoi faire aux méchants le cadeau d'une gaffe ? La punition fut immédiate : une tornade de rire, un ouragan de hoquets intelligents, le râle reconnaissant d'une meute soulagée de cracher à la figure de l'homme dont il était facile de croire qu'il avait, lui, depuis longtemps, vendu son âme. Élie avait offert à ceux qui ne demandaient qu'à l'exclure l'occasion de vérifier qu'il était à la mesure de sa réputation. Non seulement le rire témoignait, chez ces puceaux, d'une fraîcheur perdue depuis longtemps, mais il le sortait définitivement du cercle fraternel dont il venait, comme une faveur, déclarer à ses membres qu'il en faisait lui-même à jamais partie et que c'était même ce qu'il avait connu de meilleur... Le troupeau des nouveaux élèves de l'École normale supérieure ne valait pas mieux que le paon quadragénaire qui croyait les honorer de sa présence. Le temps ne fait rien à l'affaire : mal vieilli contre mal élevés, n'en déplaise aux normaliens de vingt ans, le vieux coq et sa basse-cour étaient bien du même monde.

Sur le moment, l'hilarité de la horde à laquelle Élie offrait par une expression malheureuse (et pas idiote, au fond) l'occasion de le massacrer me blessa autant que lui ; j'avais envie d'enfoncer mon stylo jusqu'à la garde dans l'oreille mousseuse de mon voisin qui me rappelait Isidore, dont les cheveux roux sentaient le chlore, et qui, passant l'index sous un œil sec, feignait, à l'unisson des hyènes, de pleurer de rire.

Les gens qui se plaignent d'être un peu célèbres ne méritent pas la grâce qui leur est faite. Ni (parfois) la chance qu'ils ont. Quand elle n'est pas excessive, la notoriété ne contient, à peu près, que des avantages.

Les dieux qu'on reconnaît partout, et dont l'existence repose sur la foi, passent leur vie dans l'inquiétude qu'on ne les reconnaisse plus – et donc de disparaître.

Les mortels qu'on ne reconnaît nulle part passent leur vie dans l'amertume de n'être jamais reconnus et donc, d'avoir vécu sans apparaître.

Mais enfin – Dieu les garde – les gens qu'on croit reconnaître, les gens qu'on *a déjà vus quelque part*, dont le visage est familier sans l'être tout à fait, passent, eux, leur vie au milieu de sourires *a priori*, de gratifications narcissiques et de prévenances sans nombre. « C'est lui ? Mais oui, je te dis que c'est lui… » À mi-chemin de l'indifférence et de l'hystérie, la semi-notoriété est un amour, qui vous installe, au bénéfice du doute, dans les petits papiers d'une myriade d'inconnus ; c'est comme si, dans des parties du monde où vous n'êtes jamais allé, des êtres aimables allumaient spontanément des foyers de générosité à votre intention, prêts à l'emploi, au cas où vous leur feriez le plaisir de votre présence. Qui oserait se plaindre de ça ? Et croire qu'il est lucide en le faisant ?

À quoi tient cette heureuse fortune ?

De quel métal est faite une image pour vous doter d'attentions imméritées ? C'est au XXe siècle qu'il faut poser cette question, car la célébrité n'est plus ce qu'elle était.

Quand il y avait trois chaînes – et qu'il fallait se lever pour en changer –, il était difficile d'être *à moitié*-connu. L'univers était clairement et inégalement réparti entre les dieux qui habitaient la lucarne à rêves et les simples mortels qui mangeaient en les regardant.

L'apparition lunaire de Canal+ et sa cantatrice synthétique, puis de M6 et de la Cinq (« Tous sur la Cinq ! Cinq you la Cinq ! ») ne changea pas grand-chose à la nature de la célébrité.

Loin de la reconstruction laborieuse d'une minorité militante avide de se présenter comme la victime des dominants, le syntagme « Eux et Nous » signifiait alors vraiment quelque chose. *Eux* et *Nous*, c'était eux dedans et nous devant, c'était le face-à-face des gens sans visage et des visages sans chair, c'était la vie rêvée des anges comme antidote aux fiches de paie, c'était l'Olympe. Et ses départements. Croiser l'être qu'on avait aperçu à la télé faisait l'effet d'une courbure divine, d'une offrande à nos mains tendues. « Oh, c'est marrant, tu sais pas qui j'ai vu ?… Eh ben, il a commandé la même chose que moi ! » Pourtant ses organes ont été traversés par la lumière. Comment peut-il manger ? déféquer, etc. ? Était-ce mon œil d'enfant qui introduisait d'en bas, dans le mondc, des distances absolues ? Ou était-ce que le monde était vraiment scindé entre les simples mortels et les *télévisés* ? En être ou ne pas en être. C'était l'alternative. Avoir ou non *été vu* dans la lumière. Avoir été doré par l'œil embellisseur de millions de regards. Avoir ou non son corrélat cathodique. C'était l'enjeu manichéen d'un platonisme simplifié, que les médias avaient ancré dans les consciences. Chacun à sa place : voilà le monde d'hier. L'évangile des saintes gens. D'un côté, BHL et Jacques Martin, de l'autre, moi-même ou ma boulangère, qui semblait avoir des informations de première main sur le défi de l'incarnation depuis qu'elle servait ses croissants au beurre à Patrick Sébastien.

Le seul homme de la fin du XXe siècle à faire exception à l'infaillible répartition des choses et des êtres était mon père. Qui ne passait pas à la télévision mais dont l'écosystème d'éditeur était truffé de dieux. De sorte qu'il appartenait aux deux règnes. Il était l'humain favori des étoiles. Le normal des immortels. L'intercesseur, ou le messager. Jean Delombre était son pseudonyme – ce qui laissait entendre qu'il était entouré de soleils. Mon père, c'était un punk. Un transclasse en chemin. Une tête pensante qui, jusqu'à présent, s'était contentée du métier de bras droit.

L'intérêt de cette position intermédiaire est qu'elle nous mettait à distance rêveuse de la célébrité. Nous en étions assez loin pour nous en régaler, mais assez près pour faire semblant de nous en foutre – et mesurer, à l'occasion d'une polémique publique, l'abîme qui sépare la vérité de la rumeur qui s'est emparée d'elle.

À La Colombe d'Or, au Trianon Palace ou à l'hôtel des Neiges, nous déjeunions. À l'œil. Mais on ne passait pas les vacances. On n'en avait pas les moyens. Mon père prétextait une obligation, un deuil ou un plan dément, et nous repartions en grand équipage dormir à Villaloubet, à Canisy ou bien dans l'Autobianchi elle-même, un soir où le F2 de Courchevel 1650 que nous louions discrètement n'était pas encore disponible.

Dedans-dehors donc était mon Papa. Nous étions les commensaux de l'Olympe, on habitait au pied des murs, avec un accès privilégié par la porte dérobée.

Était-ce une pudeur qu'il faisait passer pour de la discrétion ? Mon père n'était ni un Legrandin qui masque son regret de ne pas en être par un désintérêt spectaculaire, ni un Gatsby dont le faste apparent recouvre la roture, ni une reine de beauté qui, par haine d'elle-même, se satisferait d'être traitée comme une femme vénale. Entre le dégoût de vivre avec nous et l'élégant mépris des choses clinquantes, Msieu JonPol composait une énigme labile sur fond de laquelle j'apprenais à penser comme on s'habitue à marcher sur la glace au péril d'une fissure. Pourquoi ne pas devenir riche, puisque ça comptait tant ? ni vivre dans la lumière puisqu'on le pouvait ? À quoi bon rester spectateurs au lieu de devenir spectaculaires ? Bien nous en prit. La quantité d'inappartenance que les palinodies paternelles avaient déversée dans mon cœur eut pour vertu de me préserver de la folie tout en me dotant d'une durable faculté d'admiration. Sans elle, j'aurais changé de métier depuis longtemps.

Mon père lui-même était entré une fois dans la lucarne, et dans le saint des saints, par la voie royale, chez Bernard Pivot, pour y parler à la place du coquet Cioran, qui répugnait à discourir sur lui-même. C'était un vendredi maternel de mon enfance, l'un de ces vendredis sur trois où le week-end ne m'offrait pas de délivrance. Seulement, compte tenu des circonstances exceptionnelles qui en motivaient la demande, j'avais obtenu le droit de regarder *Apostrophes*.

La présence de mon père à l'écran (et donc dans la chambre d'Isidore, où se trouvait la seule télé, dont je haïssais la lumière entamée par la crasse des vitres qui s'écrasait en grappes jaunies sur des coussins à l'urine de chat) avait valeur de friandise, d'heure fériée… Tandis qu'Isidore et ma mère sortiraient dîner, j'aurais la télé pour moi, et mon père en bonus ! Je répétais « bonus » en essayant de casser l'os du pilon avec mes dents pour en sucer la moelle. « Bonus ! Bonus, Papa ! » disais-je à demi-voix, joyeux, devant Lucienne qui, n'ayant rien d'autre à faire, attendait que je finisse mon plat pour nettoyer la table et, n'ayant pas assez d'imagination pour tuer le temps, se tenait dans mon dos, les mains jointes sur le tablier, dans la position de l'esclave attentive au repas de son maître. Bizarrement, ça lui convenait. Et bizarrement, ça ne me convenait pas. Je finis à toute vitesse, et courus dire bonus dans ma chambre, en attendant l'heure du passage. Bonus… un mot qui commence bien mais finit mal.

Dans ma grande chambre sale, je passai de la promesse grisante de voir mon père dans la lumière à l'idée, plus sombre, que mon Papa serait dans quelques minutes exposé à un danger comparable à l'ultime épreuve pour devenir moine Shaolin, ou à ces ascensions qu'on ne parachève que si l'on prend un instant le risque d'avancer sans corde ni mousqueton sur une paroi lisse. De ces risques inouïs qu'on ne surmonte que si le cœur est pur, autant que l'âme. Allait-il s'en sortir ? Ou serait-il avalé par la caverne magique, tel un humble voleur ?

Dans les années 80 comme aujourd'hui, la télé était sans filets. Non que chacune de vos paroles fût reprise immédiatement, déformée et jetée dans le marais des réseaux sociaux, mais parce qu'au contraire, le moment n'avait lieu qu'une fois. L'Olympe ne vous donnait qu'une seule chance. Se rater durait toujours. Alors, moi qui, le même hiver, avais expérimenté mon premier passage à l'acte en poussant mon cousin dans l'eau marécageuse de la piscine, j'imaginais mon Papa devenir fou en direct. Se mettre à dire des gros mots, ou bien oublier complètement, sous l'œil cyclopéen, ce qu'il était venu faire là. Comment ne pas perdre l'équilibre quand est sans garde-fou ? Comment passer à la télé sans succomber au vertige de la transgression ?

J'avais maintes fois éprouvé moi-même, sur un court de tennis où je m'acharnais à perdre avec les honneurs au lieu de battre des adversaires apparemment plus faibles, que la conscience de notre action handicape l'action. J'avais souvent vérifié qu'il ne servait à rien, pour se concentrer, de nommer ce qu'on était en train de faire, et que, pour s'accomplir correctement, un geste supposait une forme d'oubli de soi dont j'étais incapable au moment décisif. La mise en miroir de mes actes me privait d'agir. J'entendais mon démon se moquer de moi, me mettre des scies dans la tête pour me perturber, et rire quand je ratais une volée facile ou que je servais loin du carré. Je disais démon (et me le représentais comme ça) parce que les seules références dont je disposais étaient le Horla et le ricanement de la fin de *Thriller*. Chaque mouvement sur un court était assorti de la conscience d'être en train de se faire, qui m'en éloignait aussi sûrement qu'Eurydice retourne aux Enfers parce qu'Orphée se retourne trop tôt. Et à chaque échec, je sentais le Diable se gausser et je m'arrachais les cheveux dans une tentative d'exorcisme capillaire qui, par la douleur, suspendait un peu les méfaits du nombrilisme. Comment sortir de ce marais mortifère et égocentré ? J'étais le prisonnier et la geôle. Me tirer par les cheveux n'y suffisait pas. Je croyais être le seul maudit du monde à me compliquer la vie au moment d'agir. J'ai bien tenté, un jour, d'en faire la confidence à mon père lors d'un changement de terrain, mais il avait écouté mon charabia avec l'oreille distraite de celui qui a faim. « Je ne comprends pas, mon p'tit bonhomme. Tu veux t'arrêter avant la fin du match parce que tu as une scie dans la tête ? – Non, ce n'est pas ça que je dis. – Bon, alors, on continue. » Et voilà. Mon reflet, mon démon et moi-même retournâmes au combat planter des balles faciles et lentes, et perdre enfin, misérablement, contre un adversaire moins fort.

Non que mon père jouât mal, mais il s'empêchait de jouer. Au service, par exemple, alors qu'il est essentiel, tandis que la balle s'élève, de faire tomber et tourner la raquette dans le dos pour lui donner l'élan nécessaire à la frappe, mon père, bizarrement, n'en faisait rien. Son bras restait raide et, au lieu d'*abattre* la balle dans le carré d'en face, se contentait de la pousser aussi fort qu'il pouvait. Résultat : quellc que soit la bonne volonté qu'il y mettait, son service m'offrait, dès la première balle, une agréable vitesse et un rebond idéal pour un retour décroisé qui le crucifiait une fois sur deux, quand je ne l'envoyais pas dans le filet. C'est dire que nous n'avions pas la même façon de nous nuire. Tandis que (littéralement) je me tirais une balle, mon père se mettait des boulets aux bras.

Dans l'immédiat, je n'en menais pas large pour mon jeune Papa, que j'allais découvrir dans la fosse aux lions.

J'allumai la télé sur Antenne 2 et me calai sur le coussin pisseux. Les premiers accords du concerto numéro 2 de Rachmaninov ressemblaient aux trompettes qui saluent l'arrivée des gladiateurs. J'avais envie, pour l'amadouer, de répondre « Bonsoir, monsieur » à Pivot quand il dit « Bonsoir à tous ».

Enfin, mon père apparut.

Comme une apparition.

Splendide. Parfait. Répondant d'un sourire clair à l'appel de son nom. Cravate argenté sur chemise rose, encadrée par une veste d'un gris sombre qui rappelait celui des cheveux alors abondants.

Le passage à la télévision est un examen de première seconde, brillamment réussi par l'impétrant. Mon père était un Dieu lui aussi, comme son meilleur ami. Bâti pour l'exercice. Sa place était à l'écran. Rassuré, je m'endormis aussitôt. Je n'ai vu l'émission elle-même que trente ans plus tard, par la grâce d'Internet.

C'est ma mère qui me réveilla, en boule, sur les coussins fétides. « Tu t'es endormi ! Tu as vu ton père ?

– Oui, bien sûr. – C'était bien ? – Très bien ! – Alors c'est qu'il ne l'a pas vu ! » enchaîna Isidore, qui, en homme d'esprit, rit de sa propre blague avant d'aller pisser la porte ouverte.

Restait à duper mon père – ce qui était facile. J'appelai Poupette le lendemain, qui, sans douter un instant que j'avais vu la même chose qu'elle, profita de mon appel pour refaire le film de l'émission, minute par minute, et s'étonner, avec moi, que Philippe Sollers fumât autant, et que mon père eût « osé mettre un jean ». Briefé, je fis mon compliment à l'homme qui, pour seule réponse, me dit au téléphone d'un air mélancolique, que décidément la lumière lui « faisait de l'ombre ». Comme souvent, ce n'était pas idiot.

Mon entrée en première au lycée Henri-IV avait valu à mon père de vivre un grand moment d'enthousiasme. Il était revenu comme un enfant du rendez-vous avec la proviseure : « *Haix-traordinaire* ! Vraiment, c'est *haix-traordinaire* ! Et comme c'est beau… » Puis, telle Mina, la mère de Romain Gary, qui le compare à D'Annunzio devant ses compagnons de la RAF, ne se sentant plus de fierté, mon père s'était mis à délirer : « Que faut-il faire maintenant ? Quelle est la chose utile ? Faut-il que je t'achète un studio ? Une voiture (pour le jour où tu auras ton permis) ? Veux-tu que je te prenne une table à l'année au Vieux-Paris ? Dis-moi ! Demande-moi ce que tu veux ! Ce-que-tu-veux ! » Je gardais le silence, pour ne pas l'exposer lui-même, en disant oui à quoi que ce soit, au constat qu'il ne ferait rien de tout ça.

Et puis j'avais des problèmes plus concrets.

Comment m'adapter au nouvel univers qui était au lycée Montaigne ce que Bruce Lee était à Jackie Chan, c'est-à-dire la même chose, en un peu mieux ? Comment remplacer l'idée du lycée Henri-IV (dans l'idolâtrie duquel mon père me faisait vivre depuis l'école du Jardinet) par la réalité du lycée Henri-IV et ses déceptions inévitables ?

Alors qu'une note médiocre était, du temps de Montaigne, vécue par moi comme une honte, j'appris à HIV à endurer, chaque mardi, l'humiliation de *notes négatives*, lorsque Philippe Azoulay nous rendait nos versions de latin, toutes issues d'une austère anthologie nommée *Res romanae*.

À quelques exceptions près, nous avions tous 0/20, et Azoulay, dont la rigueur égalait l'honnêteté, détaillait d'une écriture démente chacune de nos erreurs et inscrivait entre parenthèses, au sommet de la copie, la note véritable. J'oscillai pour ma part entre – 64 et un honorable – 8, obtenu en décembre, qui me donna presque confiance en moi, d'autant qu'il était assorti du commentaire « En progrès ». Il faut dire que la moyenne était à – 15. Azoulay, c'était le pôle Nord.

Elsa B., reine des marraines, qui enseignait la littérature comparée à la Sorbonne, ne dormait plus à l'idée que je pusse régulièrement recevoir des notes pareilles. Elle se fit donc porter le livre de traduction (réservé aux professeurs) de *Res romanae* et me le remit comme le vieux Biff Tannen remonte le temps pour se donner à lui-même l'almanach de tous les futurs résultats sportifs sur trente années. Je passai en une semaine de – 8 à 14/20. Mon Azoulay n'en revenait pas. Quand il me rendit ma première copie de l'ère nouvelle, son regard incrédule hésitait entre l'admiration qu'il voulait éprouver devant un miracle, et le mépris qu'il aurait pour ma personne si, d'aventure, comme il osait le penser, il s'apercevait que je trichais.

J'étais scandalisé qu'il pût me soupçonner.

Car passé au filtre de sa propre traduction, chaque texte devenait si limpide que je n'avais plus du tout l'impression d'avoir triché. Les mots trouvaient leur place. Les mystères s'estompaient. De lui-même, le puzzle s'ordonnait. Je comprenais tout. Je progressais enfin ! Et comme je ne voulais pas me faire prendre, loin de recopier, je redoublais de zèle, disséquais les phrases, traquais les jeux de mots dans les signes cachés, conservais délibérément quelques inélégances (qui coûtaient la bagatelle d'un seul point) et travaillais même sur les écarts de style entre les auteurs. J'étais comme un débutant obstiné à *Mario Galaxy*, qui met à profit l'intercession d'un guide pour travailler les réflexes et acquérir la maîtrise du parcours. Ou comme le joueur de *Mortal Kombat* qui se prend vraiment pour Johnny Cage. Quand Azoulay, doutant de mes dons nouveaux, m'interrogeait sur le texte que j'avais si brillamment traduit, je répondais sans hésiter, sur un ton dont l'assurance le rassurait. J'étais bien un miracle, son miracle, et la preuve qu'il n'avait pas tort de maintenir l'exigence au sommet. Comme à l'ère de Castaing et des dissertations paternelles que j'écrivais sous la dictée (à cette nuance que l'idée de rendre Azoulay complice de mes truandes eût été un suicide violent), je n'avais jamais fait autant de progrès qu'en fraudant. Pour résoudre les barbarismes, faux sens, inélégances et fatals contresens (qui coûtaient quatre points), il me suffisait d'avoir la solution sous les yeux. Comme il me suffisait de poser mon crayon sur un dessin, ou d'ajouter discrètement des phrases en favoris à « Monsieur Mots » pour me convaincre, un instant, que j'eusse pu dessiner, moi aussi, si je l'avais voulu.

Mais c'est en grec ancien qu'Azoulay donnait toute sa mesure. « Je brûle ! Je brûle ! *Kaio* ! *Kaio* ! » hurlait-il en imitant Iphigénie sur son bûcher. Ou alors, pour décrire *L'Assemblée des femmes* d'Aristophane, Azoulay mimait les gémissements d'une enfant du peuple qui perd la tête sous les caresses des anciens nobles. Ce gang-bang hellénistique me mettait en transe car je n'assistais moi-même aux cours de grec ancien (qui étaient facultatifs) que pour faire du pied à la jeune Chloé et ses jambes de dix mètres, derrière qui je gigotais comme un morceau de Poilâne sec tente d'attirer l'attention d'un pot de miel.

Un jour, je crus parvenir à mes fins.

J'étais assis derrière elle, plus allongé qu'assis car je laissais traîner ma jambe dans l'espoir qu'elle croisât la sienne et, sur un malentendu, s'y accrochât. Soudain, alors que, pour nous expliquer l'aoriste, Azoulay effectuait sur scène un grand écart facial en déclarant « Je tombais du dixième étage quand je fus rattrapé par Terminator », je sentis un petit pied délicatement venu caresser le mien. Une boule de bonheur répandit aussitôt ses enzymes vertueux dans toutes mes entrailles. Je n'étais que joie. Le pied de Chloé savait que j'existais, et s'appuyait sur le mien comme s'il voulait un peu l'écraser. Je ne pensais plus à rien. Volupté, volupté. Comment dit-on « érection » en grec ancien ? Azoulay, qui, lui-même, était un peu amoureux de Chloé, mais chez qui la passion prenait la forme d'une exigence accrue et la jalousie la forme d'un rappel à la loi, pressentait mes manœuvres sans oser les imaginer, et témoignait d'un indicible embarras en multipliant les rappels à l'ordre qui sonnaient faux car nous étions parfaitement silencieux.

Je m'en fichais. Le pied de Chloé était maintenant collé au mien, dans une étreinte qui, au bout d'un moment, me fit presque mal. « Elle a un penchant pour moi », me disais-je tandis qu'Azoulay imitait le chant déchirant des esclaves numides. Numide. Ce mot… Je retins un cri. Chloé venait de m'écraser le petit orteil. À son insu. Ce que j'avais pris pour son pied n'était que le pied de sa chaise qu'elle aimait, en gauchère, à incliner de temps en temps. Depuis une demi-heure, je bandais sur un pied de chaise. Ma honte, ma gêne, était tempérée par l'absence de témoin, et je tentai de l'enfouir. Je commençai par convoquer le souvenir de mon premier écrasement au pied de chaise. C'est à Isidore, évidemment, que je le devais. Mais ce souvenir-là ne m'était pas utile, car plus que la douleur ou la honte, j'en retenais l'indifférence du coupable qui s'était contenté, en soupirant, après m'avoir éclaté l'orteil, de déplacer sa chaise de quelques centimètres. Alors, mal nourri par la mémoire, mobilisant en secret toutes les ressources de la mauvaise foi, je me mis à chercher dans ma courte culture un équivalent à ce genre de ridicule.

Je le trouvai chez Kant, dont Émile m'avait raconté l'épisode fleuri de deux amoureux touchés par les trilles d'un rossignol au clair de lune qui déchantent en s'apercevant que le « rossignol » n'est qu'un enfant habilement caché derrière un buisson par le maître des lieux pour jouer de la flûte à six trous chaque fois que ses hôtes s'en approchent. Comme moi avec ma chaise, les amoureux détrompés ne trouvent plus aucun charme aux mélodies qui les enchantaient quand ils les attribuaient à une faveur de la nature. Pourtant, ce sont les mêmes trilles, me disais-je. Quelle différence entre le chant du rossignol et l'illusion que le rossignol chante ? Avais-je moins de plaisir à passer devant la boulangerie (de sinistre mémoire où Parmentier m'avait chopé la main dans le sac) depuis qu'enfant j'avais appris que le parfum de la devanture n'était pas le fumet d'un atelier mais une fragrance synthétique destinée à appâter les gens ? Quelle différence entre une histoire d'amour et l'impression d'avoir aimé ? entre un pied de chaise et un pied de fille – quand c'est sincèrement le second qu'on croit caresser ? Les gens qui jouissent d'une illusion sont-ils des fous à détromper ? ou des sages, à qui la sensation suffit, et dont la déception n'entame pas le plaisir ? Tandis qu'Azoulay, couché sur l'estrade, mimait l'ascension de la ciguë dans le corps de Socrate, j'étais partagé. J'avais le choix de penser que l'émotion est insincère quand elle se donne un objet imaginaire, ou qu'elle est réelle, quelle qu'en soit la cause. Je penchai pour la seconde hypothèse, qui arrangeait mon honneur. On peut aimer de toutes ses forces un fantôme ou une image. C'est même souvent comme ça que ça se passe. Et parce qu'une esquive devient facilement un dogme, je n'ai sur cette question plus jamais changé d'avis, et je persiste à regarder d'un drôle d'œil les gens dont le cœur, rétroactivement, s'interdit *d'avoir aimé* l'être dont ils s'aperçoivent, après des années d'amour, qu'il était cavaleur. Je veux bien qu'on cesse d'aimer. Mais comment peut-on cesser *d'avoir aimé ?* Comment nos sentiments peuvent-ils remonter le temps et s'annuler eux-mêmes ? Aimer n'appartient qu'à soi. Être aimé suspend le bonheur au caprice d'une autre. Il faut aimer, donc, sa plante ou son robot, son infidèle ou son pied de chaise. Aimer à l'infini tout en aimant souvent. Aimer sans compter ni demander la réciproque. Les êtres qui passent du désir d'être aimé à la force d'aimer tant qu'ils peuvent sont des reflets qui prennent vie.

« Vous et moi n'avons pas les mêmes valeurs ! »

C'est à sa toux qu'on entendait arriver Madame Maurel. Une toux de fumeuse, volontaire, une expulsion rageuse de glaires et de Gauloises, qui résonnait dans la cour déserte où elle arrivait toujours en retard. « Tiens, vous là, allez me chercher un café au lait sans sucre, et vous, donnez-moi une cigarette ! » On y allait avec joie, on donnait avec joie, en songeant qu'aux cinq minutes supplémentaires de vacances s'ajouterait, trois quarts d'heure plus tard, une nouvelle pause trop longue. En songeant aussi que, dans l'intervalle, elle nous parlerait d'Apollinaire et de ses décapitations solaires, ou de la vigilance dans l'œuvre de Gracq, du sublime et du grotesque selon Hugo ou du passage de Rabelais sur les torche-culs (qu'elle mimait, avant de se reprendre en grognant).

Elle désertait l'estrade à la première occasion (une remise de copies, une distribution de polycopiés ou la question d'un élève qu'elle feignait d'avoir mal entendue) pour se camper à l'extrême centre, devant la troisième table du premier rang dont elle tapait de l'index le même endroit depuis tant d'années que la table était légèrement incurvée comme la poutre sur laquelle Sato s’entraîne pour son combat contre Myagi dans *Karaté Kid 2*.

C’est de là, d’en bas, qu’elle distillait l’alcool de ses amours. « Comprenez-vous qu’en coupant la tête du soleil, Apollinaire, symboliquement, se débarrasse de tous les mondes imaginaires et nous renvoie à la seule réalité tangible de ce monde, qui est le CORPS ? Et qu’en multipliant les torche-culs, en s’attardant sur le soin qu’il met à se nettoyer les fesses, Rabelais accomplit précisément le travail du romancier, qui est de transformer la merde en or ? Une pensée du corps n’est pas une pensée de l’excrément, mais une pensée de *la beauté malgré l’excrément*. Ou grâce à lui ! Songez aux fleurs du mal ! Sur quoi poussent-elles, sinon le fumier du spleen ? Et qu’est-ce à dire ? Que la sottise, l’erreur, le péché, la lésine sont la souche du génie et le secret de la beauté… Qu’il est, pour cette raison, plus noble d’assumer la présence d’un corps que d’en nier les mauvaises odeurs. Le XIXe siècle, de ce point de vue, est une révolution : en passant de la beauté comme représentation d’une belle chose à la beauté comme *belle représentation d’une chose* (même laide), on est passé de l’esprit au corps… En vérité, on s’est *élevé* de l’esprit au corps ! Bon allez, on s’arrête, j’ai envie de fumer… »

Madame Maurel parlait d’or. Ses mots enchantés résonnaient longtemps après la fin du cours. Elle était unique. Et cohérente : en hugolienne, habillée comme un sac et coiffée par son oreiller, elle offrait au sublime l’écrin du grotesque. En lectrice de Flaubert, elle tirait la casquette de Charles Bovary du côté de l’expérience ontologique et nous montrait, texte à l’appui, que plus on tente de décrire quelque chose, moins la chose est visible. « Mais comment faire, alors, madame, pour raconter quoi que ce soit ? – Enfants ! La littérature réaliste ne vaut pas un clou. Si les mots échouent à peindre les choses, c'est qu'ils ont mieux à faire. Leur rôle n'est pas de décrire le monde, mais de l'exprimer. Avez-vous lu *Le Chef-d'œuvre inconnu* de Balzac ? Non ? C'est une honte ! Vous filez à la bibliothèque et vous me lisez ça pour 10 heures ! »

Il arrivait à Maurel, rarement mais c'était inoubliable, d'être saisie d'un rire si franc qu'il en devenait cristallin. Le rire était plus efficace que la toux pour balayer les miasmes et les glaires. Chaque fois qu'elle riait, que son corps lui faisait l'aumône de cette purge et que, l'espace d'un instant, sa voix devenait lisse, on eût dit qu'elle reprenait son souffle avant de s'engouffrer à nouveau, de plonger dans la lumière et d'en revenir éraillée. Je l'adorais.

Mais elle-même ne m'aimait pas.

Du tout.

Elle ne pouvait pas m'encadrer.

J'étais la quintessence, à ses yeux, de tout ce que la gauche caviar faisait de pire. Car j'avais eu le malheur, un jour, de lui demander ma note *avant* la remise des copies et elle avait vu – à juste titre – dans ce souci de performance le signe (le « chiffre », disait-elle) d'une éducation bourgeoise et strictement compétitive. Elle se disait peut-être que je finirais par compter mon argent comme je comptais les points. Et, pour me punir d'être appelé à devenir un sale con, elle écrasait de notes médiocres les commentaires composés que je mettais parfois deux semaines à rédiger pour elle. Car, comme tous les excellents professeurs, Maurel souffrait de favoritisme aigu. Pierre, qui était mon complice en canulars et que Maurel trouvait remarquable, me fila un jour le texte de sa propre dissertation dont je recopiai deux pages entières au mot près. Juste pour voir. Après lecture, Maurel ne tarit pas d'éloges sur sa copie tandis qu'elle truffa la mienne de « bof » ou « voire » et autres « douteuse analogie »...

Je n'en souffrais pas mais son regard avait une immense valeur à mes yeux. Malgré les preuves de sa partialité, confondant l'intelligence et la lucidité, j'en vins à me convaincre que, sans nuire à qui que ce soit et tout en habitant une chambre de bonne, j'étais et je serais un sinistre bourgeois qui exploiterait les autres tout en cherchant sa bonne conscience dans un sentimentalisme de dominant.

Alors, comme j'en doutais moi-même, tel Julien Sorel qui entreprend de conquérir Madame de Rénal, je voulus non pas coucher avec Madame Maurel mais la convaincre que je valais mieux que ça. Or, je savais ce qu'il fallait faire. Mon admiration me l'avait appris. Il fallait me faire modeste. Retenir ses critiques au lieu de m'en défendre. Apprendre la sincérité. Moins tricher. Truffer mes copies de considérations à la fois progressistes et pessimistes. Adorer Rimbaud et en parler comme d'un espoir vaincu mais vivace. Organiser la convergence de la noblesse et de l'intérêt, mais au profit de la première. Travailler, en un mot, d'arrache-pied. Disséquer les textes et les presser comme des citrons de miel. Préférer la substance des choses au sens des choses. Et la saveur au savoir. Maurel perçut l'effort. Et dut se dire que j'étais une belle prise car, à la fin de l'année, nous étions devenus, et pour toujours, complices et amis. Après avoir été à ses yeux la caricature du nanti vaniteux, je devins son bon gosse de riches, sauvé du gâchis par l'amour du travail. C'est auprès d'une prof qui notait à la tête du client que j'ai appris la littérature et la vertu. Rien n'est plus intelligent, quand on ne sait faire que ça, que de vouloir plaire à quelqu'un de bien.

Sans souci des transitions, mon père passa, en un clin d'œil, des histoires improvisées avec Golgoth et cochon communiste, à la confidence, parfaitement déplacée, de ses amours parallèles avec Cataleya. Sa dernière improvisade avec *heuuureusement* dans le texte eut lieu l'année d'avant l'aveu qu'il y avait une « autre femme dans sa vie ». Sans avoir rien demandé, je fus mis en situation d'endosser le fardeau sinon de sa culpabilité, du moins de ses emmerdes. Car il faut le dire : c'était merveilleux mais compliqué d'avoir une maîtresse ! Une femme à retrouver sans se faire voir ! D'autant qu'elle-même était mariée… Et si le mari était violent ? J'étais inquiet. Rassure-toi, mon p'tit bonhomme, c'est un milliardaire très con et son valet de chambre est notre complice. Ouf. Témoin de ce que je ne voulais pas voir, je dus, pour en supporter le spectacle, idéaliser la chose. D'instinct, je divinisai Cataleya, qui, pendant cinq ans, de la fin de l'enfance à la majorité, tint dans ma vie le rôle éminent de concrète utopie paternelle, c'est-à-dire d'Olympe où, par la grâce de ses manières, il avait enfin obtenu une *green card*.

Tout en étant avec mon père d'une solidarité sans failles, je mis mon point d'honneur à refuser de rencontrer Cataleya tant qu'Eugénie et lui seraient mariés, et, à mesure que sa vie avec Eugénie n'en finissait pas de finir, j'entrepris de dire à ceux dont je savais qu'ils connaissaient l'autre, combien ma belle-mère crépue était belle et, en tout cas, l'avait été, et combien Cataleya – que je ne connaissais pas – devait être extraordinaire pour supplanter chez un homme de goût la merveilleuse épouse légitime. Malheureusement, mes compliments à contre-courant me valurent, de la part de mon père, des éloges vibrants. « On me dit que tu dis du bien d'Eugénie ? C'est bien, mon p'tit bonhomme. C'est généreux de ta part. » Comme souvent, mes protestations étaient mal comprises. Ma cible se prenait pour mon protégé.

Enfin, mon père quitta définitivement Eugénie (ou l'inverse) et je pus m'accorder le droit de dîner avec la Céleste. Jusqu'à présent je n'en connaissais que les exploits, la vie dorée, la grandeur d'âme, et une photo dont j'avais trop lentement détourné les yeux quand mon père me l'avait montrée dans le salon du boulevard Montparnasse. Voici qu'elle allait s'incarner. Qui l'emporterait, de l'image ou de la femme ? Qu'allait-il rester de de mon vieux rêve ? Comment sauver du réel et de ses inconvénients la déesse dont la raison d'être était précisément d'en affranchir mon père ? J'étais inquiet pour mes illusions. Mon mimétisme était en première ligne. Ma mémoire également.

Le seul équivalent connu à une confrontation de cette nature est la soirée que mon père et moi avions passée à Toulouse, cinq années plus tôt, à l'occasion du jubilé de Dominique Rocheteau. Mais nous étions deux enfants alors, deux gamins qui s'étonnaient en compères qu'Amoros mangeât une saucisse ou que Roger Milla fût anticommuniste. Les manies des demi-dieux étaient de vraies curiosités pour nos yeux étonnés. D'autant que les êtres supérieurs font peu de manières quand il s'agit de se réconcilier : Giresse et Platini, par exemple – dont l'affrontement terrible en Coupe d'Europe (où la Juve l'avait emporté d'un coup franc sur Bordeaux) occupait autant de place dans ma vie que la chute de Troie ou la construction de Rome –, devisaient autour d'une coupette. Rocheteau fumait une cigarette en tenant par la taille une Marie sculpturale. Tigana parlait cépages et retraite avec l'accent d'un vigneron. Hidalgo souriait aux femmes, la larme vissée à l'œil. Fernandez, qui était allé pisser avec sa bière, avait posé son demi sur une console Renaissance pour remonter sa braguette… Chacun d'eux s'était temporairement doté d'un corps. On pouvait les entendre et leur parler. Était-ce encore un rêve ? J'avais tant de fétichisme en moi que les divinités survécurent à leur passage sur Terre et ce bref séjour à portée de main. La rencontre n'avait duré qu'une nuit blanche que nous avions pris soin, Papa et moi, de clore comme une parenthèse où les dieux, sauvés par nos regards d'enfants, s'étaient incarnés sans changer de nature et, tel un soleil dans une boîte, leur aura continuait de scintiller dans les limites d'un corps qui fumait et buvait.

Une demie-décennie plus tard, les choses avaient changé. Nous n'avions pas grandi au même rythme, tous les deux. Tandis que j'achevais laborieusement une croissance tardive et que je recevais des notes négatives en latin, mon camarade de jeu avait pris du grade à vitesse maximale. Les progrès de mon père dans la hiérarchie mondaine étaient si fulgurants qu'en quelques années, des deux gamins qui rigolaient ensemble de croiser leurs idoles en pantalons restaient un personnage éminent de la vie parisienne qui couchait avec les déesses et publiait les dieux, et un candidat-bachelier novice en regrets, qui entamait précocement un long tunnel conjugal, dont l'unique audace était de se demander (en lui-même) pour quelle raison son prof de philo ne remettait jamais en cause l'équation platonicienne aux termes de laquelle tout ce qui est beau est vrai et tout ce qui est vrai est bon.

J'avais déjà connu la déception, je n'étais pas puceau à ce point, et, hormis le sexe et les chansons de Renaud, le monde se présentait ordinairement à moi sur le mode mineur d'une espérance trahie. Mon père lui-même m'avait souvent expliqué qu'on tombe de haut quand on croise la personne dont on a longtemps rêvé. Mais, excusant le monde et incriminant mon regard – de la fille au sourire de cheval jusqu'au Parc des Princes (qui paraît si petit quand on s'y rend la première fois) en passant par l'appartement de mon père dont j'avais découvert les aspérités en y plantant ma tente, au lieu de profiter de la déception pour apprendre quelque chose et remplacer l'imagination par la sensibilité, je tentais en général de sauver le phénomène décevant et j'imputais mon désenchantement à l'enthousiasme déraisonnable qui précédait l'entrevue. Je n'avais pas tort. Mais mon erreur était de m'en tenir là. Et de me préparer à la déception en cherchant *a priori* des excuses au monde comme j'en trouvais aux gens. Ma faute était de réagir face à la déception comme Anna réagit le jour où j'avais poussé son fils dans la piscine. Avec une indulgence infatigable. Comme si le monde en avait besoin, comme s'il s'excusait lui-même, en somme, de n'être qu'un traître à pardonner. À vouloir préserver le réel et les autres de mon verdict, je me privai de toute réconciliation. Je condamnai ma vie à aller de l'attente au dépit, et du dépit à l'excuse.

Autrement dit, il était impensable, inenvisageable que Cataleya fût en deçà d'elle-même après avoir été tant rêvée. Et comme il est moins fatigant de maintenir une illusion que de l'affronter, j'arrivai au rendez-vous (chez Natacha, rue Campagne-Première) avec une telle provision de compliments et d'absolutions que Cataleya aurait pu, sans crainte de me décevoir, être méchante, bossue du devant, et sentir le vieux prout.

Or, il n'en était rien.

Je n'eus aucun effort à faire.

La confrontation avec le réel n'eut jamais réellement lieu. Comme Rocheteau, Milla ou Platini, Cataleya s'incarnait sans s'incarner. Quand elle fit son apparition, elle était si semblable à sa photo que je ne fis aucune différence. Elle paraissait telle que je l'avais imaginée. C'était une déesse déguisée en déesse. Elle bougeait, à l'ongle près, comme mon père avait longtemps rêvé qu'une femme bougeât pour lui. Elle parlait à l'intonation près comme les demi-dieux dont mon père me contait les audaces et dont, tout en les imaginant, j'osais penser, sans le savoir, qu'il les avait un peu embellis.

J'étais déçu dans ma déception. Frustré de ma défense.

Avait-il mis la main sur la femme de ses rêves ? Ou était-ce que ses rêves (ou ce qu'il m'en disait) étaient secrètement informés, depuis des années, par les manières de cette déesse-là ? Était-elle un miracle ? De ces hasards qui, comme pour le Filofax retrouvé, dispensent de changer de névrose car ils la comblent ? Ou lui avait-elle fourni depuis des années, en rendez-vous dangereux et en serments consolateurs, l'alphabet de son amertume ? Mon père contemplait son fume-cigarette (un sixième doigt qui aurait construit sa vie à distance de la main) comme il eût admiré la vitrine de Tiffany's à l'aube. L'heure était aux attentions spectaculaires et au souci commun de vivre la rencontre comme une espèce de retrouvaille. La partition que mon père m'avait assignée ressemblait, en plus subtil, à celle que j'interprétais quand je faisais le singe savant entre Émile et Lui sur la terrasse de Canisy, à genoux sur des genoux. Il fallait multiplier les anecdotes, aussitôt évaluées, faire assaut de sourires, d'humour et d'érudition, et parler devant un miroir susceptible, à tout instant, de vous interrompre au milieu d'une phrase pour commenter non pas ce que vous dites mais, à la troisième personne, la façon dont vous le faites (« Vous ne trouvez pas qu'il est gracieux ? »). « Je suis foudroyée par votre beauté », me dit Cataleya. C'était sympa mais excessif. Ils étaient faits pour s'entendre.

– Tu as vu le dernier Tarantino, Papa ?
– Non, mais je le trouve décevant.
Et il avait raison.

– Tu as lu le dernier Marc Lambron ?
– Un chef-d'œuvre ! Il faut absolument que je le lise.
Et il n'avait pas tort.

– Oh, putain, ce que c'est compliqué, *Le Degré zéro de l'écriture*...
– Mais laisse tomber ! C'est de la branlette ! On a tout compris le jour où on comprend que Barthes avait juste un problème avec la loi !
Et là, j'avais un doute.

Le goût des phrases fatales et des diagnostics sans examen était-il chez mon père le symptôme de l'illusion que ce qu'on croit ne peut pas être faux ?
Ou bien, à l'inverse, l'art de se faire assez candide pour que le réel s'inscrive en Lui comme sur une page blanche, et que ses impressions suffisent à tout en dire ?
Était-ce un égocentrisme ou un tao de la perception ?
Une invasion du préjugé ou un triomphe de l'instinct ?

Ses lumières relevaient-elles du spectacle ou de l'intuition ?

Et si l'air de tout connaître lui venait, en réalité, d'outils si délicats que, sous leur dissection, les phénomènes s'offrent au regard avec l'impudeur qu'on réserve à son médecin ou son amant ?

Bref, mon père était-il un idéal ou un contre-exemple ?

Qui choisir, qui aimer, entre le fou qui néglige de mettre son clignotant quand il change de voie (et traîna sur deux cent mètres un CRS à moto sur la route de Villaloubet avant de s'apercevoir qu'il l'avait renversé) et le sorcier capable de déduire les opinions politiques de Mafalda (et sa nostalgie du salazarisme) ou de deviner quel avait été le sujet, le matin même, de mon cours de français ? J'hésitais entre l'envie de le trouver génial et l'inconvénient de constater, de temps en temps, qu'il disait vraiment n'importe quoi.

Son lyrisme m'inquiétait, j'étais désolé de ses colères (plus que j'en avais peur) et j'avais avec lui constamment l'impression de marcher sur un sol meuble. Mais l'époque où, sous la raison de me faire *gagner du temps*, mon père tranchait les débats à coups de raccourcis invraisemblables et au prix, parfois, de l'autodérision déposa en moi, comme un legs vivant, le goût de croire qu'on pouvait tout dire de quelque chose. Ou plutôt : qu'on pouvait en nommer l'essentiel. Et qu'il fallait parfois, au péril d'une énormité, enjamber l'explication pour en venir là. « Veux-tu qu'on aille au cinéma, mon p'tit bonhomme ? – Mais enfin, Papa, il est 19 heures. On est soit en retard, soit en avance ! – Mais pas du tout ! Il suffit d'aller à la séance de… 19 h 15 ? » Il était sérieux sans l'être en le disant, car il adorait m'entendre éclater de rire à l'énoncé que les horaires de cinéma s'adapteraient à son caprice.

Était-ce un hasard si mon père donnait un peu l'impression de se moquer de lui-même chaque fois qu'il changeait le monde plutôt que ses désirs ? Est-on vaniteux quand on rit de soi ? Les charlatans sont rarement des clowns. Ils n'en ont pas les moyens.

En toute rigueur, le monde n'existe qu'au titre des impressions qu'il dépose en nous. Est-ce à dire, pour autant, que nos impressions s'en tiennent à nous ? Des inconséquences paternelles, j'ai conservé le désir proustien de croire qu'il y avait, au cœur de nos sensations, un éclat différent, le diamant d'autre chose, une relique du réel qui les inspire. Est-ce, de ma part, un acte de foi ? Ou est-ce qu'à force d'être transparent, j'étais un peu visité ?

Gagne du temps. Sois péremptoire, snob ou dogmatique… Mais gagne du temps. Trompe-toi tant qu'il faut. L'instinct est à ce prix. Tu trouveras la faille et planteras l'étendard au cœur battant de la vie. Sois con souvent, génial parfois. C'est la rançon de l'emporte-pièce, le salaire du mépris. Cent sottises pour un aphorisme, comme un diamant scintille au milieu du charbon. Gagne du temps, disait mon père, laisse-moi te faire gagner du temps… C'est avec le même homme, en père retrouvé, que j'écrirais plus tard, à quatre mains, comme on remet le monde à l'endroit, un livre sur la recherche du temps perdu.

Cinq ou six fois par jour, le téléphone affichait le même numéro.

– Allô-ma-Poupette-je-ne-peux-pas-te-parler-maintenant-j'ai-un-truc-à-rendre-demain-en-fait-j'ai-deux-trucs-à-rendre-demain-est-ce-que-je-peux-te-rappeler-un-peu-plus-tard-je-t'en-supplie-à-genoux-s'il-te-plaît-ma-Poupette ?

– Allô ?

– Est-ce que tu m'entends, ma Poupette ?

– Tu m'entends, mon chéri ?

– Je t'entends. Est-ce que tu m'entends ?

– Je te dérange ?

– J'étais en plein travail.

– Eh bien, je te distrais. Ça me fait plaisir ! {Que voulez-vous répondre à ça ?} Tu passes une bonne journée ?

– J'ai planché toute la matinée. Je suis crevé.

– Ouais.

– Tu m'entends ?

– D'accord, mon chéri.

– Non, tu ne m'entends pas.

– Et comment !

– Tu sais, je ne peux pas venir aujourd'hui, j'ai du travail.

– Ah ben, ça me fait plaisir. Vers quelle heure ?
– Non, je ne peux pas venir !
– Ne crie pas, je ne t'entends pas !
– Je te disais que JE NE PEUX PAS VENIR.
– Comme tu veux, de toute façon je suis là.

Sous prétexte d'expédier la chose plus rapidement, j'arrivais dans l'heure, et nous reprenions la discussion *de visu* – ce qui était plus facile pour elle.

– Et sinon, comment ça va, l'école ? T'y as aimé tes nouveaux souliers ? (Elle venait de m'offrir des Nike Air.)

– Magnifique. Merci ma Poupette… L'école va bien.
– Comment ?
– Je dis : tout va bien à l'école !
– Ah ben, je suis contente. Pas trop de travail ?
– Ben si, quand même, un peu.
– Ce n'est pas trop difficile ?
– Ben… Si, parfois.
– T'y es pas trop fatigué ? (Elle m'aurait posé cinquante fois la même question sur le même ton, jusqu'à ce que je lui apporte la réponse négative qu'elle attendait.)

– Non, ça va, ma Poupette.
– Ah ! Alors, je suis rassurée. Sur quoi tu travailles en ce moment ?

– Je prépare le bac français, tu sais. Je dois faire le commentaire composé d'un passage d'*Un amour de Swann*.

– Oh ! quelle merveille ! (Son exclamation était sincère. Elle n'avait pas le parfum des choses maintes fois redites, questions ordinaires, remarques banales et professions d'amour qui faisaient l'essentiel de nos échanges, mais elle avait jailli d'un cœur enjoué, comme un sursaut.)

– Tu l'as lu ?

– Ah ! (Ma grand-mère se pâma en toussant. On eût dit la Dame aux camélias.)

– Je ne savais pas.

– Mais mon chéri, je suis née avec !

– Comment ça ?

– Mais oui ! je suis née la même année que ton livre ! Je n'ai lu que ça toute ma vie ! Non, je n'ai pas lu que ça, reprit-elle avec une pointe d'orgueil. J'ai aussi lu d'autres choses, mais c'est ce que j'ai lu de plus beau ! Quand mon père – qui avait ses raisons – m'a obligée à rester à la maison, je suis allée dans la bibliothèque de ma mère et j'ai tout de suite lu toute la *Recherche*, qui venait de paraître en entier !

– Incroyable. Et depuis ?

– Depuis, je la relis chaque année.

– Ah, bon ? Tu connais le passage que je dois expliquer ?

– C'est lequel ?

– Le rire de Madame Verdurin.

– Ah ! Le perroquet ! Merveilleux.

Ébloui et reconnaissant, croyant lui faire plaisir, je lui lus à haute voix le passage en question. Mais, pour le coup, il y eut un temps mort. J'aurais voulu qu'elle fût ivre de joie. Mais elle me regardait, placide, en attendant la fin. La littérature, ce n'était pas pour ses oreilles.

Elle était sourde, son cœur était arythmique et elle soufflait comme un cheval au moindre effort, mais en lectrice, elle retrouvait ses ailes. Elle reprenait ses études. Elle rejouait de la mandoline. Elle vivait toutes les choses dont son père l'avait privée, qui décida que sa cadette, ma grand-mère, serait dispensée des études que l'aînée, tata Aline, pousserait jusqu'au barreau et au-delà. Née trop tard, Gilberte quitta l'école à contrecœur, à quatorze ans. Mais comme les adolescents qui combattent Freddy se voient en rêve dotés des armes et de la puissance qui leur manquent dans la vie, ma grand-mère faisait résonner, en lisant en silence, sa voix littéraire, une voix sans accent, une voix claire. Elle lisait tout, comprenait tout, voyait tout, et surtout : entendait tout. Quand l'activité qu'on déploie suppose, pour être efficace, de rester dans un fauteuil, et quand l'ouïe n'est pas nécessaire, chacun peut être un aigle et les plus vifs ne sont pas les plus rapides mais les vieilles tortues qui passent leurs journées à dévorer des sagas.

Mon père, qui avait toujours su s'entourer des meilleurs, la prenait tantôt comme cobaye (« J'ai reçu ces trois manuscrits, Maman, est-ce que tu peux me dire si c'est de l'art ou du cochon ? – Donne voir, mon chéri… »), tantôt comme souffre-douleur (« Maman, veux-tu lire le dernier François Nourissier ? C'est un peu long, mais ça t'amusera. – Avec plaisir, mon chéri. Justement, je me demandais ce que j'allais faire… ») et enfin comme juge de paix (« Selon toi, donc, en faisant abstraction de la personnalité des auteurs, le Catherine Nay sur Mitterrand est meilleur que le Jean Daniel ? – Je ne dirais pas meilleur. Je dirais *plus abouti*… »). Sa force de travail était quatre à cinq fois supérieure à celle d'un stagiaire compétent, et son jugement était plus sûr que celui de bien des éditeurs. Mon père et elle firent équipe, discrètement, pendant une trentaine d'années. Et hormis celle de nègre dont mon père n'a jamais eu besoin, ma grand-mère (qui n'avait officiellement pas travaillé de sa vie) effectua *pro bono* l'ensemble des tâches ordinairement dévolues au lumpen-prolétariat du monde éditorial.

Après le four de ma lecture à haute voix, je changeai de sujet, et lui dis tendrement : « Ma Poupette, tu es si résistante… Tu nous enterreras tous… – Oy, tais-toi, Dieu préserve ! »

L'hypothèse de son immortalité provoquait immanquablement la seule apparition du divin (et des sonorités ashkénazes) dans sa conversation. Ma grand-mère *faisait Kippour*, ne mangeait pas, ne buvait pas toute une journée, et ne refusait pas d'aller à la synagogue en de grandes occasions (ou de grands deuils). Mais comme tout bon juif, elle ne croyait pas en Dieu. La mort de son troisième fils l'avait vaccinée contre cette affaire-là. Et son bon cœur de Rachel blessée, soupçonnant d'instinct l'idolâtrie sous la haine, préférait ne croire en rien, plutôt qu'abreuver d'insultes l'imaginaire saloperie qui, faute de pénicilline, avait laissé mourir son petit garçon en 1946. Sa foi s'arrêtait à l'envie de penser qu'on ne peut pas s'aimer autant pour rien. Et qu'il faut bien, au-delà de nos corps, que l'amour persiste un peu. Encore un peu. Elle n'en demandait pas davantage.

C'est la raison pour laquelle, en revanche, elle croyait ferme aux fantômes, et elle était légèrement mais incurablement superstitieuse. Non qu'elle eût sous la main, à la façon des Italiennes, un bréviaire de codes immuables ; on pouvait dîner à treize, elle n'avait rien contre les chats noirs et ne voyait aucun problème (juste une drôle d'idée) dans le fait de passer sous une échelle ou d'ouvrir un parapluie dans une maison… Mais tout en elle refusait que les coïncidences ne fussent que des hasards. C'est sincèrement – et à haute voix – qu'elle demandait à saint Antoine de Padoue de retrouver les clefs, les lunettes, le portefeuille, la raquette de tennis ou le Filofax de mon père. Chaque coïncidence était immédiatement interprétée par ma grand-mère comme un signe, et soluble, à ce titre, dans l'indéracinable certitude que tout était écrit.

« *Comment t'y expliques…* ? » était la question dont elle se servait pour justifier *a posteriori* son refus de la contingence : « *Comment t'y expliques* que je croise Mâme Souyri dans la rue le lendemain du jour où j'ai reçu sa lettre alors qu'on ne s'était pas vues depuis des mois ? *Comment t'y expliques*, alors qu'il a plu toute la semaine (c'était la fameuse "semaine des frères Maccabée"), qu'il fasse beau le jour où tu passes un examen ? *Comment t'y expliques* que j'entende la voix de ma mère dans la nuit alors que la veille je te parlais d'elle ? *Comment t'y expliques* qu'il y ait des eremurus au début de *Sur la route de Madison,* alors que c'est presque l'histoire d'une très bonne amie à moi que tu ne connais pas et qu'en plus c'est ma plante préférée ? » Elle truffait l'univers de rêves prémonitoires et d'entrevisions inattendues comme on répand du sucre et des raisins à la surface du couscous. Pour l'adoucir. Les rêves étaient le nom qu'elle donnait à ses souvenirs, et les fantômes et les anges, à mi-chemin, l'aidaient à surmonter l'irréparable.

Alors parfois, je faisais mon petit Blanco, mon petit Homais… « Mais enfin, ma Poupette, comment peux-tu dire un truc pareil ? Si tu as croisé Madame Souyri le lendemain du jour où tu as reçu sa lettre, c'est parce que Madame Souyri habite le même quartier que toi, et que tu n'étais pas sortie depuis longtemps ! Si tu as vu des eremurus au début de *Sur la route de Madison*, c'est que tu as tellement aimé le film qu'aucun détail ne t'a échappé. » Etc. J'étais à l'âge où l'on croit apprendre quelque chose à quelqu'un quand on détruit une illusion – comme si l'illusion n'était pas volontaire –, j'étais à l'âge où l'on croit sortir la tête de l'eau quand on démontre qu'en vertu des lois de la physique, aucun homme n'a pu marcher sur un lac. À l'âge des demi-habiles, des adolescents qui pensent qu'un peu de culture les préserve de la connerie, sans voir qu'il faut être durablement con soi-même pour croire une chose pareille. À vrai dire, j'étais partagé, et je me sentais idiot à faire l'intelligent devant ma douce grand-mère astro-compatible. Le plus souvent d'ailleurs, la tendresse l'emportait sur le cours de matérialisme, car je sentais bien que mes offensives étaient dictées par le même genre de volupté mesquine que me donnait le fait d'aggraver mes tourments en la regardant droit dans les yeux pour qu'elle n'en perdît pas une miette. J'éprouvais, à la reprendre sur tel ou tel point, le plaisir infâme qui fait tout le sadisme des petits-fils. Et atteste leur puissance par la tristesse qu'ils causent.

Poupette accueillait mes objurgations par une longue inspiration qui ressemblait à un soupir inversé. Elle reculait la tête, plissait les yeux, faisait une minimoue et levait la main droite, l'air de dire à la fois « Je le jure », « Qui le sait ? » et « Je me comprends, n'en parlons plus ». Puis elle disait « On verra » – ce qu'il ne fallait pas entendre au pied de la lettre, mais comme une invitation à reprendre plus tard la discussion, car mon obstination l'avait épuisée. Il y a une grande différence entre le goût de détruire une illusion (où c'est le ressentiment qui parle, plus que la raison) et le refus de donner un sens aux coïncidences. Entre le rationalisme agressif des imbéciles qui croient que leur culture les protège et qu'ils font œuvre utile en expliquant que 2 et 2 égalent 4, et l'énergie des gens qui assument le non-sens et persistent à reconnaître la patte folle du hasard dans les plus jolies, et simples, choses de la vie.

***

Faustine avait – avant – des cheveux roux-noir, longs et bouclés, qui embrassaient, en l'émaciant, le contour d'un visage rondelet, des yeux sombres et fuyants comme des billes de jais montées sur un ressort latéral, un visage d'ange, enfin, de chérubin potelé, fendu d'un sourire chevalin qui découvrait des dents de lait. Elle n'était pas vraiment jolie mais elle avait des joues. De grosses joues. Des ballons faciaux si rouges que j'embrassais comme on dévore des cerises. À force de la regarder, je lui trouvais la chair d'un fruit. En Faustine, au siècle dernier, les parfums, les couleurs et les sons se répondaient.

Vavin, août 1992. Assise face à moi, Faustine découpait de ses longs doigts tâchés d'encre une serviette de papier en bandes irrégulières tandis que j'enchaînais mes premières cigarettes en me brûlant le bout du nez. Elle allait avoir vingt ans, je n'en avais pas dix-sept et nous n'avions rien à nous dire. Je l'avais pourtant emmenée en Italie, comme un grand, trois semaines plus tôt, manger des pêches et des tomates en salade près du lit en fer forgé sur lequel on apprenait à faire l'amour, mais devant elle, en ce jour doute, je me sentais de nouveau dans la peau de la « petite tarte » qu'elle allait chercher, treize ans plus tôt, le cartable en balançoire, avec son père, à la sortie de l'école Saint-Benoît, et qui, amoureux d'elle comme de toutes les femmes du monde, se hissait sur la pointe des pieds pour l'embrasser deux fois sur la même joue.

« Veux-tu qu'on marche un peu ? Il y a un vernissage rue Louis-Philippe. C'est Octave Blanco qui préface le catalogue. Je l'aime bien. – D'accord » (soulagement, sourire de Faustine : la marche rend les silences moins embarrassants tout en multipliant les occasions de parler). Trois quarts d'heure plus tard, nous étions face à la petite galerie où Blanco faisait le malin devant une attachée de presse, « … hédoniste oui, je persiste et signe » (sur le moment, j'avais entendu « je persifle et signe »). Je ne l'avais rencontré qu'une fois, deux ans plus tôt. Et, chose étonnante, sans me connaître, il m'avait reconnu. De mon côté, tout ce que je savais de lui tenait dans un article impie qu'il avait publié dans une revue confidentielle, intitulé « Critique de la raison écologique », ainsi que dans sa prestation à « Ciel mon mardi » où, d'une voix étonnamment monocorde, il avait crucifié le pauvre Antoine Waechter en traduisant « vin biologique » par « pinard sans alcool », un raccourci de mauvaise foi où j'avais souri d'entendre l'écho des fulgurances paternelles. Et je souris encore en faisant sa connaissance. « Vous ressemblez à votre père. – Oui, mais ça s'arrête là. » On s'était promis de se revoir. Dont acte.

Je savais en gros, par mon père (qui était son éditeur), que Blanco avait failli mourir d'un infarctus à vingt-sept ans, qu'il avait tiré de cette expérience l'inébranlable intention de jouir de la vie, et qu'il était de ces intransigeants qui méprisent les hommes d'affaires et revendiquent, tête haute, le droit de forniquer dans un monde bâti pour nous en dissuader. Je l'imaginais donc en Falstaff, en Don Juan rigolard, pourfendeur de la monogamie et de tout ce qui s'ennuie. Quel bonheur, quelle surprise ce fut de l'entendre me présenter chaleureusement avec ma « compagne » à l'attachée de presse… Je croyais que Blanco ne transigeait pas avec l'indépendance, qu'il jugeait les amoureux comme des infirmes, mais Monsieur Plaisir tolérait qu'on eût une « compagne ». La liberté en personne, le libertinage en chef supportait qu'une autre vous tînt la main. Je m'attendais à un soldat de l'amour libre et je trouvais un être compréhensif et doux, un solitaire qui ne juge pas les couples, un aigle gentil, qui sourit aux moutons. Quelques mots courtois avaient suffi à faire de lui un Dieu en devenir : j'allais entrer en terminale et, par la grâce d'une poignée de main, la philosophie me tendait les bras comme la discipline qui enseigne à ne pas juger son prochain et à admettre ses faiblesses plus qu'à les surmonter. En un seul mot de lui, parce qu'il était bienveillant, j'eus le sentiment que la pensée se souciait moins de vérité que de paix. Que sa grande affaire n'était pas de bâtir des systèmes, mais d'agencer des caractères et d'unir les contraires par le refus des certitudes. C'est à Octave Blanco (comme à mes deux univers, séparés par cinq stations de métro où je promenais mon gros cartable deux week-ends sur trois) que je dois d'aimer plus que tout l'adage pascalien selon lequel à la fin d'une vérité, il faut toujours envisager la vérité d'en face.

Passé l'entrevue et la coupette bue, de retour chez Faustine, à la nuit tombée, je m'entendis lui dire – car c'était le bon moment et j'avais épuisé tous les sujets de conversation – que je l'aimais à en perdre la tête. Alors elle a souri de joie en plissant les yeux. J'étais grisé. Nous étions sur le point de passer – sans raison, par peur – les huit années à venir agrippés l'un à l'autre comme les frères (ou les amants) Dupondt, qu'une erreur d'aiguillage met en apesanteur dans la fusée lunaire.

Dix-huit mois plus tard, alors que j'entrais en hypokhâgne, des travaux dantesques commencèrent dans la cour des Externes du lycée Henri-IV, qui fut durablement remplie de préfabriqués. C'est en toute hâte car j'étais en retard et avec un air de pitié que je traversais mon ancien enclos pour rejoindre celui, plus vaste, où ma salle de classe baignait dans la lumière, quand mon regard fut happé par la plus familière et la plus inattendue des silhouettes, et mon oreille frappée par une voix qui, bien que je ne l'eusse pas entendue depuis une éternité, me sembla celle d'une discussion qui se prolongeait.

Alban Castaing faisait cours.

Himself.

À la lumière des néons, dans l'une des salles neuves, devant des élèves attentifs. Le même costume, les mêmes gestes, le même visage, le même sourire. Le même homme. Exhumé. Détombé. Vivant. Rajeuni, presque. Présent. Plus qu'un autre à sa place en train d'enseigner. Baignant dans un halo d'évidence sidérée. De deux choses l'une : soit j'étais en train d'avoir une hallucination d'une puissance inédite et c'était merveilleux, soit nous en étions au moment tant redouté où les morts reviennent d'entre les morts, ce qui était moins drôle. Je voulus penser que je rêvais.

Je restai dans la cour désormais vide. D'abord à portée de voix du fantôme, puis à distance respectable, à l'abri d'un platane, sur un banc d'où je pouvais le contempler sans être aperçu. Dieu merci, j'avais un joint dans la poche.

Je le regardais à travers la fumée comme une réminiscence ou un vieux film en 3D. Je détaillais sa silhouette, le cheveu en brosse impeccablement noir, le costume rayé tombant sur ce que j'imaginais des Paraboot bleues, et j'avais le cœur serré de voir son fantôme comme s'il était là, discourir et plaisanter.

Après la mort de Castaing, ne sachant pas quoi faire de mon chagrin ni à qui le confier, je l'avais secrètement avalé, comme une confidence qui ne trouve pas d'oreille, ou comme une boulette de shit au moment d'un contrôle. Incomestible, ma peine attendit des années pour se dissoudre un peu et, afin de sauver ce qui peut l'être, congeler en souvenirs officiels et truculents. D'ami, Alban s'était dégradé en idole, d'abord sous Bauret (qui fut ma prof l'année qui suivait la sortie de *Basic Instinct* et son interrogatoire sans culotte, qui parlait grec et latin, s'habillait en léopard, venait de Janson, où elle avait eu Momo comme élève, et dont, en écolier zélé, je tentais d'apercevoir l'entrecuisses depuis le premier rang où je ciselais mes copies) puis sous Bernava (dont l'entrecuisse était une chose inimaginable). Bref, feu l'excellent professeur que, dans une hallucination, je voyais enseigner de nouveau, n'était pas tout à fait l'idole que ma mémoire avait reconstruite. L'éternel Castaing, dont quelques histoires édifiantes, toujours les mêmes, composaient la légende, ressemblait de loin, grossièrement, à l'être imparfait, de chair et de sang, qui lui avait donné le jour, et qui, comme dans les bons polars, n'était peut-être pas si mort que ça. Je me demandais en souriant si, tel Sisyphe, Castaing n'avait pas saoulé Hadès de paroles jusqu'à ce que, de guerre lasse, le Dieu des morts le renvoie sur Terre comme on s'offre une récré. Et l'instant d'après, parce qu'il m'était donné d'avoir son fantôme sous les yeux, je prenais la mesure du bonheur entrevu puis dérobé, et de tout ce que j'avais perdu en le perdant, lui, puis en figeant son souvenir, en digérant sa mort comme, après avoir avalé un caillou tranchant, on tente de se convaincre que les douleurs de l'œsophage viennent de la distorsion et non d'une plaie à l'intérieur. La mort d'Alban avait été une catastrophe dont, à le retrouver, l'ampleur me crucifiait. Comme il m'avait manqué… Comme j'avais été triste, en vérité, de croiser des enseignants ordinaires, et des pions indifférents au supplice d'un ange méconnu ! Et honteux de l'avoir oublié devant d'autres profs merveilleux… Comme j'avais pleuré à l'intérieur, mine de rien. Hormis les obligatoires (les parents intouchables, les frères et sœurs indétestables et les amis si proches qu'on est un peu né avec), c'est le premier homme que j'avais aimé. À le revoir s'agiter comme en songe devant moi, toutes les larmes enfouies, les conversations joyeuses, les grands sourires, les compliments immérités et les pouces levés, joignant leurs efforts, ouvrirent les vannes d'un cœur rompu à la clôture. Je pleurais de tout mon cœur la disparition du meilleur des professeurs… tandis que sous mes yeux le même homme finissait de parler.

La cloche avait sonné. Les portes s'ouvraient. J'avais trois minutes devant moi. Il fallait faire vite. J'avais aussi peur de m'approcher de lui que j'avais eu peur de retirer mon caleçon au milieu des fesses de Genah. C'est-à-dire pas assez pour m'en empêcher.

Je quittai mon banc et me dirigeai d'un pas rapide et titubant en direction du préfabriqué dont la porte semblait hésiter à s'ouvrir. C'est que mon Alban, dont j'entendais désormais distinctement la voix, incapable d'accomplir deux choses en même temps, faisait de grands moulinets de son bras libre tout en maintenant la poignée semi-close. Les élèves, fascinés, hésitaient à lui dire de les laisser sortir, non par peur d'être insolents mais de crainte de l'interrompre. Enfin, il se tut et, reprenant l'usage de ses mains, ouvrit la porte en grand, avide de congédier les adolescents qui, par leur silence et leurs bonnes manières, l'avaient manifestement épuisé. C'est alors qu'il me vit. Et me prit dans ses bras en éclatant de rire.

– Mais... Je croyais que vous étiez mort !

– Mais moi aussi, figure-toi ! Seulement, je ne suis pas mort. J'ai juste laissé un poumon dans la bataille. La prochaine fois, ce sera plus compliqué !

– Mais... On m'a dit...

– Je sais ! C'est moi qui le leur ai dit ! Je les ai appelés pour leur annoncer mon décès sur un ton désolé. C'était hilarant. De toute façon, je n'ai menti que pour un temps. Comment vas-tu ? Tu es élève ici ?

– Mais oui ! En hypokhâgne !

– Évidemment... Comme tu as grandi ! Tu as les yeux rouges ! Quel plaisir de te voir ! On déjeune ensemble ?

Il était nouveau dans le quartier. J'étais son guide. J'hésitai entre le typique Piano-Vache (avec ses matelas défoncés, ses godets de Monaco et la lumière noire de son arrière-salle) et l'informe Village, rue de la Montagne-Sainte-Geneviève, qui était tenu par Jean, dont je n'ai jamais connu que le prénom, qui attendait les clients à la seule table qu'il avait eu le droit de poser sur le trottoir et que, pour cette raison, il s'était à peu près réservée. Jean était lymphatico-sympathique. Son unique activité, son labeur, consistait à boire de la bière au soleil en fumant des Marlboro quand sa femme s'occupait du bar, et que Jacques, l'unique serveur, bourru-moustachu, apportait les galettes de sarrasin et les salades mixtes. Depuis les chaînes de Saint-Étienne-du-Mont, j'apercevais Jean, l'autre saint, méditant devant son demi, la cigarette neuve au bout des doigts. « Ça va, les jeunes ? » disait-il d'un air patelin, en élevant la voix vers la fin, dans un effort qui signifiait de sa part le plaisir indifférent mais renouvelé de nous voir un jour sur deux dévorer, pour 23,50 francs ses galettes à l'œuf-jambon et les feuilles de salade noyées dans une vinaigrette marron. Alban et moi nous assîmes.

– Donc, vous n'êtes pas mort ?

– Eh non ! Pas encore. Tu peux me tutoyer, tu sais. Déjà, à l'époque…

– Oui, tout le monde vous tutoyait. Mais c'était bizarre, non ?

– Oh, on s'y fait. Et puis comme j'avais mon cancer, je savais que c'était provisoire.

– Et qu'avez-vous fait, *qu'as-tu fait*, quand tu as quitté le lycée ?

– J'ai écrit une histoire érotique de la Révolution française.

– Ah ?

– Oui. J'ai appelé ça *Jambes en l'air et têtes coupées* mais mon éditeur n'en a pas voulu.

– Alors, qu'est-ce que tu en as fait ?

– Je m'en suis débarrassé.

– Ah, bon ?

– Oui. On s'en fout. Et le bac ?
– Mention bien.
– Aïe ! Qu'est-ce qui s'est passé ?
– J'ai eu 11 en philo…
– Ça alors ! Et qu'a dit ton père ?
– Que c'était « pas grave ».
– C'est sévère… Mais il a raison.
– Tu as toujours trouvé que mon père avait raison.
– Ah, j'ai tort !
– Et quand as-tu repris les cours ?
– Cette année ! En septembre.
– Et comment as-tu fait pour te retrouver à Henri-IV ?
– J'ai couché avec la proviseure. On s'en fout. Parle-moi de toi, plutôt.
– Tellement de choses… En troisième, tu as été remplacé par une dame ravissante.
– Ah ! trrrrès bon, ça !
– Oui, elle portait un ensemble léopard.
– À tous les cours ?
– Oui. À mon avis, c'était son seul vêtement.
– Comme moi.
– C'est vrai. Ton costume rayé, c'est un peu ton ensemble léopard.
– Pas qu'un peu ! Et encore : tu n'as pas vu mon string !
– Sinon, elle nous a fait travailler sur Thérèse Raquin et sur Tristan…
– Oui, on s'en fout. Et ensuite ?
—Ensuite, j'ai eu une sorte de sorcière comme prof. Aussi petite et méchante que la sorcière du *Magicien d'Oz*, mais qui lisait bien le théâtre.
– Attends, ce n'est pas la vieille goule qui traînait son cardigan dans la cour…
– Si, exactement ! C'est elle. Bernava !

– Oh, quelle horreur ! Est-ce que tu l'as punie d'être aussi laide ?

– J'ai fait ce que j'ai pu. J'ai été très insolent, je me suis même fait virer de temps en temps. Mais j'avais des supernotes, alors…

– Personne n'est parfait. Et en plus, en seconde, on n'a pas assez d'imagination pour bien punir ses profs.

– Mais on s'est rattrapés l'an dernier avec un canular génial !

– Raconte !

– Tu sais qu'en terminale, on a deux heures de français, qui ne servent à rien, qui ne comptent pas pour le bac mais qui sont obligatoires ?

– Oui, je sais. Il ne faut pas croire que c'est utile avant, non plus.

– Non, bien sûr. À ceci près qu'en terminale ils nous mettent de vieux profs aussi mous qu'une éponge en fin de vaisselle. Et nous, l'an dernier, on avait hérité de Monsieur Richard, qui était le sosie de Pétain et qui, comme il ne savait pas du tout quoi nous dire, nous proposait d'apporter un texte à chaque cours, pour qu'on le commente en classe.

– Oh, la feignasse !

– Attends ! C'est pire que ça : il disait « positif » tout le temps. « Merci de cette discussion, je ne connaissais pas ce texte, donc pour moi, c'est *positif.* » Ou bien « Si vous lisez le livre dont ce texte est extrait, ce sera *du positif…* »

– *Du positif !* (Castaing sourit en mimant un haut-le-cœur.)

– Du coup, pour le punir…

– Ne dis pas « du coup », c'est trop laid.

– Tu as raison. Pour le punir, avec Pierre, on a rédigé sur un coin de table un faux poème de René Char.

– Ah ?

– Oui, on a appelé ça « Au cœur de Mathilde ! »

– Trrrès bon, ça !

– Ça commençait par la description des « cadavres-soleils » qui éclairaient « à leur cœur descendant » des « phallus de marbre sombre »…

– Ha ha ! Génial ! Et il a avalé ces foutaises ?

– Jusqu'au dernier mot ! J'ai dit que j'avais trouvé sur le bureau de mon « père-éditeur » un inédit de René Char à paraître bientôt et que je l'avais pieusement recopié. Du coup, je l'ai lu…

– Non, pas « du coup ».

– Pardon. Donc…

– Non. Pas « donc » au début d'une phrase ! Qu'est-ce qui te prend ?

– Excuse-moi ! Pardon. Après avoir obtenu son accord, je l'ai lu, sur l'estrade, et on est restés une heure sur le commentaire de la chose. Estelle Mareille a rappelé que « Mathide, c'était la guerrière » et que Char « donnait dans ce texte ses lettres de noblesse à l'idéal belliqueux ». (Alban riait aux larmes) Et Géraldine Schirbon (dont l'unique mérite était de parler anglais couramment, mais qui était conne au carré parce qu'elle se trouvait intelligente) a conclu nos discussions dans un soupir, en faisant valoir que si, avec « phallus de marbre sombre », on continuait à dire que Char n'avait rien à voir avec la psychanalyse, c'était à « manger son chapeau ».

– L'avantage de l'hypokhâgne, c'est que tu t'es débarrassé de toutes ces crétines !

– Vrai. Aucune d'elles n'a été acceptée, évidemment. Mais elles ont été remplacées par d'autres pitres. Plus compétents. Et marxistes !

– Et en première, qui était ton professeur ?

– Oh ! (main sur le cœur) Madame Maurel ! Une merveille.

– Ah ?

– Son premier geste en arrivant le matin, même quand elle était en retard, était d'allumer une Gauloise et d'envoyer l'un de nous lui chercher un café au lait.

– Je la comprends. Et qu'est-ce qu'elle vous a fait lire ?

– *Bérénice* !

– Merveilleux !

– Une tragédie sans une seule goutte de sang !

– Mais pas sans une goutte de sperme !

– Oui, enfin, ça ne fornique pas beaucoup, dans les tragédies.

– Ça ne fornique pas sur scène, mais en coulisses…

– Tu veux dire, les acteurs ?

– Les acteurs, et surtout les personnages ! Tu crois vraiment que Titus n'a jamais couché avec Bérénice ? Tu crois qu'ils ont attendu le mariage ? Et Antiochus ? Tu crois qu'il n'a jamais trempé son pinceau dans la reine orientale ?

– Probablement. D'ailleurs, Maurel disait la même chose que toi : « Ça baise dans Racine » !

– Tu vois ? Et qu'est-ce que vous avez lu, à part ça ?

– Baudelaire… *Parfum exotique.* Je suis resté des semaines sur le premier quatrain : « *quand, les deux yeux fermés, en un soir chaud d'automne, je respire l'odeur de ton sein chaleureux, je vois se dérouler des rivages heureux qu'éblouissent les feux d'un soleil monotone…* » Et j'ai trouvé un truc absolument magique, écoute ça : l'idéal baudelairien est un idéal d'harmonie, où, pour reprendre le mot de Breton, « les contraires cessent d'être perçus contradictoirement », OK ?

– Si tu veux.

– Or, dans le sonnet, ça prend la forme suivante : bien que « paresseuse », l'île « donne » ; bien que « singuliers », les arbres produisent des « fruits savoureux » ; bien que « minces », les hommes sont « vigoureux », et les femmes elles-mêmes ont un « œil que sa franchise étonne »… Rien de tout ça n'est normal, d'accord ?

– D'accord…

– Maintenant, si tu relis les deux derniers vers du premier quatrain en gardant à l'esprit que son but est de donner le jour à un monde où les contraires s'entendent, tu découvres la couleur même des mots.

– C'est-à-dire ?

– Les « rivages heureux » sont de quelle couleur ?

– Bleus.

– Et le soleil ?

– Jaune.

– Pas seulement ! Il est « monotone » !

– Et le monotone n'est pas jaune ?

– Non, le monotone est vert !

– Comment sais-tu cela ?

– Parce que l'harmonie chromatique commande de fondre le bleu dans le jaune et de voir du vert. J'en veux pour preuve que, dans les salons de 1846, alors qu'il décrit les peaux-rouges de Caitlin, Baudelaire s'attarde sur le décor au second plan, et le dit « monotonement vert »… Pas mal, non ?

– Eh ben… Tu es vraiment devenu un khâgneux. Mais est-ce que tu crois qu'on a découvert quelque chose quand on a saisi au vol une bribe des pensées de l'auteur ?

– Non, tu as raison. Un texte est grand par ce qui lui échappe, plus que par la somme de vérités qu'on y découvre. Mais c'est marrant de n'avoir aucun doute sur ce que Baudelaire *imaginait* en peignant son île. Et c'est fou qu'un professeur vous conduise au seuil des pensées mêmes de l'auteur dont il parle.

– Et tu crois vraiment que l'île n'existe pas ?

– Qu'est-ce que tu veux dire ?

– Tu penses vraiment qu'il n'existe aucun endroit aussi harmonieux ?

– Je ne sais pas. J'ai tendance à croire que le réel est toujours décevant… D'ailleurs, Baudelaire lui-même n'aimait pas voyager ; quand il écrit *Le Port*…

– Oui, on s'en fout, de Baudelaire. Et si c'était son caractère qui l'empêche d'être heureux ? Bien sûr que l'île n'existe pas mais à celui qui sait regarder, tout paraît peut-être harmonieux, non ?

– Sérieusement ? tu penses vraiment ça ?

– Mais non !

– Ah !

– Tu m'as pris pour un optimiste ?

– Dieu préserve, comme dit ma grand-mère ! Je ne me serais pas permis.

– Bon. Raconte encore ce qu'elle t'a appris ?

– Le truc le plus fou qu'elle nous a enseigné, c'est la casquette de Charles Bovary…

– Pourquoi ?

– Plus Flaubert la décrit, moins on la voit. « Ovoïde et renflée de baleines, elle commençait par trois boudins circulaires… », etc. On est restés des heures à tenter de la voir, alors qu'en réalité on regardait au mauvais endroit. La casquette de Charles n'est pas représentable. Or, quand on y pense, c'est la même chose pour tout ! Le réel est d'une étoffe que les mots n'arrivent pas à saisir. Nietzsche appelle ça « l'infirmité native du langage ». J'aurais voulu t'écrire ça dans la fiche de lecture que je t'avais faite !

– J'aurais trouvé ça louche… J'y aurais vu la patte de ton père…

– Jamais ! Pas pour les fiches.

– Je sais.

– En tout cas, c'est pour ça, je crois, que les mots nous manquent chaque fois qu'on veut vraiment dire quelque chose… Tu veux un café ?

– Et une cigarette !

– Tu as le droit de fumer ?

– Bien sûr que non. Mais comme il me reste un poumon, j'en profite.

J'appris de sa nièce, par hasard, dix années plus tard, qu'Alban était enfin mort pour de vrai. Qu'il avait, littéralement, rendu l'esprit. Je me préparais de nouveau à la grande souffrance quand la voix de Castaing en personne ébranla mon envie d'être triste au cri de « Tu ne vas quand même te gâcher la vie deux fois, non ? ». Il avait raison, comme toujours. Je versai, d'un coup, une livre de larmes entassées, et ce fut tout.

La vie est un songe.

Cinq mots gravés à la craie sur le grand tableau noir devant lequel, assis à son bureau, Jacques Darriulat attendait posément que nous ayons fini de nous installer pour prendre la parole.

Je m'apprêtais, sans le savoir, à recevoir avec lui mon premier véritable cours de philosophie, qui porterait, jusqu'à la Toussaint, sur le *Mémorial* de Pascal, et l'insondable mystère d'un texte dont l'auteur se fait dicter le contenu par une voix qui n'est pas la sienne (mais celle de Dieu). En deux heures et deux mois, Darriulat allait m'ouvrir le cœur à l'idée qu'il était plus important dans la vie de savoir « penser par autrui » (et entendre d'autres voix) que « penser par soi-même » (ce qui revient le plus souvent à penser tout seul, et donc penser comme tout le monde). Mais juste avant de nous délivrer d'une voix douce les premiers joyaux de l'année et de mettre des mots sur mes vertiges en souffrance, Darriulat annonça qu'il attendait de nous, trois semaines plus tard, une dissertation dont, donc, le sujet était *La vie est un songe*.

Je pris cette première contrainte comme une catharsis. Et me lançai dans le thème à corps perdu, comme on défie le vieux démon qui, depuis *L'Histoire sans fin* et le téléfilm FR3, m'exposait au sentiment que rien ne prouvait ma propre existence, et que rien ne permettait d'affirmer que le décor de ma vie n'était pas uniquement un décor. J'en profitai pour lire Calderon (*La vida es sueno*) où un paria devient roi avant de retrouver sa condition, et le comparer à *L'Illusion comique* de Corneille, où un père apprend que la mort de son fils n'est qu'une mise en scène. Puis je lus *L'Immortalité* de Kundera en m'attardant sur les dialogues entre Goethe et Hemingway, en particulier le moment fou où le premier dit au second de se détendre puisqu'ils ne sont l'un et l'autre que la « fantaisie frivole d'un romancier ». Plus de dix ans après avoir assisté au supplice d'une famille imaginaire dont les membres découvrent progressivement qu'ils n'existent pas, je trouvais enfin de quoi leur répondre et les consoler, dans des livres qui n'attendaient, pour apaiser mon inquiétude, que d'être ouverts et mangés par moi.

Je rendis vingt pages à Darriulat, qui, considérant peut-être que chacune d'elles ne valait qu'une moitié, me mit 10/20 en reprochant à mon encyclopédisme d'avoir négligé toute problématique pour s'en tenir uniquement à la recension désordonnée des paradoxes... Évidemment j'étais déçu, mais soulagé aussi. Le réel m'avait rattrapé, et offrait à mon angoisse native la réponse rassurante d'un barème et d'une critique argumentée, d'un « comment-taire » qui dissipait mon désarroi en soumettant son traitement aux exigences de la dissertation. Je n'avais pas plus d'informations qu'avant sur la question de savoir si ma vie était effectivement la mienne ou la divagation d'un autre, mais je savais, au moins, quelles questions naissent de celle-là. Faire de la philosophie, c'est reprendre pied en assumant ses vertiges et, fantôme ou non, marcher d'un pas soudain résolu vers tout ce qu'on ignore. Quiconque a fait l'amour pour la première fois sait de quoi je parle. La vie est un songe savant.

Vingt semaines.

Après cinq mois de nausée, de Pulmo myrtille et d'aménorrhée, les seins gigantesques et le ventre comme un ballon, Faustine – qui avait de la logique – en vint à se demander si, peut-être, par hasard, elle n'était pas tombée un tout petit peu enceinte.

Vingt semaines, putain.

Plus que le contenu de la sentence, c'est la voix de l'échographe qui me reste en mémoire. Et l'indifférence totale avec laquelle il annonçait la chose.

« Ah, mais c'est pas possible ! » dit Faustine, dont les sanglots prématurés renseignaient sur les intentions.

La façon que j'avais trouvée, de mon côté, de ne pas y croire et de surmonter mon propre déni était de convoquer le souvenir de ma première nuit avec Mélodie, dans la chambre à cul de Canisy où, pour parvenir à mes fins (et parce que j'ignorais quasiment l'existence des capotes), je répondis à « Mais… tu n'as pas de préservatif ? » par « Il faut que je t'avoue quelque chose : je suis stérile. C'est incurable ». Comment Faustine pouvait-elle tomber enceinte quelques années plus tard ? Aurais-je menti cette nuit-là ?

D'une certaine manière, oui.

Car l'aveu de ma stérilité imaginaire avait clairement pour seul but de me permettre de tirer un coup.

D'une autre manière, non. Car, un peu honteux, le lendemain, de m'être *foutu* de sa gueule, je me persuadai que j'étais effectivement stérile, puisque je l'avais dit… Je ne faisais en cela qu'appliquer les méthodes de mon père, dont la puissance illocutoire était au service d'apophtegmes versatiles. Mon père disait des choses très graves pour le plaisir d'avoir l'air mélancolique, puis il disait le contraire parce qu'il aimait l'image de ses revirements. C'est la façon qu'il avait trouvée de rectifier le monde. Dans un soupir lui-même contrarié. Découvrant en moi la même capacité non pas de nommer les choses mais de les travestir par mes phrases, et considérant que le malheur était plus facile à vivre que la honte – surtout quand la sentence est définitive et vous exclut injustement, à l'aube de la vie, des joies ordinaires qu'elle promet aux parents – j'avais décrété ma stérilité.

En cela, je ne mentais pas.

Comme un mythomane est convaincu de ce qu'il raconte, je m'étais pris au jeu d'une vérité anticapacitaire, dont la profération valait exécution. Et donc, dilution de culpabilité. J'avais menti. Pour surmonter cela, il fallait que ce fût vrai. Ce qui permettait aussi de baiser plus souvent sans capote. Au délice d'être une victime (qui remplaçait avantageusement le supplice de me sentir coupable) s'ajoutait l'agrément d'une infirmité qui me dispensait, quand on ne parlait pas du sida, d'enfiler un K-way pour pénétrer mes petites amies.

Durant les cinq années qui suivirent ce mensonge au pieu, au fil des visages, des corps et des orgasmes sans retenue, je vérifiai que, pour mon heureux malheur, j'étais bien stérile. Combien de jeunes filles, sans cela, seraient devenues filles-mères ? Et comment ne pas l'être, puisque je l'avais dit ? Pendant longtemps, comme je me sentais merdeux, je n'eus guère envie d'expliquer au monde que le langage n'avait aucune prise sur lui et que, comme avec le Filofax immanquablement retrouvé, il faudrait bien arrêter un jour de se prendre pour saint Antoine de Padoue et de nous arranger la vie. Je savais bien que la certitude de ma stérilité ne s'appuyait que sur la confidence impromptue qui convenait à mon désir un soir de vacances. Mais je me faisais tout petit ; comme un enfant baisse la tête au fond de la classe pour échapper au couperet d'une question, je ne voulais pas irriter le hasard ni attenter au miracle désolant qui augmentait mon existence d'une catastrophe tout en multipliant les occasions de niquer. Et puis j'étayais mon diagnostic de tant d'exemples, de tant de coups qui n'avaient rien donné que, prenant un monticule pour une souche et mon désir pour une réalité, je finis par être vraiment convaincu que jamais je n'aurais d'enfant.

C'est donc en toute sincérité que j'étais sidéré d'entendre la voix artificielle de l'échographe redire « Vous êtes enceinte de vingt semaines ». J'étais si certain d'avoir de l'eau dans les couilles que ma deuxième pensée fut de me dire (ou d'espérer) que Faustine était tombée enceinte d'un autre. Mais c'en était fini de la complaisance du monde. L'heure était aux conséquences, on n'était pas dans un roman. Elle était enceinte. Enceinte jusqu'aux yeux. Et j'en étais la cause. Mon appendice et mes deux billes avaient bien produit cela. Comment ne pas exister quand on peut donner la vie ? Mes illusions bougonnes et tous les jeux de l'esprit auxquels je me livrais à l'abri du réel désertèrent quelques semaines, pour me laisser face à une montagne de problèmes épineux. Qui étaient peu de chose à côté du sentiment que, sans moi, ces problèmes seraient insurmontés. Enfin, mon fantôme reçut ce jour-là une faramineuse addition de chair et de sang, et c'est en seigneur navré, le pas grave et les jambes arquées, que j'aidai Faustine à sortir du cabinet, la tenant par l'épaule en surveillant le sol devant elle – comme si elle s'était foulé une cheville et risquait de trébucher.

Tandis que Faustine (dont les larmes étaient si familières que je pouvais feindre de m'en inquiéter tout en pensant à autre chose) nourrissait sa détresse et gémissait sur l'impossibilité d'être mère avec *celle qu'elle avait* (comme si elle avait fait un enfant avec sa mère), je comptais mes forces de néogéniteur. J'étais entre l'écrit et l'oral de l'ENS (la nouvelle de mon admissibilité aux secondes épreuves du concours était tombée la veille de la visite chez l'échographe). Je pouvais raisonnablement, dans ces conditions, caresser l'espoir d'être salarié dès le mois de septembre, à hauteur de 7 000 francs par mois environ (je m'étais renseigné). J'ajoutai le montant des cours particuliers, en élevant un peu la moyenne (car je savais que, normalien, ma valeur marchande augmenterait). Et j'achevai ma comptabilité par le paquet d'or imaginaire que nos pères déposeraient sur nos têtes si nous-mêmes devenions parents. Tout, en somme, était affaire de chiffres. Elle avait vingt-trois ans, j'en avais dix-neuf ; entre son salaire de lectrice, mon salaire d'étudiant-roi et les cours particuliers, on aurait eu pour vivre près de vingt mille francs par mois ! À cinq mois de grossesse, il était trop tard pour avorter. Bref, j'osai dire, le soir même, à Faustine qu'on devrait « peut-être le garder ». Mal m'en prit. On ne s'engueula même pas. Elle se contenta d'un sourire de cheval et d'un « Excccellent ! » laissant entendre qu'elle me faisait, une fois seulement, le cadeau de croire que je le disais en plaisantant. Ce n'était pas mon ventre. Je n'insistai pas. Mais j'avais de la peine. L'enfant était viable, personne ne m'avait demandé mon avis, et je n'arrivais pas à ne pas imaginer la tête qu'il pouvait avoir. Ou qu'il avait déjà. Jusqu'à présent, il avait poussé tranquillement, le petit de nous deux, à l'ombre du déni. Malgré l'ingestion compulsive de pilules « ventre plat » et les massages abdominaux qui avaient dû lui tourner la tête. Tant que ses créateurs n'avaient pas eu conscience de lui, il avait survécu. Malheureusement, les signes extérieurs de son existence étaient devenus trop spectaculaires pour que le déni continuât. Elle le vit. Elle rougit des joues. Elle pleura. Puis, avec mon accord (qui ne dit mot consent), elle s'en débarrassa, de la tête (qui avait dû venir la première) à ses petits pieds, que j'aperçus du couloir où j'attendais avec le père de Faustine l'épilogue du curetage, quand la porte s'ouvrit brutalement pour me montrer, une fraction de seconde, le spectacle de jambes écartées d'où émergeait d'un trou sanglant une masse morte et mauve. Où l'a-t-on mis ? Qu'en a-t-on fait ? Qui a jeté mon garçon ? Qui s'en est chargé ? Était-ce un garçon, d'ailleurs ? Dans quelle poubelle ? quel marais ? quelle eau pourrie ? J'étais trop concentré sur le réveil de Faustine et les oraux d'anglais et d'histoire de l'École normale (que je passerais trois jours plus tard) pour me poser ces questions. Généreusement, la vie avait interpolé des contraintes objectives au milieu de ma tragédie. Je pus me divertir en révisant. Sans que nul ne songeât à m'en faire le reproche. Le travail sauve qui peut.

Quelques mois plus tard, alors que, malgré ce bordel tragique, j'étais devenu normalien, nous étions assis, mon père et moi, devant le bassin aux *ernests* dans l'adorable cour intérieure de l'École, que je venais visiter comme un gagnant au Loto prend lentement possession de la villa qu'on lui a offerte sur plan, rue d'Ulm.

Afin d'associer mon père à ce moment où il n'avait pas vraiment sa place et où, tenant à m'accompagner, il figurait une sorte d'assistant, et pour rompre un silence que je sentais pesant, je lui dis que les « ernests » (les poissons rouges du bassin, ainsi nommés par antonomase, en souvenir du directeur Ernest Bersot) me rappelaient son propre jeu de mots sur *The Importance of Being Earnest*, la pièce d'Oscar Wilde, qui lui permettait de faire le lien entre trois de ses écrivains favoris, Oscar Wilde, Benjamin *Constant* (*earnest*) et Ernest Hemingway.

– Ernest s'écrit avec un « a » dans le titre de la pièce ? Je ne sais plus.

– Je ne sais pas..., répondit mon père, l'œil vague.

– De toute façon, que dit-on de quelqu'un quand on l'associe de cette manière à quelqu'un d'autre ? Que valent des sonorités, Papa, selon toi ? Et si c'était ça, finalement, que Deleuze appelle la "matière verbale" ?

Tu l'as rencontré, Deleuze, non ? Ça m'a fait bizarre d'apprendre qu'il s'était tué. Tu sais qu'en toute rigueur, c'est contradictoire avec le spinozisme qu'il professait ? Quand je l'ai dit à Pautrat, il ne m'a pas répondu. C'est étrange, son cours. On s'ennuie un peu et pourtant, on y est bien. Tu sais que le séminaire commence à 10 heures ? Eh bien, l'autre jour, au bout d'une heure, j'ai regardé ma montre, et il était 10 h 15 !

Mon père n'écoutait pas mes divagations volubiles. L'œil plongé dans le bassin, il avait l'air si triste que je me finis par me taire.

– C'est ça que j'aurais dû faire !

– Pardon ?

– C'est ça que je voulais faire, moi !

– Ça, quoi ?

– Mais ça ! Ici ! C'est là que j'aurais dû aller !

Ses yeux se remplirent de larmes longtemps retenues. Prêtes à l'emploi. La digue était sur le point de céder.

– À l'École normale ? Tu sais (racontai-je, comme un orchestre improvise une polka pour couvrir les éclats d'une dispute entre les serveurs) que mon prof d'histoire en hypokhâgne parlait de « *l'École dite normale, réputée supérieure* » ? Et que le jour des résultats, il ne serra la main que des admissibles, alors que lui-même n'avait jamais été admis ? Quel con, celui-là. C'est fou, ce truc qui reste comme une épine dans le dos… En même temps, toi, tu ne l'as jamais tenté, le concours !

– C'est ça que j'aurais dû faire ! reprit-il un ton plus haut. Si on m'avait laissé faire ! Si on m'avait laissé faire ! Si j'avais pu… Si j'avais pu… Si ces connards m'avaient laissé faire !

Et fondant tout à fait en larmes, puis sanglotant, mon père posa la tête sur mon épaule.

Entre le tintement de la fontaine aux *ernests* et la bise d'octobre, sans honte, il venait s'asseoir sur mon bonheur.

Comment pouvait-il me faire ça, à moi ?

Tandis que Sarah Bernhardt pleurait sur mon blouson toutes les larmes de son corps, le syntagme « si on m'avait laissé faire » résonnait en moi comme un mensonge à soi-même. Qui l'en avait empêché ? Qui l'en avait détourné ? Me revint, comme une explication de texte, le jour où je lus, sur la table du bureau témoin dont il ne se servait jamais (préférant la tablette latérale amovible où son PowerBook 520 était comme incrusté) la phrase suivante : « Ma vie fut partagée entre une furieuse démangeaison d'écrire et des circonstances destinées à l'en empêcher… » De sa plus belle écriture, sur une feuille blanche, mon père avait recopié la sentence et l'avait posée au milieu de son bureau comme au fronton d'un établissement public, entre deux presse-papiers, un porte-feuilles et un encrier qu'on eût brisé si on avait tenté de l'ouvrir, tant la vis était collée au récipient. Les guillemets disaient la citation. Le lieu disait son importance. C'était sinon la phrase de sa vie, du moins le credo de son amertume.

Je mis quelques semaines à retrouver l'auteur de la super-maxime. C'était Fitzgerald. Le début de *La Fêlure*, que je n'ai jamais lue. D'instinct, je n'aimais guère cette façon d'invoquer les circonstances. J'étais aidé en cela par la lecture, inlassablement reprise, d'un paragraphe génial de *L'existentialisme est un humanisme* où Sartre donne, à peu près en ces termes, la parole à l'homme de mauvaise foi : « Je n'ai pas connu de grand amour ? C'est que je n'ai pas eu de chance. Je n'ai pas eu la carrière que j'espérais ? C'est à cause des circonstances. Je n'ai pas écrit de grands livres ? C'est que je n'ai pas eu le loisir de le faire. J'ai raté ma vie ? Ce n'est pas de ma faute… » Or, dit Sartre, impitoyable, chaque homme n'a qu'une vie. Et aucun échec n'autorise à halluciner, au-dessus de la vie que nous avons, la vie que nous méritons et que nous avons manquée de peu. La vie d'un homme, ce sont les gestes d'un homme, et ses mauvaises décisions. Faire au monde le procès de son impuissance est un terrible aveu d'impuissance.

« *Si on m'avait laissé faire...* »

Sous l'effet d'une amertume dont je ne savais plus si j'étais la cause ou la victime, mais qu'il avait indécemment choisi, ce jour-là comme les autres, de partager avec moi, mon père confondait allègrement les deux sens du mot « pouvoir ». Il disait « si j'avais pu… » et entendait par là qu'on l'avait bridé, qu'on avait contrarié ses intentions. Or, ce n'était pas le cas. D'autres que lui, moins bien lotis qu'un fils de pieds-noirs pas si cons malgré l'exil, étaient aisément parvenus là où il prétendait qu'on l'avait empêché de se rendre, à commencer par moi-même, qui avais été reçu malgré le handicap du désir de mon père que je le fusse. En disant « si j'avais pu… », mon père imputait impunément son incapacité à un empêchement. Il raisonnait comme Perrette qui, le pot au lait sur la tête, fait le rêve éveillé de tout ce qu'elle va vendre, acheter, et de la fortune qui l'attend… avant de trébucher et, pour avoir renversé le lait, de se voir en grand danger d'être battue. « Qui m'en empêchera ? » se demandait la bergère. Sur le chemin de son ambition, Perrette avait oublié Perrette. Comme dit Clément Rosset (dont les livres, que je ne quittais plus, transformaient mes angoisses en scalpel et semblaient prévoir mes propres intuitions), Perrette *pouvait* faire fortune car personne ne le lui interdisait, mais Perrette *ne pouvait pas* faire fortune car elle-même en était incapable. Et pépère ne valait pas mieux que Perrette. S'il n'était pas devenu normalien, c'est qu'il n'avait pas pu, Papa. C'est peu dire que Père Perrette me cassait les oreilles avec ses gémissements. Alors, pour le faire taire, ma main entoura son épaule. Paternellement.

Avec une obstination dans la maladresse dont seuls les parents sont capables, le père de Rémi s'est plus d'une fois étonné devant lui de l'amitié qui nous liait. « Vous êtes si différents, disait-il. Toi qui fais tout ça… Et Rémi, *qui fait ce qu'il peut…* » Je m'en sortais toujours en faisant valoir que Rémi était mon cadet de deux ans et qu'à son âge, moi-même, « je n'en avais pas fait autant » – argument courtois, qu'il balayait d'un sourire, avant de reprendre consciencieusement le détail de ce que j'avais accompli. Il aurait dû me détester, Rémi. Mais il était plus fort que ça. Et beaucoup plus intelligent.

Par un coup de génie de son cœur, tout comme j'avais reporté mes pulsions parricides sur la personne de mon beau-père, mon copain reporta équitablement la saine colère que lui inspiraient ces comparaisons paternelles sur le frère et les sœurs qu'il n'avait pas choisis, qu'il adorait, mais dont il était, peut-être pour cette raison, excessivement jaloux. Ce n'était pas cher payé. Rémi était immense de m'aimer malgré l'imbécile décret d'un déséquilibre entre nous. Avec moi, son frère voulu, c'était l'entente cordiale. Et la sereine confiance des amis qui ont déjà surmonté maints pièges et ne vont pas se laisser encombrer par des parents décontractés.

Faire ce qu'il peut... J'ai quarante-quatre ans à l'heure où j'écris ces lignes, j'ai voyagé dans bien des pensées, nombre de systèmes, croisé des étoiles filantes ou, à l'inverse, des boules de carbone si denses que le contenu d'une cuillère à café pèse une tonne, eh bien, dans ces tribulations, j'en atteste et le redirai dans cent ans, jamais je n'ai entendu de parole plus sage ou de meilleur conseil. *Faire ce qu'on peut.* Quoi de mieux ? Que voulez-vous de plus ? Il est vrai que, parfois, c'est l'alibi des gens qui baissent les bras en disant « Je ne peux pas faire plus ! » (oubliant un peu vite qu'on n'en fait jamais assez) mais ces gens-là ne disent pas « Je fais ce que je peux ». Ils disent « J'ai fait ce que j'ai pu ». Ce qui est faux, par définition. *Je fais ce que je peux* est la seule attitude recevable en un monde qui ne promet rien et nous malmène indifféremment. Dans une vie dont les intentions ne sont que des paravents, dont les efforts sont promis au néant, et où rien n'est pire que de parvenir à son but (car alors le but s'estompe et découvre la mort), *je fais ce que je peux* est l'unique sagesse.

J'étais plus âgé, plus capé ; je passais pour l'aîné, mais je respectais Rémi. Car il avait un avantage sur moi : il savait dire non. Quand il était petit, et qu'il était vexé, son beau visage d'enfant roux se fermait complètement et il accueillait toute proposition par un définitif « Chais pas. J'ai *pas très envie.* » Pas très envie. Chacun savait alors qu'il n'y avait rien à faire. Quand il disait cela, le monde aurait pu changer d'axe, le sort d'un peuple aurait pu dépendre de lui, Rémi-Bartleby n'eût pas bougé d'une oreille. La litote élevait un barrage de la taille d'une montagne. Un mur de refus. J'étais ébloui par le récif sur lequel, enfant, je pestais en me cassant le nez quand il faisait sa mauvaise tête. Rémi était indéplaçable quand il le décidait. À côté de lui, j'étais comme un roseau sur pattes, avide de plaire et prompt à se courber.

Car de mon côté, avant de dire oui à la vie, je ne savais pas dire non aux autres. Non que je fusse généreux, mais j'étais un fantôme coupable. En faisant des autres mes débiteurs, j'avais l'impression d'acquitter moi-même une dette infinie. Alors, j'acceptais des tas de trucs. « On vous a pour pas cher », me disait mon psy – qui prenait cinq cents francs la demi-heure. C'était vrai. J'ai longtemps été si heureux qu'on me demandât quelque chose, et si reconnaissant que, pour une raison ou une autre, on eût besoin de moi, que je devins très tôt un bureau de doléances. Tous les rebuts, les esseulés, les dégradés, les sans-classes, les Saniette, les sans-amis et parfois même les sans-familles trouvaient en moi une oreille, un porte-parole inespéré, miraculeusement sensible à leurs tourments dans ce monde égoïste, un guichet de la *lose*, un intermédiaire entre une demande sans acquéreur et une offre ténue. Quand tout le monde les fuyait du regard, de peur d'un contact oculaire avec reprise d'échange, c'est à mon étage que les victimes déposaient une requête légitime en sentiments. J'ai passé des heures infinies à écouter la complainte du mal-aimé, du Stéphane Mouchard, du camarade qu'on sadise, de celui qui toujours s'y prend mal, de la fille qu'on ignore, du dealer en manque de métaphysique, de la directrice qu'on vire ou du journaliste qu'on met à la retraite et qui s'éteint quand la lumière s'en va.

Un jour à Berlin-Est, début août 1992, j'assistai depuis une cabine téléphonique à une scène fugace et violente. Passait une bande de cinq jeunes gens dont le mâle alpha, blond et gros, était agrippé par une jeune fille au jean délavé, ouvert par le haut, qui lui découvrait en partie les fesses. Deux sbires tenaient la chandelle en marchant derrière et en cinquième position venait un jeune homme, une sorte de Saniette au pantalon en triangle, qui tentait d'intégrer la discussion. Je ne les entendais pas mais je voyais Saniette lancer des paroles au loin comme on tente, avec la main, de rattraper par un fil trop court le ballon d'hélium qui s'est planté au plafond. La fille à qui il avait demandé une cigarette lui tendit le paquet, qu'il fit tomber sous l'œil hilare du mâle alpha. Puis il peina à allumer sa clope, provoquant de nouveaux rires et soupirs, avant de la fumer en regardant derrière lui à intervalles réguliers, signe d'embarras dont les autres se servaient pour s'éloigner un peu de lui chaque fois qu'il tournait la tête, comme on joue à un-deux-trois-soleil… Quand il s'en aperçut et qu'il les vit loin de lui, au lieu de leur en faire le reproche, la tête de turc sans fierté, redoutant la solitude plus que la torture, choisit d'éclater de rire à ses dépens et, par ce rire si humiliant, d'obtenir de ses tortionnaires qu'il réintégrât provisoirement le groupe. Je ne savais rien de ce jeune homme, ce Berlinois en triangle, mais je voyais en lui le jumeau de mes parasites. Si j'avais été allemand, je lui aurais offert de me raconter sa vie – et j'aurais été déçu, car on voudrait toujours que les gens malheureux soient nobles.

C'est comme ça, à force de dire oui à tout, qu'en Don Juan kantien à qui plaire suffirait mais qui se sent le devoir de coucher j'ai joué un rôle capital dans la vie de femmes qui avaient peu d'importance pour moi. C'est même comme ça que je me suis marié. Pourtant, je n'en avais pas très envie.

Faustine et moi avions progressivement, au fil des années, mis en place un système diabolique de surveillance de l'une par l'autre.

Comme je la trompais abondamment – ce qui n'était pas grave –, elle lisait mon journal – ce qui était horrible. Mais de cela, j'étais seul responsable. Quelle idée, de consigner sa vie quand il suffit de s'en souvenir ?

Quand je compris que les informations dont elle disposait sur mes après-midi ne venaient pas d'un espion (ni d'un « faux ami », comme elle disait dans un sourire de cheval) mais de moi-même, et que j'étais deux fois la cause des journées lugubres où elle m'accueillait avec des lames de rasoir avant de s'effondrer sous le contrepoids des somnifères qu'elle avalait comme des Smarties en attendant qu'ils fissent de l'effet, je me mis à tenir un faux journal où, pour qu'elle continuât de croire qu'elle savait tout, j'inventais des petits crimes, des baisers bénins, des tentations vaincues par Faustine et toutes les complications de l'homme qui, malgré sa libido, préfère sa femme à ses maîtresses. J'étais partagé entre le souci d'avoir la paix, et l'envie de lui montrer que si elle continuait à lire mon journal elle y trouverait des trucs affreux. Au bout de quelques semaines, même si aucun des crimes qui y étaient consignés n'avait été commis par moi, le faux journal était aussi compromettant que le vrai.

Avec le temps, quoique soupe au lait, Faustine choisit d'accumuler les preuves avant de me les ressortir en de grandes occasions, et nous passions ainsi mille soirées à feindre les sentiments, alors qu'elle croyait savoir d'où je venais, et que je savais qu'elle croyait savoir (quoiqu'elle ne sût rien du tout) et que je savais aussi qu'elle ne voulait pas encore que je susse qu'elle savait tout. « Mon amour, c'est moi qui fais le dîner, que veux-tu manger ? – Tout, sauf du poison ! » répondais-je, à moitié sérieux.

Mais aucun aveu, même extorqué, même déduit d'un paragraphe, n'arrive au talon d'une vraie preuve. Depuis le jour où Faustine était tombée sur la lettre d'amour que Susanna m'avait prudemment adressée chez mon père, et que Mafalda, croyant bien faire, avait laissée dans le sac de courses comme on dépose les preuves d'un crime au seuil du commissariat, je vivais sous le régime dégradé du coupable. Du fautif à qui l'on pardonnait sous réserve qu'il raquât. Et longtemps. Mes gestes, mes efforts, mes sourires et mes petites mises en scène étaient, aux yeux de Faustine – comme aux miens d'ailleurs – la lente exécution d'une sentence que, dans l'espoir d'une réduction de peine, j'avais choisi d'accomplir à peu près sans faute, et qui culminerait en mariage.

L'itinéraire de ma rédemption fut brutalement raccourci une nuit où Faustine, qui était somnambule, se mit à parler plus clairement que d'habitude et, sans que j'eusse à orienter son témoignage par des questions susurrées, me confessa par le menu le détail de sa propre infidélité, et le nom de l'élu. Mustapha. Depuis un an, nous étions deux coupables mais j'étais seul à payer.

J'étais enchanté. Fier, heureux, grisé, rasséréné comme une victime. Et victime deux fois. De l'infidélité et du régime auquel j'avais été soumis depuis l'officialisation de la mienne. Ma culpabilité fut aussitôt noyée dans le nectar d'une juste colère. J'étais Victoria Abril qui, après que son mari l'a surprise en train de se faire caresser par Josiane Balasko, découvre à son tour que le mortificateur aimait se taper les petites fermières à l'entour. J'en souriais de joie dans mon lit, comme dans la piscine de Pontoise, onze ans plus tôt, le vendredi après-midi, quand je savais que je rejoindrais bientôt la maison de mon père. J'attendais le réveil de Faustine avec la prudence d'un chasseur qui observe sa proie tomber dans le piège qu'elle s'est elle-même tendu. J'aurais pu en profiter pour gagner ma liberté et partir en dignité, sous les applaudissements, en faisant valoir que c'était trop injuste, puis (au lieu de revenir comme un con sous les mêmes applaudissements) mettre à profit mon éloignement compréhensible pour croiser quelqu'un d'autre dont la main charitable serait parvenue à m'extraire, au besoin par les couilles, de ce sac de nœuds. J'aurais pu retrouver la solitude et mes petites amies… Mais j'étais plus orgueilleux que ça, et croyant avoir un coup d'avance, en grand seigneur, je lui pardonnai.

Comme j'avais pardonné à Genah d'avoir sucé Nicolas Canivet au cinéma et d'être aussitôt venue, la bouche encore chaude, implorer mon indulgence.

Comme j'avais pardonné chacun de ses écarts de langage à mon père et chacune de ses gifles à Isidore, au motif que je devais bien mériter l'un et l'autre.

Comme je pardonnais tout. Tout de suite. Trop tôt. Spontanément. Malgré moi. Si vite que Faustine elle-même n'eut pas le temps de se forger par l'imagination un élan qui fût à la hauteur de ma grâce. Le but était-il de disparaître, de retrouver ma couette et mon fantôme et de nier l'offense, ou bien de m'élever à cent coudées de la coupable en ajoutant à la misère de sa duplicité la splendeur de mon absolution ? Quoi qu'il en soit, je fus bien seul à me trouver glorieux, et nous n'avions pas fini le petit-déjeuner qu'on était déjà passé de la honte et des regards suppliants aux joyeux préparatifs du mariage. Saloperie.

Le seul bénéfice de l' aveu sur lequel j'avais trop rapidement tiré la chasse de mon pardon fut que je pris l'habitude de répondre aux indiscrétions de Faustine par des interrogatoires de nuit, des questionnaires approfondis auxquels, dans son sommeil, elle se soumettait ingénument. Ou pas. Et dont je retirais quantité d'informations.

Était-ce pour elle une façon de tout me dire sans endosser le poids de la confidence ? Rassurée par le souvenir de ma miséricorde, Faustine se servait-elle de son sommeil pour confesser ce qu'elle avait envie que je susse ? Probablement. Comme il était probable qu'une autre partie d'elle-même pestât sincèrement d'être explorée de nuit. Le fait est que, pour répondre à la consultation régulière de mon journal intime présumé, j'entamai l'interrogatoire intermittent de son somnambulisme apparent. Elle me lisait de jour ; je l'interrogeais de nuit. Je savais qu'elle me lisait. Elle savait que je l'interrogeais. Aimer, c'est rencontrer quelqu'un qui vous donne de vos nouvelles, dit Lacan. Il est vrai que peu de choses renseignent autant sur soi-même que la façon dont on épie.

Chose amusante : tout en fouillant sans honte la vie parallèle de l'autre, nous prenions au quotidien, Faustine et moi, le plus grand soin à nous dissimuler tous les bruits du corps. Car une chose est d'être infidèle. Tout autre est de péter. Ou pire. La première est banale. La seconde, fatale au couple.

Au pays de *Belle du Seigneur* revu par P. D. James, on se soulageait donc avec des précautions d'assassin.

Le jeu consistait, en entrant dans les toilettes, à ouvrir aussitôt le robinet (pour habituer l'oreille de l'autre à un bruit décent, sinon à l'impression qu'on s'y lavait les dents) puis à en varier le débit au gré de nos besoins. L'homme ayant sur la femme l'avantage considérable de pouvoir viser quand il pisse, un simple filet d'eau me suffisait à couvrir la miction, alors que Faustine devait se résoudre, pour être aussi discrète que moi, à ouvrir les vannes du robinet et répandre un déluge préventif, voire allumer la radio – ce qu'en temps normal, elle ne faisait jamais.

Évidemment, il y avait l'autre problème. Qui était plus délicat. Comment cacher le caca ? Comment insonoriser le plouf ? En cette matière, Faustine était une artiste, et des siècles de vie commune dans dix-huit mètres carrés, je ne l'ai jamais entendue chier. Comment faisait-elle ? C'est dans son sommeil qu'elle me l'apprit. Comme elle était incapable de se retenir au point de fabriquer un étron si volumineux qu'il remplît l'espace allant de l'anus à l'eau de la cuvette – ce qui eût permis d'éviter la chute et son bruit sans équivoque –, Faustine – qui se prenait pour Ariane et dont le père se prenait pour Solal – avait improvisé une méthode efficace. D'une main gantée de PQ, elle attrapait les grumeaux timides qui lui sortaient des fesses et les posait elle-même, inaudiblement, dans l'eau. Une telle gymnastique était le plus souvent superflue puisqu'à dessein, Faustine mangeait très peu. Le déluge y suffisait. Il faudrait qu'un jour, un écologiste lettré dresse le bilan de la lecture d'Albert Cohen en matière de gaspillage d'eau.

On l'a beaucoup dit, pourtant ce n'est pas faux.

Mon mariage – qui couronnait quatre années de pudeurs et d'indiscrétions – ne fut pas vraiment le mien. Ou pas seulement. Ni celui de Faustine, d'ailleurs. Mais aussi (et peut-être d'abord dans ce sens-là) le mariage de mon père avec son meilleur ami, qui était donc également le père de ma femme, ce qui tombait bien. La cérémonie fut surtout l'occasion d'humilier nos mères comme jamais mère fut humiliée – depuis le jour de 1889 où Lucien Guitry enleva, sans la prévenir, son fils préféré, né Alexandre en hommage à son parrain le tsar et baptisé « Sacha » par sa nourrice pétersbourgeoise, à Renée de Pont-Jest, pour l'emmener en Russie.

Élie n'avait pas de contentieux particulier avec la mère de Faustine, qui, édentée, sympathique, vivait Butte-aux-cailles dans un studio sans électricité, et avait consenti une fois pour toutes (jugeant qu'elle n'en méritait pas davantage) au fait que Faustine préférât son père et que ce dernier la laissât dans la misère. Contrairement à la rascasse qui lui succèderait et négocierait âprement son divorce avec le père d'Élie, dont la fortune permettait tout, Mirabelle, « Miramoche », dont l'unique médaille dans l'existence était d'avoir été « l'égérie d'Antonia Green », ne présentait aucun danger pour lui (je n'ai jamais su ce que ça voulait dire « *égérie d'Antonia Green* » ni qui était ladite Antonia, mais ça sentait bon – impression accrue par la couverture d'un vieux livre de mode que Faustine protégeait comme un incunable, où l'on voit le profil parfait de sa mère avant la perte des dents). Du grand appartement de la rue Monsieur au studio glacé de la rue des Cinq-Diamants, ils étaient si loin l'un de l'autre qu'ils ne risquaient pas de se marcher sur les gencives.

C'était bien différent dans mon cas.

Mon père (délesté du mariage depuis quelques années) et ma mère (dont l'histoire avec Isidore n'avait pas survécu à mon départ) étaient sur des latitudes commensurables.

Numéro Papa, dont la céleste maîtresse était rentrée dans le rang, vivait un nouvel amour impossible dont il allait bientôt tirer la matière de son premier roman, et avait encore accompli, depuis le dîner Natacha, d'énormes progrès dans la voie de la reconnaissance sociale, au point d'être sincèrement indifférent à tout ce qui l'émerveillait quand nous étions lui et moi plus petits. La richesse encore le bluffait.

Mon père était un peu dans la même situation que Bardamu qui, alors qu'il sort de la caverne fécale et marche dans Manhattan, observe qu'on peut côtoyer l'abondance et croiser à chaque carrefour des gens qui serrent des dollars contre leur cœur sans recevoir soi-même un seul penny. On ne comptait plus dans notre entourage les gens qui vivaient sans compter. Mais ça ne comptait pas. Lui-même ramait. Non qu'il manquât, mais il n'avait pas assez. Pourtant si ce défaut, à mon avis, relève moins du regret que de la pose, c'est que j'ai le même. Au dépit près. Mon père ne m'a jamais transmis le désir ardent d'être riche – comme le père d'Aron, par exemple, transmit à son fils, par ses échecs universitaires, le goût d'être premier de la classe –, il m'a juste refilé le désappointement de ne pas l'être. Mon père a toujours pensé qu'il aurait su quoi faire de l'argent qu'il n'avait pas, mais comme il n'avait pas une miette de l'argent dont il aurait su quoi faire, ses pensées ne basculaient jamais en rêves éveillés. Et comme si elle avait enjambé le filtre de la filiation – qui transforme une déception en ambition ou, à l'inverse, un succès paternel en défaite arrogante –, le chagrin de n'avoir pas assez d'argent accompagne mon existence sans jamais dicter mes choix. Tout comme mon père, j'aime déplorer le superflu qui me fait défaut et comme lui, je suis l'honnête homme qui vit de son travail et ne fait rien pour s'enrichir. Il est rare que la contrariété d'un père ne devienne pas l'ambition réparatrice d'un fils mais survive en dépôt, en soupirs à découvert sur un compte en manque.

Isidore, qui avait bénéficié trente ans, rue de l'Ancienne-Comédie, d'un bail emphytéotique lui permettant de louer son appartement gigantesque pour une bouchée de hareng, se trouva bien dépourvu quand le propriétaire décida d'en mettre en vente les 310 mètres carrés pour la somme astronomique de dix millions de francs. Charybde et Charybda furent contraints de finir leur moribonde vie commune dans un purgatoire rue de Babylone où ma mère, qui avait pris goût à la contestation d'un pouvoir que le désamour et le départ de son fils avaient finalement rendu hideux, tint à ce que la déserte pièce du fond restât ma chambre – ce qu'elle me fit savoir dans une jolie lettre à laquelle je répondis trop vite.

À de rares exceptions, je n'avais pas revu ma mère ni son connard depuis des années. Les deux ou trois moments où – saisi par la culpabilité, convaincu par Eugénie de l'importance du geste et pénétré de la conviction qu'une mère était sacrée – j'étais retourné dans le grand appartement de la rue de l'Ancienne-Comédie avaient été des rendez-vous manqués.

La première fois, j'étais venu réclamer mon passeport (que ma mère refusait obstinément de me donner depuis que j'avais quitté la maison, ce qui posait un problème immédiat puisque nous devions partir au Sénégal) mais je ne trouvai personne, sinon quelques souvenirs glaçants devant le portail vert si familier – flanqué d'une portelette, quelques marches plus haut, qui permettait aux patients en orthophonie d'entrer sans passer par l'entrée.

Une autre fois, je déposai une lettre en réponse à celle que ma mère m'avait envoyée (où elle m'annonçait qu'ils allaient déménager et qu'il y aurait une chambre pour moi dans la nouvelle maison) mais alors que j'avais le sentiment, en me présentant devant elle, de lui faire le cadeau d'un pardon inattendu, ma mère, bien que déjà sur le louable chemin du désamour envers le Gros, n'avait pas pleinement *désisidorisé* ses manières, et la tendresse (que j'étais décidé à lui témoigner ce jour-là) fut reçue par elle dans un rire de canard comme un acompte sur le paiement de la dette que j'avais contractée en fichant le camp.

C'était trop tôt.

Comme d'habitude, j'avais pardonné trop vite.

De m'avoir abîmé le cœur et l'oreille avec son vilain rire.

Mais alors que mes petites amies fautives avaient au moins, en cas de pardon, le talent (ou l'intelligence) de me remercier dans l'instant, de me prendre dans leurs bras et de me promettre, en retour de ma clémence, mille caresses obscènes, ma mère se contenta, au creux d'un câlin avorté, de m'offrir soudain le cadeau « qui m'attendait sous l'arbre ». Un baromètre. Je repartis, honteux que mon effort eût été perçu comme un signe de faiblesse par cette grande cane, et portant sous le bras l'instrument destiné à mesurer la pression, qui finit une minute plus tard dans la poubelle de la rue Mazet.

En ternissant la belle image que j'avais de moi-même, ma mère me fit ce jour-là l'autre cadeau, inestimable, de me donner à comprendre, malgré elle, qu'il est louche de pardonner de cette manière. Car l'enjeu du pardon, quand il est hâtif, n'est pas de faire la paix mais de se dorer la gueule pour l'offrir en reflet accusateur à la personne qu'on prétend absoudre. Ou bien de reprendre la main, comme Sigourney Weaver, alias Katharine Parker dans *Working Girl*, qui, constatant qu'elle ne fait plus peur à personne et que sa secrétaire est en train de lui piquer son homme, déclare, pathétique, à ce dernier : « *Je te pardonne.* » Moi-même, grand pardonnateur, en me présentant à ma mère, l'auréole sur la tête, je la mettais devant le fait accompli. Je ne lui laissai pas le choix de penser qu'elle avait eu tort ou non. Le pardon consenti avérait l'offense et compliquait la discussion. D'autant qu'elle-même n'en était pas là du tout ; la colère de mon départ n'avait pas été supplantée, dans son cœur, par la tristesse de mon absence. Et sa propre culpabilité n'en était qu'aux escarmouches avec le Gros. Du coup, j'avais vraiment l'air d'un con avec mon pardon dans les bras. Et, faute de pouvoir m'en débarrasser aussi facilement que d'un baromètre, j'en fis un point dans le dos, régulièrement douloureux pendant des années, à la bordure de l'omoplate, à portée de l'index gauche, qui disparut définitivement le jour où je lus le portrait terrible, par Vladimir Jankélévitch, des gens qui tombent en extase devant leur propre bonté.

À Babylone donc, après la chute du mur, dans l'ultime appartement des Thénardier, tout était bien différent. Pareil à l'ancien pensionnaire d'une maison de correction qui a finalement choisi de réussir dans la vie, et que son vieux directeur présente aux élèves incorrigibles (c'est-à-dire ma sœur) comme un exemple à suivre, je n'y passai qu'une journée, la plus agréable du monde, à travailler *Le Tartuffe* (dont la fabuleuse interprétation de Bernava était toute fraîche en moi) et aussi en ethnologue, curieux de vérifier qu'il n'y avait plus aucun danger. Depuis mon exil, qui précédait de peu la fin de l'Empire, la bête avait maigri et je n'étais plus soumis à ses lois. Isidore sans son grand appartement était comme un repenti de la mafia condamné à finir sa vie dans la peau d'un Américain moyen, sous une fausse identité. De Lui ne restait que le corps. Et encore. Qui ne rajeunissait pas. Et qui ne grossissait pas non plus. Alors que moi, j'avais commencé à grandir. Énormément. À développer des couilles juteuses où, parce que j'étais un enfant, je voyais un signe de force. À développer des muscles surtout, souples et puissants. À quinze ans, j'avais déjà des années de pompes et de fonte derrière moi, et mes triceps, comme des fantassins vierges, attendaient de bras ferme le moindre écart de conduite. Précautions inutiles. L'URSS était devenue le Farghestan, et j'éprouvai la volupté d'arpenter sans crainte le monde qui avait fait ma terreur et dont les piquants avaient moisi-fondu. La journée se passa dans la paix, devant l'écran de l'ordinateur où, après l'avoir relu, j'avais entrepris de recopier *Le Tartuffe* (parce que je trouvais pratique d'en posséder une copie *électronique*), Édith agrafait sagement les pages d'un petit journal qu'elle avait appelé « Le Saut du Dauphin », Isidore me faisait des compliments sur mon « étonnante capacité de concentration. » On s'en fout.

Quand ils se séparèrent complètement, privée de tuteur, orpheline de patron, ma mère devint enfin ce qu'elle était : un ange. De douceur, de musique, de talent, de bonté. Un ange fauché, néanmoins. Ce qui ne la dérangeait pas du tout. Du plus petit appartement qu'elle occupait désormais dans la même rue de l'Ancienne-Comédie, elle avait fait une thébaïde au parfum de papier d'Arménie, dont les livres disputaient les étagères aux partitions, et où nous venions à cinq ou à six, une à deux fois par mois, chanter, parler de cinéma, commenter la vie des autres et fumer des pétards gigantesques en imitant nos profs. Pierre apportait sa guitare, Benjamin des paquets de Camel rigides, Nicolas le haschich coupé au pneu qu'il avait négocié comme un crevard à Stalingrad, Faustine un paquet de Pulmo myrtille et des Winston au goût de paille, ma mère se mettait au piano, Édith et moi, enfin frère et sœur, chantions faux en nous tenant par l'épaule. Rites délicieux dont la répétition n'entamait pas la saveur. À aucun moment, nous n'eûmes à forcer la gaieté. Comme les vrais insomniaques dorment parfois d'un sommeil serein, les gens malheureux ne le sont pas tout le temps et toute vie un peu candide, même la moins disposée à être pleinement vécue, se voit offrir au moins, si tout va bien, un intervalle de bonheur sans mélange. Ma mère a eu ça. Elle y a même contribué. En cette saison, ses cheveux se débouclèrent et son rire de canard disparut complètement. Et à jamais. Remplacé par un éclat plus franc, liquide et clair, où sa grande bouche donnait enfin toute sa mesure. Son rire lui était rendu, et je l'entendais pour la première fois. Je ne l'avais jamais connue aussi aimable, et pourtant j'eus l'impression qu'elle redevenait elle-même en devenant sympa.

Le prix à payer de cette bonté sans précédent était une complète naïveté de ma mère et un détecteur d'arnaques tout à fait hors d'usage. Du politique sur le retour au filou qui cherche un stage au *Nouvel Obs* en passant par des gourous de toute espèce et de tout calibre, l'appartement de Maman était devenu un repère d'escrocs, une annexe des éditions de L'Harmattan où les miteux, les amers, les marginaux volontaires et les déclassés qui font passer l'autodidaxie pour la preuve de leur indépendance venaient pointer, manger un morceau, piquer un livre ou gratter un coup de main. Douce, dépourvue, maladroite mais généreuse, ma mère était le Ragueneau de ces dingos. Poupette, qui avait, elle aussi, le sens de la formule, disait souvent « Ta mère ? Elle est décontractée ». De fait. On la pillait, alors qu'elle n'avait rien. Et elle était contente.

Au sommet des gratteurs figuraient deux champions.

Un Jean-Thomas ambitieux dont la particularité était de plonger ses yeux dans les vôtres quand il vous serrait la main – ce qui avait trois inconvénients : 1) Alors qu'il n'avait rien demandé, son interlocuteur se voyait contraint, comme lors d'une agression, de relever le gant et d'effectuer séance tenante un bras de fer du regard. 2) Si l'interlocuteur baissait les yeux et perdait le bras de fer, Jean-Thomas, indulgent, le consolait d'une main sur l'épaule. Enfin, 3) le Marc Lavoine du pauvre accomplissait ses pistolétades avec la certitude de donner de lui-même l'image d'un type authentique dans un monde de regards baissés. C'est peu dire que je ne pouvais pas encadrer cet imposteur qui se prenait pour Bouddha tout en se conduisant comme un député en campagne, mais il était beau et ma mère avait un cœur d'artichaut.

Médaille d'argent des gagne-petit : un gourou cachemiri nous honora de sa visite la veille des résultats du concours de l'ENS, flanqué d'un gynécée de cinq esclaves affamées qui, tandis que Faustine, inexplicablement, était prise de nausées, mangeaient avec les doigts, le suivaient en tous lieux, portaient ses affaires, sa veste et ses livres, et marchaient dans ses pas tout en gardant les yeux baissés.

– Maman, tu ne trouves pas ça bizarre, toi, les cinq femmes qui le suivent comme ça ?

– Mais elles ne le suivent pas ! Elles *suivent sa trace*. Ce n'est pas pareil. Elles le respectent et elles apprennent auprès de lui. Tu devrais apprendre auprès d'elles. Je ne comprends pas comment mon fils peut être aussi savant et *narrow-minded* à la fois. Regarde-les : elles sont *extraordinaires*.

Mon père ne disait jamais « extraordinaire » sans insister sur la première syllabe, comme si le mot, soucieux de tomber à point nommé, tardait à venir et sortait d'un hoquet… D'une fortune faite, d'une *remontada* en huitième de finale ou d'un livre qui, la semaine de sa sortie, prenait la tête du classement de *L'Express*, il disait « *Haix-traordinaire* » dans un chuchotement admiratif qui traînait ensuite dans l'air de la cuisine avant d'être remplacé par le bruit du rosbif sorti du four ou par le bonsoir de Mafalda. La bonne volonté qu'il y mettait, l'insistance qu'il faisait porter sur la première syllabe ne venait pas de son étonnement devant le phénomène dit *haix*-traordinaire mais, à l'inverse, du sentiment qu'il était seul à s'étonner de ce qui l'étonnait – Lui, le sans-famille fondamental que la présence de sa famille contrariait tant – et que ce qui le passionnait n'avait décidément aucun intérêt pour nous. En un mot, un mot *haixtraordinaire*, son enthousiasme disait, dans la foulée, l'amertume d'être si peu partagé. C'est en général le moment que je choisissais pour me perdre dans la contemplation des verres bullés dont nous nous servions, et me poser la même question : « Si le verre fond, est-ce que les bulles qui s'y trouvent coincées reprennent vie ? »

Dans le monde de Maman – qui croyait avoir les idées plus larges –, il suffisait d'être différent pour être *extraordinaire*, et quand cette différence venait de l'Inde et prenait les contours de la vénération sur un visage orné d'un point rouge au milieu du front, elle était si convaincue du génie du maître et de l'intelligence de la geisha, qu'elle ricanait à la moindre objection avec la bienveillance qu'on témoigne aux étroits d'esprit dans l'espoir, peut-être vain, de les sauver d'eux-mêmes. Pour le dire simplement, mon père admirait les riches et ma mère admirait les étrangers. De part et d'autre, ça faisait du monde. Je n'étais pas tiré d'affaire.

La candeur est peut-être le prix à payer du génie. Qui entrevoit des choses plus fines que des arnaques spectaculaires.

Or, ma mère avait du génie.

Elle avait publié en 1994 un petit chef-d'œuvre, qui enchanta ses rares lecteurs avant de sombrer dans l'oubli comme le grain meurt en donnant le jour à des baobabs, intitulé *La Beauté du geste*, dont le credo était de confronter la pratique du piano (où elle excellait) avec celle du taï-chi (qu'elle avait substitué au karaté depuis qu'elle avait quitté le Gros).

Vraiment, un livre extraordinaire.

De la taille d'un bijou.

Où tout respire et du combat ne reste que le mouvement.

« Si la sensation est juste, écrivait-elle, l'attaque est efficace, la flèche atteint la cible… » et je retrouvais l'idée, neuve en moi, que le désir n'est pas un manque mais une force première qui donne leur valeur aux objets croisés sur le chemin de son appétit. Elle affirmait : « Respirer l'instant. Tel est l'enjeu » et j'entendais Clément Rosset, découvert deux années plus tôt, qui disait « Sois l'ami du présent qui passe : le futur et le passé te seront donnés par surcroît ». Quand elle décrivait les mains du pianiste posées sur l'ivoire des *touches*, j'entrevoyais tout ce qu'un matérialisme enchanté était capable de toucher précisément, jusqu'à l'apparition même de la vie, dont l'étonnement qu'elle éveille, quand on renonce à la comprendre, persiste sous la forme d'un goût pour l'énigme. Venue par le piano à l'idée que l'harmonie n'était pas un trésor mais une création, et par le taï-chi au sentiment que l'essentiel était à portée de main, ma mère affirmait « Les amants ont du génie pour autant qu'ils improvisent » et là, je voyais toute ma vie.

C'est une erreur de croire qu'on entre en philosophie en se faisant expliquer les textes. Comprendre un texte, c'est bien, seulement le cœur ne s'emballe pas. Mais quand on comprend, en comprenant un texte, que c'est lui qui nous comprend, alors tout change. Et il suffit qu'un mort millécentenaire (ou, quand on a de la chance, une maman inspirée) mette les mots justes sur le problème qui vous hante, pour que, soudain, sans jamais les résoudre, on se trouve apaisé. Quand elle s'attardait sur les moments de la vie où, pour le meilleur, on agit sans réfléchir, ma mère, qui n'imaginait pas endosser tardivement son rôle de Maman, réconfortait enfin le petit joueur de tennis rageux qu'une scie dans la tête rendait maladroit et qui s'arrachait les cheveux dans un coin de ma mémoire, en lui disant d'une voix enjouée qu'il se posait trop de questions et que les soucis s'estompent quand on les épouse au lieu de leur taper dessus… Détente contre crispation. Décentrement contre concentration. Le pianiste qui est à son œuvre, le funambule tout à son exploit, le peintre en transe ou l'écrivain à qui les mots surviennent éprouvent tous, à leur façon, la nescience d'eux-mêmes, ou la beauté du geste… La vie recommence quand on agit comme on existe. L'enfant de dix ans qui, depuis dix ans, attendait ce moment, retrouva sa raquette et reprit le match avec entrain.

Je trouvais aussi dans *La Beauté du geste* un long retour explicatif sur l'atroce exercice dit du *ritsu-zen*, dont le pratiquant assume sans siège une position caca pendant un temps considérable, et que ma mère présentait avantageusement comme une « mutation de l'image mentale en densité charnelle ». Je revécus aussitôt de longues séances de torture sur le toit d'une des nombreuses maisons sans eau ni chiottes où nous passions l'été à Formentera. Isidore m'avait confié, cette année-là, la mission de prendre soin de sa ceinture marron. Or, en sortant de la maison un début d'après-midi bouillant, je tombai sur les deux ceintures au sol, enlacées comme des serpents morts. Mon réflexe fut de hurler le nom de ma sœur, que, spontanément, je tenais pour responsable de toute négligence. Mais le cri dérangea la séance de *ritsu-zen* à laquelle les deux zouaves étaient, sans que je les visse, en train de se livrer en bermudas. « Ta gueule, connard ! » me fit Isidore, ce qui provoqua un gloussement de *canard* et accrut les tremblements de ma mère, dont les jambes commençaient à faiblir.

Enfin, au cœur de *La Beauté du geste*, à l'extrême centre du livre, ma mère osait raconter le voyage qu'elle fit avec mon père en Algérie, à Mascara, au début des années 70, sur les traces de la vie qu'il avait abandonnée en fuyant la guerre pour devenir pensionnaire à Lakanal à l'âge de treize ans. Mon père ne parlait jamais de son enfance, sinon pour en nier le souvenir ou raconter, à l'inverse, anecdotes à l'appui, le pire des gens qui l'entouraient. « Ils étaient si cons, si tu savais, mon p'tit bonhomme… Ils parlaient fusils et poissons, ils détestaient les Arabes, mon grand-père ne savait pas lire et ma grand-mère mettait de l'ail sur les portes pour chasser les mauvais esprits... » J'ai longtemps cru que, de l'Algérie, ne lui restaient que l'amour du foot, le sang d'un lézard que le soleil nourrit, et le goût de marcher pieds nus dans l'artère principale de Canisy sous l'œil médusé des commerçants élégants. Mais il y avait davantage et c'est ma mère qui me l'a montré. Les souvenirs officiels, les évocations marrantes, les particularités qu'on observe ou dont on discute entre descendants sont peu de chose à côté des souvenirs involontaires et des mouvements clandestins qui traversent le temps sans être atteints par lui. Que mon père aimât ou non l'Algérie de son enfance n'avait aucune importance, sinon pour lui-même. Qu'en revanche elle vécût en lui, non à l'état de nostalgie mais sous la forme de gestes inaperçus, et qu'à l'instant d'ouvrir la porte de son ancienne chambre, la main de mon père songeât, d'une torsion du poignet, à éviter le vieux clou qui s'y trouvait encore, cela était universel et essentiel : « *Le pêne était grippé comme autrefois, vingt ans avant, et en tournant la poignée il s'est surpris en train d'éviter un clou qui dépassait et n'avait pas bougé pendant tout ce temps. C'est dans la sensation retrouvée de cet évitement familier, répété des milliers de fois, dans cet appui sur la poignée pour ouvrir la porte, qu'il trouvait enfin la certitude, la réalité de son retour.* » Et mon père avait fondu en larmes.

Il y a l'éternité d'un théorème, mais elle est impersonnelle. Il y a l'éternité d'une légende, mais elle s'effrite autant que le marbre. Enfin, il y a l'éternité de l'habitude à laquelle on n'a jamais pensé mais qui a survécu comme un tardigrade ou comme une rose du désert, sur la face cachée de la mémoire, et semble, en jaillissant, si claire et vivante, n'avoir patiemment attendu que l'occasion de ressusciter. En retournant sur ses pas, mon père ne s'était pas seulement souvenu du passé ; il en avait trouvé la présence en lui. Et c'est ma mère, gardienne de la mémoire et garante des chagrins véritables, qui m'a enseigné, dans une page dont mon père est la muse, que le temps retrouvé n'est pas un retour en arrière mais l'immuable émotion d'un souvenir du présent.

J'étais à la lecture de ce livre délicieux comme un petit garçon à qui sa Maman aurait pris le temps d'expliquer le sens du baiser qu'il reçoit sur le front, et la raison pour laquelle c'est tellement important pour lui.

Tout ça pour dire que, depuis quelque temps, je m'étais un peu rapproché de ma mère. Qui m'avait redit maintes fois, dans de longues lettres à la lecture desquelles j'avais su pleurer, combien elle regrettait l'enfance détestable à laquelle j'avais eu droit et le temps perdu avec sa brute de second mari. Que je lui pardonne ou non ces affaires-là, l'encombrante gémellité qui me soudait à mon père était considérablement allégée par la fraternité impromptue qui était apparue, au hasard de mes lectures, entre Maman et moi.

Car aux États-Unis de ma vie, dans le nouveau monde sans adversaire, mon père, qui commençait à me courir sur l'aorte avec ses décrets fumeux sur tout ce qu'il ignorait, en était resté, du point de vue de Maman, aux premières salves de la guerre froide, aux conflits de territoire, aux gifles dont il ne voulait pas trop entendre parler, aux pensions qu'il quantifiait en plaisirs perdus, aux passeports qu'on retient, aux coups de fil passés en cachette quand les affreux sortaient dîner, aux dîners eux-mêmes dits « de conciliation » qui s'achevaient en tragédies sonores où je tentais de lui tenir la main tandis que Maman riait en canard, à la certitude que son fils était malheureux dans un appartement qui n'était pas loin de chez lui sans qu'il fît vraiment l'effort de l'en sortir, à l'humiliation, enfin, d'avoir été quitté pour un psychanalyste par une femme qu'il trompait comme un soudard... Tout lui revint. Ma mère devait passer à la caisse, et payer comptant, sous la menace du déshonneur, une ancienne décennie d'avanies. À laquelle, comme un pays vainqueur facture en loucedé au vaincu désarmé les dépenses qui ne le concernent pas, il additionnait ses propres dénis. De tout cela, mon mariage n'était que l'occasion, le traité de Versailles, signé d'abord à la mairie puis chez

Castel, toute la nuit, pour la cérémonie religieuse en plein système Solaar. *Bouge de là*.

Ce fut un massacre. Une mère brûlée.

Dépouillée de tout.

Et livrée, cœur nu, à l'indifférence générale.

Il fallait organiser la mairie et son casting dément. Choisir les roses et puis placer les gens. Se soucier que les uns ne fussent pas à côté mais sans être trop loin. Faire en sorte que les autres eussent le temps de saluer… Ma mère ne fut jamais consultée, ni même renseignée sur le lieu de la cérémonie.

Et puis nos pères eurent l'idée, comme nous l'avions fait pour Rita et Élie ou bien les dix-huit ans de Faustine, de nous fabriquer un petit journal quadrichromé où chacun irait de sa bénédiction. Il y avait la page des parents, la page des amis et puis toutes les pages des « gens » qu'on ne connaissait pas plus que ça mais qui, par l'onction magique du filtre cathodique – où s'ouvrent les portes des maisons inconnues –, se voyaient non seulement autorisés mais invités à répandre sur l'autel le miel de leurs compliments, comme les marquis avaient, par cette qualité, le droit de rester sur la scène. Or, ma mère, la plus maladroite des femmes, s'était tellement battue pour figurer en première page au milieu des vedettes, et s'était vu opposer tant d'injustifiables refus de mon père qu'en désespoir de cause – et avant d'avoir gain de cause – elle avait appelé Faustine et lui avait incidemment révélé le projet, nous obligeant, elle et moi, à apprendre à toute vitesse que tout peut être surprenant, même et surtout quand on s'y attend.

Pendant ce temps, à Paris, Mexico, New York, etc. des gens faisaient savoir, par courrier postal, avec de vraies enveloppes, le montant de leur contribution à notre « liste de mariage », dont j'avais appris par hasard que, pour être agréable à François Pinault, elle avait été prise au Printemps. Certains envoyaient des sous, d'autres, plus attachés à marquer de leur empreinte les premiers pas d'une marche commune, s'aventuraient à choisir un objet. C'est ainsi que, sans me connaître, Nicolas Sarkozy m'offrit une cloche à fromage. Et je suis probablement le seul homme sur Terre à pouvoir, sans délirer, prononcer une phrase pareille.

Mon père désapprouvait le choix de mes témoins : Eugénie et Rémi. « Tu n'aurais pas voulu prendre quelqu'un de *plus joli* ? » demandait-il avec le regret sincère de voir que je traitais négligemment ma bonne fortune. Mais plus joli que qui ? La mère de ses enfants ou mon premier ami ?

« Joli » n'était pas anodin dans l'esprit de Papa.

Plus puissant qu'« agréable » et plus fin que « gracieux », « joli » désignait d'abord l'aptitude à se mettre en quatre pour ne présenter à ses sens que des situations paisibles. « Faites de jolis bruits, mes enfants », disait-il suppliant, quand nous jouions à Bruce Lee contre Goldorak. Peine perdue.

Mais comme certains mots changent de sexe en passant au pluriel, « joli » changeait de sens quand il s'appliquait au monde, pour désigner non plus les prévenances de l'enfant sage mais la façon dont les nécessiteux comme nous décrivaient les manies des Olympiens. « Elle a eu ce *joli geste*, tu sais, elle a refait tomber sa mèche… » Ou bien « Alors qu'on était en train de discuter avec Laurence à la cafétéria, soudain Francis Huster est sorti du bureau de Jean-Louis, et on s'est mis à parler du téléfilm avec lui, c'est vraiment un *joli* moment… » Ou encore « Comme c'était *joli*, le discours de la petite Charlotte aux césars… »

« Joli » se présentait comme une familiarité.

Celui qu'on dit « joli » est à portée de bisou.

Mais en s'appliquant aux gestes les plus anodins des demi-dieux, « joli » révélait sa nature véritable : l'aveu d'un enchantement *a priori*. Le bain de lumière d'où sortait chaque mouvement, et qui, aux yeux des snobs, donnait à une certaine banalité la saveur d'un exploit.

Mon père pestait surtout, comme on se gratte, à intervalles réguliers contre cette « mère » qui venait lui gâcher la fête. « Si elle ne COM-PREND pas, disait-il. Si elle ne comprend pas… » Et il ne finissait jamais sa phrase. « Si elle ne com… » mais putain, comprendre quoi ? Que devait-elle comprendre, qui justifiât qu'on l'humilie ? Comprendre… Enfin, c'est évident. Ne me dis pas que tu ne comprends pas… Ben si. Mais enfin, comprendre ! On ne va pas quand même pas t'expliquer, non ? Et pourquoi pas ? Vraiment, ton attitude est incompréhensible.

L'évidence était telle qu'il se dispensait de la déplier. Mais moi, quand je l'entendais ne pas finir sa phrase, je revoyais Isidore, à Lugano, huit ans plus tôt, qui déclarait « Un jour, il comprendra, ce gosse… » Peut-être ce jour était-il arrivé ? Comprendre… Comme les gens qui se taisent pour avoir l'air profond, je me sentais enrôlé par un mot. Et pris pour un con. Dans une ancienne guerre qui n'avait jamais été la mienne et dont j'étais encore le terrain. « Si elle ne *com-prend* pas ! » Je commençai à comprendre. Qu'il n'y avait rien à comprendre. Sinon que c'était bien fait pour sa gueule, à la connasse qui nous avait tellement fait chier quand le Petit était petit. Il faut comprendre.

C'est le parrain de Faustine – le pas méchant Erwan Gouzi, Beria du système, émissaire des dénis, souffre-douleur, propagandiste et compagnon de nos pères, Loulou suspendu aux ailes de l'avion de Riri et Fifi, quadragénaire sympathique, irascible, roux, chevelu, vacarméen – qui fut imprudemment chargé de raconter au maire le parcours des jeunes mariés.

Or Erwan, dont l'unique ambition était de se faire l'interprète généreux d'autres désirs que les siens, et qui portait à incandescence la confusion du réel et de l'idée qu'on pouvait s'en faire, confondant mon père et moi-même, s'attarda en détail sur *ma* scolarité à Sciences Po – où je n'avais jamais mis les pieds. De l'École Normale en revanche, il ne fut pas question car, des deux pères, le normalien, c'était Élie et, n'étant pas le fils d'Élie, je ne pouvais pas, dans l'esprit généalogique du zélote Gouzi, avoir fait la même chose que lui.

Le maire lui-même, tellement pressé d'expédier la cérémonie précédente pour accueillir Lucien Bodard, Rita Francis et Alain Delon dans la salle des fêtes, vivait un moment inoubliable. Il bichait, le magistrat. On eût dit qu'il bandait. Salle des fêtes et bal des têtes. Dans sa vie d'élu, cette cérémonie-là resterait comme un instant précieux dont, photos à l'appui, il pourrait longtemps faire le récit à ses petits-enfants. Comment lui en vouloir ? On a les plaisirs qu'on peut. C'était la fête du maire. Et ce n'était pas son mariage non plus.

Quand j'entendis l'édile célébrer mes « brillantes études à l'Institut d'Études Politiques de Paris », dont il avait lui-même « connu les bancs », le souvenir me revint du jour où, un an plus tôt, dans la cour aux ernests de l'École normale, mon père avait fondu en larmes en déclarant « C'est ça que j'aurais dû faire ! » et je me dis qu'il tenait sa revanche. Faute d'avoir fait les mêmes études que moi, il parvenait au moins, par l'entremise d'un ami fou, à donner à croire que j'avais fait les mêmes que lui. Pourquoi pas ? Je lui devais tant. Mais soudain, mon cœur se souleva sous mon costume Lanvin lorsque le maire sous-informé, non content d'inventer mon cursus et de s'attarder nommément sur les dieux de la salle, osa déclarer « Quant à vos mères, eh bien, elles vous ont donné le jour ! » Et voilà. Rien de plus. Nos mères ? Deux utérus gluants qui avaient dépoté le marmot. Deux trous chauds, en somme, où l'embryon avait cuvé avant d'être offert à nos papas pour la sculpture du corps et de l'esprit. C'était un peu court, Monsieur le maire, fils de pute. Pourquoi n'ai-je rien dit ? Comment ai-je pu avaler ça, impassible et souriant ? De quoi avais-je si peur ? Pourquoi n'ai-je pas dit « Excusez-moi, mais il manque l'essentiel à votre récit… » Quel eût été le risque à laver l'honneur de nos mères devant le maire ? Scandaleuse absence de scandale... Je ne bougeai pas. La phrase passa. Blessant au cœur deux femmes, dont l'une était ma mère et dont l'autre n'avait plus de dents. Et me laissant, moi, spectateur apathique d'une agression, incapable d'y répondre et de protéger sa mère parce qu'il se trouve sur le devant de la scène et qu'en lui-même quelque chose de honteux qui prend la voix de son propre père lui hurle que ce qui s'y passe est beauuucoup plus important. Nom de Dieu.

L'intérêt du mariage est d'avoir lieu. Et en ayant lieu, de n'être que *ça*. J'ai dit oui. Elle a dit oui. Je ne sais plus dans quel ordre. À l'un des deux le maire a dit – comme il devait avoir l'habitude de le faire, selon les codes d'un humour qui faisait partie du rite et autorisait, au cœur du protocole, qu'on plaisantât avec lui – : « Je n'attendais pas d'autre réponse. » Puis on a signé. Puis les témoins ont signé. Dans une indifférence polie pour trois d'entre eux. Dans les crépitements pour Rita Francis. Puis on a bu du champagne et on a reçu du riz sur la tête, et tout a bien eu lieu.

La seule bonne chose de la municipale cérémonie, c'était le visage de mon ami Benjamin, qui, à vingt et un ans, exerçait son intelligence par le contrepied systématique. Quand nous étions racistes, il était de gauche. Quand nous étions bien-pensants, il devenait raciste. Quand nous étions gais, il soupirait. Quand nous étions tristes, il soupirait plus encore. Quand nous fumions des Silk Cut ou des Chesterfield bleues, il fumait des Camel absurdes dans des paquets rigides. Quand nous étions sociaux-démocrates, il célébrait les tyrannies. Quand nous défendions l'Europe, il applaudissait Régis Debray. Et avec tellement d'éloquence qu'il fut le premier, par son talent, à me montrer qu'un rôle n'était pas toujours

– mais pouvait le devenir – une identité. Or Benjamin, quand nous sortîmes de la mairie, nous jeta du riz de bon cœur et (même s'il imputerait au soleil le sourire dont je le remercierais plus tard) portait sur le visage toute la bonté, toute l'aménité d'un frère. Je l'ai vu ! Il avait mis son caractère en sourdine pour communier au bon moment.

Se marier, c'est s'offrir une déception pour le prix d'une fête. C'est s'imposer le fardeau d'un serment intenable, juste pour voir combien de temps ça va tenir. Je n'ai jamais su si les applaudissements lors d'un mariage étaient des félicitations, des condoléances ou des encouragements. En tout cas, « Tu as raison, mon vieux, quitte à faire une connerie, dit Camus à Roger Grenier qui lui annonçait son mariage à l'église, autant la faire en musique ».

Il y avait à mon mariage tout Paris (c'est-à-dire le Quartier latin) et aussi sa banlieue (c'est-à-dire le 16e). Les gens de droite étaient nos invités. On les tolérait parce qu'on était sympas, et qu'avec leurs boutons dorés ils avaient l'air moins riches que nous. L'extrême gauche aussi était la bienvenue. Car elle savait se tenir et, comme elle était menacée dans ses intérêts par l'irruption des bourgeois-bohèmes autour de l'Odéon, entamait son déménagement vers la rue du Bac ou la rue Bonaparte et ses appartements mieux protégés, d'où elle ciselait des essais vendeurs sur l'horreur économique et la nécessité du PCF dans un monde inhumain. La plupart de ces braves gens – je l'ai dit – étaient là ès qualités, et non parce que, d'une manière ou d'une autre, ils nous étaient liés. Ce qui eut pour effet, dans un premier temps de la soirée, de faire de moi son nouvel observateur.

J'étais le spectateur qu'un miroir choisit de balader, pour un soir, dans la planète où les locataires de l'Olympe s'étaient donné rendez-vous. J'étais le lecteur, monocle à l'œil, inconnu au milieu des images. Je marchais parmi les *gens*, en prenant garde de ne pas les bousculer, comme Candide et Cacambo font attention, en arrivant dans l'Eldorado, de ne pas écraser les diamants qui jonchent la route. Bref, j'étais le fantôme de ma teuf. En visite au musée des visages familiers. Je voyais sans être vu. Je reconnaissais, sans être reconnu.

Pour m'assurer de mon inexistence, je me penchais parfois vers un gens-géant genre Danièle Thompson, Poivre d'Arvor ou Alain Delon, et je faisais mine, couvert par le vacarme, de leur dire une chose à la fois drôle et solennelle, qui se terminait par une poignée de main. Ils serraient chaleureusement la main inconnue. Et répondaient à mon sourire par un sourire *entendu*. Qui de nous deux existait le moins ? Le fantôme qui feint de parler, ou l'image qui feint de lui répondre ?

Alors que la soirée avançait et que les *gens* s'en allaient (comme une fusée se débarrasse de ses réacteurs une fois qu'elle a percé l'atmosphère), ce fut le tour des larbins, commensaux des gens, d'entrer en scène. La différence entre un *gens* et un larbin, c'est que le second n'a pas de lumière autonome et que les restes sont aussi son repas. Il doit emprunter le lustre d'un autre pour apparaître. Ou bien rester longtemps sous les néons pour scintiller d'un éclat résiduel, qui tapisse au lieu d'éclairer. Le larbin, c'est une veilleuse. Qui doit se mettre dans une roue pour avancer. Et qui troque son séjour dans la roue qui le porte contre la monnaie de sa servitude, comme les poissons-pilotes échangent la protection d'un requin contre la tâche, indéfiniment renouvelable, de lui curer les dents. Enfin, on reconnaît un larbin au fait qu'il cherche, lui aussi, à vous reconnaître, et se demande à la fois qui vous êtes, si vous lui êtes utile et donc, s'il doit se rendre utile auprès de vous. Tel directeur de chaîne, par exemple, qui avait feint de ne pas entendre une remarque de ma part, tourna vers moi sans vergogne son visage de courtisan quand, voyant mon beau-père me donner l'accolade, il comprit que j'étais LE marié, et entreprit – comme on s'acquitte maladroitement d'une dette que la maladresse, déjà, vous a fait contracter – de me tenir la jambe pendant cinq bonnes minutes. J'aurais pu lui demander de lacer mes chaussures.

« C'est TA fête… Tu m'entends ? TA fête ! C'est pour TOI, tout ça. Et tu sais pourquoi ? Parce que tu le mérites. Parce que tu es un héros, et que les gens qui t'ignorent sont des abrutis… » Mon cousin Nicolas parlait d'or. Son patron (vexé de l'avoir vu piquer dans la caisse) lui avait cassé toutes les dents de devant, sauf l'incisive de gauche, qui, bizarrement, était intacte. Depuis ce jour, Nicolas gardait les lèvres closes, ce qui était une torture pour lui. Nicolas était un grand éclat de rire qu'une baston (pour laquelle il n'avait jamais porté plainte) avait définitivement scellé.

Il se suiciderait six mois plus tard. Non sans m'avoir béni à plusieurs reprises pendant la soirée et en pesant chacun de ses mots – comme la Cavalière de la Mort, avant de rendre l'âme, enferme le corps de Thanos dans un cocon télékinétique suffisamment résistant pour traverser des millénaires d'éboulis.

Il avait raison, c'était aussi ma fête, après tout.

Mais où étaient mes amis ? On avait bien dû les ranger quelque part.

Je les trouvai tous au sous-sol, en tas, les uns sur les autres, de tabourets en canapés, immergés dans la lecture du journal mondain qui leur faisait des ailes au bout des bras. Je redoutais un peu d'être reçu froidement par des camarades qui, venus confiants, forts de nos souvenirs communs et certains que je les aimais, avaient dû se sentir mis sur la touche dans une débauche où ils ne trouvaient pas leur place. Ils avaient cru venir élégants au mariage de leur pote et s'étaient retrouvés sur le banc, dans la cale du navire, spectateurs d'un événement parisien où leur ami, lui-même prétexte, avait peu de part – ce qu'ils ne pouvaient guère imaginer.

Je contemplai les personnages de ma vie.

Ils étaient tous là, avec leurs noms célestes et leurs arbres sans fin : Hovsepian, Ramsay, Lecavelle, Abitbol, Pucheta, Lévy, Pecas, Verdeaux, Bernheim, Gradwohl, Beller, Enthoven… les Allemands, les Italiens, les Libanais, les faux cousins, les Olivaint, les souvenirs d'enfance et les nouveaux copains. Du néolithique aux camarades de khâgne, des premières tribus aux derniers alliés. J'avais sous les yeux l'entrelacs de mes histoires. De les voir ainsi, en packs, à la lumière des lampes rouges, ordonnés par familles, assis comme des blocs de temps sur des tabourets, regroupés comme des chevreuils dans une clairière à l'heure de la tempête, était un spectacle inouï. J'avais marié tout ça. Et marié tous les temps. C'était magnifique. Sublime et beau, comme Formentera vue d'en haut à l'heure où le soleil décline. Je venais de comprendre. « Tu venais de "comprendre" quoi ? – Détends-toi. Je venais de comprendre pourquoi je m'étais marié. – Ah ? – Je m'étais marié pour m'offrir un panorama. »

Un mariage, c'est aussi le congrès de tous les artisans merveilleux qui se sont un jour penchés sur votre cas pour vous ciseler un souvenir.

Je restais de longues secondes, inaperçu des miens (tous plongés dans le journal), unique spectateur d'un vortex auquel mon histoire seule donnait un sens.

Il y a toujours un fâcheux pour vous gâcher l'extase. Dans mon cas, ce fut l'un des parasites maladroits et plaintifs dont j'écoutais ordinairement les doléances comme on bosse aux Restos du Cœur et que, par pitié dangereuse, j'avais fini par inviter. Alors que je regardais l'ensemble de mes vies, m'attardant sur chacune, imaginant des collusions improbables comme j'avais su en produire, rêvant éveillé d'un château merveilleux où chaque ange aurait son aile, mon empoté m'attrapa par les épaules, de derrière, et, me tirant vers lui, me fit trébucher dans un éclat dégueulant et complice : « Alors, tu es content ou pas ? Ça se passe bien ! Allez, viens ! Viens me raconter tout ça ! On s'en fout, de tous ces cons ! J'ai d'la bonne keco, t'en veux ? J'te fais une ligne, mon frère ? »

Je n'eus pas le temps de lui répondre « Non, pas maintenant, mais dans huit jours peut-être ». Car son croche-cou avait attiré l'attention des miens, qui, m'apercevant tous en même temps, m'adressèrent une clameur disparate où j'eus pour la première fois de la nuit le sentiment d'être arrivé quelque part. Je me laissai tomber sur eux les bras en croix, comme un rocker fait un slam. Le parasite disparut, éjecté par la masse des fidèles qui accouraient de tous côtés pour me sauver. Et je reçus tellement d'amour que j'avais envie de tout leur dire, et de m'enfuir avec eux, tous, dans un endroit où ma seule occupation eût été d'attraper au vol les étincelles de leurs vies bénies. D'une certaine manière, c'est ce que j'ai fait. S'ils ne comprennent pas…

En remontant le temps (c'est-à-dire les escaliers), je tombai sur Elsa B., qui, assise à côté de sa fille devant une table de café, ne semblait pas du tout vouloir descendre. En temps normal, Elsa aurait ajouté les épices de sa fantaisie au mariage de son filleul favori. Elle serait arrivée en grand équipage, avec un éléphant de cadeaux et peut-être un arbre ou deux. Elle aurait tapissé de roses l'escalier de la mairie. Elle aurait obligé les pervenches du sixième arrondissement à signer d'un « Tous mes vœux » le PV d'une amende pour excès de bonheur. Elle aurait appelé le banquier de sa fille pour lui dire que, vu l'actualité, il serait bien avisé d'étaler son découvert. Elle aurait invité tout le monde chez elle *après* la fête pour se finir au champagne en chantant du Julien Clerc… avec Julien Clerc. Mais nous n'étions pas en temps normal. Elsa se mourait. D'un cancer. Qui la rongeait déjà quand elle était énorme, mais les gros font illusion plus longtemps. De sa tête si belle, si grosse, ne restaient que les lunettes, que tenaient les os, au-dessus d'un sourire navré. Elsa était exactement au bout de sa vie. Les gens invincibles ne sont pas invulnérables et quand le rideau se lève, ou quand le masque tombe, ils nous montrent mieux la mort que les autres, parce qu'on se souvient de leur puissance. « Il n'y a pas trois semaines, elle faisait du vélo, elle a même dansé jusqu'à minuit ! » Comme si c'était une objection. Comme si les titans allaient rater leur sortie. Il n'y a pas trois semaines… ça ne veut pas dire qu'ils n'étaient pas malades. Ça veut juste dire qu'ils voulaient mourir vivants. « Alors, tu es heureux ? » demanda-t-elle. Que répondre ? Elle l'avait fait pour dire quelque chose. En temps normal (c'est-à-dire au passé), elle se serait épargné une question aussi banale. Je ne pouvais pas lui mentir. « Je suis *assez* heureux de voir tous mes amis d'un coup. Pour le reste… » Elle sourit encore. On s'était compris.

Quelques semaines après notre goûter de mariage, nous nous installâmes, Faustine et moi, rue Monsieur-Le-Prince (c'est-à-dire à proximité d'Elena, qui s'était imposée dès la veille des noces comme leur antidote) au quatrième étage d'un hôtel insalubre, tenu par une famille d'anciens pétainistes dont la mère n'arrêtait pas de mourir, et dont la fille aînée avait, à l'entrée de son salon, un portrait des Romanov. J'habitais un bureau sous le toit, avec des grilles aux fenêtres, d'où je fixais ma lucarne en rêvant de mon propre départ. L'avenir, intact, avait la pureté des décisions qu'on reporte. Je m'imaginais célibataire, je parlais tout seul, je chantais en cachette. Je faisais l'homme qui fume en regardant par la fenêtre. Tel Jacquot sur son rayon de lune, j'arpentais mille autres vies, oubliant un peu, le temps du voyage, que j'étais également celui qui partirait. Demain je la quitte, demain j'arrête, demain tout recommence… demain n'est rien, demain n'existe pas. « L'homme accepte la mort, mais non l'heure de sa mort, dit Cioran. Mourir n'importe quand, sauf quand il faut que l'on meure. » Bref, je me droguais à l'espoir. J'étais le personnage principal du roman de ma vie. Je prenais mon sommeil (et son rêve) pour mon horizon. Je pataugeais dans la promesse. J'étais loin de partir ;

pétri d'avenir et diverti par l'adultère, je m'étais organisé non pour fuir mais pour endurer. Il faut dire que j'avais du temps perdu à rattraper.

Quatre années. Dix millions de jours. Quatre putains d'années de plus en trop. Dont j'ai tout retenu sans que rien ne m'en reste. Vers la fin, épuisé, désespéré, marié jusqu'à l'os à l'âge où, libre comme l'air, on désire sans compter, je trompais les deux avec ma main et, pour achever de signifier mon mécontentement, m'extasiais devant les saillies d'Octave Blanco, dont l'anti-système célébrait l'éthique du libertin en comparant le choc des atomes à la rencontre des corps. Je déclarais insolemment, comme lui, que l'amour ne dure pas, et qu'on ne possède personne malgré « les morsures et les baisers ». Clinamen, amen. Telle était mon audace. Pareil à tous les curés du libertinage, je portais au pinacle une sexualité torrentielle et, en pratique, comme eût dit Nicolas, je me tapais la queue dans ma salle de bains.

Puis je suis parti d'un coup, comme ça, comme tout le monde, comme on saute, pieds joints, dans une flaque profonde. Après tant de vie commune, au lieu de dormir chez moi, j'ai mis mes fringues dans un cercueil et j'ai dormi ailleurs. Pour quitter quelqu'un, il suffit de le faire. Il faut dire que je savais où aller. J'y reviendrai.

J'avoue que, le dernier jour, j'ai failli croire que je l'aimais de nouveau.

À l'heure de la rupture, stupéfaits d'avoir un pied dehors, les êtres qui se séparent commencent par se rapprocher un peu, histoire de prendre un grand bol d'eau, de s'étouffer une dernière fois, avant de respirer enfin.

***

Spinoza occupait une place singulière dans le panthéon-bibliothèque de mon père. Ses œuvres complètes tenaient dans un seul volume de La Pléiade et lui avaient été offertes par Casimir, qui, pour lui faire sentir que son cadeau était méprisable et que deux amis comme eux avaient mieux à faire qu'à se dire merci, le lui avait lancé sans crier gare sur l'abdomen, alors que mon père, tout juste opéré de l'appendicite, lui ouvrait la porte. J'ai longtemps voulu croire que le rouge de la Pléiade Spinoza était teinté du sang de sa plaie.

À ce préjugé s'ajoutait le fait que mon père, qui avait le dithyrambe facile, réservait à Spinoza des compliments plutôt vagues. C'était un « grand philosophe, bien sûr » et le « maître à penser de gens très importants », mais à part ça… Je sentais que Spinoza n'était pas de ses favoris. On vivait très bien sans le lire. La preuve.

C'est à l'École normale que je fis plus ample connaissance avec l'abscons Néerlandais, et uniquement par paresse. Nous étions quelques dizaines de nouveaux venus en salle Dussane, devant qui se succédaient à la tribune les nombreux « départements ». Quand ce fut le tour du noble « département de philosophie », entrèrent dans cet ordre la redoutable Imbert, le puissant Wolff, l'énigmatique Courtine et le débonnaire Pautrat.

Claude Imbert prit la parole pour exposer ce qu'elle appelait « point de non-retour ». C'est tout ce que j'ai retenu. Non que j'aie oublié ce qu'elle a dit ensuite, mais encore aujourd'hui, je suis incapable de le comprendre.

Francis Wolff parla, à sa suite, d'Aristote comme un grand chef parle de son plat, avec une extrême précision et un air absolument délié. J'étais tenté mais nul en grec ancien, dont l'apprentissage avait été compromis par les jambes de la grande Chloé.

Jean-François Courtine se lança à son tour dans des considérations parfaitement opaques sur Heidegger, dont, échaudé par la vieille polémique du *Nouvel Obs* et pétri d'humanisme jusqu'à la glotte, j'osais me dire que c'était un enfoiré de nazi qui ne méritait pas qu'on le lût. C'était vrai. Mais c'était con. Exit Courtine.

Restait Bernard Pautrat.

Dont le visage d'ange était surplombé d'une crinière frisée, et caché par d'élégantes lunettes. « Alors voilà, moi je vais vous parler de l'*Éthique* de Spinoza. Nous avons commencé à lire ce livre page à page en 1971, nous en sommes à la troisième partie, et on ne va pas s'arrêter là ! » C'était tout. J'étais conquis. Comment ne pas l'être ? Son bureau était ouvert le mardi après-midi, c'est-à-dire le jour même. J'y entrai avec la prudence d'un communiant. « Eh bien, je suis ravi de vous recevoir, soyez le bienvenu », dit-il, en ouvrant presque les bras. Quoi de mieux ?

Je devins assidu au séminaire de mon caïman, dont j'avais décidé qu'il était adorable, quoique (à mon avis) d'une gauche qui sentait un peu les tapas.

Chaque mardi matin, à 10 heures, Bernard entrait d'un pas serein dans la salle Cavaillès, s'asseyait lentement et ouvrait l'*Éthique* à la page de la semaine précédente, dans l'édition bilingue du Seuil dont lui-même était le traducteur.

Était-ce d'en reconnaître la main, ou bien (plus vraisemblablement) le résultat d'une fabrication exemplaire qui autorisait à tordre le livre sans que l'encollage en souffrît ? L'ouvrage semblait lui obéir. Il n'avait qu'à le poser sur la table pour qu'il s'ouvrît largement, sans efforts, de lui-même, à la bonne page, dans un geste qui tenait davantage de l'esclave mourant que du serviteur zélé. Comme un amant pose une main sereine sur la cuisse vaincue de son amour, Bernard étalait sa paume sur le livre docile dont il parlait en le caressant.

Nous étions en 1995, en pleines grandes grèves inutiles qui n'auraient aucune incidence sur ma vie car je n'habitais pas loin de l'École et je me déplaçais à vélo, Pierre Bourdieu exerçait sur les consciences un magistère illégitime et Alain Juppé passait à bon droit pour un Premier ministre arrogant, enfin Gilles Deleuze venait de se défenestrer. « J'aimais la chose X qu'on appelait Gilles Deleuze, et l'idée de sa mort a pour effet de me rendre triste, alors je voudrais aujourd'hui, avec les outils que donne l'*Éthique*, tenter d'expliquer, ou de comprendre, ce que tout cela cause en moi… » Et il passa deux heures à nous parler de tristesse. C'était le moment.

Mais comment se suicider quand on est spinoziste ? osai-je lui demander. Spinoza ne présentait-il pas le suicide, contrairement aux stoïciens, comme une illusion de liberté ? Une façon de se soumettre en croyant qu'on s'affranchit, et de donner au monde la puissance de nous anéantir tout en feignant de le défier ? En khâgneux, j'avais l'impression de m'élever en tirant un chagrin du côté du concept et en faisant la morale à un mort. Mais au lieu d'entrer dans la discussion comme je l'espérais, Pautrat, qui aimait vraiment Deleuze, fronça les sourcils et balaya mon intervention comme celle d'un bon élève qui, pour cette raison, s'était peut-être trompé de séminaire en venant chez lui. J'avais oublié où j'étais : Bernard parlait d'un ami. L'allure démonstrative qu'il donnait à ces considérations navrées n'était qu'une façon d'être fidèle à un livre, L'*Éthique*, dont la gangue arithmétique recouvre un cœur battant. Tout me restait à apprendre, à commencer par le fait qu'on peut savoir ce qui est bon pour soi et faire ce qui est mauvais, traduire le bréviaire de la béatitude et avoir le cœur brisé quand un ami se jette par la fenêtre, ou connaître la recette du bonheur tout en menant la vie merdique d'un canard-lapin.

J'étais salarié, couvé, j'avais une garçonnière, et les cours, facultatifs, me semblaient décevants. Spinoza n'était à mes yeux que le bâtisseur d'un système étranger dont je présumais que, comme tout système, il était un peu de mauvaise foi, mais je me cramponnais tout de même à l'*Éthique*, comme à une autre langue que la mienne.

Car chez moi, c'est-à-dire chez mon père, on parlait au quotidien le Descartes. J'appelle « Descartes » le langage des bons sentiments, ou plutôt le bon sentiment que le langage suffit à régler à distance les problèmes du monde.

On croyait à l'universel. C'était même l'horizon nouveau d'une gauche qui avait abjuré la tentation totalitaire. On fuyait (ou on combattait, c'était selon) le double écueil du conservatisme religieux et de la gauche radicale. Ta ta ta ta ! On aimait Renaud, Johnny Clegg, SOS Racisme, Goldman frère et l'abbé Pierre. Mon père écrivait au *Nouvel Observateur* des articles élégants contre le « malaise français ». On ne prenait pas le risque du réel. On en parlait de loin. Je connais par cœur l'égoïsme abyssal de celui qui, le ventre plein, n'ose pas se dire qu'il aime bien le 20-heures et ses Éthiopiens, et que le spectacle des enfants affamés dope son repas, en ajoutant à la chaleur de la bouffe la saveur d'un privilège. « *Loin des cœurs et loin des yeux... de nos villes, de nos banlieues... L'Éthiopie meurt peu à peu, peu à peuuuuuuu...* » On était bien. On bouffait bien. On aimait le Bien. On avait des scies dans la tête. On détestait Georges Marchais (dont mon père m'avait convaincu, quand j'étais plus petit, que l'accent du Calvados était un accent « soviétique » et que, les nuits de pleine lune, tel un mogwaï nourri trop tard, il se transformait en vampire que le rouge du sang rendait fou). On était cultivés sans être érudits. On avait des goûts de luxe sans être riches. Et si on avait été riches, on se serait vantés d'aimer les choses simples. En un mot, nous étions *socialistes*. On produisait de la synthèse comme la peau fabrique de l'eczéma. À toute chose, nous disions « Oui d'accord, mais enfin tout de même... » Le marxisme ? « Oui, d'accord, il y a des injustices, mais enfin tout de même, on ne peut pas sacrifier la liberté à l'égalité... » L'économie de marché ? « Oui d'accord, c'est le seul système qui fonctionne, mais enfin tout de même, on ne peut pas se satisfaire des injustices qu'il produit. » Le racisme ? « Oui, d'accord, c'est atroce, mais enfin tout de même, il faut imaginer la misère qui engendre la haine. » La guerre ? « Oui, d'accord, c'est une horreur, mais enfin tout de même, il y a parfois des guerres justes... » Et en cette exquise pondération (indéfiniment déclinable et seulement comparable à l'envie, à peine retenue, de faire caca), nous ne doutions pas d'être *dans le vrai*.

Dans ce climat de confort idéologique, Spinoza sentait un peu le soufre. Il sentait le Deleuze. Il sentait Vincennes, la gauche mécontente et l'expérience critique. Je m'aventurai en Spinozie comme on déserte finement, sous le radar, la province de toute une vie. Peu importe qu'au lieu d'y voir les ferments d'une pensée révolutionnaire, j'y trouvai finalement – comme Deleuze – les meilleures raisons de ne rien changer à rien. Spinoza ne se présentait pas à moi comme un système nouveau mais comme un nouvel écosystème, un territoire alternatif, une Corée Nord-Sud que l'État central m'avait toujours décrite de loin et où, enfin, Truman posait fermement le pied.

Tout en découvrant de nouveaux auteurs comme on pénètre l'univers d'une carte postale, et fidèle au programme que je m'étais donné dans l'hypothèse avortée où je devenais papa, je me livrai, lors de ma première année à l'École, aux joies de la thésaurisation. De professeur ponctuel qui rédigeait les dissertations des copains, aidait la nièce du patron de mon cousin à passer son bac (ou bien ma propre sœur à passer son brevet), je devins précepteur à temps plein pour les adolescentes de la diaspora libanaise qui, alors que les familles répugnaient ordinairement à laisser leurs gamines sortir seules, les envoyaient sans crainte dans ma thurne prendre des cours de français ou philo car, par le plus grand des hasards, l'École normale se trouvait dans la même rue que l'église maronite de Paris.

J'en profitais pour accueillir dans ma chambrette de jolies jeunes filles souriantes et timides à qui, tandis que leur taxi les attendait (parfois deux heures) je tentais de faire croire – comme on tend une main secourable à des gens sans souci – que Voltaire et Rousseau les invitaient à tourner le dos à leurs parents. Je leur prenais de l'argent pour leur apprendre que l'argent ne faisait pas le bonheur. Elles repartaient, certaines galvanisées, et je palpais, comme un psychanalyste après le départ de son patient, la douce liasse de cinq cents francs que m'avaient rapportée mes élans désintéressés. Je rangeais les billets dans un tiroir, en les pliant pour en accroître le volume. Je pourrais, pour me sauver à vos yeux, vous dire que j'étais heureux d'avoir cet argent parce que je l'avais gagné moi-même, à la sueur du cerveau, vaillamment, et qu'il n'y a pas de honte à être heureux du fruit de son travail. Mais ce serait mentir et je ne vais pas commencer maintenant. J'avais, jusqu'à présent, toujours et très tôt gagné moi-même mon argent. L'exploit n'était pas là. Non. Ce qui me faisait jouir, c'était la présence du fric. Le paquet de fric. La tune dans ma thurne. J'aimais ça. Au point de mettre la liasse dans ma poche pour aller m'acheter des cigarettes. Heureusement. Heuuuureusement. J'étais plus dépensier qu'avare. Et le goût de posséder quelque chose, ou le symbole de quelque chose, était largement surmonté par le délice d'être princier. La saveur du blé n'était rien à côté du bonheur de le répandre. J'adorais sentir mes billets dans ma poche mais j'aimais plus encore, comme on jette l'anneau dans les flammes de la montagne du Destin, claquer la liasse en pizzas, en bières et en pollen exquis, qu'on partageait en meute le dimanche soir devant *Friends*, à l'époque de Canal Jimmy, dans le salon de la rue Monsieur-Le-Prince, quand les amis et les chats devaient se donner rendez-vous à heure fixe pour vingt minutes de joie pure.

Quand la question se posa, je voulus d'abord rédiger mon mémoire de maîtrise sur Alexis de Tocqueville. Libéral par nécessité, tolérant par principe, réactionnaire par tempérament, aristocrate de cœur et démocrate de tête, l'homme était parfait. Sauf que ça ne servait à rien. En termes d'avenir à l'université, Tocqueville était aussi utile qu'un mémoire sur le macramé. Et Kostas Neville, dont j'aurais dû suivre les conseils, avait mieux à lire que les tentatives d'un étudiant de montrer que tout agencement n'était pas fatalement une synthèse, ou que tout compromis n'était pas une affaire de bonne conscience bourgeoise, bref, qu'on pouvait être centriste (et beau-fils de cyclope) sans avoir la couille trop molle. Il fallait trouver autre chose.

Je remontai le temps en suivant le sillage tocquevillien : je croisai Adam Smith qui me faisait signe de sa main invisible, et Montesquieu dont *L'Esprit des lois* me rebutait par la sécheresse de son titre. Et puis Montesquieu, comme Tocqueville, c'était un peu la deuxième division. Sans tomber aussi bas que les chevaliers de bronze Bourdieu, Finkielkraut ou Lipovetski, ils étaient à Descartes, Spinoza ou Leibniz ce que Laval ou Guingamp est au PSG, un adversaire nain qui, une fois sur dix, l'emporte au malentendu. Restait Leibniz, justement, le plus conservateur des hommes et le premier des libéraux, qui, charme collatéral, était aussi le maître à penser de tous ceux qui rêvent d'une autre vie. Or, à l'époque, je partageais mon temps entre la présidence de la conférence Olivaint (une sorte de haras pour assistants parlementaires dont j'étais le bon juif socialiste, à la tête duquel je m'étais retrouvé par hasard comme une dominatrice se voit élue par un conclave de bonnes sœurs pour y tenter des partouzes) et une double vie de canard-lapin, du nid au clapier et du clapier au nid.

Travailler sur Leibniz imposait de faire ma maîtrise avec Jean-Christophe Richez et, pour cela, de quitter l'aile gauche de la Sorbonne (dite « Paris I ») pour son aile droite (« Paris IV »). Je remplaçai sans peine la mangrove marxiste pour le marais catholique et me jetai à corps perdu dans un mémoire sur la théodicée leibnizienne. Car j'étais impatient d'en découdre non pas avec Leibniz mais avec ses adversaires. Comme on fait assaut de civilités le jour d'une première rencontre, ou comme un cireur de chaussures tente de convaincre un Parrain qu'il devrait faire de lui son *factotum*, je me présentai à Leibniz avec toute la candeur et la bonne volonté dont j'étais capable, heureux, qui plus est, d'avoir vu que *théodicée* (« la justice de Dieu ») désignait autant la justice divine (génitif subjectif) que le fait de rendre justice à Dieu (génitif objectif), sur qui pèse le poids des horreurs de ce monde. J'avais déjà croisé ce genre d'ambivalence, d'abord en latin (« *Metus hostium*, criait Azoulay, c'est à la fois la crainte que les ennemis inspirent et celle qu'ils éprouvent ! ») puis avec Madame Maurel : « Un Amour de Swann désigne-t-il Odette que Swann adore ? ou Swann lui-même (« Vous êtes un amour, Charles », lui dit la duchesse de Guermantes) ? ». Moi dont l'existence n'était qu'une plaidoirie en faveur de mes propres ennemis, j'adorais l'idée que Dieu passât en procès et je voulais donner leur chance aux arguments de la défense. Que vaut vraiment le sentiment que ce monde est « le meilleur des mondes possibles » ? De quelle manière Leibniz échappe-t-il à sa caricature et à l'accusation de quiétisme ou d'indifférence ? J'étais prêt à me faire l'avocat de l'avocat lui-même. Toutes mes forces d'excuse étaient mobilisées pour lui donner raison. Je mettais, par principe, mon enfance entière, ses contorsions et ses fantômes, au service de son panégyrique.

Inutile mobilisation. Seulement comparable à l'épisode *d'Urgences* où le Cook County se prépare à recevoir d'un coup les dizaines de blessés d'un accident d'avion, avant d'apprendre que tout le monde est mort.

La théodicée de Leibniz me montra surtout que l'intelligence et la science n'avaient aucune prise sur la mauvaise foi. Et je restai abasourdi devant les sophismes d'un métaphysicien multi-carte qui, au mépris du monde, décrète, une fois pour toutes, que Dieu est bon.

Dieu peut tout.

Dieu sait tout.

Mais Dieu est bon. C'est con.

Et sa bonté lui *impose*, dans le supermarché des existences, de choisir « librement » la meilleure d'entre elles, c'est-à-dire la nôtre, dont l'excellence est avérée par le fait que Dieu l'a choisie. Pour le dire autrement : puisque c'est notre monde qui existe, alors Dieu l'a voulu, or la bonté de Dieu ne lui laissant que le choix du meilleur, notre monde est le meilleur. CQFD.

À tous les voltairiens – qui font l'objection des séismes, des génocides et des viols d'enfants – Leibniz répond imperturbablement que voir le mal, c'est mal, voire que : « permettre le mal comme Dieu le permet, c'est la plus grande bonté ». Comment peut-on s'en tenir à Auschwitz ? Faut-il avoir le nez sur l'obstacle pour ne pas saisir que les tragédies physiques ou morales, comme les grumeaux d'un tableau, prennent place à distance, dans l'harmonie de l'ensemble ? « Après la pluie, le beau temps », disent les optimistes. Leibniz allait plus loin, qui disait en substance « Puisqu'il pleut comme vache qui pisse, c'est donc la condition du beau temps qui, immanquablement, viendra. » Sans déconner. Je vous jure que c'est aussi bête que ça. Et aussi malhonnête.

En guise de plaidoirie, la théodicée n'est qu'un tour de passe-passe uniquement destiné à disqualifier tout procès en montrant qu'à s'inscrire dans la série plus large des causes et de leurs conséquences, aucun fait ne conserve une force accusatoire. Quelle différence entre Leibniz et Pangloss, sa caricature voltairienne qui persiste à tenir les drames (abattus parfois sur sa tête) comme autant de « preuves » que « tout est pour le mieux dans le meilleur des mondes possibles » ? Tant de science pour tant de mauvaise foi. Tant de lumière pour tant de déni. J'étais accablé. La « bagatelle » (*Candide*) que je m'amusais à relire en troisième, et où Voltaire, faute de contredire Leibniz, confronte son étrange optimisme à toutes les saloperies du réel, était infiniment plus convaincante que l'imposante théodicée sur laquelle je me rompais le crâne dix ans plus tard.

Non seulement j'étais déçu mais, comme à l'époque de Lucienne, je n'avais ni la faiblesse ni l'envie d'échapper à ma déception. Dans ces textes fumeux où la mauvaise foi donne à la décision de mettre la tête dans le sable la force d'un raisonnement, je retrouvais mes incurables arnaques : le scénario d'*Indiana Jones*, ma mère devant les femmes indiennes ou Faustine face à l'hypothèse de sa grossesse, et les gauchistes en jeans de marque qui nous alpaguaient devant Montaigne aux cris de « Salut, est-ce que tu te sens révolté ? » pour nous vendre la bouillasse de leur système. Et Isidore, l'enculé de sa race. Et tous les immondes à sa suite, qui s'arrangent avec eux-mêmes en décorant les murs qu'ils n'ont pas su abattre.

Leibniz est le père de tous ceux qui prédisent sans honte le pire aux gens heureux et le meilleur aux grands malades.

Leibniz est l'ancêtre des filous qui, prenant la réalité pour le Bien, vous accusent de souhaiter le *statu quo* quand vous ne faites que le constater.

Leibniz est le maître à croire de tous ceux qui croient savoir sans savoir qu'ils croient.

Leibniz, c'était Lucienne métaphysicienne.

Alors, renonçant à l'idée même de vérité, je changeai d'angle de vue.

Au lieu de me demander si le Vergès de Dieu disait vrai en présentant ce monde comme « le meilleur des mondes possibles », je me demandai à quelle peur, quel effroi, correspondait le désir de bricoler un meccano pareil. La question n'était plus de savoir qui avait raison, mais de quelle pathologie le désir d'avoir raison était le symptôme navrant. Je faisais des progrès.

Et puis Leibniz était aussi l'inventeur des mondes parallèles, ces enfants du regret. Le sophisme du meilleur des mondes possibles indignait l'honnête homme en moi, mais il offrait à mon désir, ou à ma nostalgie, une infinité d'esquisses inabouties.

Moi qui croupissais dans un mariage damné entre une toxicomane et une énarque, je rêvais en le lisant, du monde où d'autres circonstances eussent imposé d'autres choix, et, tel mon père devant la fontaine aux ernests, je m'abandonnais au sentiment délicieux que mes impasses n'étaient pas ma faute. Quand je le lisais sans pester sur son baratin disculpatoire, Leibniz me faisait penser aux tableaux de Marcus où d'une flaque naissait un univers. C'est que la trame de mon existence est, comme la vôtre, tissée de ces répliques gardées pour moi, de ces fulgurances en retard, ces reparties de l'après-midi qui font les beaux jours des rêves éveillés et suggèrent qu'on allume une cigarette en songeant à ce qu'on aurait dû dire puisque, dans la longue vie d'une journée, la cigarette occupe la place du bilan.

À vingt ans, vingt-et-un ans, au Panthéon des mondes possibles, dans le cimetière des coups non-rendus et des conversations inachevées, j'enterrais :

La buraliste poilue (« Que voulez-vous, mademoiselle ? – Deux Marlboro Lights, mais je ne suis pas une fille, madame. – Eh, bien, il faudrait l'écrire ! »), à qui j'aurais dû répondre qu'il eût mieux valu lui graver sur le front qu'elle-même n'était pas une guenon.

L'anesthésiste à la frange dissymétrique réglant le compte-gouttes en amont du cathéter de Faustine, qui m'avait sèchement répondu « Je suis anesthésiste et je connais mon métier » lorsque je lui avais demandé si « ce n'était pas trop » en voyant le liquide s'écouler à grande vitesse, et à qui j'aurais dû dire « Vous êtes anesthésiste, mais moi je suis le père de l'enfant que l'idiote couchée devant vous a finalement décidé de ne pas garder, alors j'ai le droit d'être inquiet, et votre métier, connasse, est aussi de comprendre ça au lieu de vous vexer comme un pou ».

Le livreur qui, pour faire le malin devant la fille dont il voulait attirer l'attention, me répondit « Une seconde ! » d'un air exaspéré, comme si je l'appelais pour la dixième fois, alors que je m'étais juste penché vers lui pour demander mon chemin. Et à qui, des années plus tard, je ne sais toujours rien répondre.

Le sosie de Gisèle Halimi qui, me voyant tousser tandis que j'allumais une cigarette, vint me dire, en souriant jaune, que son fumeur de père était mort d'un cancer du poumon, et à qui j'aurais dû demander si, avant de mourir, il n'avait pas eu le temps de lui apprendre à ne pas se mêler des affaires des autres.

Rita Francis indignée que « les étudiants d'aujourd'hui ne travaillent jamais » parce que je prenais une semaine de vacances l'année de mon hypokhâgne, à qui j'aurais dû demander si elle faisait référence à l'époque où elle habitait le Ritz (ou bien le grand appartement de la rue de Tilsitt) quand elle crut bon d'ajouter qu'à mon âge elle travaillait « tout le temps » et « n'avait rien, sinon le courage de [ses] rêves ».

La présidente des anciens de la conférence Olivaint, (dont je présidais la branche active), à qui j'aurais dû reprocher d'avoir payé un service d'ordre pour m'interdire l'accès de la salle où je devais présenter un bilan dans lequel je mettais en cause l'opacité de sa propre gestion, quand elle m'arracha le micro des mains pour dire à l'assistance que j'étais « un ennemi de la démocratie ».

Ma grand-mère Poupette qui, pour m'empêcher de regarder *Un monde sans pitié* à la télévision, m'avait dit « Je regrette beaucoup, mais il est trop tard » et à qui j'aurais dû répondre que, si le monde est sans pitié, c'est quand on a des regrets qu'on est malheureux deux fois.

Le seul rêve éveillé qui ne me vint jamais sans effort, dont les contours n'avaient rien d'évident, était le monde possible où mon père et ma mère ne s'étaient pas séparés deux ans après ma naissance et coulaient encore des jours heureux dans la médina de Vaucresson. Seulement celui-là, c'est en étranger que je m'y promenais. En homme des failles à qui la stabilité donne le tournis.

J'ai d'abord raté l'agrégation comme Rocky, au sommet de sa gloire, se fait démonter par Clubber Lang (et perd son entraîneur) au cours de leur premier affrontement. Rapidement. Et à l'écrit.

Spinoza, pourtant, était au programme, avec Nietzsche et Aristote. Et depuis l'année de maîtrise, Spinoza avait changé de statut. À force de le lire au microscope et de l'opposer à Leibniz, Spinoza était devenu un compagnon dont l'étude survivait, au quotidien, sous la forme d'une tendance nouvelle à déplier les problèmes, à contourner les obstacles, à faire peser sur mes opinions le soupçon d'être dictées par mes dénis plus que ma raison, à disséquer mes propres colères et à me méfier du manque comme du chant des sirènes. Malgré son aridité, Spinoza était insensiblement passé, en moi, de l'esprit au cœur, aidé par les mauvaises manières de Leibniz dont les critiques à l'égard de l'aîné qui avait tant d'avance sur lui étaient exclusivement morales : il ne disait pas « Ce qu'écrit Spinoza est faux », mais « Il serait affreux que les choses fussent ainsi ». Quand Spinoza assumait le silence du réel, le courtisan teuton l'accusait d'appeler de ses vœux un monde « où la Providence n'aurait point de part ». Tous les salauds qui vous reprochent d'être

« méchant » tout en admettant que vous avez raison sont les têtards de ce morghul.

Les deux larrons formaient avec Descartes une triade infernale où Dieu lui-même changeait de place. Et de gueule.

Le Dieu de Descartes me faisait l'effet d'un super-héros désinvolte, à la croisée de Jean Grey et de Mandrake, un mage mutin qui pouvait faire que deux et deux fissent cinq ou que le monde disparût d'un claquement de doigts. En somme, le Dieu cartésien, c'était la version « un jour par page » du Filofax, qui recommandait de vivre chaque matin comme une aventure inédite (la dernière ?) et compensait par l'étendue des journées la brièveté de la vie.

Totalement total, infini mais sans au-delà, identique à la Nature, le Dieu de Spinoza relevait incontestablement, Lui, de la version « une semaine sur deux pages », qui mêlait au panorama le goût des détails et, invitant à tenir la veille pour la cause du lendemain, semblait souder les journées.

Comme j'avais cru me faciliter l'existence depuis dix ans en m'offrant chaque année les deux versions de l'agenda, j'eus l'impression de mettre la main sur un passage secret (l'équivalent des portes dérobées dans Mario Bros qui ouvrent sur des trésors ou des *vies supplémentaires*) le jour où, entre le Dieu folâtre au caprice duquel nous devons d'exister et le Dieu total confondu avec l'existence même, je compris qu'il n'y avait pas de grande différence…

Côté Descartes, Dieu fait ce qu'il veut.

Côté Spinoza, Dieu est ce qu'il fait – et ne peut pas faire autrement car il faudrait pour cela que lui-même fût un Autre.

Mais quelle différence, nom de Dieu, entre *faire ce qu'on veut* et *être ce qu'on fait* ?

Quelle différence entre un monde arbitraire et le seul monde possible ?

Quoi de plus nécessaire qu'un monde arbitraire, une fois qu'on l'a choisi ?

Quoi de plus arbitraire qu'un monde sans miroir ni choix, qui prive à jamais de le comparer ?

La journée que vous passez en zigzags et gambades ne peut pas, le soir venu, s'être déroulée d'une autre façon ; les péripéties de ma petite vie pouvaient-elles, après avoir eu lieu, s'être déroulées dans un autre ordre ? Ne m'étais-je pas moi-même, sur un coup de tête, engagé pour cent ans ? « Tout *anyhow* est un *somehow* » dit Clément Rosset, et l'on a beau tituber, revenir sur nos pas, croiser des clinamens ou tomber par hasard sur le paradis qu'on n'espérait plus, le chemin qu'on parcourt n'en est pas moins singulier, unique et, à l'arrivée, absolument nécessaire. Qu'on soit à jeun, qu'on soit bourré, la contingence et la nécessité sont les deux faces d'un même consentement. Bref, comme Terence Hill et Bud Spencer, ou comme mon père et le sien dans le jardin de Canisy, Descartes et Spinoza formaient à eux deux une pensée complète.

Certains aînés, paraît-il, échouent à dépasser leurs parents, surtout quand c'est le but qu'ils se donnent. Ainsi, le jeune Leibniz crut bon de forger la chimère d'un Dieu à mi-chemin de papa Descartes et maman Spinoza, un Dieu de compromis, un Dieu de synthèse, un Dieu du centre qui, entre le trop et le pas assez, était l'équivalent métaphysique de la version « deux jours par page » du Filofax (qui frustrait les panoramistes sans satisfaire les détaillants). Comme celui de Descartes, le Dieu de Leibniz donne le jour au monde sans y être engagé, mais comme celui de Spinoza, Dieu renonce au pouvoir de déroger aux lois absolues. À première vue, le Dieu de Leibniz avait l'allure d'un chevalier, mais à y regarder de plus près, on avait sous les yeux la tragédie d'une vigueur inouïe dont la présomption de bonté réduisait la liberté à l'unicité d'un seul choix.

Je vous entends, lecteur vigilant, me faire l'objection qu'en s'arrangeant pour présenter la défaite quotidienne comme le résultat d'un calcul porté par le souci du meilleur, Leibniz faisait comme moi le jour où, crucifié par un échec à la découverte, je m'arrangeai pour *vouloir* déplacer mon roi et, au lieu de vivre ma situation comme une tragédie, pour en désirer les effets. Sauf que ça ne tient pas. Car je n'avais pas cru gagner la partie en déplaçant volontairement mon roi. Ma défaite était admise et consommée. Mais j'avais réussi à perdre sans me sentir vaincu, comme on meurt vivant. Alors qu'en repeignant aux couleurs de la Providence le cauchemar d'un monde sans but, Leibniz nie la défaite. Son intention n'est pas de nous aider à digérer l'amertume, mais de la tromper. Une chose est de consentir au pain amer. Tout autre est de se convaincre qu'il est fourré de confiture. Ou que son vilain goût est une promesse d'ambroisie.

Mais on s'en fout, j'ai d'abord raté l'agrég.

Dans les grandes largeurs.

J'avais pourtant mis toutes les chances de mon côté. Après une année de maîtrise où je n'avais profité d'aucun avantage de l'École normale et que j'avais passée à faire de la politique le jour et à travailler la nuit sur le match Leibniz-Spinoza, j'avais mis tous mes jokers dans une thurne idéale, avec rideaux, mezzanine et fenêtres sur jardin intérieur. C'était un palais. Qui me servait de garçonnière et de bureau.

J'y faisais l'amour entre deux dissertations, surtout avec Elena, que je connaissais depuis toujours mais que j'avais croisée la veille de mon mariage (après l'avoir longtemps perdue de vue) boulevard Saint-Germain devant la statue de Diderot. Et qui m'avait paru si jolie, de dos dans la lumière, qu'il me tardait, le lendemain, d'expédier la cérémonie pour la revoir plus rapidement. Avec le temps, la passion sans promesse devint un fardeau pour les amants, qui n'en pouvaient plus de baiser chaque fois avec l'énergie du désespoir. Il faut comprendre. Et puis je me sentais coupable, non pas envers ma femme mais envers ma maîtresse, que je maintenais, de peur qu'elle disparût, dans un quotidien sans jour d'après. Je travaillais mal. J'étais inquiet. Je me trouvais incongru. Les cours sur Aristote me passaient au-dessus de la tête. J'apprenais de Spinoza que le désir n'est pas l'effet du manque mais de l'excès, tout en vivant le jour comme un connard, que sa culpabilité menait d'un lit à l'autre. Il est vrai que, depuis la guerre froide, j'avais du mal à n'habiter qu'un seul endroit. Mais il est vrai aussi qu'à mener tant bien que mal une double vie, je me sentais immobile. Double peine. Connard-lapin. Et dans ma thurne cinq étoiles, au lieu d'approfondir les problèmes et de creuser les textes, j'enchaînais les cigarettes pensives.

La veille du premier écrit, j'étais chez Elena en train de faire l'amour quand ma femme, d'un SMS, me demanda où je me trouvais. Je répondis ingénument, sans m'interrompre, que j'étais à l'École. Or, elle était devant la porte de ma thurne avec un Big Mac qu'elle avait apporté en signe de soutien. Pour le coup, je débandai. J'inventai à la hâte que j'étais passé chez ma mère, qui, répondant à l'appel inquisiteur de Faustine une minute plus tard, lui dit, paniquée « Je viens de l'avoir au téléphone, il dit qu'il est chez moi et qu'il est reparti, je ne comprends rien du tout ». Le crime n'était pas démontrable mais le mensonge était avéré. Je dormis sur le canapé. Entre la terreur de l'écrit et le vertige de la capture, j'arrivais en miettes à la première épreuve. Le thème de l'année était « L'action ». Et comme le jury manquait d'imagination, le sujet donné fut également « L'action ». J'étais mal placé. Je fis ce que je pouvais, mais j'avais perdu avant d'entrer sur le ring. Justice était faite. Défaite était juste.

L'année suivante, il fallut d'abord régler le problème de l'argent. Car si nous étions à l'École normale absolument libres de nos mouvements, notre seule contrainte était universitaire : nous devions, sous peine d'une « suspension de traitement », obtenir le diplôme qu'on annonçait en début d'année dans le « programme d'études ». Une telle obligation n'était pas grand-chose tant que nous n'avions pas à passer l'agrégation, dont, malgré nos muscles, l'obtention n'était guère acquise. J'imagine qu'il devait exister bien des dérogations et des contre-exemples à cette règle scélérate mais je ne cherchais pas à en exciper. J'étais enchanté d'être contraint, à contre-courant de tout ce que j'avais fait jusqu'à présent, de demander à mon père sa protection financière toute une année. Car lui-même en était désolé.

– Combien tu dis que te donnait l'école ?

– 7 000 francs. 7 143, en fait.

– Mais c'est énorme ! Tu te rends compte de la chance que tu as… (se reprenant) que tu avais ?

– Ben oui, malheureusement.

– Mais comment as-tu pu rater l'agrég ?

– Je te jure que je ne l'ai pas fait exprès !

– Je t'ai toujours dit de mettre de l'ordre dans ton travail !

– Mais j'ai toujours mis de l'ordre dans mon travail !

– Je t'ai toujours dit de te concentrer sur ton concours !

– Tu crois que j'y suis allé en touriste ?

– Je t'ai toujours dit de ne pas lire les livres en entier, mais de gagner du temps !

– Oui ben, là, j'ai perdu une année…

La lecture toute fraîche des *Principes de sagesse et de folie* de Clément Rosset – où l'analyse des *Fourberies de Scapin* suit la dissection du proème de Parménide – me donnait à entendre dans les « Je t'ai toujours dit » de mon père les dénégations de Géronte (« Que Diable allait-il faire dans cette galère ? ») uniquement destinées à repousser le moment de donner à Scapin l'argent de la rançon, nécessaire, croit-il, à libérer son fils du grand Turc. Car mon père ne niait pas la nécessité fâcheuse d'avoir, contre toute attente, à financer mes études, mais les causes elles-mêmes d'une telle situation, c'est-à-dire le passé en personne. Il aurait voulu non pas échapper à ses responsabilités mais rectifier après coup ce qui lui valait une telle contrainte. En cela, c'est en écrivain plus qu'en fou qu'il raisonnait. Le même homme qui niait jusqu'au souvenir de sa propre enfance dans une ville en guerre cédait pourtant volontiers, en proustien, au sentiment que tout être est le contemporain de chacun des moments de sa vie. De là à croire que le passé se corrige autant que l'avenir, il n'y a qu'un pas, que mon père accomplissait sans peine, sous l'élan d'un lyrisme désinvolte qui ne l'engageait pas : « Nul ne sait, aimait-il dire en allumant sa cigarette, ce que le passé nous réserve. »

– Ouais… Enfin, 7 000 francs, c'est beauuucoup d'argent, mon p'tit bonhomme (je n'avais pas entendu « mon p'tit bonhomme » depuis tant d'années que je fus presque ému de le retrouver, comme j'étais heureux de retrouver le « beauuucoup » qu'il n'allongeait que lorsqu'il était question d'allonger l'oseille, précisément). Moi, je n'ai pas 7 000 francs à te donner par mois. Comment je fais pour payer les vacances ? et la pension d'Eugénie ? et ce que je dois aux impôts ? Tu sais ce que les impôts m'ont pris, l'an dernier ?

– Non.

– Tout.

– Ah. Donc, tu n'as plus rien ?

– Ben, je vivote. Je fais ce que je peux. C'est trrrès difficile.

– Je comprends. Donc, tu m'aides ou pas ?

– 7 000 francs, je ne peux pas.

– 6 000 ?

– Mais tu sais ce que ça représente ?

– Ben oui, justement. Moi, je n'ai *vraiment* plus rien.

– Ne prends pas ce ton avec moi !

– Quel ton ?

– Je peux te donner 3 000 francs.

– 3 000 francs ? Par mois ? Pour le loyer, la bouffe, les cigarettes, le cinéma, l'encre de l'imprimante et les feuilles ? Pff.

– Attention !

– Attention, quoi ?

– Ne sois pas insolent !

– Allez… 4 000 ?

– OK.

Comme Julia Roberts dans *Pretty Woman*, j'aurais cédé à 3 000 tant j'avais l'impression d'abuser. Je trouvais honteux de lui demander quoi que ce soit à mon âge, mais je savais que les autres trouveraient ça normal. Et maquillant ma gêne en revendication, j'obtins une fortune de Géronte. Le reste serait assuré par les leçons particulières dont je m'arrangerais pour qu'elles fussent onéreuses, adaptées à mon programme, nombreuses et (dans le meilleur des cas) libanaises. J'étais prêt.

La règle qui voulait qu'à l'agrégation, des trois auteurs, un seul disparût l'année suivante eut pour merveilleuse conséquence le remplacement d'Aristote par Plotin, dont l'enseignement était assuré par Jean-Louis Chrétien, qui, puanteur exclue, était un peu sa réincarnation.

Chrétien – dont la parole était scandée par un « euh, euh » métronomique – excellait à décrire les moments où Plotin parle de beauté, et surtout le traité tardif où l'Alexandrin s'éloigne explicitement de Platon.

« Si la beauté est affaire de symétrie, comment parler – euh, euh – de la beauté d'un visage ? ou de la beauté d'une mélodie ? Comment parler d'un coucher de soleil et de tous ces moments de la vie où l'évidence dépasse la vérité pour culminer dans la joie ? Que dire du Beau – euh, euh – quand on veut le penser ? L'objection que Plotin fait à Platon engage toute l'existence. En refusant de réduire – euh, euh – la beauté à la symétrie, il la détache de la science et, ce faisant, la soustrait à toute entreprise de connaissance ! Est-ce que vous mesurez – euh, euh – ce que ça veut dire ? Rendez-vous compte : la beauté n'est pas à connaître. Son évidence n'est pas démontrable. Chacun l'éprouve et tout le monde l'éprouve en même temps ! C'est comme Schubert !

Et c'est au fond le geste même du cœur que Plotin décrit ici : le geste d'aimer – euh euh – sans raison, d'admirer sans comprendre ou, plus simplement encore, de *savoir sans connaître*… » J'étais bouleversé. J'avais l'impression de regarder des nuages. Sous ces vocalises rythmées, chaque phénomène me semblait, comme dit Proust, une promesse de bonheur. Je comprenais aussi, comme avec la casquette de Charles Bovary mais sur un autre ton, que le réel est trop fin pour être jamais saisi par les mots, qu'un monde insensé peut indifféremment éveiller l'amertume ou la joie, et qu'une telle décision n'est, en somme, qu'une question de caractère. Platonicien dissident, spinoziste et pascalien avant l'heure, traqueur de singularités, éducateur du regard, Plotin ouvrait sur l'esthétique de Bergson et même quelques intuitions de la *Beauté du geste*. Il était au carrefour de tout, et de tout le monde. Il étoilait mes pensées. Comme en hypokhâgne pendant les cours de Jacques Darriulat, ou comme quand petit et armé d'un Leica je tentais d'immobiliser les cumuli, je prenais des notes avec le sentiment de fixer des étincelles. Je voyageais immobile.

Bénéfice collatéral de mes extases, les cours de Chrétien mettaient des mots sur mes déceptions.

Était-ce d'y vivre désormais ? Plus j'y passais mes vacances déguisé en gendre, et plus je trompais sa fille, moins le domaine des Dieux me semblait divin. Dans ma grande famille de mondains où l'influence, désormais, coulait à flots, je me sentais cerné par des anges déchus, pitres d'eux-mêmes, qui avaient bradé leur talent à l'étal de leur image et qui, comme le dernier empereur de Chine, régnaient sans partage sur un territoire qu'ils ne savaient pas minuscule.

Fallait-il imputer cette disgrâce à mon regard lui-même ? Combien de lieux de mémoire paraissent dérisoires quand on s'aventure, plus tard, à les revisiter ? Combien d'anciennes comédies ne sont plus que des Babylone quand on y remet les pieds après un changement de carrure ?

Ou fallait-il y voir un signe des temps ?

Et le crépuscule objectif du cathodicisme ?

Étaient-elles responsables de leur dégradation, mes idoles ? Ou avaient-elles été noyées par les sirènes de la lucarne ? Était-ce de leur faute, si mes célestes touchaient le fond ? Et si Élie, proconsul du comté des Dieux, dont j'avais si longtemps voulu croire qu'il n'était pour rien dans son discrédit, ne me semblait plus, en toutes circonstances, que la caricature de lui-même ?

C'est à tout cela que je pensais tandis que, de la pointe du stylo, je sculptais sous la dictée de mon professeur.

Soudain, comme on passe la seconde, je songeai que la philosophie de Plotin était parfaitement adaptée au sort des animaux télévisuels qui m'entouraient.

Car quand on la compare aux époques sans pellicule où l'image était plus chèrement acquise (celle des tableaux, des bas-reliefs ou des peintures rupestres) la télévision apparaît pour ce qu'elle est : une dégradation. Comment t'y expliques, sans cela, que Léon Zitrone n'arrive pas au talon de Baudelaire, dont nous ne possédons que deux ou trois photos et qui, lui-même, est peu de chose à côté des érudits et des paysannes que Vermeer photographiait au pinceau ? Dans l'ordre du divin, la télévision, c'est la troisième classe du *Titanic*. On se trouve avec elle à la lisière des choses. Tout près des gens comme ils sont. On a beau se pomponner pour y passer, et bien que chacun, quand l'œil de la caméra croise son visage, se transforme en porte-parole de ceux qui pensent pareil, la télévision montre des individus, plus que des idées. Or qui raconte mieux cette chute dans le particulier que la procession plotinienne qui conduit de l'Un, au-delà de l'Être, jusqu'à l'affreuse matière, et présente le basculement dans la représentation comme un exil et un naufrage ?

Avec la télé, l'Olympe a passé un pacte faustien et, pour le gain d'une lumière accrue, s'est incurablement ouverte à la tyrannie du particulier. Le défi de l'incarnation a versé dans l'oubli de son origine. On est passé de la valeur d'usage à la valeur d'échange et l'expansion indéfinie de ses copies… *In fine*, la *télé* ne conserve de la transcendance qu'une passion de l'éloignement, mais c'est un genre qu'elle se donne. Une étymologie.

Restait une question, lancinante, qui me revenait comme un refrain.

Pour quelle raison mes pantins glorieux étaient-ils attirés par la télé comme des papillons de nuit par la lumière d'une lampe chaude ? Étaient-ils coupables de tout lui céder ou bien ce désir lui-même était-il le chef-d'œuvre du démon « publicité » ?

La télévision était-elle malfaisante ?

Mettait-elle tout en œuvre pour capter à son profit un temps de visage disponible ?

Ou n'était-elle que le miroir de nos miroirs ? et le cadeau trompeur d'un reflet avantageux ? Étaient-ils, mes marioles, comme Gizmo, responsables de devenir vicieux ?

Pour le coup, Plotin n'est pas très clair… Et se contredit, même. Tantôt, il présente la télé (dite « le Mal » ou « la matière ») comme un principe actif, un diable qui nous appâte. Tantôt, il en fait la conséquence du goût mortifère de se regarder dans la glace, et de s'oublier dans le spectacle d'une ombre.

Il n'y a plus d'Olympe.

Pour les dieux, les jeux sont faits.

Depuis que les chaînes sont innombrables, que tout est mis en boucle sur des réseaux, et que chacun peut en produire avec l'espoir qu'elle soit reprise, l'image n'a plus de valeur. Son expansion indéfinie est une dissipation définitive, la fin d'un monde commun dont les idoles étaient les clefs de voûte, l'irruption du buzz comme viatique et la mutation finale des dieux en comptes insta.

Le *cathodicisme* est un polythéisme mourant.

Et la télé, comme un ancien quartier truffé de touristes, dont les restaurateurs se peignent les joues pour avoir l'air jovial, ou comme une superpute cache une maladie vénérienne sous une peau de soie, promet à la cendre les êtres qu'elle fait flamber.

On s'en fout.

Ce qui compte, c'est qu'un Alexandrin du IIIe siècle, en décrivant le parcours d'une âme qui dérive de la contemplation de son principe à la fange matérielle où elle s'abîme pour avoir été hypnotisée par son reflet, contient l'annonce (et les détails) de la démonétisation cathodique. Et moi, je comprenais tout ça. J'avais les deux lexiques. J'appartenais aux deux mondes. Qui n'en faisaient qu'un.

Jusque-là, je cédais complaisamment à l'illusion qu'on sait tout de tout quand on dissipe les mystères. Je n'avais pas encore fini de faire la différence entre le mystère et l'énigme. Alors que le premier n'existe nulle part, et qu'à bien regarder la seconde est tout ce qui existe. Comme j'avais cru, en assistant aux disputes d'Eugénie et de mon père, qu'il fallait des causes aux reproches qu'on s'adresse, je croyais, jusqu'à Plotin, qu'il fallait des choses étranges pour se sentir étranger, ou la béquille de phénomènes extraordinaires pour stimuler la pensée. Pourtant, tout était là. Dans les cancanements métronomiques d'un professeur lumineux. Dans les éditions griffonnées et les manuels en miettes. Dans le filet doux de la fontaine aux ernests. Dans l'ordinaire et le quotidien de la salle des Actes en fin de matinée, où nos ventres gargouillaient tandis que nous grattions de l'anti-concept. La lumière n'a aucun besoin d'une source. Ce fut comme une révélation. Et un écho du temps où la comtesse de Ségur ne m'emmenait pas ailleurs mais ici, et où je trouvais dans ses mots un passeport pour l'existence, et où mes rêves, accrochés au ventre des moutons, franchissaient allègrement la douane du réveil.

Comme un tour d'Europe à seize ans avec armes et capotes, un voyage immobile se fait seul. Sans quitter Faustine ni Elena (pour la raison qu'une ou deux ruptures m'auraient pris des jours et des semaines) et tout en gambadant d'un système à l'autre, je repris la masturbation avec une apaisante régularité. Je retrouvais ma main, amie fidèle, fière d'être mobilisée à nouveau pour cet office antique, et de montrer qu'après tant d'années de clavier, de stylo et de boxe, elle n'avait pas perdu la main. Elle remplit sa tâche avec grâce, fondant le rêve (et parfois le souvenir) dans la sensation. Immanence et singularité. Spinoza et Plotin. Matière et mémoire. Labeur et branlette. Valait-il mieux faire l'amour avec moi en pensant à Elles ? ou avec Elles en ne pensant qu'à moi ? J'avais mis de l'ordre dans ma vie et du chaos dans mes idées. À l'aube du troisième round du match retour contre Clubber Lang, Apollo dit à Rocky qui repart à l'assaut après être allé deux fois au tapis dans la même minute, « *He's just a man* » puis, remontant sur le ring un instant : « *Be* more man *than him !* » La messe était dite. J'étais en paix. Je fus reçu largement.

Et je savais quoi penser.

***

Instruit par le souvenir de mon entrée à l'École normale et ce jour inoubliable (sinon de lui-même) où mon père m'avait promis des « vacances stendhaliennes » avant de filer à Cuba tandis qu'on croupissait à Paris, Faustine et moi, entre les infidélités laborieuses et les parties de cartes, mettant à profit une énergie nouvelle pour exercer mon droit de forage sur le passé, mû par le pardon comme par un poison et aussi curieux de juxtaposer les mondes qu'un cuisinier d'inventer de nouveaux alliages, j'organisai des vacances à Formentera, chez Isidore. En personne. Dans la maison potable qu'il avait louée, et où Faustine et moi étions cordialement invités.

Enchantée de m'accueillir plus de dix ans après la grande bagarre, le vieil ogre nous reçut avec une délicatesse que je ne lui avais jamais connue, et multiplia les signes d'affection, de la table du petit-déjeuner qu'il prenait soin de préparer la veille, jusqu'aux déclarations pudiques comme « J'achèterais bien une maison ici, mais il faut qu'elle te plaise aussi ! ».

Au bout de quarante-huit heures, j'étais d'autant plus embarrassé que les Sieldetraîne et d'autres amis retrouvés étaient tous ahuris que je pusse passer mes vacances avec le bermuda qui, sous leurs yeux, m'avait très exactement persécuté. Emma, en particulier, n'en revenait pas. « Mais comment peux-tu t'infliger une chose pareille ? Comment, alors que tu as le choix maintenant, peux-tu revenir dans cette île, avec cette ordure ? Et chez lui ? » Les bras croisés sous ses nichons sublimes, désormais réservés à ses congénères, donnaient un air de défi à sa stupeur : en un clin d'œil, et comme si cet instant-là n'attendait que moi pour recommencer, j'étais de retour à la soirée si triste où j'avais mis ma veste blanche dans l'espoir d'attirer son regard, et que j'avais finie dans la voiture, vitrifié, tout seul, à tenter, entre mes larmes, de m'étonner que la longue tâche de sauce tomate qui souillait mon déguisement eût presque la forme de l'île où nous passions nos vacances. Une seule discussion avec Emma (puis avec ses parents) avait suffi pour que la lumière fût. Et, comme un filet mute en torrent, mes souvenirs revinrent. Vivants. En bataille. Les humiliations publiques, les hoquets souriants, les calembours lacaniens, les coups de poing sur l'épaule, les mondanités au crépuscule, les chats qu'on étouffe dans leur pisse… Non seulement je n'avais pas inventé tout ça, mais à vrai dire je n'étais retourné à Formentera que pour entendre ce que des témoins avaient à me dire de ma propre histoire. Les vacances n'étaient qu'une enquête au pays des souvenirs, un exhausteur de mémoire venu chercher le récit et les sensations qui prouvaient mon enfance. Et Isidore, en mal d'amour, avait pris pour une amnistie ce qui relevait d'une investigation.

Je fus comblé.

Par les nombreux témoins qui, racontant en détail ce dont j'hésitais moi-même à me souvenir, me contraignaient à admettre que je n'avais rien imaginé, mais aussi par les saynètes quotidiennes que nous infligeaient Isidore et la jeune Laurence qu'il avait amenée dans sa valise et qui, de camarade sympathique, se décomposa en furie au fil des jours et des engueulades toujours plus violentes avec l'homme qu'elle n'aurait pas dû accompagner. Le drame sans gravité d'une entente perdue entre *sex friends* prit la forme d'un début de rixe, néanmoins, la veille de mon départ.

Nous étions avec Édith et Faustine sur le point de passer à table quand Laurence fit irruption dans la cuisine, bouleversée, déclarant entre deux hoquets qu'il était devenu « complètement fou » et qu'elle avait « peur de lui ». Tout en assaisonnant la salade de tomates dont, depuis la mort de mon grand-père, j'étais seul à connaître la recette, je prêtais à son récit une oreille compréhensive quand le fou lui-même entra dans la cuisine, le pas pesant et la voix ferme, et en ressortit avec Laurence sur l'épaule, en sac à patates, qui lui donnait des coups de poing dans le dos. Ils n'allèrent pas plus loin que la terrasse, où l'ogre la posa au sol. Elle partit en lui hurlant de niquer sa pute de mère – ce qui me rappela d'excellents souvenirs – et Isidore revint dans la cuisine en riant et en se frottant le visage.

Je savais tout.

Depuis longtemps.

Mais désormais, je savais que je le savais.

En se conduisant comme il était, c'est-à-dire comme celui dont je n'osais pas me souvenir, Isidore fit définitivement son entrée dans ma mémoire. Où, vingt ans plus tard, il vivote comme un vieux hareng décongelé pour les besoins de mon récit, avant de rejoindre son hangar. Il était cuit. Un jour, je le mangerais froid.

Mon père était excité comme une puce après les résultats de l'agrég. Quand on me demandait devant lui ce que j'avais l'intention de faire, il répondait à ma place « Oh, il ne va pas devenir prof ! Il va plutôt faire un *MBA d'économie financière à Harvard* ! » Un MBA d'économie financière… Comme l'impétigo, je n'ai jamais su ce que c'était. Je ne suis pas certain que lui-même n'eût inventé la chose en agglomérant les syntagmes au gré d'un snobisme décontracté. Mais je le laissais dire. Je le laissais parler, comme chaque fois qu'il peignait mon avenir. Ça lui faisait du bien. On a tort de croire que la salive relève d'un double emploi, car la parole est, elle aussi, une façon de digérer.

J'avais sous la main quelques mois de liberté véritable. J'étais de nouveau salarié par l'École pour une dernière année (ce qui achevait de ravir mon père) et mon programme d'études consistait dans un mémoire de DEA (Diplôme d'Études Appliquées) que j'entrepris – car j'étais d'excellente humeur – sur les différents aspects du nihilisme.

Mon intention n'était pas de me complaire dans le néant ni de me lancer dans la finance mais de creuser le filon d'un matérialisme enchanté, en confrontant à la violence révolutionnaire les pensées de Spinoza, de Camus, de Lucrèce et de Clément Rosset.

Comment ne pas croire en Dieu sans devenir une brute ? Comment trouver dans un ciel creux la norme de son action ? Comment jouir de la vie sans lui donner un sens ? et se satisfaire d'aimer le monde sans implorer qu'il nous aime en retour ? Comment connaître autrui sans méconnaître ce qui fait son altérité ? Comment désirer ce qui ne dure pas ? Donne-t-on jamais sans compter ? Comment rendre grâce à l'apparition devant laquelle les mots nous manquent ? Pourquoi « comment » au lieu de « pourquoi » ? Les questions s'affinaient en moi. Au lieu d'être comme des pistes qu'un savoir acquis mettait indifféremment à ma portée, elles se tenaient la main, s'exigeaient mutuellement, naissaient l'une de l'autre et, sans former un système, s'imposaient comme un doute cohérent qui agrégeait l'ensemble de ma vie.

Les progrès de la pensée n'ont aucune prise sur une adolescence tardive. L'envie bien naturelle d'être un peu con de temps en temps est plus puissante que tout ce qu'on peut apprendre.

Décembre 1999. En jolie veste et manteau long, je descendais d'un pas souple l'entonnoir de la rue des Saints-Pères, à la recherche du *Magazine littéraire*, pour y remettre à Jean-Jacques Brochier mon tout premier article – quatre mille signes –, où j'étrillais le livre indigent que les nègres de Mina Clain avaient commis sur Spinoza. Un énorme plagiat, quelques approximations biographiques et nombre d'inepties y rythmaient des considérations grossières sur les « juifs en lisière » parmi lesquels l'auteure, c'est-à-dire la signataire, voulait elle-même se reconnaître. C'était peu de chose mais c'était mon premier article. J'étais d'humeur à tisser des éloges au moment d'ouvrir le faux livre, et je dus, malgré toutes mes forces d'excuse, me rendre à l'évidence : c'était une merde. Or, j'avais tant de mal à conquérir une certitude que j'accueillis dans un heureux dépit la preuve de l'imposture, comme si, au hasard d'une caresse, j'avais mis la main sur un morceau de Vérité. Il faut dire qu'à vingt-quatre ans, je m'ennuyais un peu. Alors je faisais mon Gilet jaune, mon insoumis, mon citoyen malcontent, phobique de l'époque et de ses compromis.

C'était le retour de la puberté, l'âge nouveau du karcher. Le second moment Blanco.

Le condottiere qui, huit années plus tôt, à l'aube du pacte faustinien, m'avait montré d'un geste que l'éthique du libertin s'accommodait de la présence d'une compagne et qu'en toutes choses l'essentiel était de faire la paix était brandi désormais par moi comme l'étendard de l'insoumission. La vie me semblait une aurore. Je voulais être exemplaire. Mina Clain paierait pour ses semblables, mes frères, mes oncles, mes pères et mes parrains. J'étais le chevalier de la table rase, adoubé par Blanco, que j'opposais à Clain comme la droiture à la droite. J'étais Robin de Bois au café de Flore, qui s'indignait soudain des connivences au sein desquelles il était né. J'avais fièrement décrété la fin des compromis, je défiais les menteurs, je méprisais les récompenses, je planquais mes diplômes. Je voulais, malgré Plotin, n'aimer que le matérialisme ; je voulais, malgré Aron, être de gauche, et admirer Blanqui comme j'admirais Blanco.

Constatant mon adolescence incongrue et ses éruptions, les livres de Clément Rosset se mirent à m'expliquer qu'on peut difficilement être matérialiste et rêver d'un autre monde, que toute pensée radicale est une pensée confortable ou que, comme son nom l'indique, toute révolution n'est qu'un retour au point de départ. Qu'importe. Je trouvais à *Politiques du rebelle* autant de vertus qu'au *Prince* de Machiavel. Je donnais sa chance à l'outrance, je riais à la face d'un monde sans pitié, je voulais prendre tous les coups, ne les rendre que par hasard, et croire qu'il suffisait d'abjurer l'illusion pour entrer en vérité. Je refaisais avec l'obstination des gens qui s'égarent (et s'enfoncent) le chemin dont j'avais été dispensé sous l'antique prétexte de gagner du temps. La peur elle-même ne me faisait pas peur. Je lisais Onfray au lieu de lire Camus : je voulais, comme tout le monde, être seul contre tous. Ma connerie à moi, c'était la chasse aux cons. J'étais l'esclave de ma liberté.

J'ai joué comme ça, quelque temps, comme à la récré, parce que je m'emmerdais chez moi, à devenir le demi-habile dont je me moquais depuis *Mad Max 2* et la vieille querelle du manichéisme. Drôle d'époque où, comme l'air était vif, je croyais qu'il était pur.

Heuuureusement, ça n'a pas duré.

Mon père lui-même, à l'en croire, avait joué à l'imbécile érudit pendant quelques mois. C'est que, disait-il pour sa défense, les filles étaient plus jolies aux conférences de Sartre qu'aux cours d'Aron. Il faut comprendre. À force de traquer la gueuse, mon père était devenu marxiste. Il en fit fièrement l'aveu à Raymond Aron en personne, qui entrait chez lui, boulevard Saint-Michel, quand mon père le croisa. « Comme c'est intéressant ! lui dit le vieux Socrate. Quelle bonne idée ! Voulez-vous que nous en parlions ? » Cela ne se refusait pas. Le jeune homme monta. Et en redescendit trois quarts d'heure plus tard, libéral, sceptique et intellectuellement déniaisé. Je n'ai pas eu cette chance. Je n'étais pas encore né quand Aron est mort. J'avais huit ans.

Quelle importance, que Mina Clain ergote sur Spinoza qu'elle n'a jamais lu pour gravir quelques marches de plus dans l'ordre infime de la puissance sociale ? ou que Blanco pense que « philosopher au marteau » signifie qu'on veuille tout casser ? Quel pigeon n'a jamais chié sur le front d'une statue ? Rousseau lui-même ne reproche-t-il pas à Montaigne d'être vaniteux ? Qui s'en indigne croit qu'il a du temps devant lui.

Le calme est revenu depuis longtemps. J'ai séché mes armes et je refuse de séparer le vrai du faux. Mais il me reste de cette acné l'illusion tenace que, sous l'effet du marché, les temps modernes sont un peu indigents, et que nos contemporains n'atteignent pas le talon de nos morts. C'est une illusion que j'aime combattre au quotidien, en rappelant aux tenants du « mieux avant » qu'il y a toujours eu, à toute époque, des gens pour penser que c'était *mieux avant*, et qu'un tel diagnostic renseigne davantage sur la psychologie de celui qui le porte que sur la réalité du monde où il joue à se sentir perdu. Reste qu'ils n'ont pas tort. C'était peut-être mieux avant, après tout.

Je descendais donc la rue des Saints-Pères, mon article Spinoza-Clain sous le bras, à la recherche du numéro 4, dont, quand je fus devant, je m'aperçus qu'il n'était qu'une façade sans porte. Demi-tour anxieux. Retour sur mes pas. Le *Magazine* n'était pas au 4 mais au 40, et j'avais, une fois n'est pas coutume, cinq minutes de retard.

Soudain, comme je franchissais l'arcade blanche qui précédait le portail, juste avant de poser mes Clarks en daim sur les dalles de la cour intérieure, toute angoisse fondit ; mon cœur se détendit comme s'il obéissait à un ordre ancien ou bien revenait de longues vacances. Je reculai d'un pas et levai les yeux. Quarante. Mot malin qui d'un cas fait une rente. On eût dit un angle arrondi par une syllabe, un craquant au gianduja… Mais ce n'était pas cela. Dans les musiques de mots, je cherchais au mauvais endroit. J'avançai un peu, dépassai le porche et, enfin, dans cette cour où il avait suffi d'entrer pour que la honte d'être en retard, si vive chez moi, disparût instantanément, et où, sur fond d'un tapis de vigne trônait un acacia auquel des portes de plain-pied faisaient une haie d'honneur, je m'aperçus, sans qu'un souvenir précis vînt étayer ce sentiment, que j'entrais dans l'immeuble où j'étais né, et où j'avais passé les deux premières années de ma vie. Ma mémoire venait de recevoir une injection de son propre placenta.

« C'est pas mal, vot' machin, je prends. Vous êtes dur avec Mina Clain, mais elle le mérite », me dit Jean-Jacques Brochier, mon papier à la main. Mon nom serait dans le journal… Je m'y préparai comme on se prépare à prendre un verre avec le cogito en personne.

Dix jours plus tard, dans la même cour, en fin de matinée, ouvrant le magazine d'une main fiévreuse tandis que l'autre poussait le portail, je tombai sur mon papier. Une pleine page. Trois paragraphes autour d'un portrait de Spinoza tout vert, affublé d'un pot de fleur sous une flèche indiquant la « sagesse ». C'était laid. Mais il y avait plus grave : à l'endroit de l'article où, dans une audacieuse analogie, je disais que les peines de cœur n'expliquaient pas plus l'*Éthique* de Spinoza que le choléra de Hegel n'expliquait la *Science de la logique*, quelqu'un avait remplacé « choléra » par « coryza ». À cause de la myopie – la malveillance ? – d'une taupe de la rédaction, le maître de l'idéalisme allemand se voyait, sous ma plume, affecté d'un rhume pour chats. J'étais désespéré, comme un glouton qui s'aperçoit trop tard, le ventre plein, qu'il a mangé de la chair humaine. Le journal n'était pas encore en kiosque mais je tremblais, en sortant de ma première cour, que le monde entier se moque de moi.

J'avais rendez-vous le jour même à l'heure du déjeuner avec mon père et sa nouvelle conquête dont il m'avait pudiquement, la veille, annoncé la survenue.

– Ah sinon, tu sais, mon chéri, je suis un peu embêté…

– Ah ? Et pourquoi, mon Papa ?

– Parce que j'ai rencontré quelqu'un.

– Mazel Tov !

– Oui, sauf que ce n'est pas évident. On s'est rencontrés avant-hier et tu n'i-ma-gines pas l'onde de choc…

– L'onde de choc, mais pourquoi ?

– Parce que… c'est Beatrice Luca. (Ça sentait l'effet qu'on évente. Je devinais qu'il avait prévu d'attendre un peu avant de me donner son nom mais que, pressé de cracher le morceau, il s'était dit qu'il avait passé l'âge de jouer aux charades avec son fils aîné… En cela, il me rappelait Georges Duroy qui voulait tarder un peu avant d'annoncer au patron son départ des *Chemins de fer du Nord* pour intégrer la *Vie française*, mais ne put se retenir en le voyant apparaître.)

– Incroyable ! Une femme à la retraite ! (Beatrice avait annoncé trois mois plus tôt son retrait du circuit professionnel, après une quatrième victoire à Flushing Meadows.) C'est drôle.

– Non, vraiment… je suis embêté, tu vois, mais bon, qu'est-ce que tu veux ?

Mon père avait dans la voix toute la mélancolie qu'il mettait en cas d'intense satisfaction. On eût dit un parent hypocrite qui, venant d'apprendre que son enfant a un QI de 142, présente la chose en trémolos (« Ce qui m'inquiète surtout, c'est qu'elle soit en décalage avec les autres ! ») alors qu'il est ravi et en mode caca-retenu avec véritables frissons dans le dos.

Tout à mon souci du coryza, j'arrivais au Vavin.

L'instant des présentations fut ajourné par mon camarade Pancrace Mirandello, qui prenait un café au comptoir, discret témoin de toutes les vies, spectateur fraternel et compagnon de toujours, que mon père s'obstinait à ne jamais reconnaître et à saluer d'un « Bonjour, monsieur » surpris et indifférent chaque fois que, depuis dix ans, ils se serraient la main. Il fallait deux fois que je l'embrasse. Or mon père, impatient de montrer son trophée, s'était déjà levé, et dut attendre en fulminant que je me désacolladasse – comme le jour où Mafalda avait mis tant de temps à redescendre l'escalier. Tel est l'anti-génie des gens qui bannissent le hasard et se voient constamment bousculés par lui.

La première fois que je vis Beatrice, on eût dit un carrosse dispensé de redevenir citrouille, une étoile en exil dans un monde de klaxons, de rires gras et de pots d'échappement, anus métalliques, fauteurs de mort lente.

On ne s'est pas déjà vus quelque part ?

Rien n'est plus con à dire. C'est la question qui plisse les yeux et hoche la tête, pour donner au type qui la pose un air vaguement pénétré.

On ne s'est pas déjà vus quelque part ?

C'est aussi – quand on l'écoute – une manière de déclaration : Vous que je ne connais pas, je vous reconnais. Je sais que c'est vous car je sens que je le sais. Et ce qui me sidère dans votre visage pâle, c'est qu'il me soit si familier. Voyez-vous, je vous aime. Je vous aime depuis toujours, à la seconde où je vous ai vue. Connaissez-vous *L'Histoire sans fin* ?

C'est plus facile à dire quand la personne est célèbre et qu'en toute rigueur, on l'a effectivement déjà vue quelque part.

Ce qui m'était arrivé quelques années plus tôt, quand j'étais allé la voir disputer la finale du double mixte à Roland-Garros. Mais ce n'est pas cela ni un souvenir que j'éprouvai devant son museau absolument neuf et néanmoins si *ressemblant*.

Peut-être que tout est écrit.

Peut-être ne supporte-t-on d'aimer qu'en inscrivant l'amour dans la sphère de l'éternel retour. Et pourquoi pas ? Il y a des cécités plus profondes que l'aveuglement qui grave la tendresse dans la longue série des jours oubliés.

Mon déjà-vu augmentait ma surprise, et la stupéfiante familiarité de son visage me rappelait à l'essentiel. « Il faut apprendre à mieux se connaître » déclarent ceux qui, redoutant le coup de foudre, donnent à leur crainte les contours de la patience. Les cons. Mieux se connaître, c'est renoncer à l'instant où tout est dit, et noyer la surprise dans l'usage. Mieux se connaître, c'est garder la tête froide alors qu'on n'en a pas pour longtemps et qu'il s'agit d'aimer de toute son âme. Mieux se connaître, mon cul. Autant mourir de son vivant.

Tu es sûre qu'on ne s'est pas déjà vus quelque part ?

Je la trouvais bien jolie.

Comme un rêve qui s'incarne sans se perdre. Une image qui aurait passé l'examen du réel et serait pleinement l'un et l'autre. Une vraie célébrité. De celle, si rare, qu'on doit moins aux regards qu'à la lumière dont on est le flambeau, qui brillerait dans la nuit s'il ne restait qu'elle, une vie intérieure suffisamment riche pour faire fondre, écrit Céline, dix années de banquise. Beatrice, c'était le réchauffement climatique.

Ses gestes eux-mêmes étaient plus lents, ses doigts plus longs, et la fumée de sa cigarette ressemblait à des jupons blancs. Le plus étrange était son langage qui, légèrement déréglé, semblait se jouer des mots. Elle parlait tant. À *travers et à tort*. Son psychanalyste, un homme *dans la force de l'usage*, l'aidait à traverser le moment délicat où, comme elle avait annoncé mettre un terme à son immense carrière d'athlète, plus personne ne l'appelait et les tournois s'enchaînaient *comme si le rien n'était*. « Psy » était le seul à qui elle arrivait à dire son inquiétude, quoi qu'il fût *sourd comme l'impôt*, ce qui l'obligeait à des *cris défiant toute concurrence*. D'une femme qui épuisait ses maris avant d'en changer, elle parlait comme d'une vraie *mangue religieuse* que seuls des *heberlulus* pouvaient avoir envie d'épouser. Heureusement, grâce à la psychanalyse, on les *percevait à jour*, ces gens-là… Et puis c'est bien connu, chaque conquête n'est qu'une *victoire à Papyrus* ! Je fondais.

À la différence de mon père, en qui le génie du langage venait de la virtuose capacité à désigner précisément un objet tout en employant, pour le nommer, des mots sans rapport avec lui, ce n'était pas délibérément que Beatrice était irrésistible mais malgré elle. Le talent de mon père était nourri par la connaissance et forgé par l'envie de plaire. Le génie de Beatrice lui venait d'une curiosité tardive embellie par le souvenir actif d'une autre langue natale, et lui échappait comme un parfum. L'un parlait de sa raquette de tennis comme d'un « panier pratico-mobile » et de son fauteuil comme d'un « reposoir périodique » ; l'autre, plus sportive pourtant, se disait *au bout de la roulotte* et dénonçait les gens qui mettent *de l'eau dans leur gaz* comme s'ils *marchaient sur des yeux.* La poésie n'était pas en Beatrice un surplus ni un exercice, mais le comblement spontané d'un manque face auquel, mobilisant à la fois la mémoire et l'imagination, son langage improvisait des mots comme des morceaux de toile colorée masquent les trous d'un pantalon. Sa parole relevait de l'autodidaxie, de l'école Mafalda plus que d'un apprentissage. À ceci près qu'elle était arrivée de Turin à sept ans et que c'est dans les meilleures boîtes à bac qu'elle avait appris toute seule à lire et à parler. Aucun savoir approximatif n'était plus élaboré ni gracieux que le sien. *Ça lui mettra du plomb dans l'aile*, disait Éluarde, à propos d'un entraîneur qui s'était tapé une joueuse mineure, que la police interrogeait et que l'ensemble de la grande famille du tennis avait, pour cette raison, *cloué au pilotis*... « Moi, quand il a commencé à me regarder de travers, j'ai *fui les jambes à mon cou* », car elle était prudente, Beatrice, et en toutes choses, cherchait le *motus vivendi.* Les mots dansaient sous mes yeux. Devant elle, je n'avais plus envie de plaire ni de me cacher. Nous déjeunâmes tous les deux, en tête à tête, avec mon père à côté. Qui ne s'aperçut de rien. On ne peut pas voir et montrer en même temps.

On se revit quatre jours plus tard, au Rouquet, alors que je sortais à nouveau du *Magazine littéraire* pour y voler un exemplaire du hors-série sur Sartre où, dans le seul but de plaire à Blanco, qui lui faisait concurrence, à mes yeux, sur le terrain de l'insoumission, j'étrillais le mort vingtenaire dans un style que, modestement, je voulais lyrique mais implacable. Beatrice s'était fait une frange pour me voir. Son visage diaphane, d'une pâleur intacte que rehaussaient quelques taches de rousseur et des yeux bleus, m'était offert avec les cheveux coupés qui, comme une jupe, dissimulaient son front. Mon père ne tarissait pas d'éloges sur mon papier, dont Beatrice voulut penser qu'il était comme un *cheval de proie* dans le camp de mes ennemis. L'humeur était radieuse. Noël approchait. La décision fut prise unanimement de partir en famille chez Élie, dans le Riyad de deux hectares qu'il venait d'acheter avec l'argent de son père, à Tanger.

« Au Kenya, je suis laide », me disait Beatrice pour m'édifier sur la relativité de nos critères. Heureusement, nous n'étions pas au Kenya. Nous étions à Tanger, c'est-à-dire à Paris, dans une maison gigantesque, emplie de terrasses, de salons rouges et de fontaines, qui, par ruissellement, faisait vivre toute une rue.

L'entrée, discrète, ouvrait sur un paradis andalou qui bordait de bougainvillées, de longs iris, d'hibiscus et de camélias écarlates une vaste piscine chauffée. Une table ombragée, couverte de cornes de gazelle, de citrons safranés, de serviettes à l'eucalyptus et de café chaud attendait le baigneur audacieux qui s'attardait parfois, le buste hors de l'eau, sur les margelles fumantes. Partout, des domestiques voilées s'affairaient, disposaient, pliaient les serviettes en notre absence, remplaçaient nos flûtes par des verres glacés et changeaient les assiettes, sous l'œil implacable d'un centenaire qui travaillait dans la maison depuis 1925. De sa terrasse en surplomb, le maître des lieux contemplait la valse des invités ravis, avant de descendre lui-même, en majesté, parler de famine au Soudan, demander si *ça va comme ça*, répandre ses instructions, défendre la liberté de la presse et nager le papillon. C'était l'heure des plaisirs officiels et des couples contents, des mains sur la bedaine et des paroles aimables. Chacun se présentait en grand appareil et tentait, par un chapeau qui estompait les rides ou une chemise boutonnée à hauteur de ventre, d'être autant que possible à son avantage. La gestion des corps mous par les vêtements fins est une science en soi. La seule activité de cette matinée torpe était de trouver sa place autour de l'eau, de s'y asseoir à deux, de s'y étonner qu'il « fît déjà si chaud » et d'en faire le compliment, comme si elle en était la cause, à l'épouse du maître, qui était elle-même très occupée.

Car rien n'était si compliqué que la façon dont Rita Francis se rendait de sa chaise longue à la piscine. Le premier amphibie de la nature fit moins d'histoires pour sortir de l'océan, que la femme d'Élie pour entrer dans l'eau.

Le buste – qu'au prix d'un effort invisible, elle maintenait à quelques millimètres du dos de la chaise – se dressait soudain puis, pivotant d'un quart de cercle vers le nord, elle effleurait le sol de la pointe du pied droit pendant que la gauche restait en apesanteur, à hauteur de cheville. Elle déposait sur la chaise un large sombréro avant, le dos cambré, la main à hauteur de l'épaule qu'elle semblait protéger d'un regard indiscret tardivement découvert, de lancer (en forçant son sourire) une première œillade mutine à son mari et un « Trésôôor ! » mignonnement reprocheur. Alors, après avoir attaché ses cheveux, elle nouait son paréo et chacun pouvait espérer, désormais, qu'elle se levât.

Mais non.

Pivotant de nouveau, cette fois-ci d'un demi-cercle et dans le sens opposé, à une vitesse étonnante, elle se tournait de l'autre côté de la chaise où l'attendaient, comme pour un atterrissage, des mules compensées qu'elle enfilait tout en parvenant, dans son élan, à se lever sans poser les mains.

Et tout était là. Ne jamais poser quoi que ce soit. Défier la pesanteur autant que possible. User des lois de la physique et de toute la force de la volonté pour conjurer la gravité.

Rita était disciplinée.

Comme elle maintenait le dos à distance de la chaise, elle maintenait le talon à distance de la semelle. Rita ne marchait pas. Elle lévitait. En croisant les jambes à chaque pas sur ses propres chaussures. Qui, à dessein, étaient trop petites.

Arrivée à hauteur de piscine, Rita la longeait un peu puis elle abandonnait les mules et, les pieds en danseuse (pointe vers l'extérieur), descendait à la verticale jusqu'à frôler le sol du genou gauche, formant à droite un triangle genou-fesse-talon – qui lui permettait de se baisser sans s'accroupir ni pencher le dos. Elle effleurait du bout des doigts l'eau chaude et, tournant la tête à 120 degrés vers l'unique destinataire de tout ce cirque, lançait une seconde œillade mutine assortie d'un sourire excessif, avant de se redresser, de dénouer son paréo, de le plier en quatre et de se baisser de nouveau, comme un ressort gracieux, pour le poser près des mules.

Restait à entrer dans l'eau.

Comment faire ?

Comment accomplir une chose aussi simple ?

Comment entrer dans la piscine quand on est devant elle et qu'il suffit d'y entrer pour y entrer ?

Rita agrippait fermement le rebord et, en gymnaste, dépliait de nouveau la jambe droite dont le talon semblait reposer sur la surface à peine altérée de l'eau, bientôt rejointe par l'autre gambette dont le pied, de nouveau, se fixait à hauteur de cheville. Et ainsi, les fesses en l'air et un orteil dans l'eau, tel Ivar le Désossé qui marchait sur les mains, ou Osric, le courtisan dont

Hamlet se demande combien de manières il faisait au sein de sa mère avant de commencer à téter, elle se glissait dans la piscine comme en un tube, sans répandre la moindre goutte à l'entour.

Aucun désir n'entrait dans ma contemplation. Je la dévorais du regard mais, parce qu'elle faisait tant de manières, Rita est la première femme, sinon la seule, que je n'ai jamais imaginée dans des positions scabreuses. Avec Madame Marquez.

Il en allait tout autrement de ma Beatrice, qui ne faisait pas tant de chichis pour plonger, nager, sortir de l'eau et poser le ballon de son cul sur le rebord humide, en adressant au soleil, qui lui fermait un œil, un sourire enchanté.

Rita contre Beatrice, c'était Arsinoé contre Célimène. D'un côté, l'ingénuité perdue de celle qui fait l'enfant. De l'autre, la puissance qui vient aux grands satisfaits. La comédienne qui faisait trois tours sur elle-même avant de vous regarder à l'envers voulait en découdre avec une beauté sans affectation. Des canards imprudents avaient convié un cygne dans le même bassin… Le match était plié.

Dans cet univers de remarques, de sous-entendus, de sommations à être spirituel et d'enjeux mondains, Beatrice, dispensée d'avoir de l'esprit et qui en avait plus que les autres, figurait une singularité. On se penchait sur elle avec la curiosité des enfants pour le baril de poudre dont la mèche est allumée, ou comme des amateurs au poker invitent à leur insu le champion du monde à partager leur table et, sans l'avoir vu venir, se font plumer jusqu'à l'os. Devant les gens qui l'admiraient ou qui l'enviaient, la championne n'avait aucun besoin de se fabriquer un personnage. Alors que tous se faisaient une identité d'emprunt à l'heure d'entrer, le soir venu, dans la salle à manger, et que certains profitaient du retour des costumes pour retrouver la confiance qu'ils avaient perdue plus tôt en exhibant leurs bourrelets, Beatrice était fidèle à elle-même, immuable et sublime. Dans ce cercle où rien n'était lisse, elle évoluait simplement. Dans cet univers de gens, selfistes avant l'heure, qui vérifient en s'enlaçant que les autres les regardent, et où chaque geste était immédiatement assorti d'une évaluation de ses effets, Beatrice vivait sans miroir. Dans ce haras où chacun rivalisait d'esprit avec l'espoir de conquérir, à la remise des diplômes, le droit de concourir l'année suivante, elle figurait la réussite que nul ne conteste. Dans cette Chine enfin, dans ce Maghreb où des femmes soumises portaient des chaussures trop petites, elle incarnait dangereusement l'indépendance et le célibat.

Le casting de leurs dîners compilait des gloires locales, des conseillers du Roi, des larbins dévoués, des banquiers de gauche et des athlètes mondains dont l'accréditation venait du fait qu'on les avait vus au dîner précédent et qui, comme l'ambassadrice de Turquie, débarquaient emperlouzés des cheveux au fondement, aussi utiles que des meubles avec leur chaussure sur la tête et leur noir à lèvres. Il n'y avait pas de vedette – hormis, si l'on veut, les hôtes. Juste des gratteurs fortunés qui communiaient dans l'extravagance vénale. Beatrice au milieu de ces singes, c'était Candy chez les morts-vivants. Elle seule s'y déplaçait sans masque, comme on inspecte un chantier sans casque : vraiment, il n'y avait pas photo.

Et puis, donc, il y avait son cul.

Si rond qu'il en était ovale.

Qui semblait la tirer vers le haut.

Qui bombait comme un fruit de Cézanne dans un paysage de potins et de fesses renonçantes.

Tous les culs se ressemblent, c'est entendu. Mais aucun ne ressemblait à celui-là. Quand d'autres maquillaient la défaite en érotisme et laissaient péniblement apparaître un début de raie sous la toile d'un paréo, le cul de Beatrice s'exposait et s'imposait ingénument, sans crainte, sûr de son charme. Je n'avais jamais vu une chose pareille. Car je ne l'avais jamais imaginée. Ou ce que j'en imaginais baignait dans l'abstraction. Comme un orgasme, une page de la comtesse de Ségur ou une chanson de Renaud, ce cul, athlétique, invaincu, ce rond pointu qui souriait à la verticale, me disait qu'aucun espoir ne valait l'existence, et que je n'avais été déçu dans ma vie que pour en venir au moment où la réalité vaincrait mon rêve en combat singulier. Quelle fête. Tous, hommes et femmes, maîtres et esclaves, regardions par intermittence, en cachette du conjoint, cochons fascinés, cette Circé. Haixtraordinaire… J'étais le seul de l'assemblée à n'avoir officiellement pas du tout le droit de mater mais je m'en foutais. J'invoquais mon démon farceur qui me mettait opportunément en tête les pensées que je ne voulais pas avoir. Lapin malin.

En temps normal, mon unique activité dans cet endroit de plastique et d'or consistait, au quotidien, à quitter discrètement la maison – ce qui n'était pas difficile – pour rejoindre un centre tangérois de cabines téléphoniques où, au rythme d'un dirham par seconde et pour me faire pardonner de partir en vacances avec ma femme depuis des années, j'accablais Elena, à toute vitesse, de serments inquiets qu'elle accueillait d'une voix blanche, habituée à mes *salade-malecs* d'homme coupable, et d'où je repartais fauché et plus anxieux que jamais. Mais tout avait changé. C'est sans prudence que je m'acquittai de mes contraintes et quittai la maison, la poche pleine de pièces, dans l'espoir informulé de me faire prendre sans oublier, cette fois-ci, de consentir à mon sort. Et c'est le cœur léger qu'en guise de serments désolés, je me mis à parler gaiement à Elena, du soleil, des parfums, de la couleur de l'eau, du jasmin, des palmeraies, des charmeurs de serpents… Elle s'en fichait. Moi aussi. J'étais heureux. Ce qui est impardonnable.

De retour au palais, en fin d'après-midi, je tombai sur Beatrice qui, comme un oiseau de cachemire à l'ombre d'une terrasse – tandis que les hommes parlaient en bas des attentions qu'il ne faut pas oublier d'avoir envers le petit personnel –, partageait un joint avec elle-même.

– Tu fumes de l'herbe ?

– C'est le bon côté de la retraite, fini les tests urinaires ! (Je n'avais pas entendu ça.)

– Bon, et est-ce que je vous dérange ?

– On se vouvoie ?

– Non, on est toujours plusieurs quand on fume.

– C'est vrai, mais aucun de mes moi-mêmes n'est dérangé par toi. Viens !

Deux êtres qui s'adorent sans en avoir le droit courent un vrai risque à partager sans témoins un déshinibiteur au milieu des parfums, devant une bière fraîche, à l'ombre d'un soleil en fin de course.

Elle avait lu Freud. J'avais lu Spinoza. Et elle trouvait, comme moi, dans la compagnie quotidienne d'un juif en crise, d'un Mickey Goldmill, l'énergie de marcher sans savoir où se rendre. L'analyse lui avait ouvert le cœur. D'une vie dont elle savait la vanité, elle avait découvert l'âcre saveur après avoir reçu les bienfaits. Il fallait à l'autodidacte – dont l'intelligence était sous-employée à éblouir des proies faciles – un guide lui-même vagabond qui fût à la fois philosophe et médecin, et qui, après lui avoir appris qu'elle n'était pas seule à éprouver son désarroi, traitât le mal avec la vigueur d'un thérapeute. L'enjeu de la guerre qu'elle livrait à elle-même n'était pas d'abolir ses défauts mais d'apprendre à les tolérer. D'instinct, Beatrice souscrivait à l'ultime recommandation de l'*Éthique* : ce n'est pas en supprimant le vice qu'on parvient à la vertu mais c'est en étant vertueux qu'on estompe, inévitablement, ce qui, en nous, ne l'est pas. Mais bon. Depuis qu'elle avait annoncé sa retraite, *di facto* son téléphone avait cessé de sonner… Et ça… Elle prit une taffe si longue que ses lèvres s'ouvrirent sur le joint, comme pour un baiser. Je vais t'en rouler un autre, comme ça tu pourras fumer de *tout ton souffle*, toi aussi… D'accord. Oui à tout. Alors, que fais-tu maintenant ? de la musique et rien que de la musique ? Oui, je n'aime que ça. Le problème, c'est que j'excelle avec une raquette mais je suis nulle avec une guitare et je chante comme une guimbarde. Quand je joue, je me sens comme un éléphant dans un *magasin de porcelets*. Tu sais, j'ai déjà croisé des éléphants et j'ai longtemps vécu dans un magasin de porcelets où on ne pouvait rien déplacer, eh ben je te jure que ça n'a rien à voir. Peut-être. En tout cas, c'est un travail de *long aloi*. J'imagine. Avec le gouffre en contrebas. Mais à quoi bon vivre autrement ? Tiens, fume encore. Il t'en reste ? Plein. Et puis on ne va pas mourir riches… Tiens, c'est l'heure de la prière ! Les crooners mystiques sont dans la place. Allah ! Allah ! balalaïka ! Mama Triochka ! Mais qu'est-ce qui te prend ? Rien. C'est une vieille chanson de mon frère. Vous êtes vraiment une famille d'impies… Toi qui sais tout, tu connais la direction de La Mecque ? Tu veux que je me mette à genoux, les fesses en l'air, c'est ça ? Mais non ! Mais si. C'est marrant « La Mecque », on dirait un homme indécis. Qui n'est pas indécis ? Vrai. Il faut juste aller là où le cœur dit d'aller. C'est le seul chemin qui ne soit pas une impasse. Tu parles bien… Toi aussi. Mais non, moi je chantonne et je fais des fautes de français ! Mais non ! Mais si ! Combien d'hommes as-tu aimés ? Un seul, jusqu'à maintenant. Et toi ? Personne. Ah bon ? Mais oui ! Et celle-là ? Ah, oui. Je l'ai adorée. Mais maintenant je ne l'aime plus du tout, c'est fou comme les femmes changent… Tu t'en sors avec tes deux mariages ? Non, mais je vais m'en sortir. Je te le souhaite. Merci. Moi, j'en connais tant. J'en connais tellement… En ce moment, j'ai trois hommes (je ne compte pas ton père) et je n'en aime aucun. Ah, ils ont tort ! Mais oui ! C'est ce que je *m'entretue* à leur dire ! Tant pis pour eux. Tu te rends compte qu'à l'heure où on se parle, la Corse est sous des *trompes d'eau* ? Pauvres gens. Déjà que de nos jours, on a tant de mal à *joindre les bambous…*

Elle caressait mon bras d'un doigt et dans son univers j'imaginais des couleurs inconnues. Elle était mon âme sœur sans être ma moitié. Nous étions l'un pour l'autre un meilleur allié. Deux amants bêtement séparés par un mur. Deux célibataires (ou presque) avec atomes crochus et surplus d'affection. Deux cœurs fendus qui se défendent. Comme il est bon de tourner autour d'un aveu. De danser au bord d'un geyser. D'être retenu dans son élan par une corde friable… On se droguait et on jouait à cache-cache, tout en se disant combien la vérité qui dérange est préférable à l'illusion qui réconforte. C'était merveilleux. « *The star is fading* », dit-elle, pour finir, à son propre sujet, mélancolique et presque résignée, avant de se mettre à chanter *In My Dreams* à la lumière des étoiles car entre-temps la nuit était tombée. *Now it seems, this is how the story ends*... Pour la première fois de ma vie, je n'étais pas seul. Ou plutôt si, j'étais seul. Mais en mieux.

Par un faux hasard du calendrier (qui renseigne davantage sur la capacité de l'humanité à régler son horloge sur les rendez-vous qu'elle se donne, que sur le miracle d'une coïncidence objective entre un chiffre rond et une révolution), l'an 2000 fut vraiment l'horaire d'un changement d'époque. Le XXe siècle commença en 1918, le XIXe s'ouvrit avec le congrès de Vienne, mais le XXIe siècle commença le 1er janvier 2000, après un bug imaginaire, par l'entrée définitive dans l'ère numérique. Nos souvenirs allaient bientôt migrer dans des téléphones omnipotents et, par cette migration, devenir à la fois malléables et immobiles ; selon la loi de sélection naturelle qui commande l'élimination des facultés superflues, et conformément aux prédictions de Platon à la fin du *Phèdre*, le muscle de la mémoire, assisté de partout par les outils enregistreurs, commencerait à s'atrophier. Le monde argentique vivait ses derniers instants ce 31 décembre quand nous descendîmes, défoncés, rejoindre les convives dans le salon du grand dîner.

De retour à Paris, Beatrice quitta mon père – ce qui me fit à peu près le même effet que la mort de Lévinas, dont je détestais les livres (que, pour cette raison, je n'avais jamais lus) et dont j'avais appris, à cette occasion, qu'il était encore vivant. De mon côté, tout en explorant, pour les besoins de mon DEA, une pensée de l'émerveillement sur fond d'idiotie du réel, je donnai les premiers cours officiels de ma vie à l'Institut d'études judiciaires, à l'intention des candidats au concours interne de l'École de la magistrature. C'étaient des cours de culture générale que je préparais comme Aron dut préparer ses premières leçons. Avec la passion d'un apprenti auquel le hasard donnait sa chance. Et d'où je sortais, chaque mercredi, en allumant la cigarette que, depuis l'escalier, je faisais rouler entre mes dents, parce que j'aimais l'idée de la fumer devant le Panthéon et qu'à quelques centaines de mètres, à la même heure, l'inoxydable Sabine Maurel devait en faire autant dans la cour de mon ancien lycée.

Je songeais au visage ahuri de Rocky Balboa le jour où Mr Jergens lui propose d'affronter Apollo pour le titre de champion du monde. « Non… » répond-il spontanément, l'œil dans le vide, avant d'assumer son destin. On a bien le droit d'avoir de la chance, parfois. Ce n'est pas parce que Dieu n'existe pas qu'il faut Lui tourner le dos quand Il vous donne un coup de main. Dopée par le manque, embellie par la lumière, la fumée me caressait les poumons et ajoutait le délice à la joie. J'avais au ventre une douce absence de boule.

Trois semaines étaient passées.

Je revenais de Canisy, où l'avant-veille, Poupette et moi, sous le prétexte de mesurer les dégâts de la grande tempête, avions fait une ultime promenade dans le jardin de la maison vendue, au milieu des morts, entre les tables envolées, les persiennes ballantes, la piscine marécageuse et mon vieux sapin couché. Dès que le vent soufflera.

J'appelai.

Tant de phrases de Beatrice, son orgueil modeste, et ce mélange d'exigence et de bienveillance envers elle-même m'avaient rappelé les envolées d'*Ecce Homo* que j'avais promis de le lui offrir quand nous fumions sur la terrasse. Avec son accord, et avant de sauter dans un taxi pour rejoindre la place des Ternes, je filai dans ce hangar à livres qu'on appelle Gibert Jeune, et pris par la tranche une édition de poche du court chef-d'œuvre de Nietzsche. C'est la dernière chose que j'ai volée dans ma vie. Et uniquement parce que la queue était trop longue. Mais dans ma hâte, je n'avais pas vu que la couverture représentait Priape avec une érection qui hissait sa bite au-dessus de sa tête. C'était beaucoup dire pour un premier rendez-vous. Tant pis. Pourquoi attendre ?

C'est Tati qui m'ouvrit, avec un air d'institutrice qui, de la tête aux chaussures, fait passer au nouveau venu un examen immédiat. « Beatrice, il est là. » Elle devait faire erreur. Je voulus dire que je n'étais pas « il » et que, si ça se trouve, je n'étais même pas là. Ou que je passais par hasard. Mais elle était déjà devant moi, dans le couloir. En jupe courte sur un collant percé.

– Tu veux un *Perrier* ? dit-elle en tendant son visage.

– Sûrement pas !

Merci, Lacan.

Elle éclata de rire. J'avais trouvé quelqu'un d'aussi rapide que moi. La corde céda, le mur tomba en une seconde et on s'embrassa tout de suite. Notre histoire avait démarré sur des *capots de roue.*

La première chose à faire lorsqu'on tombe amoureux, c'est le ménage. Ce qui lui coûtait moins qu'à moi, car Beatrice faisait vivre depuis longtemps ses amants dans l'idée que tout cela ne continuait qu'en attendant. Alors que moi, j'étais marié jusqu'aux yeux, j'habitais deux cercueils où, comme un lapin dont la roue n'avait pas encore été remplacée par une piste, je vivotais en pivotant.

Mais on ne fait pas attendre une reine. Tandis que j'organisais mentalement mon départ, elle aménageait ma liberté et redistribuait l'espace dans l'appartement gigantesque du boulevard Saint-Germain où, parce que la chambre de bonne rebaptisée *Egoland* faisait un merveilleux studio d'enregistrement, elle avait prévu de s'installer. C'est là qu'on se retrouvait, aux pauses de chantier, cachés dans la lumière, à l'abri de l'idée reçue qu'elle habitait encore à l'autre centre de Paris.

Malheureusement, en père protecteur, en Big Brother et en vaniteux qui n'aime guère les médailles d'argent, Élie me faisait suivre. Quelques jours lui suffirent à découvrir que je me rendais régulièrement chez Beatrice. Il en fit la confidence à Rita, qui le raconta à son chausseur qui le dit lui-même à son chien. La rumeur était née. Plausible à souhait. Le clan réagit en deux temps.

Rita fut mandatée pour amadouer Beatrice en lui laissant un message aimable et guilleret, tandis qu'Élie me convoquerait sous un faux prétexte pour savoir ce qu'il en était.

Allons ! Flipote, allons ! Que d'eux je me délivre...

Je me rendis à sa convocation comme un condamné à mort se rend à l'échafaud avec la certitude qu'un monde meilleur l'attend au-delà. Gaiement. Et quatre à quatre. En chemin vers le ring, je songeais aux huit années que je venais de passer. Il n'y avait rien à perdre, ni à regretter. Mais il fallait fuir les désagréments et, autant que possible, vivre un peu caché. Je devais temporiser et, pour éviter la Saint-Barthélémy, convaincre provisoirement mon futur ex-beau-père que tout cela n'était, bien sûr, qu'une affreuse calomnie.

Quand le servile Ranganath (dont le visage affable cachait une âme d'esclave actif et délateur) m'ouvrit la grande porte, j'entendis aussitôt Élie qui venait lentement à ma rencontre dans un bruit de bottes. « Ah oui, viens dans mon bureau », dit-il, presque souriant. Je n'étais pas dupe de cet accueil. Je m'étais longtemps représenté le visage et le moment qui allaient suivre.

À peine Élie avait-il fermé la porte de son bureau qu'il fronça les sourcils et se rendit à grands pas vers le coin canapé en désignant le fauteuil qui lui faisait face. J'étais si calme que j'entamai moi-même la discussion : « Je sais très bien de quoi tu veux me parler... »

– Qu'est-ce que c'est que cette histoire ? Qu'est-ce que j'entends ?

– Attends, calme-toi !

– Ne me dis pas de me calmer ! Si j'apprends que c'est vrai, j'ordonne à ma fille de déménager et je te casse la gueule !

– Mais de quoi tu parles ?

– Ne joue pas au con avec moi ! Qu'est-ce que c'est que cette histoire ? Trois personnes me rapportent ça ! Si c'est vrai, je te préviens…

– Mais arrête ! l'interrompis-je (sur le ton qu'il avait eu lui-même huit ans plus tôt, à table, alors qu'à deux reprises, sans songer qu'il avait cessé de fumer depuis vingt ans, j'avais tendu une allumette enflammée à la cigarette qu'il mâchonnait). En fait, je sais très bien de quoi tu me parles : ça fait deux semaines qu'on me gave avec cette connerie. Deux semaines que j'entends ça sans savoir d'où ça vient ! Tu crois que c'est agréable, une rumeur comme ça ? Tu crois que c'est facile, d'entendre *ça* sur soi ?

– J'en ai rien à foutre. Si c'est vrai…

– Mais c'est faux ! C'est archi-faux ! C'est juste une rumeur dégueulasse !

– Oui, ben justement. Il n'y a pas de fumée sans feu.

– Mais c'est immonde de dire ça ! C'est injuste et – pardonne-moi – ce n'est pas très intelligent !

– Comment ?

– Tu es le premier à savoir qu'il y a de la fumée sans feu ! Personne n'est plus injustement calomnié, insulté, maltraité que toi !

Il vacilla sous mon crochet. J'avais marqué un point. L'orgueil est décidément une valeur sûre.

– On s'en fout ! Ce n'est pas moi, le problème ! Je te redis que si jamais une chose pareille m'est confirmée…

– Mais jaMAIS ! Jamais de la vie ! Tu me prends pour qui ? Tu crois quoi ? Tu crois vraiment que je suis en train de tromper ta fille avec une ex de mon père ? Mais tu es fou ? (Je lui posais la question sur le ton que Faustine avait employé avec lui le soir où, alors que nous venions de faire l'amour pour la première fois, elle s'était précipitée à sa rencontre dans le couloir pour éviter qu'il ne tombe sur moi. « Tu as une drôle de tête, tu as bu ? – Mais tu es fou ? ») Tu crois que je suis capable de faire un truc pareil ? Ça fait deux semaines qu'on me persécute avec cette histoire à la con ! Deux semaines que je croise les doigts pour que ça n'arrive pas aux oreilles de Faustine !

– Si elle apprend que c'est vrai…

– Mais arrête, merde ! Je suis innocent ! Non, tu sais quoi ? Je ne suis même pas innocent. Je suis *en deçà de la culpabilité* ! La question ne se pose même pas ! Ce genre de crime, même en rêve, on ne le commet pas !

– Et alors comment tu expliques que trois personnes me disent t'avoir vu entrer chez elle ?

– Et à deux reprises, c'est vrai. Une première fois pour lui apporter un livre qui l'intéressait et que je lui ai offert en tout bien tout honneur. Une seconde fois, pour écouter ses chansons. Qui sont nulles d'ailleurs. Enfin, je n'ai rien fait de mal ! J'ai honoré une promesse sans importance et j'ai écouté trois chansonnettes ! Ça ne mérite pas le volcan qui va me tomber sur la gueule si Faustine l'apprend ! (Dans un aveu qu'elle s'était ensuite reproché, Madame Maurel avait un jour émis le souhait que les volcans d'Auvergne « se réveillent pour tomber sur la gueule de Giscard ». En reprenant l'image des volcans, j'avais l'impression de me mettre sous sa protection et personne moins qu'elle n'aimait Élie.)

Il commençait à flancher. Mais l'ombre portée de sa colère conservait au père un air de commandeur courroucé.

– Ce serait terrible. Ce serait la fin du monde. Tu te rends compte ? me dit-il, d'un ton radouci, comme si ma faute était passée dans son esprit du statut de certitude à celui d'hypothèse à conjurer.

– Heureusement, putain, que c'est faux. Heureusement que je ne suis pas ce genre de traître.

– Oui. Il y a des choses qu'on ne fait pas.

– Mais jaMAIS ! (Je jouais de ma grande bouche pour clore les jamais sur un éclat.) JaMAIS ! Plutôt mourir ! Tu me prends pour qui ? Je ne fais pas ça ! Tu imagines ? (Vint le moment des concessions.) Il m'arrive de regarder les filles, comme à tout le monde et – je suis un peu gêné de te dire ça mais après tout, au point où on en est – il m'est même arrivé de tromper Faustine… Je ne nie rien de ce qui s'est passé entre elle et moi. Tu sais bien qu'on a eu des soucis, mais ça, Élie ! Ça ? Non ! Pas ça ! Pas ça ! Quelle angoisse !

Je m'interrompis, de peur de me convaincre moi-même. De toute façon, depuis l'image du volcan, il était fait. Quand l'accusation est si grave et que l'accusateur espère se tromper, le moindre doute est salvateur. Or, Élie vacillait sérieusement. Avec une aisance qui me fait presque douter d'avoir menti, je tenais exactement, des mots au rythme, le discours qu'il avait envie d'entendre, et qui m'assurait quelques semaines de tranquillité. J'étais comme le candidat au djihad dont l'intelligence n'apaise pas la folie, qui persuade son déradicalisateur que son discours l'a touché et qu'il s'apprête à revenir dans le droit chemin.

Après un silence de longues secondes, consacré par Élie à se donner l'air encore sévère, et par moi à faire imperceptiblement trembler mon menton, je repris la parole.

– Honnêtement, je ne sais pas quoi faire. Je ne sais pas comment éviter que Faustine entende parler de ça. Ni comment assumer la façon dont elle réagira…

Élie prit mes sanglots naissants pour l'effet d'une saine colère, et le fardeau d'une injustice que mes petites épaules tentaient de contenir.

– Ne t'inquiète pas, dit-il soudain, paternel et convaincu. Je t'aiderai. Si jamais elle l'apprend, on lui parlera ensemble et tout ira très bien.

Il était gentil, ce con. Il voulait me croire. Je le tenais par le cœur autant que par l'image qu'il voulait avoir de lui-même. J'en avais – vraiment – les larmes aux yeux. Je pleurais de le voir mystifié. Et de lui trouver son meilleur visage à l'instant où je savais qu'il était dupe. Elle était là, l'injustice. Comme un souvenir de tempête, ses paroles conservaient une trace de dureté, un soupçon de soupçon dans le débit, mais tout en lui disait déjà le pardon. Le pardon consenti et le pardon demandé. De m'avoir soupçonné. D'avoir pu douter un instant que je fusse le digne mari de sa fille et le digne fils de son meilleur ami. Quel spectacle.

Comme l'orage était passé, nous nous livrâmes, sous un ciel convalescent, au petit jeu des spéculations. « Mais qui raconte ça ? – Si je te le disais… – Ben, dis-moi. – Non. Ça ne sert à rien. Ce qui est sûr, c'est que certaines personnes sont vraiment capables de tout... » Je ne le lui faisais pas dire.

Enfin, Élie se leva, détendu-content, et me donna l'accolade, pareil à ces fous qui congédient leur psychiatre ou, plus modestement, depuis leur camisole, leur trouvent mauvaise mine. « Bon, dit-il dans un sourire reconquis, c'est bien qu'on se soit parlé... » et il m'accompagna jusqu'à la porte – ce qui nous donnait au moins trente secondes. Qui étaient aussi les dernières de ma vie sous son régime mais cela, j'étais seul à le savoir. Tout en faisant résonner mes bottes à l'unisson des siennes, dans ce concert de bites à talons, je me demandais comment un jeune homme, un conquérant, pouvait devenir le symbole de la vieille rancune du pouvoir contre la puissance. Était-ce d'avoir été beau à vingt-huit ans ? D'être allé de l'aube au crépuscule en enjambant l'heure de l'ombre la plus courte ? Je le regardais en coin. Il était mon cobaye Narcisse. J'avais côtoyé en lui l'homme qui, s'il avait eu à choisir, eût choisi son reflet. Et c'est en le suivant des yeux que j'avais compris combien les apparences n'étaient pas trompeuses. Élie, c'était l'image même de l'existence devenue l'existence même comme image... Mon antimodèle favori. Peu de haines sont tendres.

C'est alors qu'il crut bon d'ajouter à mon profit : « Tu vois, Beatrice, c'est vraiment une mauvaise personne. Je ne te l'ai pas dit tout à l'heure, mais c'est elle qui raconte ces horreurs ! – Ah, bon ? – Mais oui ! C'est Elle qui le dit ! Et puis tu sais : elle s'est même vantée d'avoir couché avec moi, alors... » Ma tendresse disparut aussitôt. « Espèce de vieil enculé, vantard – pensais-je en lui adressant un dernier sourire et en répondant à haute voix "C'est fou, quand même !" –, tu n'as pas fini de t'en souvenir, de ce moment. »

De son côté, Beatrice devait amadouer Rita puis Faustine – ce qui était quand même plus facile. Elle fit à la première l'honneur d'un long coup de fil avec *name-droppings* et médisances à la clef, d'où la femme d'Élie sortit avec le sentiment qu'elle avait affaire à une vipère mais pas à une mante religieuse, et elle invita la seconde à un *drink* en tête à tête à la piscine du Ritz avec numéro de charme et mots d'esprit, d'où la femme que je m'apprêtais à quitter sortit avec la certitude que la femme pour laquelle j'allais la quitter était une sorte de nouvelle meilleure amie. Comme dans une Coupe Davis, les mieux classés disputaient leur premier match contre des joueurs de seconde zone. Seulement, contre toute attente, j'avais emporté le mien. Après le match Beatrice/Faustine-Rita, nous étions à 2-0 et nous avions gagné du temps. Restait le double. Ou la finale.

Une fois la rumeur enfouie sous un sarcophage de diversions, nous pûmes d'abord nous remettre au travail. Les manigances d'une guerre larvée dictaient à Beatrice des chansons vengeresses où elle décrivait joyeusement la vie d'une femme fatale, tandis que mon premier amour m'ouvrait le cœur sur un pays où, comme le Ciel couche avec la Mer, l'épreuve du non-sens nourrit des extases sans fin. Le monde est beau, dit Camus, et hors de lui, point de salut.

Restait à quitter Faustine. Ce qui, valise faite, deux semaines plus tard, me prit (huit ans et) un quart d'heure. Puis Elena, le lendemain, sur un banc du Luxembourg, qui s'était follement mis en tête qu'on allait enfin pouvoir s'aimer. Je m'acquittai de ces tâches auparavant insurmontables avec la froideur coupable (et le sourire intérieur) d'un DRH qui gère un dépôt de bilan tout en sachant qu'il dispose, lui, d'un parachute doré. Car le plus difficile était devant moi.

Dans la conquête méthodique et amorale de ma liberté, il fallait en passer par mon père. L'homme était incontournable. J'étais obligé de lui rouler dessus. Perspective épuisante que j'ajournais indéfiniment, sous le prétexte d'un paragraphe à rédiger, d'un baiser à donner en urgence ou d'un livre à lire, mais qui nous contraignait, Beatrice et moi, à une vie quotidienne de sédentaires en cavale qui inspectent la chaussée avant de mettre le nez dehors, et regardent autour d'eux quand ils marchent. Seulement, j'avais la flemme. Ce que j'avais à dire était à la fois inévitable et immensément chiant.

Sophiste à mes dépens, avocat de mon apathie, je mettais au service de la paresse toutes mes facultés de raisonnement. À quoi bon ? Pourquoi si tôt ? Et si on attendait l'été ? Etc. Mais tout en y cédant, je m'en faisais le reproche. Plus j'échafaudais des raisons de ne pas aller voir mon père, plus j'étais en colère contre mon indolence argumenteuse. Je sentais bien, et j'avais raison de sentir, que ma paresse n'était qu'une forme de peur et que, sous mes airs de raisonneur, je n'étais qu'une couille molle incapable de faire ce qu'elle doit. Pris en étau entre ma mauvaise foi et la conscience de ma mauvaise foi, j'enflais au lieu d'agir et je pestais contre moi-même. Or, c'est une erreur, une faute, de croire que la volonté combat l'inertie. Tant que je me répétais « Je *dois* y aller, *il faut* que j'y aille… », je reportais la chose au lendemain, sous des prétextes bidons.

J'avais tort, me disaient ensemble Spinoza et Beatrice, d'être si dur avec moi-même. De toutes les passions tristes, la tentation de croire qu'on peut éliminer les passions tristes est elle-même la passion la plus triste. Arrête de t'en vouloir, mon homme. Ça ne mène à rien. C'est normal que tu aies peur. Le goût de la table rase, le goût du nouveau départ sur les décombres d'une existence répudiée, est une illusion qui, sous couvert d'abolir le passé, nous soumet à son gouvernement. Plus tu en veux à ton père, moins tu oseras le lui dire. Commence par faire la paix, après tu feras la guerre. On ne guérit de nos vices qu'en apprenant à les supporter. Laisse ton cerveau tranquille. Le premier pas vers la sagesse est de savoir y renoncer. Tu te compliques la vie à te donner des ordres à toi-même et à te désobéir ensuite. Tu vois le Bien et tu l'approuves et pourtant, c'est le mal que tu fais. Ton erreur n'est pas d'hésiter. Ton erreur est de te reprocher d'hésiter. Laisse tomber la volonté ! On est moins libre quand on croit qu'on l'est, que quand on sait qu'on ne l'est pas... Ils avaient raison, tous les deux. Au lieu de décider quoi que ce soit, je fus décidé, et j'appelai mon père : « Quel que soit ton souci, mon chéri, on le réglera. » Tu parles.

Alors que j'étais arrivé en sautillant sur le ring trompeur face à Élie, c'est en traînant les pieds que j'allai dans la dernière arène. Car j'avais très peur. Non de mon père. Mais de la scène qu'il allait faire. J'avais peur de lui faire de la peine ; depuis toujours sa peine était mon fardeau. Je redoutais comme la peste le feu d'artifice de complaintes et de morales que je prévoyais d'entendre. Je tremblais de lui trouver un visage d'enfant désolé à l'instant de lui dire que Beatrice était avec moi maintenant et qu'on allait passer cent ans ensemble. J'avais peur de le prendre au sérieux et d'avoir, comme c'était mon rôle dans sa vie, à endosser un chagrin dont, en plus cette fois, je serais la cause. Il allait me brandir la justice comme il avait brandi le texte où, croyait-il, je souhaitais la mort de ma sœur. Il allait me dire « Comment peux-tu me faire ça, à moi ? » Il allait, Victor Principal, se présenter comme le héros de cette histoire, lui qui n'en avait été que l'occasion. La mèche allait me casser les couilles à se prendre pour un baril. Et plus que tout, il allait se dire et me dire avec des larmes dans la voix, pour surmonter le dépit et sauver l'honneur, que j'avais été manipulé par une Gorgone.

Tout se passa comme je l'avais prévu.

Avec affectation.

J'aurais dû rentrer à la maison satisfait du devoir accompli, et pourtant j'avais au cœur un goût d'inachevé. Comme quand on vomit à moitié, et qu'on se persuade que c'est fini parce que c'est désagréable, et qu'on ne veut pas trop savoir ce qu'on a dans le ventre.

À la seconde où je partis de chez lui, mon père sonna la charge.

Son premier appel fut pour Élie, qui, ulcéré de s'apercevoir qu'il s'était fait manipuler comme un enfant, inquiet pour sa fille et mandaté par mon propre père pour me gâcher la vie et nuire à ma femme, s'acquitta de ses devoirs à coups de filatures et de rumeurs fatales, avec l'obstination d'un vieux tueur qui trouve deux fois sa vengeance dans l'accomplissement de sa tâche.

Malheureusement pour lui, Élie – que sa vanité préservait du réel depuis qu'à moins de trente ans il avait fait la une du *Times* – n'avait pas prévu qu'étant lui-même largement disqualifié, une exécution mondaine doublée d'une campagne de calomnie finirait, contre toute intention, par tourner à notre bénéfice. L'indignité que dénonce un homme qu'on adore haïr est une bénédiction malgré lui. Mon seul problème, en vérité, fut d'avoir à subir les assauts flatteurs de types détestables qui voyaient dans cette histoire l'occasion de nuire à leur tête de Turc. Le grand mérite d'Élie – et qu'il ne doit qu'à lui-même –, c'est qu'il est détesté des roquets. Hormis Madame Maurel, nul ne maudit cet homme sans être un imbécile. Et aucune désinvolture, si coupable soit-elle, n'efface le privilège d'être conchié par des crétins. La haine qu'il inspire pue le ressentiment depuis toujours : pour le haïr, il faut l'envier, et ceux qui l'envient témoignent par là même qu'ils ne le connaissent pas. Du complotiste fou au journaliste patriotique en passant par la gauche catho, des tas d'ennemis d'Élie, tous plus cons les uns que les autres, vinrent me tendre la main et m'abreuver d'immondices. « Allez vous faire voir, je crains pour ma patience », répondais-je immanquablement à ces blattes, qui étaient loin de se douter qu'en leur parlant sur ce ton, je citais une lettre que Nietzsche – craignant effectivement pour sa patience – avait adressée, je crois, à son beau-frère antisémite qui lui trouvait quantité de qualités depuis la parution de la *Généalogie de la Morale* (et ses fameux paragraphes où le philosophe présente la religion juive comme l'origine du ressentiment).

Mon second adversaire fut Ivanka Majlovic (prononcez *May I love each*), une amie de mon père dont l'ironie était le sauf-conduit, qui avait obtenu à coups de mots d'esprit un pass Alpha dans les cénacles où elle était reçue avec les égards qu'on témoigne à la folle du logis, et dont elle se servait pour financer le journal élégant qu'elle fabriquait en Ottomane vissée à son lit, ou à son canapé, par des infections urinaires. Ivanka, endogame en Diable, avait repris l'ancien appartement d'Élie, rue Monsieur, sans y changer quoi que ce soit. De la moquette au plafond et des lustres aux murs (qu'elle avait juste ornés de photos d'Avedon), tout était identique.

Madame Cystite me prit d'abord de haut.

– Si tu ne commences pas par t'excuser, par dire que tu as honte et par supplier qu'on te pardonne, je n'ai rien à te dire et je ne veux rien entendre.

– Alors, je m'en vais.

L'insolence du jeune homme qui, jusqu'à présent, n'avait jamais déçu avait éteint l'ironie dans le regard de la grosse dame. Je m'aperçus, devant son énorme visage allongé par la stupeur, que jamais je ne l'avais connue sérieuse. J'étais curieux. Je voulais en voir davantage. J'espérais qu'elle me retînt.

– Mais, dit-elle alors que j'étais déjà debout, tu ne pouvais pas t'en empêcher ?

Je me rassis, soulagé.

– Rien au monde n'aurait pu m'en empêcher.

En femme d'esprit, elle fut touchée. Ivanka avait un faible pour la vivacité. Nous commençâmes à discuter. Tandis que, devenue bonne sœur, Ivanka m'expliquait sans pouvoir me l'expliquer, que certaines choses *ne se faisaient pas*, je songeais que, sur le canapé où elle étalait ses grosses jambes, j'avais moi-même, dans un esprit de partage et de pédagogie, enseigné quelques années auparavant la sodomie à ma future femme.

– Tu te rends compte de ce que les gens vont dire ? Non mais tu te rends compte de ce que tu as fait ? Tu sais que *c'est fini pour toi* ? Tout le monde va te tourner le dos ! À moins que tu ne partes tout de suite, ventre à terre ! Quitte cette femme ! Ce n'est pas une femme, c'est un monstre !

Ventre à terre et dos tourné… Entre Ivanka et moi (qui lui faisait face dans le fauteuil où Faustine m'avait abondamment sucé) se trouvait le morceau de moquette où, pour éviter de me brûler les poignets, j'avais interpolé un gros coussin qui, disposé sous les fesses de Faustine, m'avait protégé la peau tout en soulevant son bassin. Absolument offerte et passionnément prise à l'aube de notre histoire, Faustine avait joui si fort ce jour-là que l'écho de ses cris enchantés couvrait un peu les sermons de la dondon spirituelle.

Laquelle, sentant que rien de tout cela ne prenait, changea de registre et tenta la culpabilisation fondamentale.

– Est-ce que tu te rends compte que tu as humilié ton père sexuellement ?

Je restai perplexe – comme dirait Lacan. Et repassai mentalement le film des dernières semaines. À n'en pas douter, nous étions tombés amoureux *avant* de faire l'amour.

– La comparaison n'est pas honnête, répondis-je. Elle n'était pas du tout amoureuse de mon père – qui la partageait sans le savoir avec d'autres hommes très bien – alors que nous deux, on s'adore. On est fous l'un de l'autre. Tous les jours, je jubile de rentrer à la maison. Et tu sais bien, Ivanka, que quand deux personnes s'aiment, elles se font jouir en s'effleurant. Alors, ça ne compte pas.

Évidemment, *Ivy* n'en savait rien. Elle n'avait jamais été aimée de cette façon-là. Et n'avait pas joui de la main d'un autre depuis une éternité. Son vieux cul sentait la craie moite. J'étais serein. Furieuse de me trouver convaincant, elle tenta péniblement, par un hochement désabusé, de donner l'air du mépris au sourire qu'elle n'arrivait pas à réprimer. Certains visages ne sont jamais si tristes que quand ils sont narquois. De mon côté, je songeais au jour lointain où elle était venue dîner boulevard Montparnasse, dans l'appartement qu'Eugénie avait provisoirement quitté, où mon père créchait en attendant de trouver mieux, et qu'il avait redécoré à grands frais. « Peux-tu mettre de la musique ? » m'avait-il demandé. Ravi de sa confiance, j'avais mis le *Boléro*, qu'il éteignit aussitôt comme on jette un verre d'eau sur un feu naissant. « Mais tu es fou ! C'est complètement ringard ! » À l'époque, je faisais mes classes et mon instituteur avait ses marottes, disait Poupette. Ivanka était arrivée juste après l'extinction de l'incendie ravélien, fine encore dans un fourreau blanc suspendu à des filins invisibles, qui lui maintenait les fesses et culminait en suspensoir à nichons. « Oh moi, je ne couche jamais avec les Yougoslaves », lui avait dit mon père, invoquant les combats de son pote pour se tirer de la situation. « Comme c'est délicat de votre part », avait-elle répondu. C'est tout naturellement qu'ils étaient ensuite devenus amis.

– Donc, tu ne vas pas changer d'avis ?

– Changer d'avis sur quoi ? J'ai changé de vie. Je ne vais pas changer d'avis.

L'assonance en repartie face à une situation de crise, c'était trop pour elle. Ivanka était vaincue.

La première véritable décision que je prenais dans ma vie était unanimement dépeinte par de petits potentats mondains comme un acte de soumission. Ils me plaignaient d'être manipulé à l'instant même où j'apprenais à vivre sans contorsions. Ils me suppliaient de revenir dans leur entresol humer au tuba un air empoisonné alors qu'enfin je respirais les bras ouverts. Et ils décrivaient comme un exil volontaire la certitude presque neuve que j'étais attendu quelque part. C'est dire si j'étais aidé dans mon parcours du combattant par le constat que mes geôliers étaient nuls. Peu convaincants. Ligne-maginistes. Claniques et prévisibles. Pris au dépourvu par le premier coup de canif. Avec leurs sermons et leurs mines de prêtre, ils ressemblaient à une femme quittée qui se pointe avec les mômes, ridicule, dans l'appartement de la maîtresse. Tout en vérifiant qu'on ne pouvait les fuir qu'en leur faisant face, je les entendais maugréer sur la mutation d'un *jedi* en caillou dans leurs mules… Tout ça pour ça ? C'était facile. Le mur était un muret. Les requins avaient des quenottes. Une fois de plus, j'étais déçu. Isidore, c'était une autre histoire.

Mon père, qui se mit à raconter ma vie à qui voulait l'entendre, prenait soin d'adapter son récit à son interlocuteur. Tantôt manipulateur vénal, tantôt fils maudit, tantôt pantin dupé, je changeais de rôle selon l'humeur du narrateur et le CV du témoin.

Quand il parlait à un chroniqueur mondain, il racontait que Phèdre avait séduit Hippolyte.

Quand il parlait à l'un de ses pairs, éditeur ou écrivain, il inventait une histoire pathétique, en mode rupture des Beatles, avec trahison du disciple sous l'influence d'une Yoko piémontaise.

Quand il parlait aux gens de notre famille ou de son entourage, il me présentait comme un désastre, son plus grand échec, un Anakin Skywalker qui aurait refusé l'élection pour embrasser la carrière de gigolo.

Quand c'est à moi qu'il parlait, il me demandait comment j'avais pu lui faire une chose pareille, et à quelle perversion du complexe d'Œdipe je devais d'avoir commis l'irrréparable.

Le seul point commun de chacune des versions que Père donnait, c'est qu'il en était, Lui, le rôle principal et le saint Sébastien.

Il publiait à l'époque le livre d'une dame pimpante et généreuse dont le seul tort était d'être une catholique allumée à qui il avait narré, au cours d'un déjeuner au Twickenham, l'étrange histoire d'un jeune homme d'excellente famille, aimé de tous et béni des dieux, tombé dans les rets d'une sorcière qui l'avait envoûté et dont les sortilèges avaient laissé un champ de ruines là où, la semaine d'avant, on chantait encore la mélodie du bonheur… Épouvantée par la tragédie où elle voyait l'œuvre du Malin, la dame lui demanda mon numéro et je fus appelé pendant plusieurs jours par une armée de cloportes helléno-intégristes qui tenaient absolument à me faire savoir *urbi et orbi* que « diable » venait du grec ancien *diaballo*, qui désigne l'acte de diviser. Je rangerais volontiers au sommet des mondes possibles l'univers où je trouve de quoi leur répondre, mais en réalité, et encore aujourd'hui, la seule réponse qui me vint (et qu'à regret je n'ai pas employée), c'était « Va te faire enculer par ton père le prêtre ».

N'ayez pas peur des gens qui vous menacent. En général, c'est en désespoir de cause. En ce qui me concerne, chaque soir, je rentrais, comme on respire, boire à l'eau d'une source vive. Beatrice m'attendait à la maison. Ou quand elle arrivait après moi, devinant ma présence au vélo que j'avais garé dans la cour, montait les marches quatre à quatre et se jetait dans mes bras, puis (faute de pouvoir mettre le nez dehors sans tomber sur des paparrazzi, morpions discrets, espions démocratiques, attirés par la rumeur comme les mouches par de la merde fraîche, à qui des anonymes téléguidés avaient vendu la mèche avec adresse à la clef, et qui commençaient à nous tourner autour) on mangeait des pâtes et des asperges debout, en pyjama, dans la cuisine, devant une vieille télé. Finalement, rien n'est plus amusant que de changer de vie.

Si la guerre avec Élie m'avait valu la sympathie des antisémites et des imbéciles, l'affrontement avec mon père eut pour effet d'agréger autour de moi le clan des mal-aimées. En m'érigeant pour la première fois contre un système leibnizien où chacun n'était libre que dans la mesure où il restait à sa place, j'étais provisoirement devenu l'étendard des femmes que mon père avait humiliées.

J'étais soutenu, quoi qu'il en coûtât, par Cataleya, dont, comme pour Eugénie, mon père avait rectifié le premier abandon en retournant avec elle dans le seul but d'être le dernier à quitter l'autre. Quand j'avais fait sa connaissance, Cataleya, richement mariée, distribuait des chèques de 100 000 francs à ses amants, ou même des chèques en blanc. Puis elle divorça du cocu. Et connut le dénuement. C'est tout ce qui lui manquait, le manque. La dame qui donnait devint celle qui a besoin, et à qui personne ne donne tant elle donna le change. Cataleya faisait, comme mon père, grand cas des apparences, mais les revers de fortune avaient contraint la première à l'héroïsme. Tandis que, pour le pire, mon père consacrait tout son argent à se donner l'air d'en avoir davantage, pour le meilleur, Cataleya jetait ses derniers centimes dans le maintien de son allure.

Comme elle commençait à avoir faim, Cataleya se mit à travailler. C'est-à-dire à refaire et décorer des appartements, des canalisations jusqu'aux trompe-l'œil qu'elle peignait en talon haut sur des échelles de chantier, le fume-cigarette entre les dents. Après avoir abondamment dépensé l'argent qui n'était pas le sien, elle connut vite le bonheur de gagner à la sueur du front tous les lingots qu'elle donnait aux autres. D'une certaine manière, rien n'avait changé. Elle avait juste plus d'efforts à faire pour être aussi généreuse qu'avant. Le papillon était devenu Sisyphe.

À l'heure où je rencontrai Beatrice, Cataleya n'était pas assez prospère pour se passer de l'influence de Rita et d'Élie, à qui elle devait de juteux contrats. Elle prit cependant mon parti sans hésiter, déclarant qu'elle interdisait formellement à ses amis de dire le moindre mal du seul homme assez courageux pour déplacer des montagnes (au rang desquelles elle s'incluait). On la menaça, on la punit, on l'excommunia mais rien n'y fit. Cataleya était la plus élégante du monde et c'est moralement, pourtant, qu'elle avait ses élégances.

Ma mère (dont ma sœur) me défendait corps et âme dans ce qu'elle interprétait comme une quête. Nous avions depuis longtemps purgé toute rancune par la grâce des excuses qu'elle m'avait présentées, et qui avaient fini par devancer ma tendance au pardon hâtif. J'étais à ses yeux en chemin vers la liberté dont elle n'avait pas osé jusqu'à présent célébrer les vertus, car elle craignait à juste titre qu'avec son passif isidorien tout discours critique envers l'Eldorado où j'étais allé trouver refuge fût immédiatement neutralisé par moi. Les circonstances offraient à sa tendresse comme à sa rancœur l'occasion de converger dans un discours commun : « La seule loi, c'est l'amour », disait-elle en citant l'escroc cachemiri qui était venu, un soir, gratter notre couscous avec son harem. Seulement là, j'étais d'accord avec elle. Et j'entendais plus qu'un bon sentiment dans cette phrase qui relevait désormais du credo, ou du cri de ralliement.

Eugénie enfin, chez qui je faisais semblant de vivre à l'époque de mon outing dynamiteur, et où je travaillais la journée avant de retrouver Beatrice, veillait sur mes affaires avec la vigilance d'une louve noire pour le Petit qu'elle adopte. Après avoir été, à ses yeux, le seul enfant, puis l'enfant trop présent, j'étais devenu le dernier garçon. Le seul à vivre encore un peu dans le mausolée du boulevard Montparnasse qu'Eugénie, en gardienne obstinée, maintenait à bout de bras – comme Léon Blum après le congrès de Tours, ou comme la jeune fille de Supervielle dont l'histoire m'avait inspiré la fausse mort de Pauline. J'y passais mes journées, baigné d'amour ancien, au milieu des fantômes et des vieux vacarmes, parmi les œuvres dont la tranche m'avait appris à lire. J'y retrouvais, comme des amis d'enfance, les volumes à l'horizontale, dont il était, pour cette raison, plus facile de déchiffrer le titre. J'y faisais aussi la connaissance des ouvrages qui étaient trop en hauteur à l'ère des premiers mots, et que j'avais ensuite négligés du regard.

La vieille édition mauve de *Lucien Leuwen* au dos de laquelle mon père avait inventé le texte d'une chanson corse et dont les lambeaux sentaient la paille.

À l'ombre des jeunes filles en fleurs, tellement ouvert et tellement lu que le titre lui-même s'effaçait sous l'effet des pliures et dont le bas de la tranche vernissée, comme une peau morte, un instantané d'émiettement, s'était décollé et, replié sur lui-même, découvrait un cartonnage solide qui défiait l'air libre.

J'étais encore, je suis encore, le petit d'homme qui n'osait pas les toucher.

Mais j'étais aussi devenu l'adulte qui éprouvait, à les sortir des étagères, le bonheur de caresser une personne qu'on regarde de loin depuis longtemps, dont on connaît tout sauf la peau, et qui se laisse enfin ouvrir.

Les livres se renforcent à l'usage. Il ne faut pas croire qu'on les abîme en les annotant ou en les faisant craquer. Au contraire. Les livres gagnent en souplesse ce qu'ils perdent en fraîcheur. Ils s'usent, ils se patinent, ils se détendent sous la caresse, ils s'effeuillent en restant liés… Tant qu'il reste un fil, ou qu'une âme heureuse veille à maintenir la couverture (avec du scotch, s'il faut), le livre est là, palimpseste vivant des émotions consignées au gré des lectures, accueillant dans ses marges l'écriture indécise du lecteur profane et les énumérations de l'étudiant aguerri. Comme un vieillard aux idées claires mais dont les cervicales flanchent se doit, pour mieux vous répondre, de soutenir sa propre tête avec sa main, les livres en lambeaux continuent, en claudiquant, de s'adresser à nous pour la première fois.

C'est ainsi, dans la bibliothèque du salon, entre Althusser et Bergson, que je tombai un jour sur une scélérate édition folio d'*Aurélien* (d'Aragon) dont, soit pour en punir l'auteur, soit parce qu'un stagiaire s'en était chargé, la quatrième de couverture racontait toute l'histoire. Je n'avais jamais lu *Aurélien*. En fait, je n'avais jamais *vu Aurélien* qui se trouvait sur une étagère discrète. Et ce prénom n'était associé dans mon esprit qu'au détestable souvenir d'Aurélien Cheysson, auprès de qui j'avais été contraint, pour mon malheur, de passer une semaine de vacances à Sanary à l'âge de dix ans, et qui savait déjà enfoncer sa langue dans la bouche des filles. J'osai quand même me saisir du roman et, malgré les occupations du jour au milieu desquelles mon inspection de l'ancienne bibliothèque figurait une détente, je m'affalai sur le canapé de mon enfance, dont les ressorts, qui avaient si peu servi et n'en avaient pas l'habitude, gémirent comme des vieillards battus.

Quelques heures enchantées plus tard, à la lumière tombée, j'avais le cœur brisé et pourtant j'étais heureux. Comme après *Carmen* ou *Hamlet*, qui disent des horreurs et laissent leur spectateur en joie, ma peine était neutralisée par la beauté. La matière s'inclinait devant la manière. L'histoire si triste était vaincue par le récit, si réussi. Il est rare de ne pas savoir si l'on pleure de tristesse ou de joie. Et que le monde entier ressemble à la dernière minute du *Cercle des poètes disparus*. Ô Capitaine, mon capitaine.

Mais il y avait autre chose.

Avant de le lire, je ne connaissais d'*Aurélien* que la fameuse première page et la déception liminaire de l'amant (« La première fois qu'Aurélien vit Bérénice, il la trouva franchement laide… »), dont la géniale Maurel nous avait dit qu'elle portait en elle, comme un fruit mûr, la prescience d'un amour absolu. Or, il était difficile de s'en apercevoir, tant Aurélien semblait de mauvaise volonté. Huit années plus tard, lecture faite, je comprenais mieux. « Il est étrange, nous disait Maurel, de trouver que quelqu'un est laid. Ou plutôt : de le trouver laid ou de la trouver laide au point de se dire "Mon Dieu, qu'elle est laide !" Dans ces cas-là, soit la personne est hideuse – et ce n'est objectivement pas le cas de Bérénice –, soit elle vous dérange en profondeur, elle s'inscrit en vous comme un alexandrin ("comme une scie", dit Aragon) et le *sentiment de sa laideur* n'est alors, de votre part, que l'aveu d'un trouble... » Moi qui avais si souvent désiré des filles laides que j'en vins à me demander si leur laideur présumée n'était pas la preuve même du désir que j'en avais.

Enfin, je compris en lisant le roman, à rebours de tout ce que l'amertume de mon père et sa nostalgie du célibat m'avaient appris, que, comme Aurélien s'en aperçoit plus tard, *quiconque n'a jamais été déçu ne sait rien du véritable amour...* Et cela, je n'y avais encore jamais pensé. Élevé à l'adultère, abreuvé de moralistes, marié à contrecœur et Don Juan pénitent, j'adorais brandir comme un bouclier magique le proverbe (inventé peut-être par mon père et longtemps attribué par moi à La Bruyère) « Vouloir ne plus aimer, c'est encore de l'amour. Vouloir aimer encore, ça ne l'est déjà plus ». Certitude habile, à l'esprit facile, qui convenait à ma vie, me privait d'aimer, nourrissait ma rancœur et, pour toutes ces raisons, m'avait longtemps semblée une vérité absolue, étayée par l'histoire restée fameuse d'un vieux séducteur qui emmène sa ravissante conquête dîner chez Natacha mais débande à la seconde où la jeune femme demande au serveur « Elles sont maison, vos tartes ? » Bref. Je croyais, je voulais croire, qu'aimer et désirer étaient la même affaire et que, donc, rien de tout cela ne durait jamais. Or, c'est dans la durée qu'un amour s'éprouve – qu'on le vive ou non. Il faut apprendre à aimer l'autre malgré lui, sous peine de mourir trop tôt. D'une histoire impossible au dénouement tragique, je retenais que, passé le coup de foudre, l'amour était à portée d'efforts et que le bonheur ne dépendait que de soi. Aimer, c'est se donner du mal. Citant à son tour

Belle du Seigneur (que la vie avec Faustine m'avait rendu illisible), Beatrice me disait que, loin des pudeurs et des parfums, l'amour était aussi d'entendre pisser le même homme pendant quarante ans... Je voulais être l'homme qu'elle entendît pisser. Je voulais qu'elle fût celle... Il est plus facile de devancer la déception quand elle est inimaginable.

Face à Cataleya, ma mère et Eugénie, ces trois anges gardiens, se dressait ma grand-mère, qui, fidèle à sa fidélité et renonçant à me protéger pour la seconde fois, avait instantanément choisi le camp de son fils contre le fils de son fils.

– Je viens de comprendre ! me dit Poupette, dans l'espoir que je la croie, tellement mignonne, qui savait tout depuis des semaines.

– Ah oui ? Comprendre quoi ?

– De comprendre...

Rien à faire. Dans ma famille, ce verbe-là était exempté de complément d'objet.

– Et alors qu'est-ce que t'y as compris ?

– Rien. J'ai compris. C'est tout.

– Bon.

– Mais comment t'y as pu ?

– Comment j'y ai pu quoi ?

– Comment t'y as pu, mon fils ?

– Je ne suis pas ton fils.

– Comment ?

– Je ne suis pas ton fils.

– Non mais tu te rends compte ?

– Je suis tombé amoureux. J'ai le droit, non ? Ça ne t'est jamais arrivé ? Je veux dire : *après* ton mariage ?

– Jamais ! (main sur le cœur)

– Ah ouais ? Et l'histoire de *Sur la Route de Madison*, ce n'est pas ton histoire, peut-être ? Juste celle d'une *très bonne amie que je ne connais pas du tout* ?

J'avais visé juste. Elle fut suffoquée. Le grand secret de sa vie – qu'elle-même ne s'était jamais tout à fait avoué – venait de s'asseoir entre nous, tranquillement, à l'air libre. Privée de réponse (et de souffle), elle tenta d'excuser l'inexcusable en invoquant le malheur.

– Mon chéri, est-ce que tu te drogues ?

– Oui, ma Poupette. Depuis que j'ai treize ans. Sans la drogue, je serais mort.

La vérité est si impopulaire qu'on peut aisément se cacher derrière.

« Salut mon p'tit père, Gérard Rambert à l'appareil. Petit coup de fil amical… Comment vas-tu ? Comment peux-tu me donner si peu de tes nouvelles, alors que tu penses si souvent à moi ? On se retrouve tout à l'heure, 20 h 30, à la Galerie ? Rejoins-moi quand tu as fini de travailler, j'ai un cadeau pour toi. Si tu es en retard, je t'attendrai. Allez, je t'embrasse les pieds ! »

Comme souvent les sans-montres, Gérard est toujours à l'heure. Qu'il débarque suant et débraillé, le tatouage apparent, vêtu d'un bermuda bleu ciel, d'une chemise sale et d'espadrilles usées, ou qu'il soit habillé comme un prince, portant cachemires exquis l'hiver et costumes de lin quand l'été approche, qu'il roule en mob, en Ferrari ou qu'il soit tout essoufflé d'avoir couru, le neveu de Rameau a une horloge dans la tête ; bien sûr, comme tout grand drogué, il peut parfois oublier de venir (ce qui témoigne, au fond, d'une belle santé) mais jamais il ne sera en retard. En particulier quand il donne rendez-vous chez lui.

Ce soir-là, un pantalon de tweed parfait couvrait des chaussures pointues de croco sombre. Un veston rouge sur fond mauve, une cravate marine et un parapluie jaune achevaient de transformer en Londonien l'un des derniers acteurs du théâtre yiddish. Au lieu de m'embrasser, il me prit dans ses bras et me dit à l'oreille : « Écoute-moi... » Puis il se tut. C'était juste un salut.

Comme nous allions vers le restaurant en nous tenant amoureusement par le bras, un marchand de fleurs nous proposa des roses, Gérard le repoussa d'un air furieux. Un mendiant moldave dit alors un truc incompréhensible. Je sortis une pièce, qu'il refusa pour s'adresser à Gérard, qui, en habitué, lui donna 50 euros. « Malheur à celui qui demande ! Malheur à celui qui demande ! » répéta-t-il ensuite en levant les bras au ciel, comme un rabbin à qui l'on propose de l'argent pour fermer les yeux sur le baptême du marié.

Gérard est une star que personne ne connaît. C'est une erreur de croire que les vedettes ont besoin d'un public. À leur manière, Gérard et Beatrice témoignaient l'un et l'autre qu'une étoile pouvait briller dans le vide. Sa propre lumière la comble et, si l'on y tient, quelques témoins, quelques élus feront l'affaire. « Je n'ai pas besoin d'être célèbre, dit-il, je suis trop séduisant pour ça. Écoute-moi... – Je t'écoute, mon Gérard. » Mais là encore, il se tut. Nous avancions dans la nuit, aux bras l'un de l'autre comme des frères soudés par une tendresse absolue, tantôt hilares et tantôt silencieux. Le sommet de l'amour, c'est l'amitié.

– Bon, reprit-il, j'ai une heure pour te faire accepter d'avoir des taches à ta chemise.

– Quoi ? Pourquoi tu me dis ça ?

– Parce que c'est ton père qui m'envoie.

– Ah, l'enfoiré ! Moi qui croyais que tu voulais me voir !

– Mais tais-toi ! Tu n'as pas idée du cirque ! Et du coup de fil de trois heures ! Mon fils ! Cette salope ! cette sorcière ! Manipulatrice ! Gigolo ! Parle-lui ! bli

bli bli, bla bla bla, gna gna gna, poum poum poum… Au secours !

Il hurlait. La Terrasse du Flore n'en perdait pas une miette.

– Putain, mon Gérard, je suis triste.
– Et pourquoi ?
– Parce que ça me fait chier de lui faire de la peine…
– Mais alors, pourquoi tu m'en parles ? Parle-moi d'autre chose. Qu'est-ce que tu veux que ça me foute ? On ne choisit pas son père ! Tu es triste ? Tu vas quand même pas t'en vanter non plus ? Je vais te dire, mon p'tit père. Ton père, c'est une pleureuse.
– Tu trouves aussi ?
– Ça crève les yeux ! Alors, ne fais pas comme lui !
– Bon. Il a de quoi se plaindre, en même temps.
– Mais tu rigoles ou quoi ? Et pourquoi ?
– Ben… Si je n'avais pas été là…
– Attends… tu crois qu'il avait un atome de chance avec elle ?
– Non.
– Alors ? ALORS ?
– Alors, rien.
– Voilà. Rien ! Tu m'entends, là ? Rien ! Ton père, son seul problème, c'est que tout ça *n'est pas* son problème. C'est TA vie ! Pas la sienne. (Et j'entendis soudain, comme l'écho d'une bénédiction dont mes anges gardiens s'étaient passé le relais, la voix de Nicolas, qui, lors de mon mariage, s'était penché sur mon épaule pour me rappeler que c'était MA fête. Je n'étais pas, à l'époque, en mesure de l'entendre, et de ses sages paroles je n'avais retenu que l'effort de bonté. Son héritier trouvait en moi des oreilles plus attentives. Le

goût du bonheur avait fait son chemin.) Assez parlé de toi. Écoute-moi : mon père à moi s'est fait mettre un pacemaker ! Tu comprends ce que ça veut dire ? Entre mon hygiène de vie et son pacemaker, il est officiel que je n'hériterai jamais ! Alors, de quoi tu te plains ?

– C'est vrai, mon Gérard. Je suis désolé.

– Non seulement je ne vais jamais hériter, mais en plus il sera toujours là !

– Aïe.

– Je n'en sortirai jamais. Tu comprends ça ?

– Mais moi non plus !

– Mais au contraire ! Toi, tu t'en es sorti ! Je ne sais pas ce qui t'a pris, mais tu as fait ce qu'il fallait. Tu as résolu le problème !

– LE problème, qui est ?

– Le père juif ! Qui s'interpose ! Qui chouine et qui fait chier, et qui attend à l'entrée de la boutique ! Et qui se prend pour le centre du monde, et qui nous dit quoi faire, et qui nous fait la morale et qui meurt après ses enfants parce qu'il les a fabriqués trop jeune ! Toi, tu t'es battu et tu as démonté ça. Tu n'as même pas eu besoin qu'on te l'enlève ! En fait, tu n'as plus aucun problème. Je me demande comment tu vas faire pour vivre…

– Excellent ! Tu es vraiment un ashkénaze de compétition.

– Ashkénaze toi-même ! Qui fait la gueule alors que tout va bien pour lui ? Qui se plaint, alors qu'à vingt-cinq ans il a tué son père et il vit avec la femme qu'il aime ? Moi, il faut attendre un miracle pour que je m'en sorte. Tu vois ?

– Je vois bien.

– En même temps, c'est fou ce que je suis beau pour mon âge, tu ne trouves pas ? Cinquante-trois ans, mon pote. Et pas une dent n'est à moi !

– Splendide ! Si tu n'avais pas pris d'héro, tu aurais vraiment vécu longtemps.

– Oh, tu sais, moi je ne suis pas accro à l'héroïne. Je suis accro à la béatitude.

– Oui, je sais. Mais si tu n'avais pas choisi l'héro comme passeport vers la béatitude, tu aurais vécu plus vieux !

– Tu rigoles. J'aurais été un athlète. Moi je suis un ange déchu, mon pote. Attention, hein. J'ai le sang pur. Mon vrai nom, c'est Rosenberg. Pas comme ces petits juifs d'Algérie qui se faisaient enculer dans la rue…

– Au fait, lui dis-je pour changer de sujet, tu as remarqué que les minarets ressemblent à des paraboles inversées ? Quand on quitte Le Caire et qu'on regarde la ville d'en haut, on dirait deux religions concurrentes.

– Mais… les minarets, on dirait des tétons ! Tu as vraiment la tête dans le cerveau, mon p'tit père ! Si c'étaient des installations, je trouverais ça *i-ma-gi-na-tif*, tu vois. Mais là, vraiment, non. Non. Non… NON !

Gérard, qui n'oubliait aucun visage ni aucun moment, oubliait souvent, en revanche, le début de sa phrase. Dans ces cas-là, il en prolongeait artificiellement la note finale (qui, dans le doute, relevait de l'indignation) et répétait le dernier mot en l'appuyant non pour insister, mais comme on prend son élan pour aller ailleurs.

– Tu devrais venir avec moi au Monténégro !

– Ah oui ?

– Oui ! Tu te souviens d'Ibiza ?

– Et de ton arrivée au port en tongs et maillot de bain, torse nu, en tenant Alexandra par la taille ? Très bien.

– Alexandra… Tu te rends compte qu'elle a quarante-sept ans ! C'est pas possible… Il doit y avoir un tableau qui pourrit dans le grenier quelque part. Enfin, tu devrais venir avec moi !

– Et pourquoi ?

– Mais parce que c'est mieux qu'Ibiza !

– Tant que ça ?

– Attends ! Je te jure. Rien faire de la journée ! Tu manges des figues et des légumes, tu lis les journaux, tu fumes de l'herbe au soleil, tu comptes les nuages et tu chies ! Comme un innocent.

– Merveilleux.

– En même temps, je te dis ça, mais bientôt tu vas être père, toi aussi…

– Ah ? non. Ce n'est pas prévu.

– Tu parles. Je te donne moins d'un an. Pff. Un ADN comme le tien… Tiens, mon p'tit père, dit-il soudain en me mettant dans la poche un morceau de shit gros comme un majeur tendu. Prends ça…

– Mais…

– Prends le truc, putain. C'est plus facile de recevoir que de donner… merci d'accepter !

– Bon, de rien… Mais tu es fou, mon Gérard ! Tu te rends compte de ce que tu me donnes, là ?

– Moi je ne donne pas, je partage. C'est le Bon Dieu qui donne. Moi, je partage.

– Mais qu'est-ce que je vais faire de tout ça ?

– Ben, tu vas le fumer, qu'est-ce que tu veux que je te dise !

– Ça fera plaisir à Beatrice.

– Alors, à moi aussi !

– Tu viendras nous voir, bientôt ?

– Chaque chose en son temps, mon p'tit père ! D'abord, j'en ai rien à foutre de vous deux, ensuite, je viendrai plus tard, on ira dîner à la Cafetière.

– Voilà. Ce sera comme un rite.

– Un rite, mais tu es fou ! Tu sais, l'homme d'affaires qui se fait talquer les fesses par une fille spécialisée n'est pas un pervers parce qu'il met des couches, mais parce qu'il le fait tous les jours à la même heure !

– C'est vrai.

– Alors tu seras gentil, tu me lâches avec tes rites, s'il te plaît ! Est-ce que j'ai une tête à me faire talquer les fesses ?

Comme j'hésitais à répondre, il éclata de rire.

– Je suis content de te voir ! Tu sais que je t'aime d'amour, mon p'tit père ?

– Moi aussi, mon Gérard.

Soudain, il se fit soucieux.

– Dis-moi. Quand tu écriras ma nécro, tu pourras commencer par ma peur d'être rattrapé par le système ? Et si quelqu'un vient te parler des amis de mon père et de leur tatouage sur le bras, tu es gentil, tu leur réponds : « C'est leur numéro de téléphone. Ne me posez plus la question. » OK ?

– OK.

– Bon, pour en revenir à ton affaire, là. Il va falloir que tu acceptes l'idée d'avoir les mains sales. C'est ça, le vrai problème qui reste. Ton problème, ce n'est pas ton père, ni Beatrice, ni ta mère, ni personne. Ton problème, c'est la puanteur de tes mains. Plus elles puent, mieux tu te portes. Tu m'entends ?

– Très bien. C'est Péguy qui disait « Kant a les mains pures, mais il n'a pas de mains » !

– Qu'est-ce que tu m'emmerdes, là ? Écoute-moi !

– Mais je t'écoute !

– Bon. Alors. Tu te sors les doigts du cul pour les plonger dans le cul de tous les gens qui se dressent sur ton chemin, tu m'entends ?

– Ça fait du monde.

– T'as qu'à mettre le poing, ça ira plus vite.

– OK.

– Et tu leur mets bien profond, promis ?

– Oui, enfin…

– Attends, tais-toi un peu !

– Mais… je ne dis rien !

– Tais-toi !

– Mais…

– Chut !

Nous étions en train de traverser le pont des Arts. À mi-chemin, il se tourna vers moi et me dit à voix basse :

– Olga, tu te souviens ? La fille d'Andy Warhol et de Salvador Dali ? Elle s'est noyée dans la Seine. Depuis, je tends l'oreille en traversant le pont…

– Et tu entends quelque chose ?

Il ne répondit pas. Ou alors j'ai mal entendu.

– Salut, mon p'tit père, dit-il avant de m'abandonner. Je t'ai bien regardé, je ne m'inquiète pas pour toi.

Et il partit à grands pas.

Le lendemain, je retournai chez mon père.

Qui eût accepté qu'amende honorable je fisse.

Mais.

Assis devant le jeu d'échecs où nous avions tant ferraillé, je n'étais pour une fois pas du tout d'humeur à demander, ou pire : à accorder mon pardon.

– Papa, c'est fini, maintenant. Tu te tais. Cette histoire n'est pas la tienne. Vous avez passé deux minutes ensemble et c'est la femme de ma vie, alors tu es gentil, tu passes à autre chose, tu t'éloignes, et merci beaucoup...

Il tenta la condescendance, et ressuscita dans la foulée un très vieux personnage.

– Pffff. Si tu savais, mon p'tit bonhomme, ce qu'elle-même dit de toi...

– Tu es une ordure de laisser entendre des choses pareilles !

– Je ne te permets pas de me parler comme ça !

– Et moi, je ne te permets pas de parler de ma femme comme ça.

– Ta femme ! Mais mon pauvre chéri..., dit-il en pouffant d'un rire qui feignait de pleurer.

– Oui, ma femme ! En tout cas, pas la tienne.
– Mais si tu savais…
– Ta gueule !
– Ne me parle pas comme ça !
– Ne dis pas des choses comme ça ! Tu n'en as pas le droit !
– Le droit de quoi ?
– De raconter n'importe quoi !
– Je ne raconte pas n'importe quoi !
– Tu as toujours raconté n'importe quoi ! Toute ta vie ! Mais là, ça me concerne et ça me fait chier.
– Tu es devenu fou.
– Et toi, tu es devenu…
– Elle t'a fait me haïr ! Elle t'a fait me haïr !

Grisé par cette phrase, qui résumait l'essentiel de sa pensée (et donc de la situation), mon père, qui était debout derrière moi, se mit à m'aggrifrapper dans le dos : ses poings partaient fermés puis s'ouvraient, hésitants, pour finir en gifles griffues. Dans un acte désespéré, toutes mes forces d'excuse et tous les sophismes de mon enfance s'unirent une dernière fois pour me suggérer que, comme dans le *Tartuffe*, il existait une possibilité (encore inexploitée) pour que mon père fût honnête à cet instant, ou qu'il pensât à juste titre que j'étais manipulé. Mais le baroud leibnizien fut balayé par l'évidence. Venue du fond des âges et nourrie à la peur, l'envie de lui donner raison fut écrasée dans les Ardennes. Je n'étais pas arrivé jusque-là pour recevoir une leçon de mauvaise foi et une fessée sur l'épaule. À tous égards, mon père était hors-sujet. Les mots ne servaient à rien. Quelque chose, là encore, avait beaucoup trop duré.

Je me levai et, tandis qu'il répétait « Elle t'a fait me haïr ! » en me tambourinant l'omoplate, saisis par son pied le fauteuil de velours blanc sur lequel j'étais assis et l'élevai au-dessus de nos têtes dans un mouvement qui renversa la table d'échecs et le bonsaï Malebranche, pour l'envoyer de l'autre côté de la pièce, sur le bureau suédois dont les porte-plumes inutiles, les bougies inentamées, les boîtes à mystère vides et les presse-papiers ne se doutaient pas davantage de la catastrophe que l'état-major américain n'avait vu venir le bombardement de Pearl Harbor, ou qu'un oiseau formenterien n'avait pressenti l'enfant ornicide. Je fis tomber par rangées entières les volumes de leurs étagères comme on nettoie le mur de Berlin, ou des Lamentations. D'un penalty j'expédiai jusqu'à la salle à manger les abat-jour et les livres de table. D'un uppercut, je fis voler les appliques angulaires où il posait l'encens. Puis, me tournant vers le grand miroir qui doublait la pièce de son vaste reflet, je le retirai de son socle et l'aurais volontiers jeté sur mon père… si mon père n'avait risqué de le prendre sur la tête. On fait ce qu'on peut.

Il n'y avait pas que de la colère dans ma démarche, ni le transfert de son intouchable destinataire à l'appartement qui était le prolongement de lui-même. Il y avait aussi de la curiosité et même – si j'ose dire – un peu de volupté. Car j'avais observé, en balançant le premier fauteuil, des traces de pieds si profondes qu'elles paraissaient des fossiles sur moquette. Chaque meuble déplacé révélait une empreinte et me faisait l'effet d'une croûte qu'on arrache ou d'un bubon qu'on incise. Je détruisis son salon, son château de cartes collées, sans dire un mot, comme on cautérise le cou de l'hydre après avoir coupé sa dernière tête. « Comment as-tu pu devenir aussi méchant ? » déclara-t-il en guise d'adieu, comme l'avait fait ma mère en me déposant à l'aéroport de Lugano un jour de fête où je quittai l'enfer pour le paradis.

Méchant, peut-être. Mais heureux.

Une fois mon œuvre pacificatrice accomplie, nous décidâmes, Beatrice et moi, de partir en vacances dans l'Olympe, dont l'une des dépendances était la maison qu'elle possédait à la pointe du cap Bénat.

J'arrivai en voiture, de nuit, dans un monde odorant, seulement éclairé par la Lune qui, de la falaise où je l'aperçus, laissait traîner sa robe dans l'eau. Beatrice m'attendait au seuil d'une petite porte lumineuse, au bout d'un chemin de graviers. Sertie dans la lumière qui venait de l'intérieur, sa longue silhouette paraissait une ombre chinoise, un morceau d'onyx taillé sur le modèle d'une femme idéale. Les dieux n'ont aucun effort à faire pour être gracieux. Leur corps n'est pas un obstacle. La lumière s'est infiltrée en eux pour les transformer en tableaux. Qu'ils en soient conscients n'a aucune importance. Ils sont si beaux que même l'envie de plaire ne les enlaidit pas.

Elle m'accueillit en roi, d'un sourire et d'un baiser.

– Comme tu es belle !

– Ne me mets pas sur un *pied d'escale*… Entre !

Si longue avait été la journée où depuis le matin je ne l'avais pas vue, que je reçus de Circé le droit de monter les escaliers derrière elle.

Quelques heures plus tard, j'ouvris les yeux. Beatrice dormait.

À l'exception des fins de journée où, pour me donner du cœur à l'ouvrage, je l'admirais discrètement, de dos, qui se rendait à la cuisine en chantant un air de jazz, le don de sa confiance m'imposait une discrétion suprême. Je voulais être à la hauteur de sa liberté, digne de la fée que, pour la première fois, je contemplais sans qu'elle le sût. Alors, au lieu d'être inquiet, jaloux, possessif et con, et d'imaginer des secrets funestes sous les paupières closes, je pris à jamais le parti de chérir l'inconnue et de poser sur elle l'œil de l'enfant qui renonce à savoir pourquoi les nuages sont beaux, et ne demande à la vie que de s'éveiller chaque nuit auprès d'une femme libre. Qui dort vraiment quand elle dort.

La porte-fenêtre de la chambre donnait sur une vaste terrasse où, dans un silence à peine troublé par les soupirs de la mer, je m'assis face au Levant.

C'était l'aube et c'était le printemps.

Le ciel s'étendait sur l'océan.

Entre les pins parasols et l'azur céruléen, tout était mauve et rien ne l'était.

L'horizon ne présentait aucun obstacle.

La guerre était finie. La bête était morte.

Que faire, maintenant ?

Que devient le bonheur quand il est là ?

Comment s'aimer quand rien ne nous en empêche ?

Combien de temps le caillou tiendra-t-il sur la crête ?

Un jour, quand je serai assez vieux pour m'en souvenir, je raconterai tout ça, j'interromprai là mon récit et ça fera un roman heureux. Une histoire avec fin.

Perdu dans mes pensées, je ne l'avais pas entendue me rejoindre.

– Raphaël…
– Oui ?

FIN

À Muriel Beyer pour sa patiente confiance
Et à Lize Veyrard pour son œil aiguisé
Pour Adèle Van Reeth au don de clairvoyance,
À Marylin enfin, pour toute sa bonté ;
À François Premier, monarque des droits divins,
Sans qui je n'aurais pas osé être écrivain,
(C'est que je croyais qu'il fallait de l'amertume
À celui qui prétend bien vivre de sa plume…)
Et puis dans le désordre où j'ai volé un mot,
À Schopenhauer pour l'histoire-pissenlit,
Stéphane Legrand pour son fameux dictionnaire
Où j'ai puisé la phrase impossible à parfaire,
À Etienne Klein pour « Tout commença dans l'eau »
Et à Bachelard pour « les jours de mon ennui »,
Au grand Dostoïevski pour le mari poivrot,
À Platon le patron pour « l'âme toute entière »
À Cyrano face à la bêtise outrancière :
« Moi c'est moralement que j'ai mes élégances »
Il en est que j'oublie, oh, vertu n'est pas fière !
Car on plagie plus aisément que l'on ne pense…
Au grand Benoît Van Reeth, archiviste si sage
Qu'il a su quelquefois supprimer quelques pages,
À Brassens dont pourtant « l'allure de donzelle »
N'est pas de toutes ses rimes la moins cruelle
À Merleau-Ponty pour le gai touchant-touché
Où le beau monde en sa chair se laisse approcher,

Au bassin du larvé pour les « pistolétades »,
À Guitry pour l'actrice redevenue fade
(Aux lettres de Laclos « les mœurs inconséquentes »
Et à Cynthia Fleury « anti-capacitaire »
Demandent l'une et l'autre à moins que je vous mente
À retrouver ici leur vrai propriétaire)
À Madame Dreyfus et tous les ascenseurs,
Au lointain Bébét'show pour « courir sur l'aorte »,
À Jean-Paul Enthoven pour les « crooners mystiques »
À Camus pour toutes les immenses chaleurs,
Et l'amour de la vie, et l'espérance morte,
Et à Céline pour les assassins pratiques ;
Au petit Marcel qui peut avoir tous les âges
Et sans qui je n'aurais pas écrit une page,
À Nietzsche enfin, dominant discret par amour,
Et à Michel Berger, New York et Singapour…
Merci.

DU MÊME AUTEUR

Un jeu d'enfant : la philosophie
Fayard, 2007
et Pluriel, 2019

L'Endroit décor
Gallimard, 2009

Le Philosophe de service : et autres textes
Gallimard, 2012

Matière première
Gallimard, 2013

Anagrammes pour lire dans les pensées
Actes Sud, 2016
et Babel, n°1696

Little Brother
Gallimard, 2017

Morales provisoires
Éditions de l'Observatoire, 2018
et « Le livre de poche », n°35281

Nouvelles morales provisoires
Éditions de l'Observatoire, 2019
et « Le livre de poche », n° 35674

Imaginez
École des loisirs, 2019

Le Banquet
Les échappés, 2019

Le Dictionnaire amoureux de Marcel Proust
Avec Jean-Paul Enthoven
Plon/Grasset, 2013
et Plon, L'abeille n° 2, 2019

L'École des dames : parodie en trois actes
Éditions de l'Observatoire, 2021

RÉALISATION : NORD COMPO À VILLENEUVE-D'ASCQ
IMPRESSION : CPI FRANCE
DÉPÔT LÉGAL : AOÛT 2021. N° 146858 (3043417)
IMPRIMÉ EN FRANCE